El color de las cosas invisibles

ANDREA LONGARELA

El color de las cosas invisibles

Obra editada en colaboración con Editorial Planeta – España

Bajo el sello editorial CROSSBOOKS M.R.
Avenida Presidente Masaryk núm. 111,
Piso 2, Polanco V Sección, Miguel Hidalgo
C.P. 11560, Ciudad de México
www.planetadelibros.com.mx

Primera edición impresa en España: mayo de 2023
ISBN: 978-84-08-27194-9

Primera edición impresa en México: septiembre de 2023
Décima primera reimpresión en México: noviembre de 2025
ISBN: 978-607-39-0531-2

Impreso en los talleres de Operadora Quitresa, S.A. de C.V.
Calle Goma No. 167, Colonia Granjas México, C.P. 08400, Iztacalco, Ciudad de México.
Impreso en México –*Printed in Mexico*

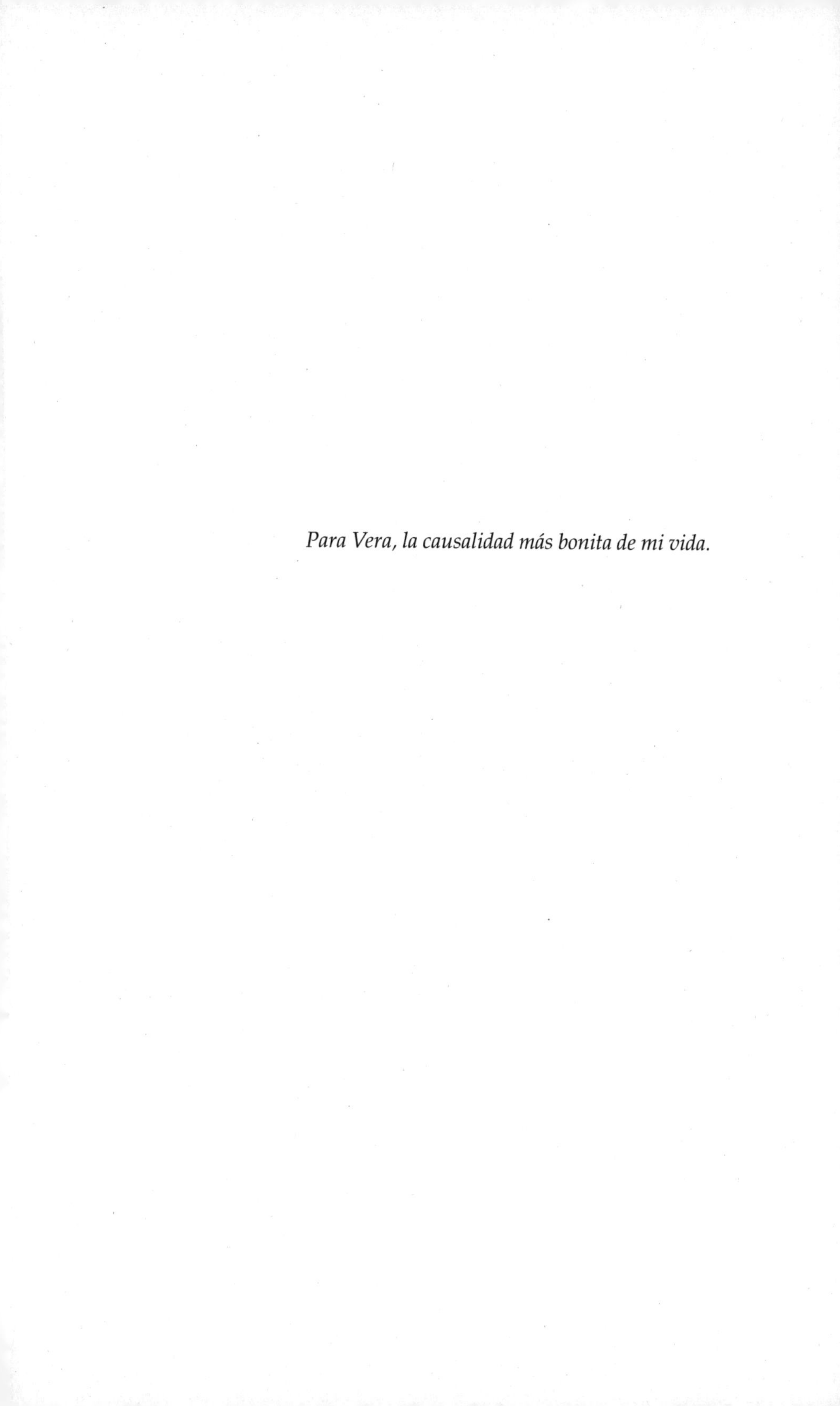

Para Vera, la causalidad más bonita de mi vida.

No, este truco no funcionará... ¿Cómo diablos vas a explicar en términos de química y física un fenómeno biológico tan importante como el primer amor?

Albert Einstein

Al final, las almas gemelas se encuentran porque tienen el mismo escondite.

Robert Brault

La primera casualidad

Era una mañana cualquiera en un barrio cualquiera de Londres. Un hombre recorría las calles con una furgoneta llena de flores, repartiendo encargos y dejando tras de sí un rastro de aromas primaverales. A pocos metros, otro paseaba con el periódico bajo el brazo. Le gustaba salir al amanecer y tomarse un té en la pastelería de la esquina. Se llamaba Vincent Hadaway y calculaba cada paso que daba al milímetro; odiaba los cambios, por eso cuando el hombre de las flores recibió una llamada y dejó apoyado el ramo que portaba sobre un buzón antes de marcharse a toda prisa, sus pies se congelaron y se acercó a las camelias abandonadas.

—¿Sí?

—¿Joseph Ladson? Soy el doctor Patel. Le llamo por su padre.

El hombre de las flores cerró los ojos y apretó los dientes. Se olvidó de todo, de los repartos que aún le quedaban, de que su actitud le haría perder otro empleo y de los límites de velocidad, cuando arrancó la furgoneta y atravesó las calles con un nudo en la garganta.

Nada importó, porque llegó tarde. Su padre había fallecido cinco minutos antes.

Salió de la habitación, escuchando aún de fondo las condolencias del equipo médico. Recorrió el pasillo y apoyó la frente en la cristalera que daba al jardín. Sollozó, se volvió con brusquedad y golpeó la pared con el puño.

Una vez. Dos. Tres.

Cuando terminó de desquitarse con el muro, su agitada respiración se ralentizó y percibió una presencia a su lado. Alzó la vista y se encontró con una mujer de melena oscura. Ni siquiera sintió vergüenza, solo una pena tan grande que se le revolvió el estómago.

—Venga conmigo, le curaré eso.

Joseph se miró la mano y notó la quemazón de los nudillos pelados y ensangrentados. Le temblaban los dedos. Y el cuerpo entero. Y el corazón.

Tragó saliva y observó a la joven de bata blanca. Se fijó en sus ojos castaños y no encontró en ellos más que comprensión, así que solo pudo asentir y acompañarla.

Mientras ella lo curaba con precisión, leyó la placa que colgaba de su bata.

«Addison Pearce. Prácticas de enfermería.»

—Gracias, señorita Pearce.

Ella sonrió y Joseph se dio cuenta de que sus ojos se iluminaban de un modo especial al hacerlo. Luego se marchó y enterró a su padre.

Vincent se giró para avisar al repartidor de que se había olvidado las flores, pero ya solo quedaba el olor del humo y de la rueda quemada. Sacudió la cabeza y suspiró. Aquel detalle cambiaba las cosas. Aquel descuido provocaba que algo en su cuadriculado mundo se desestabilizase. Una causalidad que tendría su efecto en algún punto del planeta.

Cogió el ramo con dedos temblorosos y se fijó en el pequeño sobre enredado en uno de los tallos.

Para Margot Macey:
¡Enhorabuena por lograr el empleo!
Con amor, las chicas del periódico

No conocía a Margot Macey, pero le angustiaba la idea de que esa mujer nunca recibiera un elogio en un día que parecía importante para ella. Leyó la dirección grapada a la bolsa de cartoné y supo que debía hacer algo al respecto.

«Las casualidades no existen», pensó Vincent, «solo lo hacen las causalidades que nos empujan a tomar decisiones».

Una hora después llamaba a una puerta rojiza. La abrió una mujer de ojos azules y pelo rubio por la cintura. Veintitantos. Sonrisa dulce. Porte de bailarina. Vestido verde hasta los tobillos. Pies descalzos. Pendientes de cuentas de colores.

—¿Margot Macey?

—Soy yo.

Le entregó el ramo, sintiendo que el universo volvía a estar en orden y sin ser consciente de que lo que sucedía era lo contrario: el suyo tal y como lo conocía acababa de volar por los aires.

Semanas después de la pérdida de su padre, Joseph aún no se quitaba la sonrisa de la enfermera Pearce de la cabeza. Aquella joven lo perseguía en sueños, despierto o dormido, así que decidió que quizá podía sacar algo bueno de lo vivido en ese edificio horrible de muerte y olor a desinfectante.

Se sentó en el banco situado frente a la clínica y esperó. Cuando ella salió, cansada de una larga jornada, y se encontró con el rostro triste del chico que había curado días atrás, su expresión cambió. Se acercó a él con decisión y se mantuvo callada sin apartar la mirada.

—Hola, Addison. Yo... soy Joseph.

Le tendió la mano y ella la estrechó con firmeza.

—Menuda casualidad cruzarnos de nuevo, Joseph.

Ambos se rieron entre dientes. Aquello no tenía nada que ver con el azar. Después echaron a andar uno junto al otro, intuyendo que lo harían de ese modo durante mucho tiempo.

Unos meses más tarde, Vincent y Margot entraban en un hospital. Tardaron diecisiete horas en ser algo más que una pareja que se había enamorado gracias a unas flores perdidas.

Él observó con los ojos muy abiertos unos diminutos de color negro que lo miraban a su vez entre suaves pestañeos.

—Es fascinante.

Margot sonrió. Solo él podía contemplarla como si fuera un gran descubrimiento científico.

—Es tu hija.

Vincent contuvo el aliento y sintió que su existencia cobraba un significado distinto. Todo había cambiado. Estiró un dedo y la niña lo atrapó en su pequeña mano. La felicidad se le mostró maravillosamente aterradora. Un precioso y letal agujero negro en medio del espacio.

Luego le dejó un beso en el escaso pelo rubio, casi blanco, y susurró por primera vez ese nombre tan único como ella:

—Cordelia Rainbow Hadaway, bienvenida a este increíble, loco e incontrolable mundo.

Al otro lado del pasillo, una joven enfermera en prácticas se paseaba orgullosa con su bebé en brazos. Aún estaba de permiso de maternidad, pero no había podido evitar visitar a sus compañeros para que conocieran a su pequeño.

—Addison, es precioso. ¡Tiene la misma nariz que tú! —exclamó una de las auxiliares.

Ella sonrió emocionada y se acercó a la máquina de café. Allí, un hombre se peleaba con los botones.

—Espere, tiene truco.

Apretó el del medio durante varios segundos hasta que comenzó a funcionar.

—Oh, gracias.

—No hay de qué.

Vincent pulsó la casilla de café doble y bostezó. Addison se fijó en que tenía el pelo revuelto, la camisa arrugada y los ojos rojos.

—¿Una mala noche?

Él se volvió y le sonrió ampliamente.

—La mejor de mi vida.

—Enhorabuena, entonces.

Vincent miró al pequeño Jack y lo observó con detenimiento.

—Igualmente. Por cierto, tiene la misma nariz que usted. Es asombroso.

Addison soltó una carcajada y se despidieron con una sonrisa, sin saber que aquel cruce de caminos solo era el primero de una historia que aún no se había escrito.

Primera parte
EL JODIDO BIG BANG

HOY
Rain

En Londres llueve una media de ciento seis veces al año. Puede parecer mucho, pero no lo es tanto. Tenemos una fama horrible cuando, si te paras a estudiar los datos, en ciudades como Copenhague o París nos superan.

A mí me gusta la lluvia. Como buena londinense me he acostumbrado a vivir con la carga de un cielo plomizo sobre mi cabeza. Excepto cuando el agua cae de esa forma que parece que atravieses con el coche una cascada infinita. A esta tortura climática nadie con un mínimo de cordura podría habituarse.

—Mierda.

Apenas veo el desvío que me indica el camino de entrada a la casa. A lo lejos vislumbro una inmensa edificación de piedra. Dos plantas. Una gran cristalera a través de la cual se intuyen el salón y las llamas de una chimenea. Las luces están encendidas, lo que me hace de guía mientras atravieso el camino embarrado entre árboles centenarios. Se me ocurre al instante una metáfora de lo más certera: una chica bajo la lluvia refugiándose en la guarida de una bestia primitiva. No es por la oscuridad que me rodea ni por la sensación de apocalipsis provocada por la peor tormenta en décadas, sino porque un fin de semana con mis antiguos compañeros de instituto es lo más parecido a ser atacada por una hidra con tantas cabezas como invitados. Y no quiero pensar en él, pero su rostro me lo imagino más grande y despiadado.

Aparco lo más cerca posible de la casa y mi teléfono suena sobre el asiento del copiloto. Sonrío al ver el nombre de mi mejor amiga y el motivo de que hoy esté aquí, en un rincón perdido de la campiña inglesa y a punto de reencontrarme con el pasado.

—Holly.

—¿Rain? ¿Dónde estás?

—Frente a la casita de cuento que has alquilado. Tenías razón, esto parece sacado de una novela de Jane Austen.

—Oh.

Su voz se queda a medias y me recorre el cuerpo un mal presentimiento.

—¿Cómo que «oh»?

—Lo siento, cariño, pero no podremos llegar hasta mañana. Han cortado algunos tramos de carretera por la tormenta. El tráfico está imposible para salir de Londres. He intentado llamarte antes, pero fallaba la cobertura.

Aprieto el volante entre los dedos y apoyo la frente en el centro. Cuando alzo la mirada, la clavo en la imagen que me devuelve el espejo retrovisor. La lluvia es aún más fuerte y apenas distingo el camino de vuelta. Maldigo por haber salido tan pronto de Cambridge con la estúpida intención de llegar la primera, conocer el terreno y de esa manera sentirme preparada para cada encuentro; la simple idea de aparecer la última y recibir toda la atención me aterrorizaba. Mucho más si se trataba de la de él. ÉL. Con mayúsculas y signos de advertencia.

«No tomes té a partir de las cinco, Rain.»

«No aceptes ese chupito, Rain.»

«No te acerques nunca más a Jack, Rain.»

Mi cautela ahora me parece una tontería tan grande que me avergüenzo.

—¿Me estás diciendo que tengo que irme a casa, *Holly Polly*?

Se siente tan culpable que ni siquiera le molesta que me dirija a ella por ese mote que tanto odiaba en el instituto.

—¡No! Puedes quedarte. Aprovecha y disfruta de una noche solo para ti. El dueño lo ha dejado todo listo para que estuviera perfecto a nuestra llegada. Los del *catering* han llenado la nevera esta mañana. La casa está abierta, pero tienes un juego de llaves bajo el felpudo; cierra por la noche, que te conozco y no quiero que acabes protagonizando una película de terror de esas que tanto nos gustan. Y date un homenaje a la salud de los novios, ¡no te cortes, Rain!

Holly se ríe y suspiro, aliviada por no tener que conducir de vuelta en estas condiciones. Me gusta conducir, pero no soy una suicida. Por otra parte, estoy cansada y agradezco su generosidad. Y, por muy mala amiga que me haga sentir, prefiero disfrutar de esta velada en soledad que con mis antiguos compañeros. Si no fuera por lo mucho que la quiero, jamás habría aceptado acudir a este infierno.

—Aún no me creo que vayas a casarte, Holly.

—Yo tampoco. ¿En qué momento me he convertido en la hija que siempre deseó mi madre?

Nos reímos. Me la imagino con esa sonrisa ladeada suya que encandila a cualquiera. Y pienso en las dos niñas que fuimos y que soñaban con crecer de una forma muy concreta. En mi caso, podría decir que cumplí las expectativas, pero en el de Holly... La chica reivindicativa que juzgaba cualquier relación que se aproximara a la idea de una formal, así como los convencionalismos, está a un paso de convertir a uno de los reyes del baile en su marido. Es una locura. Es un final tan antinatural que me cuesta comprender dónde está aquella Holly que sacaba pancartas en los recreos criticando los ideales románticos impuestos por Disney.

—Estás intoxicada.

Ella se ríe abiertamente. No se esconde. Eso es lo más perturbador de todo.

—¿Por qué siempre hablas del amor como si fuera un virus estomacal? No tengo la salmonela, Rain, solo estoy enamorada. Tan enamorada de ese cabeza de chorlito que estoy dispuesta a soltar palomas mensajeras después de la ceremonia para darle el gusto a su madre.

—¿Palomas mensajeras?

—Sí, con versos. Shakespeare. Byron. Ya sabes.

Me muerdo los labios para contener una carcajada. Supongo que esa Holly se quedó tan atrás como la Rain que llevaba boinas de estilo francés para hacerse la interesante. Si destruí cualquier prueba de mi versión bohemia, ¿es posible que tampoco quede ya nada de aquella Holly?

—Si se pudiera viajar en el tiempo, tu yo del pasado vendría a darte una enorme patada en el culo —le digo.

—Pero aún no se puede. El doctor Hadaway lo deja bien claro en su última publicación científica.

Que nombre a mi padre y lea sus artículos me ablanda tanto que noto un nudo en la garganta.

Pese a que todo ha cambiado hasta tal punto que ya ni nos reconozco, echo de menos no verla más a menudo y, aunque el novio no sea de mi agrado (en ocasiones aún sueño que lo atizo con una malla de naranjas mientras corre por las pistas de atletismo del instituto), me alegra profundamente saber que la hace feliz.

—Nos vemos mañana, Holly.

—Lo estoy deseando, cariño.

Cuelgo el teléfono y lo dejo caer dentro del bolso. Luego

me pongo la cazadora sobre la cabeza y bajo del coche. Al llegar al porche estoy tan empapada que tiemblo y maldigo por no haber cogido la maleta; tendré que dormir con lo puesto y salir a por mis cosas cuando amaine. Me olvido de las llaves y abro, sintiendo como la humedad se me cuela enseguida bajo la ropa. Sin embargo, en cuanto la calidez del hogar encendido me recibe, los escalofríos desaparecen y una sensación de lo más agradable me inunda. Sin esperarlo, me veo sonriendo. Me quito los zapatos y el abrigo en el recibidor y observo con los ojos como platos el regalo que Holly y Mason nos tenían preparado.

La casa es una preciosidad. El salón es inmenso, de techos altos, grandes ventanales y un estilo de lo más acogedor. Los muebles son de madera maciza y dos sofás alargados de color crema enmarcan la chimenea. Una gran alfombra de pelo blanco invita a sentarse frente al fuego, y no me cuesta imaginarme allí leyendo un libro con una copa de vino mientras las llamas me encienden las mejillas. Al otro lado del salón se encuentra la cocina. El espacio es diáfano y las estancias solo están separadas por un muro de piedra. Sobre la isleta hay cestas con fruta fresca y bollería. Cuando abro la nevera se me hace la boca agua y me digo que debo darle las gracias a Holly.

Correteo hacia las escaleras con la intención de elegir cama y saltar sobre ella hasta cansarme, pero apenas he subido un tramo cuando la puerta se abre. Me giro con el corazón desbocado y en los siguientes segundos medito las posibilidades:

1. Como bien me había advertido Holly, soy una estúpida por no echar la llave y voy a ser víctima de algún asesino en serie de la zona. Mis órganos internos ensangrentados romperán la blancura irreal de esa preciosa alfombra. Menuda lástima.

2. El dueño se ha dejado el chaquetón y ha regresado a buscarlo. Es muy guapo y puede que vivamos un tórrido romance frente al calor de esa chimenea de cuento.
3. Todo es una broma de Mason, el prometido de Holly, que tiene el humor básico de una cría de chimpancé, y es el grupo al completo entre risas el que entra para joderme la noche y la existencia.

Y, pese a que dos de ellas suponen una tortura (real o metafórica), las preferiría antes de lo que me encuentro al otro lado de la puerta:

4. Jack.

La persona a la que menos deseo ver en el mundo.

Se me corta la respiración y noto calor, y rabia, y tantas cosas que me agarro al pasamanos con fuerza para no tambalearme. Tal vez porque soy consciente de que, si en este instante lo odio con tanta intensidad, solo puede ser por todo lo que lo quise.

Él se sacude el pelo empapado y se retira los mechones de la cara. Luego alza el rostro y clava sus ojos en los míos antes de sonreír como solo puede hacerlo un demonio.

—Cordelia Rainbow, qué inesperado placer...

Jack

Pronuncio su nombre como si lo paladeara. Despacio. Con los ojos entrecerrados y una sonrisa traviesa.

«Cordelia Rainbow.»

Un puto caramelo entre los dientes. Uno dulce, aunque envenene tanto como esa mirada que me está dedicando por llamarla así. Me estudia de arriba abajo con rapidez. Sus ojos negros, tan abiertos que la oscuridad me atrapa. Sus labios fruncidos en una línea fina que les hace perder ese tono rosado tan característico. Su cuerpo de muñeca, tan tenso que parece de cristal. Pero Rain no tiene nada de frágil. Rain está hecha de un material de otro planeta. Rain es una marciana perdida en la Tierra.

Baja las escaleras a la carrera y me fijo en que está descalza; me quito las deportivas encharcadas y las dejo bajo un radiador en la entrada, junto a sus zapatos de cordones. Luego la sigo hacia el salón y la observo sin disimulo para averiguar si es la misma de entonces o si hay en ella nuevos detalles por el paso del tiempo. ¿Cuántos años han pasado? ¿Dos o quizá tres desde la última vez? La vida vuela, pero los recuerdos... Ay, lo que escuecen los jodidos recuerdos.

—¿Qué estás haciendo tú aquí? ¿No te ha avisado tu esbirro de que se ha pospuesto la fiesta hasta mañana?

Sonrío por la forma en la que se refiere a Mason. Nunca se han gustado y no lo esconde. Para bien o para mal, Rain solo oculta las cosas que de verdad le importan.

Niego con la cabeza. Ella pone los ojos en blanco y se coloca un mechón detrás de la oreja.

—Entonces ¿por qué has venido tú, si lo han anulado? —le pregunto.

Se gira con brusquedad y me da la espalda. Tiene la melena mojada por la lluvia y las puntas le calan los hombros. Mis dedos reviven el tacto de su pelo húmedo. De eso ya hace siglos y mis yemas aún lo sienten como si el paso del tiempo no existiera.

—Holly me ha invitado a quedarme esta noche. Sola.

Rain remarca la última palabra, pese a que resulte obvio que estamos aquí porque somos los únicos cuyo viaje se iniciaba al otro lado del mapa. De lo que deduzco que, o no la han avisado para que diera media vuelta, o lo han hecho demasiado tarde.

—¿Privilegios por ser la mejor amiga de la novia?

—Alguno debía de tener... —masculla entre dientes sin ocultar el castigo que supone para ella este fin de semana.

Sigue siendo tan altiva como la recordaba, aunque no sea consciente de esa superioridad que desprende. Quizá por ello lo parezca aún más. Con Rain siempre tienes la sensación de ir un paso por detrás. De que la vida es un enigma que solo ella sabe descifrar.

—Ya veo. Un premio por mezclarte con los mortales.

Finjo una reverencia exagerada y maldice antes de dirigirse a la cocina. Según camina, su culito respingón me demuestra que otras cosas no han cambiado en absoluto...

Sacudo la cabeza para borrar el recuerdo de sus bragas de princesa y enciendo el teléfono. Lo apagué al salir de Manchester y la idea de dejarlo así hasta el domingo era muy tentadora, pero con Rain y su mirada desdeñosa imagino que lo mejor es ponerme al día de lo que sea que haya ocurrido.

Con el mensaje de Mason empiezo a encajar las piezas.

> Mason: Tío, no sé si será otra señal más de que la boda es una locura, pero esta jodida tormenta nos ha complicado salir de Londres. Posponemos la quedada a mañana.

Guardo el teléfono y me siento en uno de los taburetes que rodean la isleta. Desde aquí tengo una visión privilegiada de Rain y su vena más neurótica. Abre las puertas de los armarios sin cesar. Remueve el interior de los cajones sin aparente sentido. Cuela la cabeza en la nevera y balbucea algo incomprensible antes de cerrarla con fuerza. Camina de un lado a otro. Camina. Camina. Camina. Me odia en silencio. Me odia a media voz, murmurando sus ganas de largarse de aquí. Se muerde una uña pintada de un azul muy oscuro, casi negro. Rain siempre viste de negro. Miento. No siempre. Cuando te acostumbras a sus vestidos de cuello alto y medias tupidas, aparece con un pantalón amarillo que no puedes dejar de mirar. O con una camisa de estampado estrambótico capaz de provocar dioptrías. Lo que sea. Pero te sorprende y te preguntas si la chica que creías conocer es como pensabas y cuánto más ocultará. Esas son las personas que marcan. Las que, cuando te convences de que es imposible que te impresionen de nuevo, te desestabilizan con una corona de flores en la cabeza para acudir a un entierro.

Hoy sí va de negro. Lleva una faldita corta y un top ajustado. No hay escote. Las mangas le cubren hasta el codo. Las medias parecen brea. Apenas se ve piel. Se ha pintado la raya de los ojos y se ha olvidado del carmín.

Y, sin embargo, es sexi a rabiar de un modo soez. La muy condenada.

Yo no me muevo. Solo sonrío. Y pese a que nadie pensaría en este instante que esta chica arrogante y antipática pueda merecer la pena, yo un día descubrí que era la criatura más fascinante del planeta. Y la miro porque sé que le molesta. La pongo nerviosa. Da igual los años que pasen. Da igual las vueltas que dé la vida. Porque cuando Rain y yo nos cruzamos ocurre algo. Siempre. Aún no sé si bueno o malo. Y nos cruzamos constantemente.

Rain

Jack me está mirando. Lo sé, aunque le dé la espalda. Lo noto, incluso con la cabeza metida en la nevera. Lo siento en la nuca, en la columna vertebral y en los dedos de los pies, que encojo cuando la sensación de sus ojos rozándome me atraviesa. Jack me está mirando, porque está aquí, a solas conmigo, en un punto indeterminado de los Costwolds, en una casa de cuento y bajo la peor tormenta que recuerdo.

Jack me está mirando, sí, y yo solo puedo pensar en escapar muy lejos.

Tanto como lo hice la primera vez. Y la segunda. La tercera..., en esa ocasión fue él quien decidió correr. Lo que se nos olvida con frecuencia es que el mundo es redondo y es muy posible que acabemos chocando de nuevo, pese a huir en direcciones opuestas.

Escojo una botella de vino y busco una copa en la alacena. La madera está decorada con pequeñas flores y el interior huele a jazmín. Todo lo que me rodea podría protagonizar un cuento infantil de esos que Holly odiaba, con princesas esclavizadas y doncellas secuestradas por bestias. Me pregunto en qué punto del camino la vida cambió tan rápido como para que ni siquiera me percatara. Tanto como para estar en esta casa en mitad de un bosque con Jack. El mismo Jack al que la última vez que lo vi le dije que no se podía esperar nada de él. El mismo que se acerca lentamente y se coloca a mi lado. Me saca una cabeza, el flequillo le cae de vez en cuando por la frente y la nariz se le arruga justo antes de sonreír, aunque dudo que nadie más lo sepa. Es un gesto tenue, una especie de tic que conserva desde los diecisiete años.

Y aquí llega la sonrisa. Traviesa. Dulce. Suya.

—Cordeli...

—No me llames así —respondo tan tensa que creo que podría romperme.

—Perdona.

No lo siente en absoluto, pero parece tener un plan. Uno que empieza con él ofreciéndome su mano y conmigo mirándola como si acabara de tenderme la piedra filosofal.

—¿Qué haces?

—Vamos, Rain... Es obvio que ninguno quiere estar a solas con el otro, aunque también que vamos a tener que pasar la noche aquí. Hagámoslo bien. Seamos adultos. Mañana nos olvidaremos de esto y podrás insultarme cuanto te plazca con Holly. Pero hoy estoy muy cansado y pensaba desconectar durante el fin de semana.

Jack cierra la boca y su labio inferior sale hacia afuera.

«Oh, no. Que no lo haga. No creo que sea capaz...»

Pero lo es. Jack me hace un puchero, como un niño chico, y luego estira el brazo y su mano me roza el estómago. Es apenas un toque de sus dedos sobre la camiseta, pero doy un paso hacia atrás y niego. No pienso tocarlo. No pienso recordar.

Saco otra copa de la alacena y se la coloco en esa mano que no deja de pedir algo que no le puedo dar. Le sonrío con condescendencia.

—Se transmiten más gérmenes dando la mano que besando, ¿sabes?

A pesar de que pretendía apuntarme un tanto con mi rechazo, su expresión risueña me dice que me he confundido por completo.

—¿Es una excusa para saludarnos con un beso? ¿Eso es lo que quieres, Rain? Vaya, sí que te han cambiado estos últimos años.

Doy otro paso, pero él me imita y su cuerpo ocupa todo el espacio. Podría darme la vuelta, rodear la isleta y salir por el otro lado, aunque eso significaría perder. Y con Jack escuece. Porque Jack siempre gana. Siempre. Hasta que yo me cansé y dejé la partida a medias.

Alzo la mirada y me encuentro con la suya. De cerca, sus ojos son muy normales, sin nada especial, marrones, redondos, insulsos en apariencia. Pero brillan. Son vivos, como los de un niño hiperactivo en una tienda de caramelos. Son unos ojos que nadie olvida.

Traga saliva y sigo ese movimiento con lentitud. Y, por primera vez desde que ha aparecido como un fantasma del pasado, me fijo en él. En sus vaqueros negros. En su sencilla camiseta blanca. En sus pies descalzos, cubiertos por unos calcetines grises. En las curvas de sus brazos. En las venas de sus manos. En sus mechones húmedos y descontrolados. En la punta de su nariz.

¿Besarlo? Jack no tiene ni idea de lo que significa para mí tenerlo enfrente.

—No. Solo es un motivo para que no me toques.

Apoyo la botella en su pecho para apartarlo y vuelvo al salón. Y, con sus ojos aún clavados en mi espalda, recuerdo un beso. Uno en la punta de esa nariz de galán que un día me contó que había heredado de su madre. Uno que le di a cambio de un consejo. Uno que provocó que mi vida y la suya se enlazaran durante demasiado tiempo.

«Cortar ese nudo fue tan difícil, Jack, que ni se te ocurra volver a hacerlo.»

Jack

Rain se ha sentado en el sofá. Ha colocado los pies bajo sus muslos y, en esa posición, la falda se le recoge. Cuando ve que me acerco, tira de la tela hacia abajo con disimulo. Tal vez debería ofenderme, pero me hace gracia. Rain siempre me ha hecho reír. Incluso sin pretenderlo. Incluso pretendiendo lo contrario.

Se ha servido vino y bebe a sorbos cortos. Cojo la botella para llenar mi copa y el sonido del líquido rojizo rompe el silencio tenso que nos acompaña desde que nos conocemos. Entre ella y yo los silencios nunca han sido cómodos, tampoco incómodos, aunque solían tener más cuerpo del debido. Se llenaban de cosas. Algunos dicen que cuando saltan chispas entre dos personas el ambiente se llena de una energía especial. Puede que fuera eso. Puede que entre Rain y yo surjan cosas invisibles de esas en las que creía su madre, pero yo no sé describirlo, las palabras nunca han sido mi fuerte, solo lo sentía. Como ahora, que si fuera tangible podríamos masticarlo.

Doy un paso hacia el sofá y sus ojos vuelan por la sala. En segundos analiza la situación y las posibilidades; es una especialista en eso. A Rain se le presentan cinco opciones según la decisión que yo tome en los siguientes segundos:

1. Pasar por delante de ella para llegar a la salida y desaparecer bajo la tormenta.
2. Pasar por delante de ella, dirigirme a las escaleras y esconderme en el piso de arriba hasta que lleguen los demás y nos salven de esta condena.
3. Sentarme en la butaca frente a la chimenea y lanzarnos miradas asesinas entre silencios.
4. Sentarme en un extremo del sofá mientras fingimos ser amables, pese a que nos odiemos.
5. Sentarme en el sofá en la plaza contigua a la suya, lo más parecido al infierno en la Tierra.

Le sonrío enseñándole todos los dientes. No es una sonrisa amiga, sino una llena de segundas intenciones que la tensa aún más. Porque me conoce. Porque sabe que sé cómo sacarla de sus casillas. Porque siempre me han gustado los retos. Sonrío hasta que me duelen las mejillas. Soy el enanito feliz. Soy el puto Joker. Ella imagina formas de torturarme; las veo en sus ojos oscuros y colgando de esas pestañas largas que no necesitan maquillaje para ser envidiables. No me deja en muy buen lugar, pero la Rain psicópata es una de las que más cachondo me ponen.

No hace falta ser un lince para adivinar cuál es mi elección.

Rain carraspea, aparta la vista y dobla más las piernas cuando su cuerpo siente el peso del mío colocándose a su lado. Más próximo de lo socialmente aceptable entre dos desconocidos. Mucho más de lo recomendable entre dos conocidos con un pasado como el nuestro. Más cerca de lo que Rain jamás soporta, incluso cuando eres alguien de su confianza.

Alzo la copa y finjo un brindis antes de llevármela a los labios. El vino es suave y dulce. Nada que ver con la chica áspera y de mirada amarga que lo bebe a tragos pequeños.

Sé que morderme la lengua sería lo más sensato, pero Rain ya piensa que soy gilipollas, así que... las palabras salen antes de que mida las consecuencias.

—Tocarnos nunca fue un problema.

Ella me mira y pestañea con rapidez. Traga saliva y sus ojos se pierden en el fuego encendido. Supongo que también en todos esos recuerdos que cargamos y compartimos. Finalmente arruga la nariz de esa forma que siempre me pareció adorable y habla sin que le tiemble la voz.

—En realidad, siempre lo fue, Jack. Cuando nos tocábamos la vida se nos complicaba... Deberíamos poner unas normas básicas de convivencia para este fin de semana.

Asiento y digiero la patada. No sé qué esperaba, pero no esta sensación de haber perdido algo.

—No tocarnos. No besarnos. Tu plan empieza de lo más aburrido.

—No hablarnos más de lo estrictamente necesario —añade ella con esa superioridad que tanto odio.

—Si quieres, puedo hacer como que no existes —le digo con sarcasmo y relamiéndome los labios.

—Eso me encantaría. Gracias.

Ignora mi gesto, sonríe y casi parece una chica amable, no la villana que está imaginando mi cabeza en una bandeja.

—Estaba bromeando.

—Yo no.

Me río. Por supuesto que no. Cuando Rain bromea llueven gominolas y los unicornios toman las calles. O sea, nunca. No he conocido a nadie que se tome la vida tan a pecho.

—Es verdad, tú nunca bromeas.

—No, y no voy a pedir perdón por tomarme las cosas en serio. El rey de la frivolidad eres tú, no yo.

Y, con un golpe de melena, Rain se bebe lo que queda en su copa y me deja hecho mierda. Porque eso logra. No siempre. No con intención. Pero te recuerda que, a su lado, es demasiado fácil perder, y eso aterra y engancha como pocas drogas que haya conocido.

Rain

Poca gente lo sabe, pero el agua se expande a medida que se congela. Un cubito de hielo, por ejemplo, ocupa un nueve por ciento más de volumen que el agua usada para formarlo. Lo mismo sucede con el odio. Crees que ocurre al contrario, que ese sentimiento se diluye con el tiempo, pero no es cierto. Cuanto más lo dejamos vivir, más crece, se enraíza en nosotros y los nudos que lo atan a los motivos de que naciera son más fuertes.

Eso pienso mientras bebo vino con Jack. En que lo odio. Más que ayer y menos que mañana. Porque han pasado tres años y aún percibo un escozor de lo más incómodo solo con tenerlo cerca. Me siento tonta. Y vulnerable. Y una tarada a la que nadie comprende, excepto él. Darle ese poder me supera, me enciende, me enfada a tantos niveles que estoy bebiendo más de lo que debería, pero ¿qué otra cosa puedo hacer?

Al otro lado de la cristalera el agua parece una cortina que apenas nos deja ver qué hay más allá de estas cuatro paredes. Siento que solo estamos él y yo, todo lo que ya hemos dicho y lo que aún queda por decir. Es angustiante.

—¿Sigues en Cambridge?

Su pregunta rompe el silencio y me alegra que lo haga con un tema con el que me siento cómoda. Mi carrera siempre es un puerto seguro.

—Sí, el año pasado acepté un puesto en una revista de divulgación científica.

—Siguiendo los pasos de tu padre.

—Su estela, más bien. La sombra de Vincent Hadaway es alargada.

A pesar de esa losa que siempre me acompaña, Jack niega con la cabeza. Su pelo de vigilante de la playa se mueve. Aún está húmedo por la lluvia, así que mi descripción es más que acertada. Si se quitara la camiseta, podría protagonizar un anuncio y reventar las ventas. Vaqueros. Pastillas para el tránsito intestinal. Comida para perros. Lo que fuera. Y no es que me lo esté imaginando sin ropa, solo que...

—Nadie podrá nunca hacerte sombra, Rain. Me apuesto lo que sea a que eres tan buena como él lo era a tu edad.

No puedo evitarlo y pongo los ojos en blanco, porque hace ya mucho que acepté que escoger el mismo camino profesional que mi padre no iba a ser fácil. Cuando eres la hija de una eminencia de la astrofísica, las comparaciones son inevitables y salir perdiendo, una constante. Aunque no me importa. Admiro tanto a mi padre que para mí es un honor.

Sin embargo, Jack me mira con algo que podría ser fascinación, pero que en él me resulta perturbador. Y me sonríe; ¡maldito sea!, no quiero que lo haga. No quiero que me recuerde cosas bonitas.

—¿Qué?

—Ya estás haciendo eso —le reprendo.

Entonces me observa con curiosidad. No tengo motivos para ser políticamente correcta o callarme por miedo a no gustarle, a hacerle daño o a estropear lo nuestro. Hoy no hay un «nosotros». Hoy puedo ser la Rain que me dé la gana, así que comparto con él eso que odio tanto como su manía de mascar chicle con la boca abierta o ese tic insoportable que tiene de mover la pierna cuando conduce. Si soy tan inteligente como la gente dice, debería centrarme solo en las cosas que no soporto.

—¿Qué es lo que hago?

—Siempre halagas en exceso a la gente, Jack. Desde que te conozco. No sé si es por esa necesidad que tienes de gustarle a todo el mundo o porque te funciona en tu perverso plan de que cualquier persona con la que te cruces acabe adorándote.

Suelta una carcajada, pero no niega mis palabras. A fin de cuentas, no puede hacerlo. Jack siempre cae bien. A Jack lo ves cuando entra en algún lugar. Sin hacer nada. Solo con su presencia tú ya sabes que está ahí. Que ha llegado. Y que todo el mundo se ha percatado. Su carisma. Su sonrisa. Su amabilidad. Su encanto natural.

—¿Halagar es malo? —me pregunta.

—Sí, si no es sincero. Puedes hacer que alguien confíe en lo que no debe.

Asiente y sigue mirándome de ese modo en el que un niño analiza un puzle que no entiende. Soy una ecuación por resolver en una pizarra en el Centro de Ciencias Matemáticas. Soy el enigma de la existencia de Yang-Mills y del salto de masa.

—Suerte que contigo nunca miento en ese aspecto —me dice sin pestañear; y casi agradezco que no lo haga, porque Jack tiene pestañas de muñeco y su movimiento me aturde—. Todo lo que veo en ti es real.

Y como la niñata tonta que soy cuando estoy con él, los capilares sanguíneos de mi rostro se comprimen y el rubor llega como por arte de magia. Pero no tiene nada de mágico, solo es ciencia. Solo es la reacción de mi cuerpo ante la que considera una situación de emergencia, dotando a mis músculos de más oxígeno y nutrientes, por si debe huir. Y estar encerrada en una casa con Jack lo es, no tengo dudas al respecto. El color de mis mejillas solo es un daño colateral. O eso me digo para no verme obligada a aceptar que sigue teniendo la capacidad de afectarme como nadie más lo hace.

Me termino la copa y la dejo sobre la mesa. A mi lado, él coloca las manos bajo la nuca. En esa postura sus músculos se tensan y la camiseta deja una franja de piel a la vista. La piel de Jack tiene uno de esos brillos que la hace parecer siempre bronceada, como si acabara de aterrizar de un crucero en las Maldivas.

—¿Tú sigues en Manchester? —Alza las cejas. Le sorprende que retome el tema de la última conversación que mantuvimos, áspera, complicada, humillante.

Aun así, me sonríe con timidez.

—Sí, trabajé un tiempo en la cadena de gimnasios, hasta que me ofrecieron entrenar a un equipo de chavales y, bueno, yo...

Se toquetea el pelo y noto una calidez en el estómago similar a la que sentiría al ver una caja llena de gatitos. Pequeñitos. De pelo suave y maullido fuerte. El Jack nervioso siempre me ha provocado una ternura inesperada. Pienso en el crío del pasado que deseaba ser futbolista y en el joven que no lo logró. Este es otro, tal vez el resultado de la reconciliación entre ambos. Y no debería, porque lo odio y desear que le vaya mal entra en el paquete, la teoría me la sé muy bien, pero en la práctica..., si soy honesta, aún me alegro por él. Nadie merece rozar un sueño para que se lo arrebaten después.

—Hay muchas maneras de vivir una pasión, ¿no?

—Sí, supongo que acabé por entenderlo.

Su sonrisa se ensancha y ya no es la del Jack más vulnerable, sino la del chico cómplice con el que compartí tantos momentos. La del joven perdido que durante un tiempo se encontró en mí. La del hombre que me rompió el corazón.

Trago saliva, aparto lo que aún duele y me concentro en ser la Rain que tantas veces ha ensayado frente al espejo quién sería si volvíamos a cruzarnos. La que se había preparado bajo un entrenamiento militar para soportar este fin de semana sin llevarme de vuelta a casa nuevas heridas que ya no tienen sentido. La irónica, pretenciosa e insoportable Cordelia Rainbow.

—¿Entrenas a adolescentes impresionables? Dios, ¡ahora tienes un equipo entero de fútbol a tu completa disposición para adorarte! Soportarte en Manchester debe de ser insufrible.

Jack se ríe. Ignoro la forma tan ridícula en la que se le achinan los ojos, esa que muchos tacharían de adorable, pero que a mí me provoca ardor de estómago.

—A mi ego le va mejor que nunca —declara el muy sinvergüenza.

—Suerte a quien conviva con él...

—¿Intentas averiguar si comparto mi vida con alguien, Rain?

Tenso la mandíbula, aunque lo oculto tras la copa de vino, que no dejo de rellenar. Pienso en las posibilidades. En todas las chicas que podrían pasar por su casa. Por su cama. En todas las que ya conozco que lo hicieron y en aquellas que aún no han llegado, pero que lo harán. Rubias. Morenas. Pelirrojas. De cuerpos y rasgos diversos. Todas ellas con un punto en común: no ser inmunes al atractivo natural de Jack Ladson. Con él y sus múltiples encantos en el mundo, sin duda, la supervivencia de la especie está a salvo.

Le sonrío con calma, como si no me afectara en absoluto que otra ocupe sus pensamientos. Y sé que el cerebro de Jack tiene tantos departamentos con nombres femeninos como libros la Biblioteca Nacional, pero no me refiero a eso. Lo que me molesta, lo que aún me provoca sentimientos descontrolados, es la posibilidad de que una de ellas le importe de verdad. Porque el Jack que yo conocí no se enamoraba. Era un imbécil que no sabía estar solo, pero tampoco lo que significaba la palabra «amor». El Jack que yo conocí salía y entraba de la vida de chicas como el que da la vuelta completa en una puerta giratoria de un centro comercial. El Jack que yo conocí solo tembló una vez por una chica. Por mí.

«¿Que si quiero saber si sales con alguien? ¡Por supuesto que sí, idiota engreído!»

Me coloco un mechón detrás de la oreja con una tranquilidad que no siento y le sonrío.

—Sí, para mandarle mis condolencias a la pobrecilla.

Jack me devuelve la sonrisa. Es tan desafiante como la mía. Si el odio pudiera verse, ahora mismo habría una batalla medieval en medio de este salón de revista.

—Se llama *Natasha*. Puedes mandarle una caja de bombones a nuestro piso. Te anoto la dirección, si quieres.

«Au. Duele.»

—Qué nombre más... exótico.

—Dijo Cordelia Rainbow... —me susurra con maldad.

—¿Es una princesa rusa? ¿La *stripper* de la última despedida de soltero a la que fuiste? ¿Una de esas muñecas a tamaño real para perturbados que venden por internet?

Estoy celosa. Estoy tan celosa que las palabras son balas que me hacen odiarlo aún más de lo que me odio a mí por sentir esta amargura en la lengua al pensarlo con otra. Con Natasha. De melena larga y espesa, sonrisa amable y gran sentido del humor. Estoy tan celosa que preferiría que me respondiera que Natasha es una muñeca con el aspecto de Angelina Jolie, que se siente muy solo y que le gusta hacerlo con vaginas de plástico. Pero sé que no. Porque a Jack nunca le ha gustado lo fingido. Para bien o para mal, es de los que viven cada instante de verdad.

Se incorpora ligeramente y me da un repaso rápido sin el menor disimulo. Según sus ojos se deslizan por mi cuerpo, me encojo, como si lo rozara con una pluma invisible.

—En realidad, *Natasha* tiene bigote.

Alzo las cejas y medito las posibilidades que se me presentan con esa información.

—Entonces admiro su valentía por pasar de los convencionalismos sociales y no depilarse. Eso o quizá Natasha sea un hombre, lo cual me parece muy bien, aunque debo confesar que me sorprende. Te hacía de gustos fijos.

Jack se muerde una sonrisa. Se está divirtiendo. Y, pese a que preferiría estar en cualquier otro lugar, yo también. Nos miramos aún con ese desafío implícito en todo lo que hacemos cuando estamos juntos y, finalmente, Jack se acerca más y me susurra unas palabras como el que confía un secreto.

—Vas mal encaminada. *Natasha* es una gata.

Pestañeo aturdida, porque me habría esperado cualquier respuesta menos esa. «¿Un matrimonio concertado con la hija de algún magnate del petróleo? Sí, Rain, ya te mandaré la invitación de boda.» Jack es tan idiota que hasta eso me parecía plausible. Pero ¿un gato? ¿Acaso el mundo se ha vuelto loco?

—¿Tienes una gata?

—¿Tanto te sorprende?

—¡Odias los gatos!

Al menos, el Jack que conocía.

«¿Tanto has cambiado? ¿Es posible que yo también lo haya hecho? Entonces, ¿dónde queda ese *nosotros* que un día nos sobrevoló, Jack? ¿En qué punto nuestros caminos se han distanciado tanto?»

Me revuelvo en el sofá y también lo hace mi estómago. Porque no debería sentir esto ante la posibilidad de que lo que fuéramos ya no exista en este plano temporal, pero lo noto. Nace del centro de mi pecho y se expande con rapidez, como la energía de un meteorito al golpear la Tierra. Eso es Jack. No sé cómo he podido olvidarlo. Porque Jack no es solo una roca impactando en tu vida; Jack, para mí, siempre será el jodido Big Bang.

—Eso no es verdad.

Su voz aterciopelada me devuelve a este sofá. Ha estirado la pierna y su muslo me roza la rodilla. Debería apartarme, pero mis conexiones cerebrales están demasiado concentradas en crear imágenes de Jack desnudo cubierto con gatitos preciosos de ojitos tiernos.

—¡Por Dios, Jack!, si se te ponían los pelos de punta cuando veías a *Copérnico*.

Recuerdo con una sonrisa al viejo gato gordo de color gris. Mi padre lo encontró comiendo en los jardines de la universidad y lo trajo a casa. Y, años después, yo llevé a Jack. Y todo se complicó. *Copérnico* se coló en la despensa y murió por una indigestión, y Jack me enseñó que el amor es peor que un empacho de confitura casera.

Se termina la copa y se relame una gotita de vino de lo más traviesa. Es imposible que la haya colocado intencionadamente sobre el arco de su labio superior, pero apuesto a que ha desarrollado nuevos poderes mágicos para provocarme. Hoy todo me parece posible.

—Vale. Odio al resto de los gatos, pero a *Natasha* no. Ella me gusta.

—¿Cómo empezó lo vuestro?

—Ya sabes... Nos presentó un amigo en común, la invité a cenar, nos tomamos una copa y una cosa llevó a la otra. Antes de darme cuenta, su caja de arena estaba en mi baño y se había apoderado del lado derecho de la cama.

Me muerdo una sonrisa. El muy canalla tiene su gracia.

—Tu relación más formal.

—Es posible que sea la definitiva.

—Guau. Eso da miedo.

—Menos del que creía. —Deja caer las palabras y rellena las copas; me siento ebria, pero prefiero culpar al alcohol que a mis emociones.

Porque Jack nunca habla en balde y, con esas palabras, acaba de decirme mucho más de lo que parece. Mucho más de lo que nunca creí a mi alcance. Acaba de decirme que el chico que nunca se comprometía ha dejado de correr.

Cosas que Rain odia de Jack

1. Que masque chicle con la boca abierta.
2. Que se ría de sus propias bromas.
3. Que halague a todo el mundo.
4. Su tic en la pierna cuando está nervioso.
5. Sus uñas mordidas.
6. Su capacidad para sacarla de quicio.
7. Que coquetee con todo ser vivo que se cruce en su camino.
8. Que algunas de sus primeras veces le pertenezcan.
9. Sus pies.
10. Que siempre que se alejan, Rain siente que él se lleva una parte de ella consigo.

Jack

Siempre he pensado que, si Rain fuera un animal, sería una araña. Elegante, silenciosa, inteligente. También capaz, sin que tú seas consciente, de tejer a tu alrededor una tela que te atrapa y de la que cuesta escapar.

Hay quien las odia o las teme, pero a mí siempre me han fascinado. Si encuentro una, me siento a observarla. Su entereza me calma. Esa superioridad que desprenden, incluso siendo diminutas. Su valentía ante un mundo que puede aplastarlas en un segundo.

Rain es una jodida araña de piernas finas, andares discretos y mirada astuta.

Además, casi siempre viste de negro.

—¿Y tú? ¿Sigues con... cómo se llamaba? —Finjo que no lo recuerdo y eso la pone de los nervios—. ¿Profesor *Micerebroesmásgrandequeeltuyo*?

Me fulmina con la mirada y sonrío sin remedio. Es tan fácil provocarla...

—No. Aquello terminó. Y siento decirte que el tamaño del cerebro solo explica un dos por ciento de la variabilidad en inteligencia, así que ese chiste no tiene tanta gracia como crees.

—¿Estás bien?

Mi pregunta la descoloca, pero es sincera. Pese a todo lo sucedido, siempre me he preocupado por Rain y, aunque odie imaginármela con ese estirado de americanas con coderas, me importa si le dolió.

—Sí. ¿Por qué no iba a estarlo?

—¿Lo dejaste tú?

—¿Qué importancia tiene eso? —responde a la defensiva.

—La tiene, créeme —le susurro.

Y, sin poder evitarlo, viajo unos años atrás. A una noche de fin de año en la que ella llevaba un vestido blanco. Sí, joder, la araña llevaba un vestido blanco. Una noche en la que hablamos de su relación, de mis miedos y nos dijimos «te quiero» del modo más triste posible, porque lo hicimos con pena y despecho. Una noche en la que nos despedimos sin decirnos adiós.

«¿Lo dejaste después de esa noche, Rain? ¿Lo dejaste por lo que te hice ver? ¿Dejaste a tu profesor por lo que te dije? ¿Lo hiciste por mí?»

Sin embargo, no hablo, no pregunto, porque entre nosotros las cosas funcionan de una manera muy diferente. Solo sonrío y la ataco del único modo que sé.

—Rain *Rompecorazones* Hadaway.

—Oh. ¡Cállate!

—Cordelia Rainbow, conquistadora de científicos.

—¡¿Quieres parar?!

—Doctora Hadaway, la heroína cuántica del amor.

—Eres...

Pero es incapaz de seguir. No sin regalarme una sonrisa. Se la muerde. Atrapa el labio bajo sus dientes y noto una tirantez en el pecho. Esa presión que me recuerda al pico de la montaña rusa antes de bajar a toda velocidad. El corazón subiendo por la boca. Las tripas bailando la primera vez que una chica te toca.

«La hostia, Rain...»

Para evitar preguntarle si aún lo siente también, sonrío como el chico despreocupado que cree que sigo siendo y la señalo.

—Te has reído.

—¡Ni de broma!

Suelto una carcajada y ella se pasa la lengua por los labios, pero las sonrisas no se borran con facilidad y aún queda el rastro de la que me ha querido ocultar.

—Vamos, Rain...

Finalmente suspira y me mira de ese modo que te hace sentir un bicho minúsculo bajo un microscopio.

—Acepto que el último ha tenido su gracia.

Se me disparan los latidos y me pongo alerta.

—Vaya, todavía te parezco gracioso.

—No te lo creas tanto.

—Tú aún me pareces muchas cosas.

Joder. Soy un puto suicida. Debería mantener las distancias, pasar esta noche lo más alejado que pueda de ella y mañana, cuando los demás lleguen, olvidarme de que Rain y yo estamos bajo el mismo techo. Sin embargo, soy incapaz de parar esto que fluye en cuanto aparece. Porque Rain me despierta. No conozco mayor verdad que esa. Las cosas invisibles están por todas partes.

—¿Vas a empezar otra vez? Ya te he dicho lo que pienso de tus halagos, Jack.

—¿Y quién dice que vaya a halagarte?

—¿Vas a criticarme, entonces? Mucho mejor.

Se ríe. La risa de Rain es dulce, aunque se apaga al final y se vuelve ronca. Es sexi. Es Rain.

—En realidad, tampoco estoy seguro, porque contigo las cosas se dan la vuelta con facilidad. Y podría decirte que me gusta que sigas siendo tan altiva, lo cual es un halago y un defecto al mismo tiempo. Y que tu inteligencia me fascina, aunque también me hace sentir inferior y eso me incomoda. ¿Lo ves? Me enredas, Rain. No sé cómo lo haces, pero es verte y notar que la vida tiene algo nuevo que no había percibido hasta ahora.

—Lo que solo me da la razón a mí. Nos complicamos la vida, Jack.

—Es posible, pero eres científica. Adoras lo complicado.

Vuelve a reírse. Luego su mirada se pierde en la chimenea. Y los dos lo hacemos en los recuerdos. Porque eso somos. Pese a todo. Un puñado de recuerdos que nunca archivamos, a la espera de que algo, cualquier mínima oportunidad de cruzarnos de nuevo, los haga regresar hasta el presente.

«Hoy estamos aquí, Rain. Tú y yo. Y ese *casi* que nunca llegamos a ser.»

AYER
LA VERSIÓN DE RAIN
Primates y hormonas idiotizadas

La primera vez que lo vi pensé que era un idiota. Y sin embargo lo recuerdo. ¿Cómo no hacerlo? Jack Ladson es del tipo de persona que nace con una estrella sobre su cabeza. Listo para iluminar todo a su paso. Para recabar miradas. Provocar sonrisas. Crear fantasías. Romper corazones.

Atractivo. Divertido. Con aptitudes deportivas y una risa escandalosamente bonita. Y el pelo le olía a limón, aunque eso lo descubriría con el tiempo. Hasta tenía un nombre de triunfador. Podría haberse llamado Charlie o Damian. Pero no. Él se llamaba Jack. Que, aunque también fue un asesino que mutilaba prostitutas, siempre sonará a chico popular, como Luke o Cameron. A protagonista de novela. A guaperas con encanto.

Todo eso cargaba Jack junto a su nombre. Menudo peso para un chico de diecisiete años...

—Rain, ¿qué estás mirando?

Pestañeé, me giré hacia mi taquilla y suspiré con dramatismo antes de cerrarla con fuerza. Holly me dio un codazo y se rio de mí. Podría haber disimulado que no estaba mirándolo, pero con ella no tenía sentido. Al final del pasillo, Jack Ladson y Mason Peck se peleaban igual que dos orangutаnes en celo. Lo hacían con cariño, como dos buenos amigos que manifiestan su afecto con puñetazos y gruñidos. Nunca he entendido las muestras de amistad masculina en la adolescencia.

Me coloqué los libros de la siguiente clase bajo el brazo y me apoyé en la taquilla mientras ella cogía sus cosas. Jack llevaba la sudadera del Chelsea encima del uniforme y la sonrisa de comerse el mundo. Mason, un tupé extremadamente ridículo que pegaba con el resto de su ser.

—¿Tú sabías que los gorilas se golpean el pecho no solo para demostrar su fuerza y valor sobre otros machos, sino también para llamar la atención de las hembras?

Holly se rio de nuevo. Y lo hizo de mí. Razones no le faltaban.

—Cada vez te inventas excusas más elaboradas para no aceptar que estás colada por Ladson.

Frunci los labios y no negué la evidencia. Fuera por una cuestión biológica o no, la cruel realidad era que no podía apartar mis ojos de su rostro absurdamente perfecto.

Holly alzó una ceja y observó a los chicos con atención. Se agarraban del cuello de la camisa y fingían luchar por un botín invisible. A lo lejos, Miranda Baker captó los gritos y se dio la vuelta a cámara lenta. Porque las chicas bonitas y populares se mueven a una velocidad inferior a las demás; no está demostrado científicamente, pero sucede, o al menos así lo registra el cerebro adolescente. Y Miranda era un premio gordo. El *summum* de la perfección. Una de las reinas de aquel infierno, de la que ya se rumoreaba que se había mostrado interesada en Ladson, lo cual significaba que estaban a quince segundos de convertirse en pareja. Al fin y al cabo, había indicios suficientes para afirmar que a Jack le gustaban todas. O casi todas. Algunas seguíamos siendo invisibles.

Su melena ondulada color caramelo me deslumbró un

instante. Sus ojos verdosos lanzaron destellos hacia uno de los dos chicos. Jack fingía no darse cuenta de las intenciones de Miranda, pero era parte de su ritual de apareamiento. Lo había estudiado tan a conciencia (con fines menos científicos de lo que me gustaría) que sabía qué sucedería a continuación.

—¿Y lo consiguen? —preguntó Holly.

Siempre. Era insultante. La supervivencia de los mejores tiene un matiz burlón de lo más insoportable.

Miranda se atusó la melena. Se subió la falda (para ser considerada popular esta debía estar siempre un palmo por encima de la rodilla). Se metió una piruleta con forma de corazón en la boca. Echó a andar con pasos de gacela, respondiendo así a las señales que le enviaba la madre naturaleza. Los primates del pasillo hincharon el pecho y se lo golpearon con fuerza.

Ua. Ua. Ua.

Me crucé de brazos y animé a Holly a que se colocara a mi lado.

—Ponte cómoda. Apuesto a que lo que sucede en la jungla debe parecerse mucho a este espectáculo.

Pero me equivocaba. Para los tipos como Jack era aún más fácil que para nuestros más cercanos antropoides.

Un movimiento de cejas. Un guiño de ojos. Una sonrisa. Y el amor (por llamarlo de alguna manera) brotaba como la mala hierba.

—Vaya, pues sí que funciona —susurró Holly cuando los labios de Jack ya estaban teñidos de color piruleta.

Sentí que todo a mi alrededor olía a cereza. Intensa. Empalagosa hasta el exceso. Tan envolvente como para sentir ganas de vomitar. A mi lado, Holly observaba con el ceño fruncido cómo se acercaba Bethany Milles, la novia de Mason del mes de abril. Llevaba una por mes desde que había comenzado la secundaria. Holly y yo habíamos calculado que, para cuando terminara los estudios universitarios, solo quedaríamos un puñado de supervivientes en Londres a las que no nos habría metido la lengua en la boca.

—Te apuesto la comida de mañana a que la deja antes de que acabe la semana.

Holly se rio y negó con la cabeza.

—¿La semana? Hoy es el cumpleaños de su hermano. Ha organizado una fiesta en su casa. ¿Chicas mayores y cerveza? Es posible que lo suyo sea historia a última hora.

Chasqueé la lengua y me apiadé de Bethany, una chica que se había burlado de nosotras en incontables ocasiones y que era una de las culpables de que perteneciéramos al selecto club de los empollones, frikis y otras especies a evitar. Sin embargo, siempre sentía lástima cuando las veía sucumbir a la tentación. ¿Cómo era posible que no lo vieran venir? ¿Cómo podían creer que serían la definitiva? El enamoramiento me parecía una trampa que siempre acababa con el orgullo hecho pedazos, cuando no era algo más.

—Pobrecilla. ¿Has visto cómo lo mira?

Los ojos de Bethany lanzaban purpurina en su dirección. Mason le sobaba el culo sin disimulo. Me costaba comprender qué podían ver en él; aparte de unos abdominales de revista, no había mucho más que destacase. *EncefalogramaplanoPeck*, lo llamábamos nosotras. Una descripción concisa y de lo más apropiada. Una vez lo habíamos visto meterse una gominola por la nariz por una apuesta. En otra ocasión, Holly jura que lo vio comerse un caracol que flotaba dentro de un vaso de cerveza.

—Me hago una idea.

Mi mejor amiga me observó con una sonrisa de lo más irónica y luego desvió la mirada hacia Jack. Los pantalones que llevaba me hacían pensar en James Dean en *Rebelde sin causa*. Y aquello no tenía ni el más mínimo sentido, porque eran idénticos al del resto de los chicos. Insulsos. Grises. Rectos y aburridos hasta el exceso. Suspiré. Ella se rio con ganas. James Dean desapareció de mi mente y fue sustituido por la imagen de una Holly desternillada mientras mi dignidad desaparecía abochornada por el pasillo.

—¿Qué insinúas? ¡Yo no miro a Jack de ese modo! Yo lo odio, solo... solo que... ¡biológicamente es apto!

—Así que apto... —repitió ella con incredulidad.

Mis justificaciones eran tan absurdas que ni siquiera era capaz de sentir más vergüenza. Cuando tocas fondo solo te queda remar hacia adelante y esperar a que el ridículo acabe en algún momento.

—Sí, Jack es un buen candidato para perpetuar la especie y mis hormonas lo saben. Es imposible luchar contra la naturaleza, Holly. Pero ¡es puro instinto! Mi parte racional sueña con pasarle una cuchilla por las cejas.

—Eso no suena muy racional.

—¿Cómo que no? Si lo dejara con esa pinta, las féminas del mundo estaríamos más protegidas.

Tiré del brazo de Holly y nos alejamos del centro de mi bochorno. A cada paso, la risa de Jack se mezclaba más con el ruido de un instituto entre clases hasta que desapareció por completo. El ambiente olía a humanidad, a tabaco fumado a escondidas y a chocolatinas. Y, pese a ello, yo aún sentía la cereza en la nariz. Una alucinación olfativa que me hacía pensar en cuál sería el sabor de los labios de Jack en ese preciso instante, aunque solo se debiera a haber recibido un beso de otra.

Él sería idiota, sí, pero yo... yo no era precisamente un ejemplo de inteligencia cuando mis hormonas tomaban el mando.

Rain (7 años, 9 meses y 25 días)

Rain estaba tumbada junto a su madre en el jardín de casa una tarde de primavera. Tenían los pies descalzos y los ojos entrecerrados. Jugaban a hallar formas en las nubes.

—¡Qué afortunadas somos, Rain! Hoy hemos sido testigos de una carrera de caballos salvajes en el cielo.

Margot dejó un beso en la mejilla a su hija y se levantó de un salto. Su pelo rubio brillaba bajo el sol. Rain pensó que no podía existir una mujer más bella. Si pensaba en todas esas criaturas mitológicas que ella le aseguraba que existían, las imaginaba con su rostro. Hadas. Ninfas. Sirenas.

En cuanto se marchó, su padre ocupó el espacio vacío a su lado.

—¿Qué ves, Cordelia?

—Caballos —mintió ella con expresión culpable.

—Tu madre ha entrado en la cocina.

La niña se mordió el labio y dejó escapar la verdad junto a una bocanada de aliento.

—Cirros. Parecen pinceladas blancas. Son de mis favoritas.

El hombre sonrió con orgullo. Su pequeña Cordelia aprendía rápido.

—Muy bien. Su nombre proviene del latín, significa «rizo».

Observaron las nubes en silencio. No había caballos. Era totalmente ilógico encontrarlos en el cielo. Ambos lo sabían y, aun así, respetaban demasiado a Margot como para fingir que eso era posible. También, en el fondo, deseaban algún día poder verlos.

Rain lo intentó, pero en su cabeza solo había lugar para esos filamentos de cristales de hielo. Si se esforzaba por que sus sentidos fueran más allá, se daba continuamente con un muro.

—¿Por qué vemos el mundo de distinta manera, papá?

El hombre tragó saliva al pensar en Margot. Su dulce Margot. Tan increíble. Tan imaginativa. Una idealista. Si Vincent Hadaway creía en la magia, aunque solo fuera de forma metafórica, se debía a la existencia de aquella mujer.

—Tu madre es especial.

—¿Y nosotros?

El hombre miró a la niña. Tenía los ojos llenos de dudas, de preguntas sin respuesta, de miedos. Tan similares a los suyos, lo que le parecía aterrador y fascinante al mismo tiempo. Porque él sabía lo que suponía ser como era, para bien y para mal. Porque él siempre se regía por la verdad, y la verdad era que no había nada especial en ser Vincent Hadaway, más allá de poseer un cerebro privilegiado y una familia que aún desconocía cómo había logrado formar.

Al percibir que el hombre vacilaba, fue la propia Rain la que respondió, y lo hizo repitiendo el apelativo cariñoso con el que su madre siempre se dirigía a ellos.

—Nosotros somos dos niños aburridos.

Ambos sonrieron.

Después estudiaron el lento vaivén de las nubes, sin saber que una mujer de pelo rubio y collares de colores los observaba a su vez a través de la ventana.

El amor le colmaba los ojos. Lamentaba que los dos pilares de su vida no pudieran ver que la única magia que existía residía en ellos.

Gatos bailando y niños aburridos

Nuestra casa era la más bonita de toda la calle. Y no es una apreciación subjetiva, sino que era habitual que los turistas que paseaban por la zona eligieran su puerta para inmortalizar un momento. Supongo que ayudaba que fuera la única pintada de púrpura en una arboleda de casas de ladrillo rojizo y molduras blancas. Aquella excentricidad había sido idea de mi madre y, pese a que se solía respetar la estética del vecindario, era tan encantadora que ningún residente había puesto objeción alguna. Así que no solo era la vivienda del científico raro que se relacionaba regular con los demás, sino también la de la mujer que dejaba libros en los buzones de los vecinos por Navidad y siempre llevaba vestidos de mil colores. Una *hippie* que había acabado casada con un astrofísico, con el que había tenido una hija que era el raro resultado de esa mezcla imposible.

O sea, yo.

Colgué el abrigo en el perchero del recibidor y dejé la mochila al borde de la escalera.

—¡Ya he vuelto, papá!

Me asomé a la sala de estar, aunque solo encontré silencio por respuesta. Fruncí el ceño; aquello rompía los cuadriculados esquemas del doctor Hadaway. Mi padre era un hombre de rutinas y a esas horas siempre estaba en casa; más concretamente, sentado en la butaca con *Copérnico* encima mientras leía o corregía artículos de investigación de otros. Pero aquella tarde solo vi al gato gordo echándose la siesta.

Papá pasaba las mañanas en el hospital y después regresaba para verme a mí al terminar las clases. Luego yo visitaba a mamá y era cuando él aprovechaba para encerrarse en el despacho. Pese a que se había retirado durante un tiempo tras el diagnóstico médico que había puesto nuestra vida patas arriba, los cerebros como el suyo nunca descansan y seguía colaborando con la universidad de forma esporádica.

—¿Papá?

Atravesé la cocina y abrí la puerta trasera que daba al jardín. No era muy grande, lo justo para que mamá hiciese yoga y lo llenara de plantas. Solíamos salir los tres con una taza de algo caliente después de la cena y nos contábamos cómo nos había ido el día. Una rutina más que se había quedado en *stand-by* junto a tantas otras.

Mi padre estaba tumbado en el césped y observaba el cielo nuboso a través de un catalejo. En cuanto oyó mis pisadas, alzó el brazo y señaló eso que le parecía tan interesante y que había modificado sus hábitos.

—Estratocúmulos.

Sonreí, me tumbé a su lado y observé la masa de nubes grisáceas que nos cubría. En los huecos que se abrían entre ellas el cielo brillaba de un azul cálido. El día era bonito.

—Ya lo veo.

Papá también sonrió y continuó estudiándolo en silencio. Nunca había entendido qué veía en las nubes que le resultara tan fascinante, pero era una de esas obsesiones que lo acompañaban desde que era un niño. Como los peces de su acuario. O los insectos. Pequeños placeres que lo hacían dejar cualquier cosa de lado para disfrutar de ellos. Mamá siempre contaba que el día de la boda él había llegado tarde porque se había entretenido con un gusano de seda. Cualquier otra mujer se habría ofendido, pero ella no. Ella era distinta. Tanto o más que él. Ella siempre lo había querido por cómo era, incluso con sus peculiaridades. Ella era la mejor.

—Si tu madre estuviera aquí, vería algo muy diferente.

Me reí, aunque lo hice para ocultar la congoja que sentía cuando pensaba en mamá. Papá solía hablar de su mujer en unos términos que implicaban pasado, como si su ausencia ya fuera más allá de que estuviera ingresada desde hacía meses en un hospital.

—La última vez nos hizo creer que las nubes eran dos gatos bailando un tango —le dije. Sus labios dibujaron una sonrisa tenue.

—Era una experta en pareidolias.

Tragué saliva y lo miré. Él continuaba analizando el cielo. No era consciente de lo que sus palabras me provocaban. Nunca lo era. Vincent Hadaway poseía una percepción de lo que lo rodeaba muy particular y todos la respetábamos, pero en esa ocasión no podía dejarlo estar.

—No hagas eso, papá. No hables como si ya no estuviera.

Apartó el catalejo y se volvió. Su expresión era tan neutra como siempre. La del admirado profesor. La del hombre capaz de entender el universo mucho mejor que a los que habitábamos en él.

—Pero es que no está, Cordelia. No puede decirnos qué ve ella que nosotros somos incapaces de entender. No puede llamarnos «niños aburridos» ni reñirnos por buscarle una explicación a todo. No puede, porque se encuentra en un hospital y no va a volver.

Y, a pesar de lo que me dolía, tenía razón. Sus argumentos eran lógicos, aunque su implicación emocional fuera una granada a punto de estallarme entre las costillas.

Me esforcé por hallar vida en las formaciones que se suspendían sobre nosotros, pero no encontré nada. Yo solo podía verlas como lo que eran, masas de agua, polvo o suciedad, incapaz de ver una flor en sus formas, una ballena o un beso entre dos amantes, como una vez me había señalado ella.

Siempre había deseado parecerme más a mi madre y, sin embargo, mi cerebro era tan analítico como el del gran Vincent Hadaway. Me sentía afortunada, aunque al mismo tiempo, desde que ella no estaba cerca para ofrecernos su visión del mundo, echaba en falta esa imaginación desbordante, esa percepción idealizada de la vida, ese punto de color.

Sentía que todo era gris.

—¿Has comido?

—Calenté las sobras de ayer.

Asentí y me levanté de un salto. Me limpié las briznas de hierba del pantalón y lo observé desde arriba. Papá era alto, desgarbado y rara vez se peinaba. Su pelo oscuro bailaba en mil direcciones. Siempre llevaba camisa y corbata, daba igual la estación del año o los planes que tuviéramos. Físicamente, encajaba muy bien en la imagen cinematográfica del científico loco.

—¿Cómo estaba mamá? —le pregunté.

Suspiró y sus arrugas se pronunciaron. A menudo me parecían un reflejo del estado de mi madre; cuanto más se marcaban, más empeoraba ella.

—Igual. Las analíticas siguen estables.

Podría parecer una buena noticia, pero para nosotros no lo era en absoluto. La estabilidad en un diagnóstico terminal no es más que un paréntesis que acaba antes de que te des cuenta.

—Volveré tarde.

Me agaché y le di un beso en el extremo del catalejo. Papá sonrió al ver mis labios ocupando su visión.

—Coge dinero del aparador y pasa por la librería. Me ha dicho que ayer terminasteis la lectura.

—Y tú no te olvides de cenar. Hay musaka en el congelador.

Arranqué una de las flores amarillas que crecían enredadas en el muro y salí de casa.

—Mi niña aburrida, ¡qué guapa estás! Me dirás que no es posible percibirlo con datos de esos que memorizas sin cesar, pero cada tarde me parece que has crecido unos centímetros.

Sonreí a la mujer de sonrisa perenne tumbada en una cama y evité decirle que a mí me sucedía lo contrario: cada día la veía más pequeña, más consumida.

Como buena adolescente, volteé los ojos de forma exagerada.

—Por supuesto que eso no es posible, mamá. ¿Cómo te encuentras?

Ella no respondió.

Me acerqué y le dejé un beso sentido en la mejilla. Aspiré su olor y noté un nudo en la garganta; su perfume natural cada vez era más tenue. Me costaba percibirlo bajo el de la enfermedad y el propio del hospital.

¿Y si un día ya no lo encontraba? Y si esa parte de ella desaparecía, ¿cuánto tiempo tardaría en hacerlo todo lo demás?

Me aparté y le dejé la flor en las manos. Ella se la llevó a la nariz y suspiró con regocijo. Por unos instantes, ese aroma dulzón la había transportado a casa.

—¿Qué me traes?

Señaló la bolsa de papel que cargaba y saqué un nuevo libro.

—Me lo ha recomendado la librera.

—¡Una elección muy interesante! —exclamó emocionada—. Lo leí hace años. Siéntate junto a la ventana. Hoy la luz es fantástica.

La obedecí y moví la silla hacia el ventanal.

—Lo sé. He estado con papá en el jardín mirando nubes.

—Oh. ¡Dime que has encontrado alguna forma para mí! —suplicó como una niña.

Quise mentirle y decirle que había visto infinidad de cosas. Un barco velero. Un bebé recién nacido. Una tarta de tres pisos coronada de nata. Pero no podía. Porque en nuestra casa no existían las mentiras. Además, se me daba de pena.

Resoplé sin ocultar mi desazón. Me sentía tonta. Y una hija tan diferente a la que ella merecía que la voz se me quebró.

—No. Solo eran nubes.

Sobre la cama, la mujer más increíble que hubiera conocido nunca me sonreía. Y lo hacía sin miedo. Con la convicción de un científico que acaba de demostrar una teoría de forma irrefutable. Así me veía mi madre. Así de a ciegas creía en mí.

—Algún día las verás, Rain. Te lo prometo.

—No me importa. Yo no soy como tú, mamá. Me parezco al chiflado de papá, ¡qué le vamos a hacer!

—Recuerda que me enamoré de ese chiflado, así que me encanta verlo en ti. Aunque te equivocas y tienes más de mí de lo que crees, solo que está bajo la superficie, contenido.

Me removí incómoda sobre la silla.

—¿De verdad lo crees?

—¡Claro! Además, tu padre es demasiado listo como para no hacer una mezcla genética perfecta de nosotros dos. Eres un pastelito tierno impecablemente glaseado.

Refunfuñé y sus ojos apagados brillaron con fuerza.

—Oh, no lo estropees, por favor te lo pido.

—Un pajarito de plumas suaves y esponjosas con...

—¡Mamá, por Dios!

Le entró la risa, pero el intento se quedó en una tos seca. Arrugó el rostro y se recolocó sobre los almohadones. Le dolía, aunque nunca lo decía. Del mismo modo que cuando era pequeña me hacía creer que si llamaba a las hadas estas aparecerían, mi madre afirmaba lo contrario: si no ponía voz al dolor, este no existiría.

—Lee, cariño. Sácame de aquí un ratito.

Cerró los ojos y eso hice. Leí despacio, inventándome voces en los diálogos, y saqué a mi madre de esa habitación, de ese edificio, de la ciudad y del país. La llevé entre páginas y letras a otras vidas y a otros mundos donde no había enfermedad y en los que el futuro no daba miedo.

Cuando el reloj me avisó de que era la hora de irme, ella me tendió la flor. La coloqué para marcar la página en la que lo dejábamos, le di un beso y me marché con la sensación acuciante de que quizá fuera la última vez.

Cruce de caminos

Una mujer recorría por última vez los pasillos del hospital en el que llevaba treinta años trabajando. Estaba deseando jubilarse para pasar más tiempo con su familia, los nietos crecían rápido y su marido y ella envejecían a la misma velocidad, pero sentía una congoja inevitable que aumentaba según transcurrían los minutos de su última jornada laboral.

Se quitó las gafas y las guardó en el bolsillo, del que colgaba su placa identificativa:

«Erwyna Wilson, supervisora de enfermería»

Aún le costaba creer que un día hubiese cruzado esas puertas por primera vez y, de pronto, hubieran pasado treinta años y fuera a ceder su puesto a otra persona. Sabía que Addison Ladson era perfecta para desarrollar su labor, pero eso no evitaba que sintiera tristeza por la etapa que terminaba.

Se dirigió a la sala de empleados. Debía recoger sus objetos personales y despedirse de sus compañeros. Había decidido no hacer nada especial ni un drama de su último día en el hospital. Solo quería que fuese una jornada más. No había comprado pasteles ni tampoco estaba dispuesta a dar un discurso motivador y lacrimógeno sobre lo rápido que transcurre la vida. Erwyna se despediría con un «hasta pronto» y se marcharía a casa, donde lloraría en los brazos de su marido.

No obstante, entró en la sala y sus planes se trastocaron, porque al otro lado no solo había una guirnalda con su nombre, sino también globos, una tarta de fresas, su favorita, y las sonrisas de las personas con las que compartía tantas horas al día.

—¡Sorpresa!

Se llevó una mano al corazón y rompió a llorar. Tartamudeó un «gracias» sincero que provocó las sonrisas de todos los asistentes y se dijo que, sin duda, iba a echarlos mucho de menos.

Ya algo más tranquila, se acercó a su sucesora y chocaron los vasos de plástico rellenos de limonada.

—¿Algún consejo antes de irte?

Pese a lo feliz que Addison estaba por el ascenso, aún le preocupaba no estar a la altura. Erwyna palmeó su brazo con cariño.

—No los necesitas. Vas a hacerlo bien, Addison. Si no confiara en tus capacidades, no te habría recomendado a la dirección.

La joven no se contuvo más y la abrazó.

—Gracias, Erwyna. Se va a notar mucho tu ausencia.

—Sí, ¡echaremos en falta tus gritos cuando se nos olvida reponer material! —gritó alguien a sus espaldas.

—¡Y tus chistes malos!

—¡Y tus castigos sin recreo!

—Oh, vamos. Vais a hacerme llorar de más.

El grupo entero rompió a reír y jalearon a aquella mujer que había sido para algunos una segunda madre.

En otro punto de Londres, en una casa de tamaño medio de un barrio residencial, un adolescente se quejaba a su padre.

—¿Y cómo voy a volver ahora de los entrenamientos?

—¿Qué te parece en autobús? —dijo el mayor de los dos con ironía.

—¡Llegaré mucho más tarde a casa! —respondió el chico, malhumorado.

—Jack, tu madre se merece ese ascenso. Ha trabajado muy duro para ello y ha sacrificado mucho por ti y tu hermana. Si el precio por su satisfacción es que el señorito use el transporte público, así será.

El joven soltó un resoplido y se marchó cabizbajo a su habitación.

Al fin y al cabo, y aunque fuese tan egoísta como cualquiera lo sería a su edad, sabía que su padre llevaba razón. Lo que desconocía era que la decisión de su madre supondría un desvío de su propio camino.

Un chico Banggai y una chica que no sabe nadar

Por mucho que nos guste la novedad, nos sentimos cómodos en la rutina. Incluso cuando un acontecimiento la rompe, no tardamos en establecer una nueva adaptada a las circunstancias. Yo apenas recordaba ya qué hacía por las tardes antes de que mi madre enfermara. Veía esos días difusos en los que hablaba por teléfono con Holly, leía en el jardín o me perdía en las librerías de segunda mano de la ciudad en busca de algún tesoro para mi colección personal.

Sin embargo, coger un autobús para ir al hospital se había convertido rápidamente en un hábito. Papá no conducía y la clínica se encontraba a cuarenta y cinco minutos de casa (mamá la había escogido personalmente por su inmenso jardín), así que aprovechaba los trayectos para hacer los deberes y el tiempo de espera en la parada para pensar. Y lo hacía mucho. Desde pequeña he tendido a la introspección, a la búsqueda de respuestas para interrogantes que otros ni se plantean y a darle vueltas a las cosas que no entiendo o para las que no encuentro explicación.

Mente científica. Niña aburrida. Energía Hadaway.

Así me describían en casa, en la escuela, en el entorno académico en el que se movía mi padre y al que me llevaba a menudo de la mano, orgulloso de tener una hija que pudiera seguir sus pasos. Una cría con más cosas en común con intelectuales de cincuenta años que con sus compañeros de instituto.

No obstante, mi cabeza no siempre ha sido una virtud, también puede llegar a ser un gran castigo. Como en aquella época en la que, sentada en esa parada de autobús en la que apenas me cruzaba con nadie, pensaba en mi madre, en todo lo que no podría hacer nunca más, en lo que eso influía en mi propia vida y en la de mi padre.

Pensaba en la muerte.

—Hola.

Un carraspeo a la derecha me hizo volverme.

El cuerpo humano es alucinante. Es capaz de cerrar heridas. Sus huesos son tan fuertes como el granito. Su cerebro posee una capacidad de almacenamiento de más de cuatro terabytes. Sus ácidos estomacales pueden desintegrar una cuchilla de metal. Y, sin embargo, nada de eso importa cuando el chico que te gusta, el mismo que hasta ese instante no era consciente de tu existencia, te saluda, porque entonces la respiración se acelera, los músculos se contraen, el riego sanguíneo enloquece y toda esa grandiosidad se esfuma y te convierte en una masa titubeante y sonrojada de gelatina.

—Hum —murmuró la Rain más elocuente.

Desde el otro extremo del banco, Jack Ladson me observaba con sus perfectas cejas fruncidas. Las cejas solo suponen un puñado de pelo que protege el ojo, pero en algunas personas son mucho más. Son gestos seductores, miradas ladinas y un atractivo insuperable. Cejas capaces de provocar guerras y dominar imperios. Jack tenía unas de esas malditas cejas.

Me preguntaba qué estaría él haciendo allí; qué motivos albergaría para haber cambiado su rutina y estar esperando el autobús el mismo día y a la misma hora que yo. Tenía el cabello húmedo por una ducha reciente y llevaba ropa deportiva. Una mochila descansaba a sus pies y su rostro me parecía más pálido de lo normal, como si los dioses del Olimpo también tuvieran derecho a estar cansados tras una larga jornada.

Sabía que entrenaba casi todas las tardes y que aquella actividad ocupaba la mayor parte de su tiempo libre. Pese a ello, se las ingeniaba para acudir a fiestas de vez en cuando y disfrutar de la juventud, aunque el fútbol era su prioridad y se dejaba la piel para ser el mejor. Aún no lo era, pero a los diecisiete años tenía potencial como para que su futuro estuviera ligado a un balón. En ese momento entrenaba en la categoría juvenil del Chelsea y en la primera división en popularidad adolescente. Yo no tenía ni idea de ninguno de esos dos campos. Lo que sí sabía era que lo hacía a las afueras de Londres, concretamente en la misma dirección en la que se encontraba la clínica privada en la que mi madre estaba ingresada.

Pero ¿por qué no nos habíamos cruzado antes? ¿Qué habría sucedido en la vida de Jack Ladson para haber acabado atándose un cordón de las zapatillas a mi lado una tarde cualquiera de primavera? ¿Y por qué cuando el viento movía un mechón de su pelo me venía a la cabeza *Ask*, la canción de The Smiths, como en una película romántica indie de bajo presupuesto?

—¿Tú no vas conmigo a clase? —me dijo, rompiendo el hielo con un hachazo a mi ego.

Fuera lo que fuese, aquello no era un golpe de buena suerte. Porque Jack gustaba a mis instintos animales intensificados por la adolescencia (los mismos traidores que ponían banda sonora a sus movimientos), pero mi parte racional odiaba todo lo que representaba con férrea determinación.

—Desde tu primer día, exactamente.

—Ya. Me sonabas.

Me guiñó un ojo y me regaló una de esas sonrisas que desabrochaban sujetadores por los pasillos del instituto. El mío, en cambio, no cedió ni un ápice. Mi orgullo mandaba demasiado y se sentía avergonzado. Una cosa era saber que Jack no se había fijado en mí y otra muy distinta que ni siquiera me reconociera. Yo había descubierto que tenía tres lunares alineados en la nuca en clase de literatura y él no sabía ni mi nombre. Escocía. Aunque yo podía ser aún más irritante que esa sensación.

—¿Tienes problemas de atención? ¿Quizá de memoria? Eso explicaría muchas cosas —le solté con inquina.

—¿Perdona?

Sonreí y observé a un Jack que no se sorprendía con facilidad. Estaba tan familiarizado con que lo adorasen que mi actitud lo había descolocado.

—Fuiste el chico nuevo el año pasado, así que... dieciséis meses de clases son unas setenta semanas que hemos compartido. Si quitas los fines de semana, tenemos trescientos cincuenta días. Réstale cuarenta más por las festividades, faltas por enfermedad o jornadas en las que no hemos coincidido por otras cuestiones. Nos habremos cruzado aproximadamente trescientas diez veces y has dicho «me sonabas» —lo imité con cierta malicia y sus labios se curvaron—. Según las investigaciones, hace falta ver un hecho una media de siete veces para recordarlo, aunque cuando se trata de la percepción facial hay personas a las que les basta con una vez. Obvio que tú no eres una de ellas. Y de ahí la posibilidad de que sufras algún trastorno cognitivo.

Me desinflé con la última palabra y noté que mis mejillas se sonrojaban. Aun así, no me arrepentía. Al fin y al cabo, para él no era nadie, ¿no?, era muy posible que me olvidase en cuanto subiera al autobús o una chica guapa pestañeara en su dirección. Además, estaba tan acostumbrado a que lo trataran como si fuera especial que estaba convencida de que la mayoría de la gente no se comportaba con honestidad. Jack era un premio, y todo el mundo quería ganar. Pero yo no. Yo solo sentía una necesidad visceral de bajarlo de una patada de su pedestal.

Lo que jamás habría imaginado era que él fuese un competidor a mi altura.

—Guau. ¿Has hecho los cálculos de memoria o habías ensayado este encuentro frente al espejo?

Su sonrisa descarada me hizo apartar la vista un segundo, lo justo para notar la rabia creciendo, al orgullo pidiendo paso y dejar a la Rain más insufrible tomar el mando.

—Claro. Llevo meses de parada en parada de autobús esperando encontrarte. Soy una de esas locas por tus huesos que te huelen el pelo en los pasillos del instituto y que le ponen tu nombre a sus mascotas. Ni te imaginas la de chihuahuas gruñones que responden al grito de Jack Ladson por Londres.

Soltó una carcajada tan inesperada que di un brinco. La risa de Jack era escandalosa, no sonaba precisamente como dulces cascabeles, pero tenía algo que enganchaba. Con los años descubrí que era como el primer trago de cerveza, la primera calada a un cigarrillo o el primer café. Nunca gusta. Pero, con el tiempo, no puedes vivir sin la adicción que más se adapte a ti. No soporto la cerveza, no fumo y soy más de té, aunque con Jack acabaría compartiendo el peor (y más bonito) de los vicios.

—Tienes una idea muy perturbadora de lo que supone que te guste alguien. —Fingió un escalofrío, aunque aquello le parecía divertido.

—Y yo espero que entiendas el sarcasmo. ¿Sabes lo que es o tengo que explicártelo?

—Tranquila, estoy al tanto. —Alzó las manos ante mi sonrisa maliciosa—. También de lo que son los prejuicios, y veo que tú cargas con unos cuantos.

—No me conoces.

—Tú a mí tampoco para suponer con esa alegría que soy idiota.

A pesar de que Jack sonreía (casi siempre lo hacía y era otra de esas cosas que tanto me irritaban de él), sus ojos se oscurecieron, aunque no lo bastante para que me retirase de esa estúpida competición de comentarios malintencionados que habíamos comenzado.

—¿No lo eres? Porque las pruebas dicen lo contrario. Yo me baso en lo que veo.

—¿Me estás haciendo un puto estudio de campo?

—Solo saco conclusiones.

Ladeó el rostro y noté que me encogía mientras me recorría con la mirada; mis zapatillas negras, mi peto vaquero, mi chaqueta de lana. Tan distinta a todas esas chicas con las que era habitual verlo pavonearse. Cuando llegó a mi cara, temblé. Nadie me había mirado jamás de esa forma. Y no porque nunca hubiera sentido los ojos de ningún chico en mí, sino porque Jack lo hacía de una manera distinta. No sabía a qué se debía, pero aquella tarde descubrí que cuando Jack te miraba se saltaba capas y te sentías expuesta de un modo que nunca llegaría a gustarme.

Desvió los ojos hasta mi mano y apreté los dedos alrededor del libro.

—¿Qué lees? Soy tan tonto que no entiendo el título. —Se puso bizco y contuve una sonrisa.

Entonces se levantó con rapidez, me lo quitó y se sentó más cerca de lo que estaba antes, apenas a un palmo de mí.

—Eh, ¡¿qué haces?!

La flor amarilla que marcaba donde mamá y yo llegábamos cayó al suelo. Jack la cogió y la metió al azar; luego hojeó la novela y sentí un hormigueo según pasaba las páginas, como si dentro de ese ejemplar pudiera averiguar muchas más cosas sobre mí. Por mucho que me irritara, la adolescencia me hacía tan estúpida como a los demás. Alzó una de sus cejas imperiales en mi dirección y me pregunté si se las arreglarían en algún centro estético.

—No es una de las lecturas de este curso.

Le sonreí con condescendencia.

—Jack, algunos leemos por placer, no espero que lo entiendas.

—Yo por placer hago otras cosas que tú tampoco entenderías, así que estamos empatados.

La sonrisa se me borró en el acto y contraataqué.

—Esto no es uno de tus estúpidos partidos.

—Menos mal, porque contigo no pretendía acabar marcando.

Me guiñó un ojo y el muy canalla sacó un chicle de la mochila y se lo metió en la boca. Recordé el olor a piruleta de Miranda Baker y me enfadé. No tenía sentido, pero tampoco lo encontraba a estar hablando con Jack en la parada del autobús que me unía a mi madre moribunda, y allí estábamos, él mascando con la boca abierta y yo hirviendo por dentro.

—Oh, eres... ¿Saben tus dos neuronas que no todo se reduce al sexo?

—¿Chip y Chop? —Sacudió la cabeza como si aquello fuera grave de verdad—. No se hablan entre ellas. Llevan enfadadas desde que rechacé una cita con Caroline Myers por ver un partido de fútbol de esos que tú piensas que son estúpidos.

Sonreí.

—Ya veo. Las mías se compadecen de las tuyas. Deben de estar muy aburridas ahí dentro.

—No te creas. Tenemos material visual de calidad. Mi vida social es de lo más entretenida.

Alzó las dos cejas con picardía y puse los ojos en blanco. De nuevo todo se reducía al sexo. Y en cualquier otro chico eso me habría parecido ridículo e infantil, pero con Jack también me ponía ligeramente nerviosa. Por su rostro de Ken Malibú. Por su cuerpo, sobre el que, desde que lo había visto sin camiseta el curso anterior, me imaginaba deslizando un cincel para hacer la versión Ladson del *David* de Miguel Ángel. Porque cuando sonreía los pelos de la nuca se me erizaban y cerraba las piernas de forma inconsciente. Porque a mí el sexo no me interesaba, pero si me lo cruzaba en el instituto rememoraba qué ropa interior había escogido esa mañana, por si en un absurdo giro del destino acababa desnudándome a su lado. Para él. Por él.

—¿Qué haces aquí?

Observó lo que nos rodeaba y se llevó la mano al mentón con aire exagerado. *El pensador* de Rodin, en comparación, parecía un aficionado.

¡¿Por qué no dejaba de compararlo con esculturas de hombres desnudos?!

—Creía que estos apeaderos servían para marcar las paradas. ¿O Chip se ha puesto a discutir con Chop, me han dejado solo y estoy haciendo el ridículo esperando el bus en un puesto de limonada?

Suspiré, fingiendo que sus tonterías me agotaban.

—No me refiero a eso. Nunca habíamos coincidido.

—Entreno en el estadio que hay a dos manzanas. Antes volvía a casa con mi madre, trabaja como enfermera en la clínica que hay aquí al lado, pero la han ascendido a supervisora y ahora su turno no acaba hasta las diez. ¿Tú?

Tragué saliva. No tenía intención de hablarle de mamá, pero sin quererlo me había empujado yo solita a darle una información que, fuera de mi familia, solo conocía Holly. Pensé en callarme. Pensé en mentirle. Pensé en cambiar de tema. Y, sin embargo, acabé sincerándome con una persona en la que no confiaba y que era más sensato que mantuviera alejada.

—Mi madre también está en esa clínica.

—Vaya, quizá se conozcan. ¿Qué especialidad?

Lo miré a los ojos y no dudé.

—Metástasis.

Su expresión siempre risueña se borró.

—Joder, lo siento. Pues sí que voy a ser idiota —dijo en un tono mucho más dulce.

—Yo también.

—¿Que eres idiota? No lo creo.

Inesperadamente, me reí.

—No, que siento que mi madre se muera.

Jack no dijo nada. Solo suspiró y el olor a menta de su chicle nos envolvió. Me gustaba la menta. No sabía cuánto hasta ese instante en el que me proporcionó una sensación de paz de lo más reconfortante, aunque acabara de confesarle que mi madre tenía los días contados.

Vimos aparecer el autobús al final de la calle. El silencio, pese al motivo que lo había provocado, no era incómodo. Tampoco cómodo. Solo... solo era otra cosa.

Jack me devolvió el libro y subió al autobús. Yo lo hice detrás. Se sentó en la penúltima fila y colocó la mochila a sus pies, dejando libre el asiento de al lado, una invitación sincera que no lo avergonzaba. Cuando me quedé parada en la entrada y el conductor arrancó, Jack me miró. Estudié el escenario que me rodeaba como si fuera un experimento científico. Delante de mí tenía las variables expuestas. Las posibilidades.

1. La señora con bolso de flores y sonrisa ingenua.
2. El hombre de bigote espeso y expresión seria.
3. El adolescente melenudo con *heavy metal* saliendo a todo volumen de unos cascos gigantescos.
4. Jack.

Cuatro asientos libres. Cuatro decisiones diferentes. Cuatro causas que desencadenarían cuatro efectos distintos.

De repente, me sentía dentro de una pecera. Atrapada. Con la falta de oxígeno presionando entre mis costillas. Con las ganas de hacer algo que me generaba el mismo deseo que rechazo. Así fue con Jack desde el principio. Una contradicción tan visceral que dolía al mismo nivel que me daba placer.

Cuando me senté junto a mi elección, noté sus ojos clavados en la nuca. Su resoplido, como un golpe en la base del estómago. Me pasé todo el trayecto con sus palabras revoloteándome y con la sensación de que no dejaba de mirarme. Además, el autobús entero olía a menta. Intensa. Refrescante.

Bajé sin mirar atrás y, ya en casa, me senté frente al acuario de papá y observé los peces. Y pensé en Jack. En la casualidad que había cruzado nuestros caminos. ¿El ascenso de su madre suponía que aquello volvería a ocurrir? ¿Su presencia se convertiría en una nueva rutina o se trataba de un hecho ocasional? ¿Podría sacarme el carné de conducir y comprarme un coche antes de su próximo entrenamiento?

Posé el dedo en la superficie y un pez de rayas blancas y negras se acercó e intentó succionar mi yema. Hice una mueca y lo espanté de un manotazo. Si Jack fuera uno de los especímenes de mi padre, sin duda sería un cardenal de Banggai como aquel, elegante, ágil, un dandi del mar. ¿Y yo? Me busqué en los habitantes de ese pequeño océano de cristal, pero no me encontré. A fin de cuentas, yo ni siquiera sabía nadar...

Los calzoncillos de Disney y mis bragas de princesa

Holly era una de esas chicas que llamaban la atención.

No especialmente por su belleza (castaña, pelo liso, ojos marrones, cejas pobladas y siempre fruncidas). Tampoco por su cuerpo (un metro y cincuenta y ocho, talla treinta y seis, sujetadores con *push up*). Ni siquiera lo hacía por su inteligencia (cociente intelectual de ciento dos y una media de 7,7 en el curso anterior). Podría haberlo hecho por sus dotes artísticas (dibuja caricaturas como nadie que yo haya conocido), por ser capaz de servir una copa con los dedos de los pies (sigue siendo su espectáculo estrella en las fiestas) o por su colección de faldas de estilo retro (su favorita tenía un estampado de fresas).

Pero por lo que Holly despertaba miradas era por su carácter combativo.

—¡Es indignante!

Dio un golpe sobre la mesa y sus patatas fritas saltaron por los aires. Yo me metí una cucharada de yogur en la boca y volteé los ojos.

—Solo es un baile, Holly.

Estábamos en la hora del almuerzo. Solíamos sentarnos en la zona del fondo, junto a los ventanales que daban a los jardines, y hacíamos lo de siempre: Holly despotricaba sobre alguna nueva injusticia que deseaba erradicar y yo comía mientras fingía que lo que me contaba me importaba. Ese curso sus temas predilectos habían sido los ideales románticos y el derecho a cualquier opción alimentaria en el instituto. Cuando consiguió que pusieran esas horribles barritas de alfalfa en las máquinas expendedoras, lo celebró compartiendo su bolsa de patatas a la vinagreta conmigo, bolsa que había tenido que comprar en la cafetería de la calle de enfrente.

—Ese baile es una excusa para marcar más aún las diferencias en las jerarquías sociales que se crean en cualquier instituto, ¿es que no lo ves?

Sacudió la cabeza y dirigimos la mirada hacia la mesa nupcial. Nadie iba a casarse a los diecisiete años, pero, como en las bodas, era la mesa principal, la que concentraba más miradas y en torno a la que giraba el mundo estudiantil que nosotras conocíamos.

Brittany Grey. Alfie Wayne. Mason Peck. Y Jack. A los cuatro jinetes del apocalipsis había que sumarle la compañía de Miranda Baker, que había encontrado en el regazo de Jack un lugar de lo más cómodo para pasearse por el instituto, como si él fuera una calesa y ella la reina escogida para gobernarnos a todos. Mason solía ser más práctico y separaba a sus intermitentes novias de sus amigos.

Me llené la boca de yogur para ocultar el suspiro que se me había escapado. Por primera vez no era uno exasperante por lo mucho que me irritaba ese grupo, sino un suspiro que era más desasosiego que otra cosa. Porque desde la tarde anterior no había dejado de pensar en Jack. Tanto como para no comentarle nada a Holly. Ni una sola palabra. Había decidido probar la teoría de mi madre de que algo no existe si no se pronuncia en voz alta. Sin embargo, sí lo hacía, porque desde que había pisado esa mañana el instituto lo veía por todas partes.

Una sudadera olvidada en un banco que le pertenecía. Su nombre en el listado de notas de la última prueba que la señora Jackson, la profesora de matemáticas, había colocado en el tablón. Su taquilla, con aquella pegatina de una marca de refresco. Su flequillo, tupido y con tanta vida como él, destacando por encima de todas las cabezas del infinito pasillo. Su risa, explotando en el comedor y taladrando mi lóbulo frontal.

—O una excusa para emborracharse y pillar cacho. No creo que en sus cerebros mononeuronales haya espacio para teorías sociales —le dije al ver la lengua de Alfie recorrer el cuello de su novia desde primaria.

Si Mason era el ejemplo más puro de promiscuidad, Alfie y Brittany eran su opuesto. Todo el mundo sabía que iban a casarse y a tener retoños monos, y que su felicitación familiar navideña saldría en alguna revista de sociedad. Alfie y Mason habían sido inseparables desde la escuela infantil, hasta que Jack llegó nuevo el curso anterior y el chimpancé en permanente celo encontró al perfecto compañero para sus aventuras. Holly y yo solíamos decir que Alfie y Brittany ya eran padres de dos mendrugos, aunque no fueran conscientes de ello.

—¿Y por qué tengo que llevar un vestido? ¿Y si quiero ir en vaqueros? —insistió Holly, a la que le encantaban los vestidos siempre y cuando no la obligaran a ponérselos.

—Ellos lo organizan, ellos ponen las normas.

Y así era. Brittany había sido supuestamente elegida presidenta del comité de festejos, aunque todos intuíamos que su nombramiento se debía a que el director Brandon era el nuevo novio de su madre.

—¡Pues son unas normas de mierda que solo perpetúan estereotipos absurdos y tóxicos! Disney nos ha jodido la vida, Rain. Desde que el príncipe ese peludo hizo que creyéramos que el síndrome de Estocolmo podía darnos un final feliz, estamos condenadas. Alguien tiene que romper las cadenas con ese romanticismo dañino, cariño. Si Walt Disney estudiara en este instituto, le tiraría con ganas de la parte de atrás de los calzoncillos.

Me señaló con una patata frita antes de metérsela en la boca y me reí.

—No vayas, Holly. Es tan simple como eso. Nos quedaremos en tu casa comiendo palomitas y viendo esa película gore de la que te habló tu primo.

Adolescentes de vacaciones en una isla perdida, un zumbado con una motosierra y vísceras sobre la arena... A mí me sonaba de vicio.

—¿Y perder la oportunidad de criticarlos con ganas en el periódico?

Abrí los ojos hasta parecer un dibujo animado. No daba crédito a lo que estaba escuchando.

—¿Vas a encargarte tú de la crónica del baile? ¿Una de tus normas inquebrantables no era no escribir sobre gilipolleces? Y no son mis palabras, son las tuyas.

Holly desvió la vista y supe que estaba avergonzada, pero también que se moría de ganas de acudir al baile, aunque solo fuera para lanzar una de sus bombas periodísticas días después en el diario del instituto.

—Lo sé, pero ¿quién mejor que yo para hacerlo? Voy a convertir ese artículo en una crítica mordaz a los bailes adolescentes. Será el último número antes de acabar el curso, ¡qué mejor forma de firmar algo que pase a la posteridad! —Alcé una ceja ante su efusividad, porque intuía que aquella decisión se debía a algo más que a sus ganas de boicotear la fiesta; finalmente, Holly se escurrió sobre la silla e hizo un mohín—. Además, Sandra es candidata a ser la novia de esa semana de Mason; la tiene obnubilada con sus abdominales de chocolate. Y Joey tiene intenciones de perder la virginidad esa noche con David.

Me reí con ganas cuando me reveló los verdaderos motivos de que sus compañeros, también con ínfulas a lo Erin Brockovich pero débiles en cuestiones más terrenales, no se encargaran de ese trabajo.

—Te han dejado sola.

—¡Menudos traidores!

Sonreí.

—Lo pasarás bien. Y el artículo armará un buen revuelo.

Ella suspiró y recuperó su energía de siempre.

—Y tú también disfrutarás. Porque vas a acompañarme, Rain. Necesito tu mala leche para soportar esa noche.

—No voy a ir.

—¡Claro que irás! Y te comerás con los ojos a Jack mientras le lanzas rayos desintegradores.

Sin poder evitarlo, desvié la mirada hacia el centro de mi ira descontrolada. Jack reía por algo que había dicho el imbécil de Mason. A su lado, Miranda lo observaba como quien tiene la suerte de almorzar con una estrella del rock. Él ya había terminado de comer, había sacado un chicle del bolsillo de los pantalones y mascaba con la boca abierta. El comedor olía a salchichas, puré de patatas y a una mezcla repugnante de sudor y perfumes almibarados, pero, de algún modo, yo era capaz de desengranar ese aroma en cientos de ellos hasta encontrar uno sutil, de color verde y que refrescaba el ambiente al momento.

Frente a mí, Holly me observaba con curiosidad.

Le señalé la bolsa de caramelos que se asomaba por su mochila abierta.

—¿Me das uno?

—Claro.

Rebusqué entre las bolitas de colores hasta encontrar la única que me apetecía.

En cuanto me la metí en la boca, sentí una explosión de menta.

Los miércoles el horario de clases era el siguiente: matemáticas, geografía, literatura inglesa, almuerzo, nuevas tecnologías y distintas formas de tortura envueltas en mallas.

Entré en los vestuarios y escogí la taquilla más apartada. En días como aquel odiaba a Holly. Dos cursos atrás, ella había ocupado un trimestre de nuestro tiempo en defender la existencia de vestuarios mixtos. Apoyaba la idea de que, de ese modo, todos éramos iguales, pero, en mi caso al menos, lo que había logrado era que odiara la asignatura aún más de lo que ya lo hacía. Porque lo había conseguido (con tal de que se callara, el director Brandon sería capaz de regalarle el instituto) y ahora debía cambiarme de ropa delante de un montón de personas. Había vestuarios individuales, pero siempre se ocupaban los primeros y pelear por conseguir uno suponía llamar la atención más de lo que pretendía.

—¿Preparada para morder el polvo?

Holly se plantó delante de mí en bragas y sujetador y dio un par de saltitos ridículos. A su espalda, tres pares de ojos le miraban el trasero sin pestañear. Pese a que era la principal culpable de estar tapándome con una toalla mientras me cambiaba (también de que usara mi derecho a llevar pantalones en vez de falda como parte del uniforme), admiraba su falta de pudor y la indiferencia que sentía a lo que pensaran los demás.

Mason, con su pelo oscuro ensortijado y su sonrisa bobalicona, apareció a su lado. Aún tenía la camiseta en las manos. Holly le echó un vistazo al torso sin cortarse. Él, en cambio, le miró el culo de reojo y arrugó la nariz.

—*Holly Polly*, ¿dónde has comprado esas bragas? Es que mi prima pequeña quiere unas para su muñeca.

El zoológico que nos rodeaba rompió a reír por lo bajo. Detrás de Mason aparecieron Alfie, Brittany y Jack, ya vestidos y preparados para dar vueltas por las pistas de atletismo como hámsteres en una jaula. La pareja de muñecos observó el intercambio de Mason y Holly y sonrió a la vez, mostrando una hilera de relucientes dientes perfectos. Jack, en cambio, me miró a mí. Fue solo un segundo. Apenas un suspiro de tiempo que nadie captó. Pero sucedió. Me contempló con un reconocimiento que no había mostrado hasta la fecha y después se fijó en el culito respingón de Holly en un acto reflejo. Sentí que se me formaba un nudo en la garganta.

—Se las he robado a tu padre —dijo mi mejor amiga frunciendo los labios. Le lanzó un beso a Mason y continuó vistiéndose como si nada.

Yo no podía apartar mis ojos de los de un Jack que fingía que mi cuerpo era invisible. Rememoré de nuevo lo sucedido la tarde anterior en la parada del autobús y me tensé. No deseaba que me saludara como si fuésemos amigos, pero tampoco me gustaba la sensación de sentirme insignificante. ¿Estaría Jack cabreado porque no me hubiera sentado a su lado en el trayecto de vuelta? ¿Se avergonzaría de saludar a Rain, la mejor amiga de la insolente Holly? ¿Le daría reparo que alguien pudiera pensar que se relacionaba con una friki empollona como yo? ¿O quizá lo que ocurría se resumía en que Jack era tan imbécil como su siamés *Encefalogramaplano-Peck*?

Sin darme cuenta, se me escurrió la toalla y todas las miradas se desviaron hacia ese trozo de tela rizada. Subieron por mis piernas y se concentraron en el triángulo de color rosa con pequeñas estrellas doradas que me cubría el pubis. Odié a mi padre por no haberse acordado de hacer la colada esa semana. Y, aunque era cruel porque se estaba muriendo, también un poco a mi madre por habérmelas comprado en unas rebajas.

«Ya sé que no te gusta el rosa y todo lo que a la gente normal nos parece dulce y cuqui, Rain, pero siguen siendo estrellas y pequeños satélites. ¿No son una monada? Eres una Hadaway, por el amor de Dios, ¡deberían ser las bragas de tu vida!»

Con la voz de mamá aún de fondo, tragué saliva y deseé que un meteorito cayera en la Tierra y nos exterminara a todos.

Sin embargo, no sucedió. Y Mason soltó una risa que solo me avisaba de lo que vendría a continuación:

—Vaya, Rain, jamás pensé que alguien como tú llevaría bragas de princesa.

Jack levantó la vista y su boca se torció. ¿Fue una sonrisa? ¿Fue una mueca? No lo supe y nunca se lo pregunté. Solo sentí que, de pronto, una fuerza extraña me arrancaba la capa de invisibilidad y ahí estaba, expuesta para él, con unas bragas que nunca me ponía porque odiaba y con sus ojos clavados en mí.

—¡Oh, Mason, cállate! —dijo Brittany empujándolo hacia la salida.

Todos lo siguieron. Incluido un Jack cuya mirada parecía haberse enredado con la mía.

Siempre me he preguntado por qué los seres humanos ponemos tanto empeño en estudiar cosas que no vemos, como los átomos o las bacterias, y no nos esforzamos en comprender de un modo científico esos nudos invisibles que unen a las personas y el instante exacto en el que se forman. Me habría encantado poder explicar con la teoría de algún erudito en la materia qué era eso que Jack y yo compartimos en aquel momento. Ese cruce de miradas del que me costó salir. Ese clic. Ese reconocimiento que nadie más podía entender, como si nos hubiéramos encontrado en un punto en común imperceptible para los demás. Ese pistoletazo de salida que nos hizo crecer como algo a lo que nunca supimos poner nombre.

Extraterrestres fisgones y plagas divinas

El cielo estaba nublado, aunque el tiempo era agradable. Mamá había comido, no mucho, pero más de lo que era habitual en las últimas semanas. Yo había sacado un diez en el trabajo de literatura. Papá había recibido una invitación de honor para una prestigiosa gala de recaudación de fondos para investigación. Era un buen día y, sin embargo, según me acercaba a la parada de autobús me temblaban las piernas.

Estaba nerviosa y no encontraba motivos. Tal vez tener a Jack Ladson cerca podía ser una razón de peso, pero no si mis intenciones eran ignorarlo. De haber sido Miranda Baker, o cualquier otra que deseara sucumbir a sus encantos, me habría puesto algo de color en los labios o echado perfume. Pero solo era Rain, una chica que dos días atrás no existía en el mundo perfecto de Jack. Menos importante para él que las polillas que chocaban con la farola que alumbraba el apeadero. Una chica que, si bien había escogido esa tarde los vaqueros que mejor le sentaban, no lo confesaría ni bajo tortura de cosquillas. Y odio que me hagan cosquillas.

Cuando llegué él no estaba, aunque no tardó en aparecer.

Pelo húmedo. Ropa deportiva. Ojos cansados. Sonrisa perenne de portada de revista adolescente.

Suspiré y me dije que quizá no tuviera motivos para estar nerviosa, pero sí para odiarlo. Además, aún notaba la vergüenza de lo sucedido el día anterior en los vestuarios.

Al llegar a casa, había tirado las bragas. Cinco minutos después las había recuperado; no dejaban de ser un regalo de mi madre. Es fascinante el poder emocional que puede atarnos a un trozo de tela brillante y de lo más ridícula.

—¿Por qué llevas paraguas?

Eso fue lo primero que me dijo Jack aquella tarde. Me miró de arriba abajo, me saludó con un leve movimiento de mentón y clavó los ojos en el paraguas púrpura que colgaba de mi bolso. Algo que, por su expresión, le sorprendía tanto como si hubiera llevado una peluca rosa o un disfraz de dinosaurio.

Alcé el rostro al cielo y me burlé de él.

—Para esquivar los rayos extraterrestres que pueden leernos la mente.

Jack miró hacia arriba y frunció el ceño.

—Pensé que solo funcionaban los gorros de aluminio —susurró en modo conspiratorio y se rio de su propia broma—. En serio, ¿por qué lo llevas? ¿Es una nueva moda de esas que no entiendo?

Suspiré con paciencia.

—¿Para qué va a ser, Jack?

—No va a llover.

—Sí va a llover. Me lo ha dicho mi padre —le contesté con la insolencia de una niña.

—¿Es adivino?

—No, astrofísico. Aunque no tiene nada que ver con eso. Le gustan las nubes. Le resulta fácil leer el cielo.

Al hablar de papá mi voz se dulcificó.

—¿Y a ti te gustan? Las nubes.

—No especialmente.

—¿Qué te gusta?

Aunque la conversación me resultaba surrealista, tuve que controlarme para no sonreír.

—¿Qué clase de pregunta es esa?

—Una cualquiera. Me aburro y apenas tengo batería en el móvil. ¡Venga! Dime tres cosas. Lo primero que se te ocurra, ¡sin pensar!

Sonrió y quise zarandearlo para que dejara de hacerlo, porque por aquel gesto, entre muchas otras cosas, mi plan de ignorarlo había sido un auténtico fracaso.

—Puedes pensar en silencio. Es divertido. Aunque no estoy segura de que sepas lo que es.

Alcé una ceja con superioridad, pero él no se inmutó ante mi intento de llamarlo «idiota».

—No tiene nada de divertido. Y, si a ti te lo parece, es que necesitas mi compañía más que yo la tuya.

Me giré todo lo que pude para darle la espalda. No me gustaba Jack. No más allá de lo que mi cuerpo atolondrado respondía cuando lo tenía cerca. Me hacía sentir débil, vulnerable, lista y rematadamente tonta al mismo tiempo. No obstante, ya lo demostró Daniel Wegner con su teoría del proceso irónico: cuanto más huimos de un pensamiento, más lo pensamos. Y Jack... Jack era el maldito oso blanco imposible de apartar de mi mente; y menos aún cuando sentía sus ojos clavados en la nuca.

Me volví con brusquedad y me encontré con su ridícula sonrisa.

—No vas a dejar de mirarme hasta que conteste, ¿verdad?

—No.

Me observó sin pestañear y acabé claudicando. Quizá ignorarlo no era la opción más sensata. Tal vez la vida me estaba dando la oportunidad de conocerlo un poco para demostrarme que era tan imbécil como siempre había pensado y, de ese modo, mis instintos dejarían de sentirse atraídos por él.

Ladeé el rostro en su dirección y su voz hizo eco en mi mente:

«¿Qué te gusta?»

«Me gusta el hoyuelo que te sale en la barbilla cuando frunces los labios», respondió la mía.

Pero, como no podía decir aquello sin suicidarme, escogí otra respuesta que decía demasiado de mí.

—Me gustan los libros.

La mirada de Jack se desvió a mi bolso, donde sobresalía el lomo de la lectura que mamá y yo aún llevábamos a medias.

—Ya sé que te gusta leer.

—Me gusta leer, pero no quería decir eso.

—Explícate.

Jack apoyó los brazos en sus rodillas y me miró con interés. En esa postura lo sentía más cerca y tenía que contenerme para no apartarle ese absurdo mechón de pelo que le caía por la frente cuando lo tenía húmedo.

—Me gusta el olor a libro nuevo, pero más aún el que desprenden los que ya han vivido mil vidas. Me gusta pasar la mano por las tapas troqueladas y sentir la suavidad de los que tienen sobrecubierta. Me gusta perderme en librerías de segunda mano y acariciar los lomos de colores con los dedos. —Me encogí de hombros con indiferencia, a pesar de que en ese instante me sentía expuesta—. Me gustan los libros.

—Los libros. Entiendo.

Me quitó el ejemplar que llevaba en el bolso e hizo lo mismo que la tarde anterior: abrió las páginas, la flor que usaba de punto de lectura se deslizó entre sus dedos y la colocó donde quiso. Apreté los dientes para contener mis ganas de gritarle.

—Te gustan los libros y las flores. Te falta una.

—¿Las flores? No mucho. —Jack entonces abrió la boca

para preguntarme por el significado de la flor amarilla, pero me adelanté para desviar su atención; no pensaba hablarle nunca más de mi madre—. Me gusta el olor a cloro que te deja la piscina en la piel. Y las películas de terror.

—El cloro.

Me observó como si fuese un extraterrestre recién aterrizado en la Tierra. No era algo desconocido para mí, pero, por alguna razón que no entendía, bajo su mirada serlo no estaba tan mal.

—¿Y a ti? No es que me interesen tus aficiones, pero es lo justo.

—Justicia cósmica —dijo con una sonrisa de lo más insoportable—. Me gusta el fútbol.

—No me digas. —Pese a mi sarcasmo, sacudió la cabeza y su mirada se perdió en los coches que atravesaban la calle.

—Me gusta el fútbol como a ti te gustan los libros. No..., no es fácil de explicar. Me gusta jugar, pero también el olor del césped cuando está húmedo. La sensación de libertad que solo he experimentado cuando estoy en el campo y el resto del mundo desaparece. Cerrar los ojos y escuchar los gritos de los que lo viven con pasión. Marcar un gol y sentir, aunque solo sea por un segundo, que todo es posible. ¿Lo entiendes?

¿Que si lo entendía? Ni un ápice, pero solo porque mi capacidad cerebral se había quedado obnubilada ante la versión intensa de Jack Ladson. Quizá no había sido tan buena idea escucharlo. Quizá habría sido mucho mejor taparme los oídos con algodón o amordazarlo con cinta aislante para no poder comunicarnos.

El objetivo era demostrar con datos empíricos mi teoría de que los chicos como él eran rematadamente estúpidos, no descubrir que podían ser interesantes por algo más que por sus hoyuelos. Y aquella segunda tarde Jack me enseñó con sus palabras, su mirada enredada en el infinito y su pose de rebelde sin causa que, además de cargar con el cliché de chico guapo y popular, había en él una fuerza que se me mostraba más atrayente que un campo gravitacional recién descubierto.

Jack no era solo *JacksonrisadeinfartoLadson*. Jack también podía ser *JackintensodelamuerteLadson*. Y a mí los intensos me hacían soltar suspiritos más allá de la forma en la que se les marcara la camiseta.

James Dean. Kurt Cobain. Alex Turner. Brad Pitt en *Leyendas de Pasión*. Jared Leto en *Réquiem por un sueño*.

Tenía el concepto claro, aunque jamás creí que pudiera asociarlo con Jack. Y no, Jack no se parecía nada a ese perfil de hombre torturado y melancólico con un mundo interior de lo más complejo, pero de repente tampoco era solo el protagonista de la comedia romántica con más abdominales que cerebro.

Jack pensaba, reflexionaba y sentía.

Y eso era nuevo.

Además, que no hubiera comentado nada del suceso con mi ropa interior lo hacía mejor persona. Y las personas buenas también me agradaban, ¡maldito fuera!

—Aún te faltan dos —remarqué para dejar de pensar en sus virtudes.

—Me gusta el olor de la lluvia.

—Buf. Menudo cliché.

—Y las comedias románticas.

Bajé la vista para esconderle una sonrisa. Me hacía gracia que sus respuestas encajaran tan bien en el papel de chico perfecto y chocaran tanto con las mías.

—¿Y qué no te gusta? —me preguntó cada vez más curioso; yo fruncí los labios—. Venga, con una cosa es suficiente.

—No me gusta el fútbol. —Jack se rio—. Ningún deporte, si te soy sincera. El ajedrez no está mal.

—Dios, Rain. ¡Ni siquiera debería considerarse un deporte!

Noté cosquillas. Era la primera vez que pronunciaba mi nombre y noté cosquillas. Y las odiaba. Quizá por eso también estaba destinada a odiarlo a él. Debía concentrarme en esa incómoda sensación y dejar de calcular cuántos grados se curvaban sus labios cuando sonreía.

—Tal vez por eso sea el único deporte que salve.

Lo miré, a la espera de que me diese algo a cambio de mis confesiones, pero el muy cretino comenzó a silbar y supe que quería que se lo pidiera. Deseé que el autobús llegara ya y lo atropellase.

Sin embargo, acabé haciéndolo, porque aún no lo sabía, pero Jack tenía la habilidad de hacerme hablar de más, de descontrolarme, de convertirme en una Rain desequilibrada y, al mismo tiempo, más honesta que ninguna otra. Más de verdad.

—Justicia cósmica, ¿recuerdas?

Él sonrió con suficiencia. Era un demonio con patas.

—No me gusta el helado.

—¿Qué clase de psicópata eres?

—¿Qué pasa? ¡Está muy frío!

—Por eso se llama «helado».

Me reí y él me regaló un puchero de lo más adorable. Su cola de demonio aleteó a nuestras espaldas.

—Pues no me gusta. Soy un chico de ambientes cálidos. —Alzó el rostro al cielo y sentimos las primeras gotas cayendo sobre el techado que nos resguardaba—. Y tu padre sería un fantástico hombre del tiempo.

—¡Te lo dije! —Cogí aire y disfruté de la sensación de haberle ganado una pequeña batalla—. Qué frase más reconfortante...

—¿Por eso te llamas Rain? ¿Porque a tu padre le gusta el cielo?

Pestañeé en su dirección y algo cambió. Me había ido relajando entre palabras y confesiones, pero con esa pregunta sin maldad Jack me demostraba que, por mucho que hubiera tenido un desliz, seguía siendo el chico superficial y egocéntrico que yo pensaba.

—El otro día te sonaba mi cara y hoy demuestras que no sabes cómo me llamo. Mi teoría de que sufres un trastorno cognitivo sigue recabando pruebas.

Me reí, pero por dentro ardía. Hasta a las personas que deseamos pasar desapercibidas nos gusta formar parte del universo.

—¿No te llamas Rain? —me preguntó estupefacto.

Eso era lo peor de todo. Que los chicos como Jack no hacían las cosas conscientemente, sino que para ellos el mundo era así. Lo habitaban con sus elegidos y los demás solo éramos piezas insignificantes que, de vez en cuando, completaban los vacíos.

El autobús paró frente a nosotros y me levanté. Lo miré una última vez antes de subir y escoger un asiento que lo alejara de mí. En esa ocasión no hubo opciones que meditar, solo la necesidad de no dárselas a él.

—Así es como me gusta que me llamen, pero no es lo que escogieron mis padres. Adiós, Jack.

Un rato después, cuando el autobús llegó a mi destino y pasé por delante de su asiento, su voz fue solo un susurro, pero me golpeó con fuerza y trastabillé al pisar la acera.

—Bonitas bragas, por cierto.

Aquella noche me acosté deseando creer en alguna divinidad a la que poder pedirle que mandara una plaga de chinches a la cama de Jack Ladson.

Un hombre fascinante y una mujer corazón

—¿La verde o la azul?

Papá y yo estábamos frente al espejo de cuerpo entero de su dormitorio y él me mostraba dos corbatas. Me imaginé cada una de ellas sobre su camisa azul oscura y no dudé.

—La azul.

Papá arrugó la nariz y se puso la verde.

—¿Para qué me preguntas si no me haces caso?

Me dejé caer sobre la cama y me abracé a uno de los cojines de flores. Mi madre era una fanática de los estampados en colores pastel. Con mi ropa negra, me sentía una cucaracha amarrada a los volantes rosas del almohadón.

Papá se giró y me observó con una expresión con la que me dejaba claro que no existían motivos objetivos para mi elección.

—No puedo llevar corbata de electrones con este traje marrón, Cordelia.

—Nadie debería llevar una corbata de electrones, para empezar. El traje es lo de menos.

—¿Por qué no? Refútamelo con argumentos para que tenga en consideración tu opinión.

Puse los ojos en blanco y me abracé al cojín. Olía a mamá. Eso me gustaba y me revolvía el estómago al mismo tiempo.

—Estoy demasiado cansada para esto. La verde es bonita. Y la tabla periódica siempre es un acierto —le dije con una sonrisa.

La suya, un cambio apenas perceptible en su rostro, la vi a través del espejo. Me pregunté si aún sonreiría cuando mamá ya no estuviese. ¿Le quedarían motivos? ¿Podría acaso yo darle suficientes?

—¿Qué te ha parecido?

Cerré el libro y clavé los ojos en la ventana. El final me había dejado un regusto de lo más amargo. Cogí aire y comencé a hablar como si estuviera frente a una profesora haciendo un examen oral.

—Es una crítica voraz de la sociedad occidental actual. Hace un análisis incisivo de las relaciones románticas en este siglo.

Mamá me miró sin pestañear y frunció sus labios resecos. Mi respuesta no le había gustado en absoluto y ambas sabíamos por qué. Con mi padre habría sido más que válida, pero con ella... con ella acababa de suspender.

—¡No te estoy preguntando eso, Rain! Soy profesora de literatura, los análisis críticos son lo mío. ¡Quiero saber qué has sentido! Para eso leemos, para sentir a través de otros. Para vivir mil vidas sin levantarnos del sofá.

Suspiré y apoyé el libro cerrado en los muslos. Me esforcé por poner nombre a esas sensaciones que habitualmente prefería ignorar. Me sentía más segura entre datos cuantificables y objetivos que entre variables que no sabía gestionar. Los sentimientos me incomodaban tanto como la posibilidad de decepcionar a mi madre.

—Angustia. Rechazo. Tristeza.

Mamá sonrió.

—Eso está mejor. La primera vez que lo leí sentí asco.

—¿Y ahora?

—Esperanza.

Me reí con incredulidad. Aquello no tenía sentido para mi cuadriculado cerebro.

—¿Cómo es posible?

—Porque nunca somos los mismos, cariño. Por eso siempre recomiendo a mis alumnos leer de nuevo los libros que no les han gustado, que un día abandonaron o que no entendieron. Suelen llevarse sorpresas.

—Siempre has creído en las segundas oportunidades.

—Y muy poco en las primeras impresiones.

—Eso explica que te casaras con papá.

Mamá se rio hasta que sintió dolor y comenzó a toser. Le ofrecí agua y negó con la cabeza. Me habría encantado meterle el vaso en la boca con tal de que no me preguntara por él, pero ya sabía que el momento llegaría antes o después.

—¿Cómo está?

Pensé en papá, en su mirada despistada siempre metida en sus libros, en lo silenciosa que estaba la casa desde que solo la habitábamos él y yo. En lo viejo y desorientado que me parecía cuando ella no lo acompañaba.

—Bien. Igual que siempre.

—¿Estás segura?

Resoplé. No lo estaba en absoluto. Papá podía ser la persona más predecible del mundo y, a la vez, la más inexplorable; al menos, en el aspecto emocional.

—En realidad, no. Ya sabes cómo es... A veces cuesta descifrar sus incógnitas.

—Y por eso es tan fascinante. Entre tantas otras cosas.

Lo era. Vincent Hadaway era un hombre fascinante. Graduado en Física por la Universidad de Oxford. Con un doctorado en Matemáticas Aplicadas y otro en Física Teórica.

Especializado en relatividad y cosmología. Ponente de honor en los congresos más importantes. Sus investigaciones sobre el universo temprano y la energía oscura podían leerse en cualquier publicación científica de renombre y se estudiaban en las universidades. Mi madre bromeaba con que acabarían poniendo su nombre a algún parque en el que dar de comer a las palomas, con un busto de bronce en el centro que los pájaros llenarían de excrementos y con una placa identificativa que haría sentir muy orgullosos a mis futuros hijos (ejem).

Sin embargo, toda esa grandiosidad intelectual, de gran trascendencia para la ciencia, no explicaba el que me parecía uno de los mayores misterios de la humanidad.

—¿Por qué...? Olvídalo.

Sacudí la cabeza, avergonzada por lo que implicaba mi pregunta, pero ella me conocía bien e insistió. Mamá nos empujaba, nos daba ese toquecito que los cobardes que escondemos la cabeza dentro del cuerpo, como las tortugas, siempre necesitamos. Me pregunté quién lo haría cuando ya no estuviera.

—¿Qué quieres saber, cariño?

Suspiré y lo solté sin más. Al fin y al cabo, ¿y si no tenía muchas más oportunidades? Mamá iba a morirse, todos lo sabíamos. Dolía, pero era parte de la vida. La naturaleza es sabia, aunque también de lo más puñetera.

—¿Cómo sucedió? ¿Por qué una mujer como tú acabó con un hombre como papá? Sois como los dos opuestos de un medidor. Es... incompresible. ¡No guarda lógica alguna!

Ella sonrió y alzó las manos al cielo con dramatismo.

—¿Por qué estamos aquí? ¿Por qué hay algo en vez de nada? ¿Por qué nos tapamos con la sábana cuando tenemos miedo?

—No tenía que haber preguntado —resoplé y me crucé de brazos como la niña que aún era.

—¡Es que hay preguntas que no tienen respuesta, Rain! Sé que eres como tu padre y que intentas razonarlo todo, pero no siempre es posible. Hay cosas que solo se sienten.

Sentir. Seis letras. Un verbo con tantas acepciones como maneras de experimentarlo. Algo sencillo y bonito para los demás. Algo intrínsicamente humano. Algo que me aterraba tanto como me intrigaba, porque la mayor parte de las veces no sabía gestionarlo. Yo no era como mi padre, tan racional que en ocasiones parecía que vivía ajeno a las emociones, pero tampoco como mi madre, capaz de arrancarse el corazón y ponerlo en una bandeja para observarlo mejor cuando latía más fuerte. Yo estaba a medio camino, en una zona indeterminada en la que no terminaba de encajar.

Pensé en ellos, en sus diferencias, en sus puntos en común, en la complicidad que siempre me habían transmitido, pese a que no podían ser más distintos, y llegué a la conclusión de que no importaban las causas.

—Fuera como fuese, me alegro mucho de que os encontrarais.

—Yo también, cariño, yo también...

Mamá me acarició la mejilla. Tenía los ojos cubiertos de lágrimas.

Cuando Jack llegó, yo había contado tres veces las marcas de la acera: dieciséis líneas, tres manchas de origen incierto y un chicle reseco.

La tarde anterior no nos habíamos cruzado. Yo había dedicado ese tiempo en soledad a repasar el próximo examen de matemáticas mientras me preguntaba a cada rato qué estaría haciendo Jack y cuándo volvería a verlo. Sus labios canallas se mezclaban con una facilidad asombrosa con los vectores. Sus mechones rebeldes, con las matrices y el método de Gauss.

Y, aunque mi cabeza fuera por libre y se hubiera obsesionado un poquito con él, no podía olvidar que lo odiaba. Tampoco que, en nuestro último encuentro y después de haber pensado que era una buena persona, había sacado a colación mis bragas.

Por eso, cuando lo vi, estaba más enfadada de lo normal. Con él, con el guarro que había tirado un chicle en el suelo que tardaría cinco años en desintegrarse y con las células cancerígenas que no distinguían entre personas malas o buenas antes de aferrarse a sus órganos vitales. Si hubiera tenido poderes telequinéticos, a Jack le habría caído una farola en la cabeza.

Se acercó, me miró, dedicando unos segundos de más a mi boina color burdeos, y se sentó a mi lado. Al instante me embargó un aroma a limpio, a jabón y a algún desodorante intenso de esos que se publicitan como un imán para las chicas. A mí me hacían pensar en hombres sin camisa y con melena a caballo untados en pachuli, lo que no me resultaba precisamente atractivo.

—¿Qué tal tu madre?

¿Ves esas grietas que se abren en la carretera? El suelo nos parece sólido, estable y seguro, pero un día se rompe y una rendija supone el principio de un cambio importante. Un cambio que, o se arregla, o puede provocar grandes catástrofes. En sus resquicios también crecen flores.

Jack podía haberme preguntado muchas cosas, pero que aquel día eligiera esas palabras supuso un antes y un después en nosotros. Esa fue la grieta. Ese fue el detonante de todo lo que nos sucedería en los años siguientes. Ese fue el único motivo por el que le contesté y dejé de luchar contra la Rain que se esforzaba por darle la espalda.

Accidente o flor..., ¿qué seríamos Jack y yo? Estábamos a muy poco de averiguarlo.

Pensé en mamá y caí en la cuenta de que no tenía ni idea. No sabía si había tenido dolor de cabeza o si había dormido mal. Cada día, al entrar por la puerta de la clínica, preguntaba por su estado a las enfermeras, pero aquella tarde no lo había hecho. Se me había olvidado. No quise descubrir si porque ya me había acostumbrado a la situación o porque prefería esquivar una respuesta que cada vez me asustaba más.

—Pues no lo sé. Hoy el que nos preocupaba era mi padre.

Jack abrió mucho los ojos y vi tanta culpa en ellos que casi me eché a reír.

—¿También está enfermo?

—No, solo que... —Pensé en papá, en sus virtudes, en sus rarezas, en lo especial que era, aunque eso no siempre me había parecido positivo. Me encogí de hombros—. Supongo que no encaja con el concepto de padre que tenéis los demás.

Jack chasqueó la lengua y su sonrisa torcida hizo acto de presencia.

—Todos los padres tienen lo suyo, Rain. El mío siempre es menos estricto con mi hermana; se cree que no se nota, pero todos sabemos que es su ojito derecho. No es que me importe, aunque sí molesta un poco cuando te deja en desventaja. También mete mano a mi madre delante de cualquiera. ¡No te imaginas la de veces que he querido quedarme ciego al encontrármelos en plena faena!

Entonces se sonrojó levemente.

DIOS. MÍO. ¡Jack también se ruborizaba! Eso era mono. Muy mono. Tan mono que resultaba irritante.

—Y aún queda lo peor de todo —me confesó con una expresión de horror.

—¿Qué puede haber peor que ver a tus padres en plan fogoso?

Fingió un escalofrío y se acercó más a mí. Su susurro cómplice me rozó los labios.

—Colecciona *souvenirs*.

Alcé una ceja y apreté los labios para no romper a reír.

—Así que *souvenirs*.

—¡Sí, joder! Esas figuritas con frases del tipo: «Estuve en Miami Beach y me acordé de ti». Monumentos en miniatura. Una Torre de Pisa con gafas de sol sujeta los libros de mi salón. Tenemos la casa llena de figuritas horteras de plástico. ¿Se te ocurre algo peor que eso?

—Lo cierto es que no.

Sonreímos y el gesto terminó siendo una risa compartida. Por un instante la enfermedad, el miedo y el dolor se evaporaron del mundo. Y, de no ser porque seguía agarrándome a la teoría de que los chicos como Jack solo podían ser imbéciles, casi habría creído que el objetivo de aquella conversación era que yo acabara riéndome, y no pensando en lo que dejaba cada tarde en una cama de hospital.

¿Era acaso Jack un tipo más listo de lo que había imaginado?

Me dije que se merecía una explicación a cambio de haber mejorado un día bastante gris.

—No conozco a nadie más inteligente que mi padre, Jack.

—¿Y eso es un problema? Porque no lo veo. Soy idiota, ¿recuerdas? Todo eso del retardo cognitivo, *nosabescómomellamoyyosoymuylista...*, blablablá —dijo imitándome y sacando a relucir lo de mi nombre como si nada.

Suspiré y me esforcé por dar forma a unas palabras que siempre habían rondado por mi mente, pero a las que nunca me había atrevido a poner voz.

—Creo que la inteligencia no debería serlo todo. Aunque seas el doctor Vincent Hadaway. Hay otras cosas que también son importantes y que se le dan regular. —Arrugué la nariz y Jack me animó a continuar con una sonrisa—. No se le dan muy bien las relaciones sociales. Papá no...

En cuanto lo dije me sentí culpable. Sin embargo, él resopló y me miró decepcionado.

—Eso lo intuía. Lo siento, Rain, pero no hay más que verte —bromeó con un guiño para restar importancia a mi revelación.

Y fue en ese momento cuando mis dudas se disiparon. Jack no era tonto. A veces se lo hacía, pero no lo era en absoluto. Era más listo que la media. Y no estaba pensando en su expediente académico (que siempre había sido tirando a mediocre), sino en todo aquello que no se ve. Así que, para no recrearme en lo que iba descubriendo que escondía bajo la imagen de chico guapo, le di lo que me estaba pidiendo, aunque eso supusiera abrirme con él como solo lo había hecho con Holly.

—Mi padre vive por y para la ciencia, Jack. Y para nosotras. Pero el resto del mundo le sobra y no se molesta en fingir lo contrario. Eso, como comprenderás, me ha complicado la vida en algunas ocasiones. Prefiere la compañía de los peces de su acuario antes que la de la gente.

Sonreí ante una de las imágenes que guardaba desde pequeña, la de mi padre sentado en la butaca de terciopelo verde frente a la gran pecera. Podía observarlos durante horas sin hacer nada más que estudiar sus movimientos, sus gestos, el apacible vaivén de sus aletas de colores. Y sonreí. Jack se dio cuenta y me dejó una visión muy cercana de su hoyuelo, digno de un cantante de *boy band*.

—Es selectivo. Eso tampoco me parece algo malo.

Me lanzó una mirada de reojo y presentí que no estábamos hablando de mi padre, sino de mí. Quizá todo se reducía a eso, a mi miedo a parecerme tanto al doctor Hadaway que no quedara espacio para mi madre. Tragué saliva ante la ternura que desprendían sus ojos. Me hacía pensar en Nutella.

—Pese a lo que pueda parecer, mi padre es muy divertido, aunque tiene un sentido del humor que no todo el mundo entiende. Sabe de un montón de cosas y no duda en enseñarte lo que sea si se lo pides. Es paciente, concienzudo y le vuelve loco la crema de cacahuete.

—Me encantaría conocerlo. Parece muy interesante.

Me dedicó una sonrisa tan encantadora que me pregunté en qué momento el mundo había cambiado tanto como para estar junto a uno de los chicos más populares del instituto hablando de mi padre. La imprevisibilidad de la vida me asustaba. Yo era una Hadaway y, como tal, me gustaba la estabilidad, lo cabal, lo predecible. Por la misma razón por la que mi padre adoraba los peces de su acuario, aunque le aterrase el mar.

Me crucé de brazos y le hablé con una sonrisa altiva.

—No te voy a presentar a mi padre, Jack. Siento decirte que no estamos en ese punto.

—¿Cuántas citas debemos tener para eso?

—No sé. ¿Cero elevado a mil?

Jack gruñó y se irguió hasta volver a apoyarse en el respaldo de su asiento.

—¿Sabes que cuando te pones en ese plan das repelús? Tienes el mismo efecto que arañar una pizarra con las uñas.

—Qué cosas tan lindas me dices.

Pestañeé con candidez en su dirección y él sonrió.

—Todo por mi princesa.

Mi expresión cambió ante ese apelativo que me recordó al último encontronazo con Mason y el asunto de mi ropa interior. Resoplé y observé el final de la calle, deseando de pronto que el autobús llegara. A mi lado, Jack me miraba con una expresión tan culpable que casi me daba lástima. Casi. Se le ponía cara de bobo.

—Por cierto, siento lo de las bragas.

Me sonrojé y el pudor solo aumentó mi cabreo. Aún no era

consciente, pero así me afectó Jack desde el principio. Me alteraba, me despertaba, me hacía querer luchar como si aquello fuera una batalla constante, una carrera en la que los dos deseábamos atravesar la línea de meta primero para burlarnos del otro.

—¿No te parecían bonitas?

—Preciosas, pero estuvo mal atacarte con eso.

—No ataca quien quiere, sino quien puede.

Su sonrisa se ensanchó.

—Entonces, si no te molestó, ¿podemos hablar de ello? Me parece un tema encantador.

Volvió a apoyar los codos en las rodillas. Desde esa posición lo sentía demasiado cerca. Me fijé en sus orejas. Las tenía bonitas. Redondeadas, tirando a pequeñas. Sacudí la cabeza.

—También podemos no hablar de nada.

—O de la fascinante historia detrás de un nombre como Cordelia Rainbow y de por qué nadie te llama así en el instituto.

Me reí. Aquello sí que no me lo esperaba.

—¡Vaya! Alguien ha hecho los deberes. ¿Y por qué piensas que hay una explicación para mi nombre?

—Vamos, ¡no destroces mis ilusiones! Nadie se llama así sin una buena historia.

—Si conocieras a mi madre pensarías distinto. Bautiza a cada una de las plantas del jardín. Supongo que yo fui un daño colateral.

—Pero no estamos en ese punto —me dijo el muy canalla, repitiendo mis propias palabras.

—No. Una lástima.

Sonreí y él hizo lo mismo. Y durante unos segundos pensé que Jack no estaba tan mal.

—También podemos hablar de tu madre. Si quieres. No tiene por qué ser hoy. Tampoco mañana. Pero cuando sepas cómo se encuentra, puedes contármelo.

—¿Y por qué iba a hacer eso?

—Porque intuyo que no es algo de lo que te guste hablar. Y yo tengo un trastorno cognitivo. Puedes desahogarte conmigo; cuando llegue a casa ya lo habré olvidado.

Me guiñó un ojo con complicidad y subió al autobús. En aquella ocasión no pareció molesto cuando lo seguí y escogí un asiento dos filas delante del suyo. Casi sentí que prefería quedarse lejos para respetar mi espacio. Como si me conociera. Como si Jack supiera que lo que yo necesitaba era estar sola con mis pensamientos y mis miedos, antes de poder compartirlos con alguien. Tal vez incluso con él.

Apoyé la frente en la ventanilla y cerré los ojos. E, inesperadamente, sonreí.

Así fue como descubrí que los chicos guapos también tienen corazón, cerebro y, quizá, hasta un hombro en el que poder apoyarte cuando la vida te deja sin fuerzas.

Cosas que Jack odia de Rain

1. Que parezca que lo sabe todo, incluso cuando no sabe nada.
2. Que siempre tenga una respuesta.
3. Que no se ría de sus chistes.
4. Sus horripilantes boinas francesas.
5. Que juzgue a la gente sin conocerla.
6. Que a su lado siempre se siente un gilipollas.
7. Su manía de buscarle una explicación racional a todo.
8. Que se avergüence de las cosas de las que debería sentirse orgullosa.
9. Su tendencia a pasar desapercibida.
10. Que no vea lo increíble que es.

Un suceso inexplicable y un segundo determinante

La naturaleza tiene sucesos inexplicables. Los discos de hielo. La lluvia de peces que sorprendió a Etiopía en el año 2000. El rayo globular. Las luces sincronizadas de las luciérnagas de las Smoky Mountains. La tormenta de Saturno de 2013. Un chico y una chica que pertenecen a universos distintos y que se hacen amigos.

Yo solo había tenido una amiga: Holly. Tenía buena relación con otros compañeros, pero para mí la amistad suponía algo más allá que un puñado de conversaciones o compartir planes. Para mí la amistad implicaba confianza, y yo no me abría a los demás con facilidad. Tal vez vivir con un hombre como mi padre me había hecho demasiado cautelosa. O puede que fuera el carácter opuesto de mi madre, capaz de confiarle su vida a cualquiera que le sonriese, el que me había empujado a ser más cuidadosa con el fin de protegernos a ambas.

Por el motivo que fuera, yo había conocido a Holly y ella se había convertido en mi puerto seguro durante años. No había necesitado más.

Hasta que llegó Jack.

Recuerdo que el día que lo nuestro tomó forma a ojos de los demás llovía. Yo me había puesto una boina de cuadros grises y teníamos examen de literatura a tercera hora. Fiona Brown lloraba en los baños porque había discutido otra vez con su novio, los del club de poesía divagaban sobre la vida y la muerte mientras fumaban cigarrillos extralargos y Arnold Dager dibujaba escenas sexuales en su cuaderno sentado en los escalones de la entrada; su especialidad eran las orgías del profesorado. No había nada fuera de lo normal. Y no lo hubo hasta que Jack y yo nos cruzamos en el pasillo de la cafetería.

Él salía con su grupo mientras Holly y yo entrábamos.

Habían transcurrido dos semanas desde nuestro primer encuentro. Seis tardes en las que habíamos compartido conversaciones. Unos ciento veinte minutos de espera en los que charlábamos de todo y de nada, aunque de temas mucho más trascendentales de lo que jamás habría imaginado.

¿Es posible forjar una relación en un tiempo tan escaso? ¿Hay alguna fórmula matemática que marque el instante exacto en que dos personas conectan? Y, de haberla, ¿es equitativo para ambas partes o hay variables que influyen en función de otras?

Odiaba no tener respuestas y, fueran estas las que fueran, los vínculos me daban miedo.

Lo que sucedió aquella mañana lo recuerdo a cámara lenta, como esas escenas de una película que se ralentizan para aumentar su efecto.

Las gotas golpeaban las ventanas.

Olía a la naranja que en algún lugar alguien estaba comiendo.

No había música de fondo, solo el barullo adolescente de un instituto a la hora del almuerzo, pero en mi cabeza Alex Turner cantaba con fuerza.

Jack llevaba la capucha de la sudadera de su equipo puesta.

Holly me hablaba de una oferta de pintaúñas que había en el centro comercial.

Mason se reía como una morsa de alguna pobre víctima que se hubiera cruzado en su camino.

Alfie y Brittany se arrojaban pétalos de rosa mutuamente con cada pestañeo.

Miranda intentaba captar la atención de Jack y dejarlo ciego con el brillo amarillo neón del sujetador que se transparentaba bajo su camisa.

Todo normal. Todo excepto la mirada de reconocimiento que me lanzó Jack y sus ojos de color caramelo fundido encontrándose con los míos y lanzando destellos. Todo menos Jack y sus labios curvándose al percibir el sonrojo de mis mejillas. Todo salvo su mentón alzándose hacia mí y mi expresión de estupor, más parecida a la de un conejito asustado frente a un león que a la de una chica con algo destacable como para que el rey del baile la saludase. Tan condenadamente normal que tuve que romper esa serenidad tropezándome con mis propios pies.

—¡La leche, Rain! —gritó Holly.

—¡Pies torcidos Hadaway! —se burló Mason antes de romper a reír como un mandril.

—Tus ojos son del color de sus cordones desatados, Brittany —suspiró Alfie con voz de bobo enamorado.

A mi alrededor todo era un alboroto de voces que me costaba distinguir. Me había clavado el borde de la carpeta en la mejilla y me escocía. Las sienes me latían y tenía la boca seca. La mano de Jack rodeaba mi brazo. Pero... ¿qué hacía allí su mano?

Alcé el rostro y me encontré con el suyo. Se había arrodillado y me miraba con preocupación.

—¿Estás bien, Rain?

Tragué saliva y noté calor. Un calor abrasador que no se debía solo a la vergüenza por la caída, sino también a todo lo que rodeaba la escena. A cada detalle. A sus dedos apretando mi piel. A sus ojos alarmados. A los de sus amigos, los de Holly y muchos más curiosos que nos observaban con una mezcla de asombro y diversión. A lo que sentí al darme cuenta de que Jack y yo ya compartíamos algo, algo que no se veía, pese a que podía intuirse solo por la forma en la que nos mirábamos. Algo invisible.

—Pero ¿qué...? —murmuró Holly pasmada al reparar en que Jack no me había hablado como a una desconocida, sino que su actitud transmitía familiaridad y cierta confianza.

Me deshice de su agarre y me levanté. Jack dio un paso atrás y me tendió la carpeta. Se la arranqué de las manos y la abracé con fuerza contra el pecho. Sonrió como siempre lo hacía, como si nada importara y la felicidad fuese algo inherente a vivir, y después continuó andando hacia la salida. Sus esbirros lo imitaron. Mis piernas temblaban. La vida siguió su curso.

A mi lado, Holly me contemplaba horrorizada.

—¿Qué está pasando entre Ladson y tú?

Solté una carcajada y empujé las puertas batientes de la cafetería. El corazón aún me brincaba con energía.

—Nada. No te montes películas.

—¿Películas? ¡Acabo de visualizar una saga entera! Con vampiros adolescentes y esas memeces. Rain, o me lo cuentas ahora mismo o empiezo a pegarte.

Puse los ojos en blanco, cogí una bandeja y me coloqué al final de la cola.

—No vas a pegarme, Holly, eres pacifista.

—Quizá no lo haga, pero sí puedo liarla. Puedo pedirle al director Brandon que cambie el papel higiénico de los baños por papel reciclado. Del que raspa. Todo por el planeta, ya sabes.

—Siempre llevo un pañuelo en el bolso.

Escogí un bol de ensalada y un yogur con arándanos. Ella se llenó la bandeja de patatas fritas bañadas en kétchup y lo combinó con natillas de chocolate. Nadie habría dicho que había sido la causante de que primaran opciones de comida sana en el instituto, pero así era Holly: una contradicción andante.

Frunció las cejas mientras pensaba en modos de torturarme.

—Pues le suplicaré que vuelva a darnos las charlas sobre higiene femenina. Fueron geniales, ¿recuerdas?

Sonrió y sentí un escalofrío. Ver al director Brandon hablando de compresas mientras sudaba como un cochino no era un recuerdo agradable.

—¡Oh, vamos! Esto es ridículo.

Nos sentamos y Holly se metió una patata en la boca. Una gota de kétchup le golpeó la barbilla. Luego me dedicó La Mirada, con mayúsculas. La misma con la que conseguía todo lo que se proponía, incluso que retiraran un cartel publicitario de comida para gatos porque podía resultar ofensivo para *Copérnico* (el gato del anuncio era esbelto y le brillaba el pelo; según ella, era engañoso y poco representativo con los felinos).

Por eso, aquel día, cuando ladeó el rostro y arrugó la nariz, supe que estaba perdida.

—¿Rain?

Suspiré y le lancé una aceituna que le dio en la frente y que acabó metiéndose en la boca. Mientras jugueteaba con ella entre los dientes, valoré mis opciones:

1. Ignorarla y soportarla durante días hasta acabar por contárselo.
2. Escudarme en que, aunque seamos amigas, no tengo por qué compartirlo todo con ella, para días después acabar por contárselo (de verdad que Holly puede llegar a ser realmente insoportable).

3. Inventarme que hemos saltado a otro plano temporal en el que él y yo somos BFF por un fallo de Matrix. Incluso aunque me creyera, me obligaría a contarle una versión extendida de esa historia alternativa.

Asumí que Jack no merecía tanto esfuerzo.

—Coincidimos a veces en la parada del autobús cuando salgo del hospital.

—¿Qué significa «a veces»?

—Tres días por semana —contesté con la boquita pequeña.

—Hum.

—Hablamos. Ya sabes.

Holly se cruzó de brazos y me observó como si estuviera valorando un testimonio de asesinato.

—No. No sé.

—¡Venga, Holly! Es un compañero de clase. Matamos el tiempo de espera charlando. No hay nada raro en ello.

—Nada. En absoluto.

Me estaba poniendo de los nervios. Aunque no tanto como descubrir que entre Jack y yo había mucho más de lo que había querido aceptar. Ya lo había sentido cuando se había agachado tras mi torpe caída. Y, de pronto, al pensar en los momentos compartidos las tardes anteriores, se me revelaba la verdad. Una verdad inesperada, sorprendente e improbable, sí, aunque posible.

Como si supiera que estábamos hablando de él, las puertas se abrieron y lo vimos entrar en compañía de Mason. En esa ocasión pasó por nuestro lado y nos ignoró; aun así, supe que no lo hacía porque no existiera en su mundo, sino porque él había aprendido que yo prefería que en el mío se comportara así.

Sentí una opresión en la base del estómago. Agradecimiento. Calidez. Confianza.

—Somos... casi amigos.

Me mordí el labio y la miré horrorizada.

—Amigos. Jack Ladson y tú.

—He dicho «casi».

—Sabía que te ponía tontorrona, pero de verdad me creí que solo eran tus hormonas y el instinto de supervivencia. Esto no me lo esperaba.

Sacudió la cabeza con decepción.

—No seas dramática, Holly.

Golpeó la mesa con el puño y di un pequeño brinco.

—¡Es antinatural, Rain! Es como juntar helado y patatas fritas. Separados tienen su encanto, pero juntos... imposible. ¡O como llevar sandalias con calcetines! Mal, Rain, lo mires como lo mires.

—No es para tanto.

—No lo dices en serio.

Miré al otro lado del comedor y suspiré. Por alguna estúpida razón, Jack tenía la camiseta levantada y Mason le estaba pintando las líneas de los abdominales con mermelada de arándanos. Quizá Holly tuviera razón y aquello no guardaba lógica alguna en ningún plano temporal posible.

Cuando Mason le pellizcó la entrepierna a su mejor amigo, Holly estrujó una patata entre los dedos hasta desmenuzarla.

—Te voy a explicar por qué Dios creó a los chicos guapos, Rain.

—Tú no crees en Dios.

—¡Menudencias! En algún momento del trabajo, el Creador se quedó sin masa cerebral, pero como aún tenía mucha arcilla y estaba aburrido... se puso creativo. ¡Y se le daba bastante bien! Así que moldeó a conciencia a los primeros Jack Ladson de nuestra especie y, cuando tuvo que rellenar sus cráneos, cogió lo primero que pilló a mano. Nada más y nada menos que la compota de manzana que le había sobrado de la comida. ¿Entiendes por dónde voy?

En la mesa de al lado, Dustin Shepard nos observaba con los ojos como platos.

—Deberías apuntarte al concurso de escritura creativa, Holly.

—Gracias.

—Estás loca —le dije, borrando su sonrisa orgullosa.

—No soy yo la que se ha hecho su amiga.

Señaló a Jack con un dedo acusador y tragué saliva. Mason lo había obligado a subirse a la mesa y en ese instante mi nuevo (casi) amigo movía las caderas al ritmo de las palmas de sus admiradores. ¿Motivos para bailar en medio del comedor? Ninguno. ¿Razones para que alguien como él pudiera encajar conmigo? Tampoco. El espectáculo era espantoso. Dantesco. Vergonzoso. La gente deseaba cumplir años para poder conducir, beber alcohol o independizarse; yo, en cambio, solo quería crecer para evitar que me asociaran con cualquier estupidez relacionada con la adolescencia.

Y, sin embargo, no podía negar que me había pasado la mañana contando los minutos y deseando que el tiempo volara para que llegase la tarde y, con ella, un nuevo encuentro.

Se me cerró la garganta y aparté la bandeja. Ya no tenía hambre.

Mason jaleó a su amigo y el público enloqueció.

Jack hizo una reverencia.

Bajó de la mesa de un salto.

¿Cuánto puede caber en un segundo? Yo te lo digo. En un segundo, un chico como Jack puede guiñarte un ojo y que nadie más se dé cuenta de ese gesto, que Holly insulte a Mason entre dientes y que las tripas se te enreden hasta el punto de que sientas un tirón. En solo un segundo puedes descubrir que algo en tu vida ha cambiado y que no puedes hacer nada para remediarlo.

Un imbécil de los listos
o un listo muy imbécil

Jack se comía una manzana y yo pellizcaba trocitos de un sándwich de queso y espinacas. El crujido de sus mordiscos rompía el silencio. Me sonreía mientras tragaba y el hoyuelo de su barbilla se marcaba más que nunca. Estaba muy guapo.

Suspiré y me metí un pedazo de pan con desgana. Él comenzó a partir la manzana en trozos pequeños e imitó mi forma de comer.

—¿Por qué lo haces? —dije de malos modos.

—¿El qué? ¿Comer como un pajarito?

—No, parecer imbécil.

Soltó una risotada y me estremecí.

—Así que ahora solo lo parezco. ¿Crees que no lo soy? ¿Has cambiado de opinión? —preguntó sin ocultar la emoción en su voz—. ¿Es porque el otro día te levanté del suelo como un caballero andante? Fuiste mi buen acto de la semana.

Suspiré con resignación.

—No estoy segura del todo.

—Sigues recabando pruebas, ya veo.

Dio un mordisco enorme y masticó con la boca abierta.

—Que bailaras después sobre una mesa borró cualquier

muestra de amabilidad, Jack. Sumó dos tantos a tu lista de defectos.

—¿En serio? Pero ¡si fue divertido! Me encantaría ver esa lista, por cierto.

Ignoré su petición y me centré en el ridículo recuerdo de sus caderas moviéndose al compás de una música invisible.

—Te faltó ponerte un cartel de neón en la cabeza. Por si aún había algún ciudadano de Londres que no te hubiera visto, ya sabes.

—Habría sido gracioso. Aunque no más que ver tu cara de desconcierto y cómo tu cabecita buscaba razones de peso para que yo estuviera bailando. —Se dio dos toquecitos en la sien—. Me escapo a tu lógica, Rain, y eso te enfada, te asusta y te fascina. No me lo niegues.

Me guiñó un ojo y noté que la rabia me bullía. Y no era porque tuviese que darle la razón, sino porque cuando no entendía algo no podía parar de pensar en ello. Jack había pasado de ser un chico guapo apto para la reproducción a uno que tenía mucho más que ofrecer. A cada minuto que compartía con él añadía cosas nuevas a la lista de lo bueno. Porque también había una, pero eso no se lo confesaría jamás.

—¿Ves? A esto me refiero. Pareces un imbécil que baila sin camiseta y que se deja pintar el torso con mermelada...

—De arándanos —me interrumpió, como si esa información fuera crucial.

—De arándanos, sí, pero luego resulta que sabías lo que yo estaba pensando cinco mesas más allá.

Apartó la mirada unos segundos, como si lo avergonzara el hecho de haber estado pendiente de mí.

—Eres... entretenida.

—¿Como un juego de mesa?

—Más bien como uno de esos gatos de los restaurantes chinos que mueven el brazo sin parar.

—Y eso lo sabes desde —fingí que miraba un reloj invisible en mi muñeca—... hace prácticamente cinco minutos.

Resopló con desidia.

—¿Ya vuelves con eso? Perdóname por no percatarme de tu existencia hasta hace unas semanas, Rain. Soy tonto, ¿recuerdas?, hago tonterías y se me olvidan las cosas.

—No hace falta que lo repitas solo porque yo te lo pida. No hay que disculparse si no se siente de verdad —repliqué como una cría necesitada de atención.

—Pero yo lo siento, te lo prometo. —Clavó la vista en mi rostro y me sonrojé; Jack bajó la voz y su susurro tuvo el mismo efecto que una pluma sobre la piel—. Eres la chica más rara que he conocido.

—¿Tengo que tomármelo como un cumplido?

—Por supuesto.

—En realidad, teniendo en cuenta con la gente que te relacionas, me conmueven tus palabras.

Curvó los labios y me mordí una sonrisa refleja. Me pregunté por primera vez cómo sería hacer lo mismo sobre su boca. Apretar la carne con los dientes y notar su textura, su tacto y su sabor. Yo no había besado nunca a nadie, pero intuía que hacerlo con Jack debía de ser algo digno de experimentar.

«Todo por la ciencia, Rain.»

—Si no fueras una estirada llena de prejuicios, Alfie y Brittany te sorprenderían. Estoy convencido de que te caerían bien.

—El día que se saquen la lengua mutuamente de la boca lo sabremos.

Jack se rio. Nunca me había considerado una persona graciosa, pero cada vez que lo hacía reír sentía un orgullo inesperado. Recordé a su tercer amigo del alma y la pregunta me salió con más sarcasmo del que pretendía. Prefería pensar en *EncefalogramaplanoPeck* que en la sensación de rozar su boca con la mía.

—¿Del inigualable Mason no dices nada?

Jack sacudió la cabeza y contrajo el rostro.

—No se me ocurre ninguna excusa para Mason. No voy a esforzarme.

Exploté a reír y él me acompañó. Y fui consciente de que lo que había sentido días atrás era cierto. Jack y yo compartíamos algo. Me caía bien, me gustaba hablar con él, que siempre se riese de sí mismo y la persona que yo era cuando estábamos juntos. Y, aunque mi cuerpo y mi cabeza andaban bastante atolondrados cuando se encontraba cerca, Jack estaba ganando puntos a una velocidad pasmosa para entrar en la categoría de amigo.

—Yo solo tengo a Holly, ¿sabes?

—*Holly Polly*.

Me reí.

—Como la llames así, prenderá fuego a tu taquilla.

—A Mason se lo permite.

—A cambio de muchos insultos. El verano pasado le hizo vudú con un muñeco que compró en una tienda de esoterismo.

Las cejas de Jack se alzaron en una curva perfecta que combinaba de muerte con la de sus labios.

—¿Explicaría eso que tuviera ladillas durante las vacaciones?

—¿En serio? —Él asintió—. Por el bien de la humanidad, no se lo diré a Holly o comprará más muñecos y repartirá hongos genitales por el instituto, pero te confieso que Mason lo merecía.

Sonreímos con complicidad y no pude evitar preguntárselo.

—¿Por qué te cae bien?

—Mason es... es un gilipollas.

—¿Esa es tu defensa? Serías un gran abogado.

Pese a que seguía sonriendo, negó con la cabeza y su expresión se tornó más seria.

—No he terminado. Es un gilipollas, pero fue el gilipollas que me aceptó sin hacer preguntas cuando llegué al instituto.

—Jack, cualquier mortal habría aceptado tu amistad. Podrías haberla sacado a concurso. Eres como el cachorro mono de la camada.

—Pero él la aceptó sin esperar nada a cambio. Rain, si algo tenemos los tontos es que no guardamos segundas intenciones. Somos lo que ves.

Lo miré sin vacilar y noté una presión en las costillas. Una tensión inesperada al ser consciente de que aquello no era cierto. Jack no era solo lo que se veía. No era un rostro bonito y un encanto especial. Jack era mucho más. Era ingenioso. Y empático. Y un buen confidente. Jack no era solo el envoltorio de cejas perfectas y sonrisa de infarto. Jack también guardaba secretos bajo la superficie y rascarla se estaba convirtiendo en una necesidad vital.

—No estoy tan segura.

—¿Tu teoría tiene lagunas? —dijo con una de sus sonrisas torcidas.

Había comenzado a sentir que el mundo se balanceaba cada vez que me dedicaba una.

—Espero rellenarlas pronto. ¿Y Miranda?

—¿Qué pasa con ella?

—Es tan guapa que asusta. Como los androides de las películas de ciencia ficción.

Su risa me hizo cosquillas y me arrepentí de haberle preguntado por su novia de turno.

—No es un androide, puedo asegurártelo... —Maldito canalla—. Y no es solo guapa.

—¿Me estás diciendo que sales con ella por algo más que por su escote y sus labios carnosos?

—Aunque te cueste creerlo, sí.

Me reí con fuerza.

—¡Vamos, Jack!

Se ruborizó de nuevo y me regaló una mirada traviesa bajo sus pestañas.

—¿Qué? ¡Vale! Nos enrollamos porque está muy buena, pero no habría repetido de no ser porque me gusta. Es divertida y me deja a mi aire.

—A tu aire. Como una sábana colgada al sol.

Jack suspiró y se mordió el labio. Y las cosquillas volvieron. En esa ocasión las acompañó una sensación cálida a la que pensé que sí podría acostumbrarme.

—Sí, no me gusta que me presionen ni que pretendan cambiarme.

—Jack, tienes diecisiete años, no vas a hipotecarte con Miranda. Como mucho, compartiréis algún virus por vuestros intercambios de fluidos.

—¿Quién es la superficial ahora? —preguntó con el ceño fruncido.

—Lo siento, pero, teniendo en cuenta tu historial, me cuesta creerme tu faceta de romántico comprometido.

—¿No crees en el amor?

Parpadeé con fingida confusión.

—Ah, pero ¿estábamos hablando de amor?

—No lo sé. Podría ser.

Y, aunque para mí la conversación estaba teñida de humor, Jack estaba hablando completamente en serio. Él creía en ese sentimiento, lo buscaba como tantos otros y anhelaba vivirlo. Jack me estaba hablando de amor y yo solo podía pensar en cómo le brillaba el pelo y en lo absurdo que era eso.

—¿No te has enamorado?

—¡No! ¿Estás loco? Y tú tampoco. Son tus hormonas las que hablan, Jack. Créeme. Están hiperexcitadas. La adolescencia es un asco.

—¿Y cómo están las tuyas?

Su muslo rozó el mío inocentemente y las muy traidoras suspiraron.

—Atontadas, pero no estamos hablando de mí.

—¿Cómo piensas que es entonces? —Ladeé el rostro hacia él con suspicacia—. Me refiero al amor.

Los ojos de Jack brillaron con fuerza. No dudaban, no se burlaban, solo tenían ganas de saber. Y me preguntaban a mí, como si la Rain que él veía tuviera todas las respuestas. Eso me gustaba y me asustaba a partes iguales.

—No lo sé. Ni siquiera sé cómo hemos acabado hablando de esto. ¿No prefieres contarme cuántas patadas a la pelotita has dado hoy? ¿O cuántos sujetadores has desabrochado con un movimiento de cejas?

Le sonreí con condescendencia, pero por una vez él no me correspondió.

—¿Por qué siempre evitas los temas serios?

—Yo no hago eso.

Aparté la vista y la fijé en el chicle pegado al suelo que ya se había convertido en testigo mudo de todos nuestros encuentros.

—Sí lo haces. Vas de tía madura e intelectual, pero te cagas de miedo cuando me pongo trascendental.

—Trascendental. Tú. Ajam —respondí con ironía; luego tragué saliva, porque las verdades siempre saben amargas.

—¿Lo ves? Siempre lo envuelves todo de sarcasmo. No sé si para no aceptar las cosas o para no enfrentarte a ellas. Eres una cobardica, Cordelia.

—No me llames así.

Me tensé, pero no solo por cómo sonaba mi nombre en sus labios, sino porque sus palabras me habían golpeado.

¿Era posible que Jack me hubiera calado tan rápido? ¿Acaso él había sido capaz de ver mucho más de mí de lo que permitía a los demás? ¿Estaba sentada al lado de un chico muy listo que jugaba a ser el rey de los imbéciles?

El Jack sonriente regresó, aunque esa sonrisa era más maliciosa que ninguna otra.

—¿Por qué no te gusta? ¡Es un nombre guay! De reina de cuento o de emperatriz galáctica. Nadie con ese nombre debería tener tanto miedo. «Cordelia, reina de los empollones». Me gusta.

—Cierra el pico, Jack.

Noté mis sentidos abotargados y a mi corazón pidiendo paso. Me sudaban las manos. Me picaba la garganta. Me dolía que tuviera razón. Porque tenía miedo. Un miedo atroz que me paralizaba. Un miedo que siempre me había acompañado y que se había acentuado hasta ensombrecerlo todo desde que la enfermedad se coló en mi vida. Y lo peor era que no había sabido que se trataba de eso hasta que Jack le había puesto nombre.

—¡Venga, Rain! No puedes negarlo. Eres como un ratoncito asomándose por un agujero. Ves el queso, pero nunca te atreves a darle un bocado. «Cordelia, la ratona asustadiza». Si fuera una película de animación, la vería sin dudarlo.

Lo fulminé con la mirada, aunque él no se achantó. Jack siguió apretando, quizá porque lo que pretendía era hacerme estallar, no lo sé, pero lo hizo. Jack siempre seguía, seguía, seguía, como un muñeco al que nunca se le acaban las pilas, hasta que se come tu energía y arrasa con todo.

—No me gusta el queso. De hecho, odio el queso.

—Que no quieras que te guste no significa que no salives al verlo. —Y, por un instante, dudé de si estábamos hablando de un producto lácteo o de él—. Empiezo a pensar que te mientes contantemente. «Cordelia, la embustera mayor del reino».

Cerré los ojos y respiré de forma agitada. El miedo lo llenaba todo. Cada rincón. Cada respiración.

¿Cómo era posible? ¿Cómo había sido él capaz de sacarlo a la superficie con tanta facilidad? ¿Cómo no me había dado cuenta yo de que me estaba envenenando poco a poco por dentro?

—Cállate.

La voz me salió atropellada. Él comenzó a mover la pierna en un tic nervioso insoportable. Quise tener una catana a mano y amputársela. Quise que desapareciera. Que el autobús llegase y hacerlo yo. Que el universo se doblegara sobre sí mismo y se convirtiera en nada. Volver a empezar. Convertirme en una célula viva flotando en el lodo. Pero nada de eso ocurrió. Jack continuó presionándome, hasta que el vaso rebosó y me expandí a nuestro alrededor.

—¿Qué es lo que le da tanto miedo a la gran Cordelia Rainbow, soberana del sarcasmo y los comentarios pretenciosos? ¿Eh? ¿A qué puede temer tanto una chica superior a la media como tú?

Pestañeé, aún aturdida, y lo miré como si lo hiciera por primera vez siendo yo, y no un sucedáneo de mí misma.

—A un mundo sin mi madre.

Cuando era pequeña a menudo me sentía un oso polar. Tienen la piel negra bajo el pelo blanco. Poca gente lo sabe. Su pelaje también es repelente al agua. Me veía reflejada en ellos porque, del mismo modo, yo tenía una capa protectora para que nadie pudiera acercarse mucho ni quedarse dentro de mí. Y porque bajo esa apariencia de chica imperturbable habitaba una llena de temores y dudas que no permitía que nadie la conociera demasiado bien.

Excepto él. A Jack lo dejé entrar aquel día. Y aún no sé por qué.

Me eché a llorar. Él no dijo nada. Solo sacó un chicle de menta del bolsillo y me lo ofreció.

Nunca un gesto tan sencillo había significado tanto.

Rain (12 años, 3 meses y 7 días)

Holly estaba enamorada. Se lo había contado en el recreo, después de decirle que su madre le había comprado el primer sujetador. Holly estaba enamorada de Jasper Clark y Rain no lo entendía. Le había preguntado que cómo estaba tan segura, pero su amiga no le había dado la respuesta que necesitaba.

«Eso se sabe, tonta.»

Y así se había sentido Rain. Tonta. Tan tonta como le sucedía a menudo cuando las chicas de clase hablaban de cosas que ella veía aún muy lejanas. Menstruación. Besos con lengua. La oscuridad prohibida de la última fila del cine.

Por eso, al llegar a casa, había llamado a la puerta del despacho de su padre. Vincent Hadaway era la persona más sabia del mundo; al menos del de Rain. Se sentó en la butaca frente al escritorio y esperó. Cuando su padre terminó de anotar en su libreta cuarteada, dejó el bolígrafo sobre la mesa y la miró con interés.

—¿Qué sucede, Cordelia?

—Papá, ¿qué es el amor?

Vincent se apoyó en el respaldo y observó a su única

hija. Físicamente le recordaba mucho a Margot, con su piel clara y el pelo rubio, casi blanco. Era preciosa, de cuerpo grácil y expresión dulce. En cambio, los ojos oscuros los había heredado de él, así como esa curiosidad innata por comprender cada partícula de polvo que los rodeaba.

Por ese motivo estaba más que acostumbrado a recibirla en su despacho igual que a sus alumnos universitarios, aunque, en el caso de la niña, las cuestiones que le planteaba iban mucho más allá del entendimiento del universo.

Aquel día quería comprender algo tan abstracto y complejo como el amor. Algo que él sentía con fervor al pensar en ellas, pero para el que las palabras se atascaban. Para Vincent Hadaway, la trascripción de los sentimientos era una incógnita aún por resolver.

Apretó la mandíbula y rebuscó en la infinita base de datos de su mente hasta encontrar lo que buscaba.

—El amor es un proceso neurológico del cerebro que se produce cuando se activan distintas regiones, como la corteza prefrontal, el hipotálamo, la amígdala, el núcleo accumbens o el área tegmental frontal.

Rain frunció el ceño. Conocía alguna de esas partes cerebrales, las había estudiado en el mural que su padre le había regalado por Navidad, pero seguía sin entender qué tenía que ver el amor con eso.

—Ya, pero ¿qué significa? ¿Cómo funciona?

Vincent suspiró y pensó en lo que él sentía cuando Margot lo acariciaba. En la tensión de su cuerpo cuando ella se marchaba y en la calma que lo inundaba cuando la tenía cerca. En la indescriptible felicidad que experimentó cuando su hija lo llamó «papá» por primera vez.

No obstante, no hallaba una explicación lógica y concreta para compartir con ella. Las sensaciones se volatilizaban y se convertían en partículas invisibles flotando a su alrededor.

—Esas áreas forman parte del sistema de recompensa, por eso enamorarse se parece mucho a ganar un premio o comer chocolate. Cuando se activan, liberan dopamina, entre otros neurotransmisores, así como algunas hormonas.

—Oh.

Rain asintió para sí. Lo que su padre le contaba tenía sentido. Sin embargo..., en esa teoría sobre el amor que su cerebro estaba almacenando aún había vacíos y estantes incompletos.

—¿Y por qué siempre se relaciona el amor con el corazón y no con el cerebro?

Vincent se llevó una mano al mentón y observó a su hija con un deje de orgullo. Aquella niña ya se cuestionaba el mundo de un modo que muy pocos entendían.

—Es una buena pregunta. Supongo que porque el ritmo cardíaco aumenta con la excitación y, al final, es el que nos delata cuando la persona que amamos está cerca.

Rain hizo un gesto afirmativo y su padre respiró con alivio, como si hubiera superado una ponencia importante frente al mismísimo Stephen Hawking y no una conversación con su hija de doce años.

No muy convencida, la niña frunció los labios y se marchó en busca de una segunda opinión. Si su padre era la persona más sabia que conocía, su madre era la más intuitiva con todo aquello que carecía de explicación lógica. Y aquellos argumentos seguían sin ser suficientes.

Se la encontró haciendo yoga en el jardín. Vestía unas mallas de colores y un top con el símbolo de la paz. Su pelo brillaba enredado en una trenza mal hecha. Cuando se colocó a su lado, Margot sonrió aún sin abrir los ojos.

—Mamá, ¿qué es el amor?

Esta exhaló con profundidad, estiró el cuello y la miró con esa dulzura que solo pertenece a las madres.

—Para mí, eres tú.

Pese a lo bonito de la declaración, Rain resopló y se sentó con desgana.

—No lo entiendo.

—Mira, ven. Túmbate aquí conmigo. —Tiró de su mano y ambas apoyaron la cabeza en la hierba; sus orejas se rozaban; sus manos estaban entrelazadas—. Ahora cierra los ojos. Imagínate cualquier escenario. Cualquier vida.

—¿Como si estuviéramos dentro de un libro?

—Eso es. Imagínate ser la protagonista de todos los cuentos posibles, Rain. Y, ahora, respóndete a una sola pregunta: ¿quién te acompaña en esas aventuras? ¿Con quién te imaginas vivirlas? Esas personas son por las que tu corazón late más fuerte. No son una constante, pueden variar a lo largo de los años, pero eso no significa que no sean reales, Rain. Nos inculcan la idea «del amor de tu vida» como algo único e irreemplazable, y no es cierto. Amores habrá muchos, cariño, pero no todos serán para siempre. Eso sí, cada uno de ellos te enseñará algo e influirá en quien acabes siendo.

Rain obedeció y, por primera vez, vio en aquel pedazo de cielo algo más que nubes. Se encontró con un montón de escenarios distintos, de posibilidades que experimentar a lo largo de su existencia, y entendió lo que su madre decía, porque en todos ellos su padre y ella se hallaban a su lado.

Sintió una opresión en las costillas.

Sintió calor.

Sintió cosquillas.

—¿Papá no es el amor de tu vida?

Margot apretó la pequeña mano entre la suya y se la llevó al corazón.

—¡Claro que sí! Pero tú también. Y mis flores. Y quizá mañana papá y yo dejemos de sentir lo que sentimos y conozca a otro.

—No quiero que pase eso —dijo Rain, presa del pánico.

Su madre se rio.

—Ni yo, cariño, pero lo que pretendo que entiendas es que nada en esta vida es inamovible. Ni siquiera el amor.

Rain asintió. Y deseó conocer a alguien algún día con quien confirmar esa teoría. Aunque no fuera para siempre. Aunque solo durase lo que lo hacían las nubes antes de desaparecer de ese espacio abierto que les pertenecía solo a ellos. O, ¿quién sabe?, quizá podría refutarla y que el sol brillara sobre sus cabezas eternamente.

Una historia de amor o de desamor (o de lo que sea que afecte a un corazón)

Aún quedaba media hora antes de que preparasen a mamá para dormir y tuviera que irme cuando ella interrumpió mi lectura. Para mi desgracia, me había hecho comprar uno de los libros románticos más vendidos en los últimos años. Nada menos que una historia de amor edulcorada y llena de escenas sexuales que leer en voz alta junto a su cama. Una fantasía para cualquier chica de diecisiete años.

—¿Has conocido a alguien que te ilusione, Rain?

Si pensaba que no había nada peor que relatar un *cunnilingus* a mi madre, me equivocaba.

—No. No me interesa.

—Que no quieras que algo suceda no lo convierte en un imposible.

—Una gran frase para una camiseta. —Ella sonrió, cerré el libro y suspiré con fastidio—. A lo mejor lo que me pasa es que no quiero hablar de esto con mi madre.

Ella arrugó los labios en un puchero infantil.

—Pero voy a morirme. Y si mi último deseo es saber si te besuqueas con alguien, ¿no vas a concedérmelo? ¡Dime que no he criado a un monstruo sin corazón!

El único monstruo era ella, por usar su muerte para conseguir cosas, pero... pero no podía negarme. Al fin y al cabo, la verdad era mucho más dolorosa que confesarle que un chico ocupaba todos mis pensamientos.

—No me beso con nadie, mamá.

—Pero te gustaría que alguien lo hiciera.

Sonrió con complicidad y pensé en Jack, en sus uñas mordidas y sus chicles de menta. En que él también hacía pucheros infantiles para dominar el mundo. Me sonrojé y confesé con la boquita pequeña.

—Hay un chico.

—Ya me parecía.

—Aunque no importa, porque no es para mí.

Me encogí de hombros y aparté la vista, un poco cohibida.

—¿Cómo lo sabes?

—Porque lo sé, mamá. No es solo que seamos muy diferentes, es que...

Estuve a punto de decirle:

«Es que yo no soy Miranda Baker. Yo no soy una de esas chicas de melena sedosa, curvas marcadas y sonrisa permanente que huelen a piruleta de cereza. Yo solo soy Rain. Una chica que se divierte resolviendo ecuaciones, que sonríe poco y que nunca ha besado a nadie.»

Pero no estaba dispuesta a que mi madre sintiera que había fracasado trayendo al mundo a una niña con esa opinión de sí misma, así que mi discurso fue muy diferente:

—Es que todo lo que tiene de guapo lo tiene de idiota.

Para mi sorpresa, mamá se echó a reír. Su risa no era la misma de siempre, era una más tenue, más silbido y menos alarido, pero bonita como ninguna que hubiera oído jamás.

—Entonces es un asunto serio.

—¿A qué te refieres?

Estiró la mano y le tendí la mía. Me levanté de la butaca

y me senté sobre el colchón con cuidado de no hacerle daño, aunque tan juntas como era posible para sentir su calor.

—Nunca te lo he dicho, pero la primera vez que vi a papá pensé que era un chiflado.

—Bueno, no ibas mal encaminada.

Me tumbé sobre su pecho y ella me acarició el pelo.

—No, pero no lo pensé como algo positivo. ¡Se había presentado en casa de una desconocida a llevarle unas flores que un mensajero olvidó! Y no porque fuera un buen ciudadano, sino porque, si no terminaba ese encargo, su cerebro creía que algo se había descompensado en su propio universo.

Me había contado tantas veces esa historia que me la sabía de memoria, aunque nunca me la había presentado así. Nunca me había reconocido que su primera impresión no fue una prometedora.

—¿Y cuándo cambiaste de opinión?

—Cuando me dio las gracias él a mí y se marchó. Me quedé observando desde la puerta a ese chico tan extraño que se sentó en un banco al final de la calle. Sacó una galleta y comenzó a tirar migas a sus pies. En segundos, un montón de gorriones lo acompañaban. Sonreía con calma mientras ellos comían y no dejó de desmenuzar la galleta hasta que se le acabó. A su alrededor, el ritmo era frenético. Londres es una bestia incansable. La gente iba y venía con premura, Rain, pero él no. Él no se levantó hasta que el último pajarito terminó.

Tragué saliva y abracé su cuerpo flaco. Pensé en papá y en esa ternura tan pura que dedicaba a las cosas que le importaban. Y luego pensé en Jack, en el chico popular que levantaba gradas cuando jugaba al fútbol (y faldas con la misma facilidad) y también en el que me había regalado un chicle como consuelo. El mismo que no parecía tener paciencia como para alimentar pajaritos, pero sí para aguantarnos a mi sarcasmo y a mí.

—Su madre trabaja aquí.

—Ah, ¿sí?

—Es enfermera. Él entrena cerca y por eso siempre volvía a casa con ella, pero su turno ha cambiado y ahora le toca coger el autobús.

—Un giro interesante de los acontecimientos —susurró mamá emocionada.

—Vamos juntos a clase, pero antes de esto nunca habíamos hablado.

—¿Y por qué piensas que es idiota?

Suspiré. Durante mucho tiempo me había dicho eso para no pensar en Jack en otros términos, pero lo cierto era que no lo conocía. Solo me basaba en los prejuicios típicos de la adolescencia, del mismo modo que él no sabía de mi existencia. En cualquier instituto hay reglas que no se cuestionan, y una de ellas es que los chicos como Jack y las chicas como yo son incompatibles.

Todos los universos se rigen por unas leyes, nos guste o no, incluso los más pequeños.

Sin embargo, ¿seguía creyendo lo mismo? ¿No había refutado esa teoría con nuestros últimos encuentros? ¿No era obvio que Jack de idiota tenía poco y quizá yo lo era más de lo que creía?

—Porque escudarme en que es imbécil es lo más sensato.

Mamá se echó a reír.

—Ay, Rain... No es malo que alguien te guste, ¿sabes? Incluso si tú no le gustas a esa persona. Sentir... Sentir es maravilloso. Solo tienes que dejar que suceda.

—Me da miedo.

Me acarició la mejilla y cerré los ojos.

—Lo sé. Y por eso te proteges tanto. Pero recuerda que, si

no permites que nadie pase por aquí —me rozó el corazón con los dedos—, es como si no hubieras vivido.

Cuando llegué a la parada Jack ya estaba allí.

Pelo húmedo. Chándal gris. Sonrisa espléndida.

—Emperatriz Cordelia.

Me hizo una reverencia y me dejé caer en el asiento más cercano al suyo. Suspiré, en un intento por que el nudo que tenía en la garganta desapareciera, pero cada vez era más grande. Observé los charcos que la lluvia había dejado en la acera y el reflejo de nuestras zapatillas en él. Las suyas, de marca, de un blanco impoluto. Las mías, negras y con tantos usos como recuerdos guardaba con ellas. Un ejemplo más de lo distintos que éramos.

Recordé lo que había sucedido en nuestro anterior encuentro. Después de que algo en mí explotara, lloré sin vergüenza hasta que el autobús llegó. Jack me dejó subir primero y pagó por los dos. Luego me senté junto a una chica que me ofreció un pañuelo.

—Es guapo, pero no se merece tus lágrimas —me dijo antes de lanzar una mirada de odio hacia Jack.

No me molesté en sacarla de su error y durante el trayecto jugué a imaginarme un mundo alternativo en el que Jack y yo compartíamos una historia. De amor. De desamor. Ni siquiera eso me importaba. Pero una en la que me hacía llorar y mi tristeza llevaba su nombre. Un mundo en el que llegaba a casa, me encontraba con mi madre sana haciendo yoga en el jardín y le contaba que un chico me había hecho daño.

Pero dos tardes después la realidad seguía siendo otra, así que me mantuve callada, aún con las palabras de mamá haciendo eco en mi mente.

Jack respetó mi silencio. Su respiración lenta me relajaba. Su brazo casi pegado al mío me transmitía calor. Su olor a limpio, a menta, a chico que aún está creciendo, me agradaba. Y quizá por eso hablé. Porque me sentía a gusto. Porque Jack, en el fondo, aún no era nadie en mi vida ni estaba ligado a mi situación. Porque representaba una salida, un muro contra el que soltar mi frustración y un refugio. Por eso y porque ya no podía cargar con el dolor sola sin derrumbarme. O, tal vez, porque incluso ya éramos amigos. Sin el «casi».

—No sé qué voy a hacer cuando no esté. Sé que es algo natural, pero me cuesta imaginarme una vida sin ella. ¡No le encuentro lógica alguna, Jack! Y yo se lo busco a todo, ya me vas conociendo, así que eso me está volviendo loca.

—Eres una especie de robot con apariencia de muñeca.

Me crucé de brazos a la defensiva y me arrepentí de haberme sincerado con él. Jack se dio cuenta y me rozó la rodilla en un gesto demasiado rápido que, pese a mi enfado, deseé que no terminara.

—Eh, era una broma. Cada uno afronta lo que le pasa de una forma distinta, Rain. Y no es malo. Yo, por ejemplo, cuando me cabreo, doy hostias al balón. Como un loco. Hasta que no me noto las piernas. Con un poco de suerte, para cuando termino, no siento nada.

—¿Y cuando estás triste? Porque ya ni siquiera estoy enfadada.

Eso era lo peor de todo, que la ira se había diluido y convertido en algo que cada día me consumía un poco más. El duelo avanzaba incluso con mi madre todavía respirando.

Ladeó el rostro y frunció los labios. Me pregunté qué cosas pondrían triste a Jack, si siempre parecía tan feliz como para resultar insultante.

—Cuando estoy triste me escondo.

Lo miré con suspicacia. Siempre había creído que las personas como él no tendrían esa necesidad. Pero no sabía nada. Cada vez era más consciente de que, por muchos conocimientos que almacenase, la vida no se medía en datos académicos.

—¿Y cómo lo haces?

—Sonrío más que nunca, supongo. Salgo de fiesta. Intento olvidarme de todo en los brazos de alguna chica guapa.

Alzó las cejas con picardía y echó de un plumazo a su versión de tío intenso con un gran mundo interior.

—No me apetece sonreír —le confesé—, no sirve de mucho. Y sobre tus otras opciones no voy a hacer comentarios.

—Deberías tener en cuenta la última. Soy un chico guapo. Tú lo sabes y yo lo sé. —Me guiñó un ojo y tuve tentaciones de asesinarlo—. Y no hace falta que te subas a mi regazo, pero sí que podemos seguir hablando, ¿sabes? Estamos aquí, solos tú y yo, y el autobús aún no ha llegado.

Ambos miramos al final de la calle. El tono de su voz se había ido suavizando. Su matiz travieso se envolvió de una intimidad que comenzaba a atisbar cada vez más a menudo. Jack movió la mano y sus dedos rozaron la tela vaquera de mi pantalón. Luego la apartó y entrelazó las suyas sobre las rodillas.

—Puedes contar conmigo, Rain.

Contuve el aliento. Y deseé con tanta fuerza que fuera verdad que me lo creí. Tal vez porque era lo que necesitaba en ese instante. Puede que porque Jack ya me gustaba más de lo que pensaba. Quizá porque me tentaba demasiado el abanico de posibilidades que se abría ante mí. Todas tan distintas. Todas con Jack y conmigo como únicos protagonistas.

1. Nos hacemos íntimos y acabo siendo la madrina de sus hijos.

2. Nos convertimos en colegas y nuestra relación se termina cuando Mason y yo nos pegamos y lo hacemos elegir entre los dos (al llegar la última a su vida, inevitablemente, salgo perdiendo).
3. Jack me conoce mejor y se enamora de mí. Luego le rompo el corazón, porque soy Rain y todo me da miedo.
4. Jack no cumple su palabra y seguimos como hasta ahora: hablando en la parada para matar el tiempo y separando nuestros caminos en el instituto.

Mi cerebro era un hervidero. Si no lo frenaba, podía continuar inventándose mundos alternativos en los que Jack y yo vivíamos mil situaciones distintas, así que cerré los ojos y, por primera vez, me dejé llevar por lo que sentía.

—¿De verdad?

Se apartó el mechón rebelde que siempre le cubría la frente y sonrió.

La esperanza se anudó en mi pecho.

—Le doy mi palabra, emperatriz Cordelia.

Solo por ese detalle, aquella tarde sentí que la vida pesaba menos.

Robin Hood, un principito y una emperatriz amordazada

Holly no paraba de hablar y gesticular. Me explicaba, muy exaltada, los resultados de un estudio de alguna universidad americana (Utah o Wisconsin, no lo recuerdo) sobre la sexualización de los uniformes escolares.

—He descubierto que nuestras camisas son más entalladas que las de los chicos. ¿Tú lo sabías? ¡Es indignante! No solo tuvimos que tragar durante años con llevar faldas, sino que también tenemos que aguantar que las tetas se nos marquen.

Me metí un trozo de pan en la boca y mastiqué con lentitud.

—El director Brandon ya nos permite escoger entre pantalón o falda, Holly. Fue tu gran éxito de tercero.

—¿Y qué? ¿Acaso eso compensa las demás injusticias? ¿Si mandamos agua a una aldea empobrecida ya no es necesario llevarles comida?

—¿Estás comparando tu talla de camisa con la supervivencia de una aldea del tercer mundo?

Ella apartó la mirada, algo avergonzada por ese ejemplo y por lo frívola que parecía en comparación su nueva batalla, y me señaló con un macarrón clavado en el tenedor.

—No saques las cosas de contexto, Rain. Vamos a hacer un escrito exponiendo la situación y a recoger firmas. Luego lo presentaremos al consejo estudiantil.

Resoplé con desgana. Lo que menos me apetecía era embarcarme en una de las cruzadas de Holly. Me sentía ida. Notaba la cabeza demasiado cargada como para prestar la atención que mi amiga me requería. Por un lado, estaba mamá. Por otro, papá y nuestra nueva convivencia de dos, a la que ninguno acababa de acostumbrarse. Y luego estaba Jack.

Oí su risa a lo lejos y me estremecí.

—Eres consciente de que nos quedan solo dos meses aquí, ¿verdad? Si logras tu objetivo, no llegarás a verlo —le dije, esforzándome por centrarme en ella y no en el chico popular que siempre recababa miradas.

—Las nuevas generaciones me lo agradecerán. Seré la Robin Hood de la escuela.

—Claro. Le pondrán tu nombre a un bocadillo del menú.

Me reí, pero ella no me acompañó. Holly bajó la mirada y sus hombros se hundieron. Parecía repentinamente triste. O decepcionada. Era una Holly muy diferente a la que conocía. Y no me gustaba ser yo quien la hubiera provocado.

Comenzó a juguetear con la pasta de su plato y me arrepentí de intentar cortarle las alas. Si algo envidiaba de ella, era su capacidad por defender siempre aquello en lo que creía.

—Rain, si nadie mueve un dedo, la manzana en la que vivimos se pudre cada vez más. No espero cambiar el mundo, solo mejorar un poco lo que me rodea.

Tragué saliva y enredé mi pierna con la suya por debajo de la mesa. Su sonrisa regresó. Me prometí que jamás volvería a hacer de menos sus batallas, por muy triviales que me parecieran.

—Eres increíble, Holly.

—Lo sé.

Y me sentí muy triste porque nuestros caminos fueran a separarse el curso siguiente. Yo seguiría en Londres, pero ella cumpliría su sueño de marcharse a estudiar a España. Me alegraba, aunque no podía evitar que la pena se me agazapara en la garganta.

—Voy a echarte mucho de menos.

—Seguiremos siendo las mejores amigas.

Sonreímos con complicidad y nos lo creímos, porque la adolescencia funciona así; luego sus ojos se desviaron a mi izquierda. En una mesa cercana, Jack y Miranda compartían un regaliz; cada uno tiraba de un extremo hasta que sus labios se rozaron. Me recordaron a los dos perros enamorados de Disney frente a un plato de espaguetis; ella tan mona, con su brillante melena castaña, y él, con la misma expresión de sinvergüenza encantador que Golfo. A su lado sí me sentía el ratoncito que Jack decía que era.

Estrujé el pan entre los dedos y el susurro de Holly me devolvió a la realidad.

—Y, por el modo en el que lo miras últimamente, yo diría que él también te parece algo fuera de serie.

Suspiré y seguí quitándome capas. A fin de cuentas, era mi mejor amiga. Si con ella no podía ser sincera, no podría serlo ni conmigo misma. Quizá era el momento de dejar que la Rain de verdad asomara la patita por la ratonera. Tal vez el queso en el fondo me gustara. Y puede que incluso tanto como para darme un atracón, y por eso lo evitaba. Fuera como fuese, la verdad se me escurrió bajo la lengua.

—Jack es... —Sacudí la cabeza—. No es como pensaba.

—Te gusta.

Me mordí el labio tan fuerte que noté el escozor de la herida. Luego apoyé la frente en la mesa, maldije entre dientes y lloriqueé como una niña. Cuando levanté el rostro, Holly me sacudió las migas enredadas en el flequillo.

—Supongo que sí.

—Lo dices como si estuvieras confesándome que tienes hemorroides.

—¡Es que me molesta igual! ¿Cómo puede gustarme un tío que ha hecho invitaciones virtuales para su cumpleaños?

Holly se rio con ganas y acabé respondiéndole con una sonrisa, aunque por dentro la desilusión volvió a saludarme. Llevábamos un par de días siendo testigos del revuelo que esa fiesta había organizado en el instituto. Que Jack te invitara a su cumpleaños parecía estar al nivel de recibir una carta de Hogwarts. Era ridículo. Tan ridículo como emocionarme cada vez que veía la notificación de un e-mail nuevo en mi bandeja de entrada. Ninguno había sido de Jack. Y eso me molestaba de un modo que me costaba gestionar.

—¿Y qué vas a hacer?

—¿Qué quieres que haga, Holly? Nada. Somos amigos. Creo. Al menos, en el tiempo que tarda en llegar el autobús.

Me coloqué el pelo detrás de la oreja con nerviosismo. Tras los últimos acontecimientos, volvía a no tener claro si Jack y yo éramos amigos. A fin de cuentas, no parecía serlo tanto como para invitarme a su fiesta de cumpleaños. Y odiaba esa sensación de incertidumbre. Yo necesitaba certezas. Para mí, los «casi» no daban más que problemas. Si los matemáticos se pasaban la vida intentando resolver enigmas no era por el estúpido progreso de la humanidad, sino porque no soportaban que la solución no existiera, esa falta de control, ese vacío en el que no podían dejar de pensar.

Sin embargo, Holly vivía feliz entre las dudas. Le atraían las sorpresas, los retos y la gente de la que no sabía qué esperar. A menudo me preguntaba cómo era posible que le gustara ser mi amiga siendo yo tan predecible.

—Tú no necesitas más amigos, Rain. Tienes a la mejor. —Se señaló con orgullo y, aunque tuviera razón, la miré con hastío—. Tú lo que necesitas es vivir de una vez el primer amor.

—Deja de decir tonterías.

Me removí nerviosa y miré el enorme reloj de la pared, deseando que llegara la hora de volver a clase, pero Holly ya estaba lanzada y yo no tenía escapatoria.

—He besado a dieciocho personas. Me he masturbado con nueve. Me he acostado con cinco.

—¿Llevas un Excel de tus encuentros sexuales? —le dije con ironía.

—Eres idiota, pero te perdono porque sé lo que te incomoda hablar de esto. Y puedes cumplir cien años sin haber besado a nadie, es una decisión igual de buena que follarte a todo Reino Unido, pero lo que no soporto es que tus ojos y tu cuerpo te pidan una cosa y tú se la niegues.

—¿Y qué piden, según tú?

Holly desvió la mirada hacia la mesa nupcial. Miranda ya no estaba. Alfie y Brittany escribían en un cuaderno los nombres de sus futuros hijos (al menos eso era lo que me imaginaba) y Mason comía natillas como si fuera su último deseo antes de atravesar el corredor de la muerte. Y luego estaba Jack. Lo miré sin poder contenerme y me encontré con sus ojos. Anodinos. Color café. Sencillos a más no poder. Preciosos.

Sus labios se curvaron de forma tenue. Los míos se escondieron para evitar sonreír.

—Refugiarte bajo las gradas con Jack Ladson —murmuró.

Allí era donde todo el mundo iba a enrollarse.

Me lo imaginé. Me temblaron las rodillas. Se me aceleró la respiración. El corazón me dio un vuelco.

Exhalé con tanta fuerza que se me levantó el flequillo.

—Es imposible que salga bien, Holly.

—¿Qué tontería es esa? Solo tienes que abrir la boca y dejarte llevar. ¿Quieres que te enseñe a besar con lengua? Puedo ir a tu casa esta noche y probamos. Aprenderías de la mejor, cariño.

—No me refiero a eso.

Los ojos de Holly se abrieron al máximo y enredó su pierna con la mía igual que yo había hecho minutos antes. Lo que desconocía era que no se trataba de un gesto de afecto, sino de una trampa para que no pudiera escaparme.

—Pues vas a tener que explicarte rápido, porque el protagonista de tus fantasías más cochinas viene hacia aquí.

Contuve el aliento y me volví con brusquedad. Antes de poder reaccionar, Jack ya se encontraba en nuestra mesa.

—Holly. Emperatriz.

Nos saludó con una de sus sonrisas de flautista de Hamelín y sentí la tirantez de Holly bajo la mesa para evitar que huyera.

—¿Emperatriz? —Ella sonrió con malicia—. No sé a qué viene eso, pero ¡me encanta!

Comenzábamos a despertar el interés de los grupos que nos rodeaban. Holly y yo éramos unas solitarias; de vez en cuando nos relacionábamos con otros, pero éramos uno de esos packs indivisibles que se movían mejor sin compañía. Jack, en cambio, siempre era el eje sobre el que giraba el resto del mundo y aquella, la segunda vez que su atención se centraba en mí.

—Jack, ¿qué estás haciendo? —susurré con la voz tomada por una emoción desconocida, una mezcla de incomodidad, ilusión y pánico que resultaba insoportable.

Y es que... aquello no encajaba en nuestra relación. Aquello cambiaba mi percepción de las cosas.

—Tranquila, Rain, el universo no va a explotar porque me acerque a hablar contigo.

—Dios, todo el mundo nos mira, ¡esto es genial! —exclamó Holly.

Jack giró la silla y se sentó a mi lado, apoyando los brazos sobre el respaldo. Estaba tan acostumbrado a que los demás estudiasen cada uno de sus pasos como para que le importara, pero yo no. Yo odiaba que me mirasen, más aún que lo hicieran con incredulidad porque un chico como Jack se hubiese acercado a mí. Hasta aquel día, para muchas de esas personas yo solo había sido un fantasma vagando por los pasillos, un ente invisible sin rostro, voz ni nombre.

Jack acababa de colocarme un foco sobre la cabeza.

Lo odiaba.

Me hacía cosquillas.

Lo odiaba.

Me preguntaba cómo sería atrapar su pelo entre los dedos.

Lo odiaba.

Me gustaba tanto o más que el queso, maldito fuera. ¡Cómo lo odiaba!

—Mañana es mi cumpleaños.

—Enhorabuena —le dije con indiferencia ante esa información; más aun teniendo en cuenta que era posible que lo supieran hasta en el palacio de Buckingham.

—El principito se hace mayor. Qué tierno —aportó Holly.

Él nos mostró su perfecta dentadura con una sonrisa deslumbrante.

—Gracias. Celebro una fiesta en casa de Mason.

—¡Qué me dices! No habíamos oído nada —repliqué con evidente sarcasmo.

Jack inclinó el rostro y me regaló uno de sus pucheros infantiles.

—¿Eso te funciona? ¡Oh, joder! Claro que te funciona... —comentó Holly muerta de risa ante su expresión, aunque ninguno de los dos parecíamos escucharla.

—¿Hace falta que siga? Pensé que tú eras la lista de los dos, Rain.

—Es que no sé si quiero pillarlo.

Jack sacudió la cabeza, tan divertido por mis respuestas como decepcionado.

—Estáis invitadas.

—No he recibido el correo oficial. Lo siento. Otra vez será.

—A partir de las ocho en casa de Mason —contestó él, ignorando mi pulla.

—No puedo. Tengo planes.

—¿Qué planes?

—Comer Doritos.

—Ahí estaremos —respondió Holly, traicionándome sin miramientos.

—¡No!

Ella saltó sobre la mesa para cubrirme la boca con la mano. La apretó tan fuerte que fui incapaz de mover los labios.

—Jack, ya me ocupo yo. La amordazaré si es necesario.

—Perfecto.

Jack le guiñó un ojo con su sonrisa más canalla; ella volvió a reírse como una lunática y, cuando él ya estaba lejos como para poder defender mi postura y que a alguien le importara, me soltó.

—¿Se puede saber a qué ha venido eso?

Holly se sentó y su expresión maternal me puso los pelos de punta.

—A que te mueres por ir. Bufabas como una gata cada vez que alguien recibía una invitación y tú no.

—Eso es mentira.

—Sí, igual que lo era que no te gustaba Jack Ladson.

Abrí la boca, aunque ni siquiera me esforcé. De haber estado en un juicio, Holly tenía pruebas más que suficientes para mi condena. Así que asumí que mi próximo encuentro con Jack sería el primero en el que no estaríamos a solas. El primero en el que no seríamos un chico y una chica en un punto perdido de Londres. ¿La idea me inquietaba? Sí, pero Holly me conocía demasiado bien, porque a la vez me moría de ganas de averiguar qué podríamos llegar a ser Jack y yo si entraban en juego otras variables.

De flores tristes y tributos perversos

Mamá descansaba con los ojos cerrados. Habíamos leído un par de capítulos (para mi desgracia, una mamada en un ascensor y un coito salvaje en un callejón) y, pese a lo que le gustaba verme pasar vergüenza narrando ciertos momentos, me había pedido parar. Entonces habíamos disfrutado de un rato de silencio hasta que ella lo había roto con una de esas preguntas que para otros podrían estar fuera de lugar, pero que en nuestra familia se trataban con naturalidad.

—¿Qué vas a hacer cuando me muera?

—Contratar a un jardinero.

Me metí un regaliz en la boca y disfruté de su expresión de desconcierto.

—No serás capaz... ¡Debes ocuparte tú de mis plantas, Rain! No les gustan las manos desconocidas. Se pondrán tristes. Perderán color. Se les caerán las hojitas.

—Bastante tengo con regar a papá un par de veces por semana.

Se rio con ganas y me alegré de haber aprendido a fingir que no me dolía hablar de un futuro sin ella. Luego me observó de ese modo que traspasaba la piel hasta llegar al hueso.

—Aún podrías reclamar tu plaza en Cambridge.

—Ya acepté una en la UCL, mamá.

—¿Y qué? Cambridge te hizo una oferta en firme. ¡Y eres la hija de Vincent Hadaway! Me apuesto a que no pondrán problemas si cambias de opinión. Te quieren allí y te recibirán con los brazos abiertos.

—No voy a moverme de Londres, déjalo ya.

Suspiré con paciencia y ella arrugó la sábana entre los dedos. Era cierto que Cambridge siempre había sido mi primera opción y que me habían aceptado incluso aunque no completara las notas ese año del modo que requería la universidad. Muy poca gente recibía una oferta en firme. No obstante, pese a que mis estudios siempre habían sido para mí una prioridad, ella lo era mucho más. Mi vida estaba a su lado, en Londres. No pensaba moverme del borde de esa cama mientras fuese su hogar.

—Me queda poco tiempo, cariño, no pares tu vida por la mía.

—¿No acabas de decirme que debo ocuparme de tus flores? ¿Cómo podría hacerlo desde Cambridge?

—Eres una listilla.

Le sonreí y mi mirada se perdió en el jardín al otro lado de la ventana. Recordé a aquella Rain que desde que tenía uso de razón decía que iba a seguir los pasos de su padre. La misma que soñaba con mudarse a Cambridge y empaparse del intelectualismo que bañaba sus calles. Me imaginaba a menudo recorriendo los pasillos del Centro de Ciencias Matemáticas y aprendiendo de los mejores. Había luchado mucho para que mi expediente académico rozara la excelencia y me merecía esa oportunidad.

Sin embargo..., la vida no siempre es una carrera de fondo. A veces te obliga a parar. A tomar aire. A guardar reposo.

—Sé que piensas que me quedo por ti, mamá, pero lo hago por mí.

Se le desencajó el rostro.

—Dios mío, Rain, dime que no has cambiado de planes por un chico.

—¡No! ¡Jamás haría eso! ¿Por quién me tomas? —Suspiró aliviada—. Solo... solo que no soportaría que te marcharas estando lejos y sin decirme adiós. ¿Es que no lo entiendes?

La voz se me rompió. Ella sonrió. Mamá siempre sonreía ante lo malo, lo triste y lo injusto. Como si hubiera algo bello en todo, incluso en el dolor.

—Ven aquí.

La obedecí y me tumbé a su lado. Enseguida noté sus dedos en mi pelo. Recordé las noches siendo niña cuando me costaba dormir; su olor a flores, su voz dulce colándose en mi oído e inventándose historias para enseñarme a soñar sin miedo.

—Te prometo que pienso despedirme de ti cada día, por si acaso es el último.

Me tragué el nudo, aunque una parte se me quedó enredado en el pecho.

—Gracias, mamá.

—Pero quiero algo a cambio. Quiero que me prometas que vas a vivir, Rain. Que cuando me vaya, tú no mirarás atrás más que para tomar impulso. Ni siquiera por tu padre. —Percibí que dudaba y su suspiro me hizo sonreír—. Bueno, tampoco permitas que acabe viviendo como un ermitaño... Sin embargo, aunque no te lo creas, sabe cuidarse solito.

—No puedo negarle nada a una moribunda, así que si eso es lo que quieres...

Nos reímos y me apretó contra su costado con la poca fuerza que le quedaba.

—¿De verdad crees que papá estaría bien solo?

—Sí, pero mejor que no arriesguemos. Échale un ojo de vez en cuando.

Sonreí con tristeza. Y se lo prometí. Cada una de sus palabras. Cada uno de sus deseos. A pesar de que algunos fueran un poco en contra de la Rain que era por entonces.

Cuando llegué a la parada del autobús estaba vacía, aunque no del todo. Había un pequeño sobre color lila en uno de los asientos. Me acerqué con el corazón a mil y me tensé al comprobar que llevaba mi nombre escrito.

No conocía su letra, pero era más que obvio a quién pertenecía.

Lo cogí y saqué la invitación infantil de cumpleaños sin poder ocultar una sonrisa.

Invitación para la Emperatriz Cordelia.
¡Estás oficialmente invitada a mi fiesta!
Te espero el viernes para romper la piñata conmigo.
Jack Ladson

Un dibujo de Snoppy con una tarta completaba el texto. Había garabateado su número de teléfono en una esquina, en un tamaño más pequeño, casi como si se le hubiera caído encima del papel con las prisas. Rocé mi nombre en tinta azul con dos dedos. Debía apuntar en la lista de sus virtudes que Jack tenía una letra muy bonita. También que sabía cómo darle la vuelta con mucho encanto a una situación incómoda.

—Ya no puedes negarte.

Me giré sobresaltada y guardé el sobre en el bolsillo. Allí estaba Jack, con su expresión de niño pillado en una travesura y su maldita sonrisa. Y no la canalla de siempre, sino una tímida, ladeada y casi cohibida. Aún lo desconocía, pero era la misma que usaría en el futuro muchas veces para pedirme perdón.

—Puedo hacerlo, Jack. Esto no es Panem. No estoy obligada a ir a tu fiesta como tributo por recibir una invitación.

—¿Acabas de comparar mi cumpleaños con *Los Juegos del Hambre*?

Que pillara la referencia me hizo sonreír.

—En realidad, me resulta mucho más atractiva la idea de meterme en los libros y jugarme la vida.

—Eres perversa. Pero, y no me preguntes por qué, me gusta.

Frunció el ceño, como si aquello también lo sorprendiera, y yo volví el rostro para que no viese que me había sonrojado.

«Me gusta», había dicho Jack. Y se refería a mí. A la misma Rain que lo llamaba «idiota» con soltura y sin arrepentimiento. A la que le hablaba de su madre enferma en vez de proponer temas mucho más atractivos para un chico de su edad. Una Rain a la que le resultaba bonito lo que él hacía visible en mí, cuando yo casi nunca era capaz de verlo. Me di cuenta de que con Jack sentía eso. Él ponía voz a cosas que yo tenía y que ni en mil espejos habría atisbado. A su lado no era solo la chica rara, la sabelotodo, la arisca ni la hija del científico. Con él era mucho más. Era todo eso, pero jamás con una connotación negativa, todo lo contrario. Con Jack era Rain y ser yo parecía algo fascinante. La chica que partía el bocadillo en trocitos que se llevaba a la boca como un pajarito. La que adoraba el olor que deja el cloro de la piscina en la piel. La que creía que había vida en otros planetas y que confiaba muy poco en la que habitaba el nuestro.

Volví la cabeza hacia él y quise darle algo a cambio. Quise demostrarle que también me importaba conocerlo. Quise que Jack supiera que esas cosas que tanto criticaba en él igualmente lo hacían un chico interesante.

—¿Qué planes tienes para el futuro? Además de conseguir que el planeta entero te adore.

—Contigo lo tengo difícil. Vas a ser mi objetivo más duro.

Curvó los labios y me mordí los míos para que no percibiera las sonrisas que se ganaba cada vez más a menudo.

—¿Lo dices porque no me interesa ir a tu cumpleaños?

—Entre otras cosas. Pero confío en Holly y en sus habilidades para arrastrarte a mi fiesta. Dice Mason que esa chica podría lograr lo que quisiera, incluso que el director Brandon aprobara una zona nudista en el instituto.

—¿De verdad Mason ha dicho eso? —Sonaba casi como un halago.

—Sí.

—Vaya.

Pensé en decírselo a Holly, pero también que eso solo conseguiría reforzar su desconfianza y odio hacia Mason. Puede que incluso le pareciera una buena idea y la defensa del nudismo se convirtiera en su próximo objetivo. Sentí un escalofrío.

—No tengo planes más allá de jugar al fútbol. Es mi destino, Rain.

—¿Tanto confías en tus posibilidades?

—Si no lo hago yo, no lo hará nadie.

Me traspasó con una de esas miradas a las que comenzaba a acostumbrarme y admití que era lógico que Jack gustara por defecto. Tenía un encanto especial. Su alegría resultaba contagiosa, su existencia te hacía pensar en cosas buenas. Hay personas que nacen con un aura que brilla por encima de las demás.

—¿No vas a ir a la universidad?

—En el mundo hay más cosas que ir a Cambridge, Rain.

Puso los ojos en blanco y quise arrancarle su aura de un manotazo.

—Para tu información, he aceptado una plaza en la UCL.

—¿En serio? Las malas lenguas dicen que recibiste una oferta en firme.

Ignoré el vértigo ante la posibilidad de que Jack hubiera hablado de mí con otros.

—Así es, pero prefiero quedarme en Londres.

Nos callamos unos segundos. Yo miraba al frente y Jack me miraba a mí.

—Por tu madre.

—Sí.

Tragué saliva y noté la calidez de su mano en la pierna por un instante.

Cada día lo sentía más cerca. Dábamos pasos minúsculos uno hacia el otro sin darnos cuenta. Y a cada uno de ellos me resultaba más fácil. Nunca hablaba a nadie de mi madre, solo Holly conocía mi situación familiar, pero con Jack lo había hecho desde el primer encuentro. Para ser una persona a la que le costaba infinitamente confiar en los demás, con él lo había hecho casi de forma natural.

—Mis padres están decepcionados —confesó—. No lo dicen, pero querían que fuera a la universidad. Les da miedo que el futbol no sea más que una etapa o un sueño poco realista y que un día no tenga nada.

—Eres Jack Ladson. Eso es imposible. Estás destinado a triunfar.

—Eso les digo yo.

Su sonrisa torcida despertó la mía.

—Es muy probable que, algún día, los niños del país lleven camisetas con tu cara.

—Preferiría que lo hicieran con mi nombre a la espalda, pero me vale.

—Y si eso no sale bien, conocerás a la heredera de algún imperio hotelero y lo gobernarás a su lado.

Se rio con ganas.

—Parece que no soy el único que confía en mí.

—No te equivoques. Solo me rijo por lo que veo. Los chicos como tú siempre ganan, Jack. Siempre. Forma parte de las leyes naturales.

—Aun así, me he matriculado en una escuela de negocios y finanzas. Por si tu teoría es errónea.

Lo observé con calma. Pensé que era guapo, sí, y listo y encantador, pero fui consciente de que había algo que destacaba en Jack por encima de todo eso. Una fuerza que yo había visto en muy poca gente. Una seguridad en sí mismo que envidié y que era lo que lo hacía tan magnético.

—¿Lo ves? Es imposible que las cosas te salgan mal. Si no logras triunfar con un balón, comprarás acciones y te forrarás.

—Escogeré la empresa solo porque su nombre sonará a algo sexual.

—Veo que me sigues.

Sonreímos y vimos aparecer el autobús a lo lejos. Por primera vez nos sentamos juntos. Hablamos todo el trayecto, aunque de cosas menos serias, como de la habilidad de Jack para que los profesores le subieran la nota (hasta ellos lo adoraban, maldito fuera) o la mía para memorizar datos que no servían para nada.

—No me puedo creer que te sepas la tabla nutricional de todos los cereales Kellogg's, Rain.

Pero así era, y con él no me daba vergüenza, sino que me parecía incluso un superpoder.

Con el tiempo aprendería que el amor funciona así, eleva tus capacidades y las convierte en algo único; engrandece lo simple y lo disfraza de especial. Pero en aquel momento tan solo éramos un chico y una chica descubriéndonos sensaciones.

Cuando estábamos llegando a mi parada, ambos parecíamos nerviosos. Quizá porque era la primera vez que nos despedíamos de verdad o porque ninguno deseaba que el viaje terminara. Por el motivo que fuese, nuestros ojos se encontraron en esos segundos de silencio.

—Gracias por creer en mí, Rain.

—Gracias por entender que rechace la plaza de Cambridge, Jack.

Sonreímos con timidez.

—Entonces los dos estaremos aquí. En Londres.

—Sí.

De pronto, el futuro ya no parecía tan incierto ni daba tanto miedo.

—Quizá nos crucemos.

—Quizá.

Y lo hicimos. Aunque en ese instante no nos imaginábamos cuándo, cómo ni dónde. En ese momento creíamos que nuestra vida sería una que resultó ser otra muy distinta.

Una tarde cualquiera, en el lugar y momento adecuados

—Buenas tardes, soy Andrew Garret.

—Bienvenido, puede sentarse en las gradas o bajar al campo.

—Prefiero quedarme aquí para que no se den cuenta. Quiero verlos en su hábitat natural.

—Entendido.

—¿Quién es ese? El lateral izquierdo.

—Ladson. Jack Ladson.

Dos niños perdidos y un baile

Los padres de Mason eran los dueños de P. Bakery, una cadena de panaderías que había crecido como la espuma por todo Reino Unido en la última década. Su hermano y él eran dos niños mimados acostumbrados a que les diesen todo lo que pedían, y así habían conseguido convertir el garaje de la vivienda familiar en un pequeño apartamento para dar rienda suelta a sus perversiones. La estancia, además, se comunicaba con el jardín, donde los Peck habían colocado una barra de bar. Su padre viajaba a menudo por negocios y su madre lo acompañaba, por lo que era habitual que de vez en cuando tuvieran la casa entera para ellos solos. La envidia de cualquier adolescente y un motivo más para que Mason se creyera un dios y fuese aún más imbécil.

Cuando Holly y yo entramos, noté una tirantez en el estómago.

Había mucha gente. La música estaba alta y podías encontrar vasos de plástico con restos de alcohol en cualquier superficie horizontal. Unas chicas bailaban sobre una mesa y algunas parejas acarameladas ocupaban los sofás. Habían enredado globos en la baranda de las escaleras y de las molduras del techo colgaban guirnaldas con formas extrañas.

Holly se acercó a una de ellas y la observó con interés.

—¿Qué diablos...?

Noté una presencia tan cerca como para que su aliento me rozara el pelo.

—¿Te gustan, *Holly Polly*? Las he hecho yo con estas manitas. —Nos giramos y vimos a Mason mover los dedos mientras le metía un repaso a Holly sin disimulo—. Son posturas sexuales. Todo lo mejor para mi amigo Jack.

Alzamos la mirada y las formas que segundos antes no comprendíamos cobraron sentido.

—Joder... —susurré horrorizada.

—Me consta que Holly es experta en unas cuantas —dijo Mason con la única intención de cabrearla. Pero ella nunca se ofendía por esas cosas.

—Bueno, aún no me he follado a un caballo.

Analicé alucinada las escenas hasta encontrar a la que se refería Holly y ambas explotamos a reír. Mason la contemplaba con una sonrisa de lo más diabólica. Tenía los ojos rojos por el alcohol y continuaba siendo alérgico a las camisetas. Sus abdominales brillaban. Y no es un modo de decir que destacaban, sino que parecían untados de aceite.

—Mason, ¿pretendes dejarnos ciegas? —espetó Holly, y le metió el pulgar en el ombligo sin inmutarse.

—Me gusta cuidarme. Además, si no te enseño yo lo que es un hombre, es imposible que lo aprendas con los niñatos que te tiras.

—Esos niñatos no necesitan echarse mantequilla en las tetas.

Me reí y Mason me fulminó con la mirada antes de marcharse.

—Algún día te morirás por hacerte un sándwich conmigo, *Holly Polly*.

—¡Ni en tus mejores sueños, Mason! —Él le sacó el dedo

corazón y Holly gruñó—. Menudo gilipollas. Si alguna vez me tienta la idea de acercarme a él con intereses deshonestos, dame una paliza, Rain. O mátame directamente, porque significará que he perdido el norte. Dona mis órganos a la ciencia. Menos los ojos; que me saquen los ojos me da repelús.

Yo seguía mirando las guirnaldas.

—¿De verdad has hecho la de color naranja? Ni siquiera me explico cómo es posible sin romperte las piernas.

Holly soltó una risotada, entrelazó su brazo con el mío y nos escabullimos hasta encontrar la cocina. Era enorme, de muebles claros, mucha luz y con un jarrón en la encimera con flores frescas que tenía muchas posibilidades de acabar profanado esa noche. Eran preciosas, de color malva y blanco, y en el acto pensé en mamá y su jardín. También, en cuánto tiempo hacía que no lo cuidaba nadie.

Un par de chicos llenaban sus vasos de vodka, pero por lo demás allí reinaba la tranquilidad. Me apoyé en la isleta y observé el patio, al que se accedía por una puerta acristalada. Estaba iluminado y algunos jóvenes bailaban. Alfie y Brittany tenían los rostros tan pegados que era imposible que pudieran respirar.

—Algún día sus cuerpos se fundirán y se convertirán en los primeros siameses inversos —dijo Holly.

—Compartirán órganos vitales.

—Su pene y su vagina serán uno.

—¿Una *pegina*?

—O una *vagene*.

—Y la caca. Compartirán la caca, Rain. ¿Qué puede haber más romántico que eso?

Me reí con fuerza y Holly me sonrió con esa expresión maternal que me dedicaba cada vez más a menudo. Me gustaba sentirme protegida bajo su ala, pero también me encogía. Destacaba mi vulnerabilidad de una forma que no me gustaba.

—¿Por qué me miras así?

—Estás muy guapa, pequeña Rain.

Aparté la vista y tiré del borde de la falda hacia abajo. Era negra con topos brillantes. Holly me había prestado un top color crema que, pese a que no tenía escote, sí que se me ajustaba de un modo al que no estaba acostumbrada. Medias tupidas. Zapatos de cordones. Y una de mis boinas. Robó una flor del pomposo jarrón de los Peck y me la colocó detrás de la oreja. Era malva, diminuta y parecía frágil. Luego observé mi reflejo en el cristal del horno y, de una forma inesperada, me reconocí. Lo desconocía, pero la Rain que sería años después comenzó a formarse aquel día. La de vestidos y colores neutros. La que tenía un estilo tan definido como caótico era el de su versión adolescente. La que se fijaba en los detalles. La que nunca más se vería desgarbada, ni se escondería en prendas anchas y descuidadas. La elegante y mucho más inaccesible chica de corazón herido.

—Odio esta falda.

—¿Y por qué te la has puesto?

Me encogí de hombros. Era eso o admitir en voz alta que lo había hecho solo por él. Una cría intentando impresionar a un chico. Una niña dejando de ser ella misma porque creía que en su piel nunca podría gustarle a nadie.

Parpadeé aturdida, pero no me dio tiempo a meditar más esa revelación, porque el homenajeado apareció.

—¡Eh! Habéis venido.

Nos giramos y nos encontramos con Jack, su sonrisa, sus vaqueros ajustados y su camisa blanca. Jack y su hoyuelo, su pelo revuelto y sus ojos de brillo especial.

Jack y su risa contagiosa.

Jack y su encanto.

Jack.

—Le he quitado las esposas en la entrada —bromeó Holly.

—¡Gracias! No entiendo por qué está tan juzgado eso del secuestro.

Los dos se rieron y Holly le dio una cachetada en el brazo como si ya fueran íntimos. Él parecía realmente ilusionado de que estuviéramos allí.

—Feliz cumpleaños, principito. Como me debes una, ¿si hago alguna travesura para joder a Mason me guardarás el secreto?

—Soy una tumba. Tenéis bebida y algo de comida por ahí. Patatas fritas y cacahuetes, no mucho más. Hay un baño abajo, pero mi consejo es que subáis al de la primera planta, aunque Mason diga que no se puede.

Holly se llevó una mano al corazón, fingiendo que estaba emocionada.

—Me gustas, Jack Ladson. Por fin entiendo tu irresistible aura.

Luego salió corriendo y me dejó sin posibilidad de elección. Iba a matarla.

—¿Está borracha?

—Lo peor es que aún no.

Suspiré nerviosa y él se mordió el labio antes de dar un paso hacia mí. Estaba muy cerca. Y la cocina, vacía. Jack y yo volvíamos a ser solo Jack y yo. Y eso estaba bien y, a la vez, rematadamente mal, aunque no entendiera la razón. Desde nuestro último viaje en autobús no me sacaba esa idea de la cabeza.

—Gracias por venir, Rain.

—No confiabas mucho.

—Lo cierto es que no.

Sonreí y saqué un paquete del bolso. Si no se lo daba en ese momento, dudaba de llegar a hacerlo.

—Feliz cumpleaños.

—Oh, vaya... —susurró sorprendido—. No era necesario. ¿Qué es?

—Pensé..., bueno, ¿qué le puedo regalar a Jack que no tenga y que nunca se espere?

Rasgó el papel con la impaciencia de un niño y me observó con picardía cuando comprendió a qué me refería. Se trataba de un ejemplar de uno de mis libros favoritos. Lo había encontrado en una tienda de segunda mano y al instante había pensado en él. Había deseado que lo leyera para comentarlo juntos, igual que hacía cada tarde con mamá. Un pensamiento que, de repente, me parecía de lo más absurdo. ¿Jack y yo compartiendo lecturas? ¿El mundo se había vuelto loco?

—Un libro.

—Sí.

Sonreímos con complicidad. Llamarlo «idiota» había pasado a convertirse en algo bonito y muy nuestro. Jack me miraba con el rostro ladeado y una sonrisa dulce. Yo, con un nudo en la garganta y las malditas cosquillas desperezándose en la parte baja del vientre. No hacíamos nada. No hablábamos. Calvin Harris sonaba al otro lado de la pared. Alguien gritaba que había perdido los calzoncillos en el jardín. Y, sin embargo, yo las veía. Las sentía. Estaban por todas partes. Las cosas invisibles. Como motas de polvo que flotaban cada vez que él y yo nos enredábamos en algo.

Miradas. Sonrisas. Silencios.

La única tonta de aquel lugar era yo. Me arrepentí en el acto de mi regalo y reculé como pude.

—No hace falta que lo leas.

—Entonces, ¿para qué me lo has regalado? ¿Para apoyar la cerveza?

—O para calzar alguna mesa.

Jack se rio y quise marcharme. Quise huir de lo que fuera que estuviese ocurriendo, porque tenía la certeza de que no era correspondido. De que para él no era más que un juego. O un flirteo inocente, porque así era como se relacionaba con todo el mundo. Jack no se tomaba las cosas en serio y yo pecaba de lo opuesto, de sentir la responsabilidad del universo sobre los hombros.

—Voy a leerlo, Rain. Te lo prometo.

Sus palabras frenaron el caos de mi cabeza y lo miré esperanzada.

Aún no lo sabía, pero Jack prometía muy a la ligera. Lanzaba promesas con la alegría con la que lo hacía todo, pensando que incluso lo efímero era para siempre.

Abrió la primera página y leyó la dedicatoria.

Feliz cumpleaños, Jack.
Como no sabes leer, no voy a esforzarme en ser ingeniosa.
Rain

Su risa aceleró mis latidos. Me sentía pesada. Y tenía sed. Y calor.

Y miedo.

Un miedo atroz a sentir. A dejarme llevar. Porque la gente se enamoraba y luego llegaba la decepción, le rompían el corazón o se moría. Como mi madre.

Un miedo que se intensificó cuando Jack alargó la mano y cogió la flor malva, aún enmarañada en mi pelo.

—¿Qué haces?

—Te la devolveré cuando lo acabe.

La metió entre las páginas del libro y lo cerró, como me había visto hacer tantas veces con las novelas que le leía a mi madre. Y sentí algo nuevo, una ilusión extraña, una complicidad única al darme cuenta de que compartíamos otro detalle más que nadie entendería. También pensé en mamá. Y sentí dolor.

¿Era posible que una misma cosa me provocara sensaciones tan opuestas? ¿Sería Jack capaz de endulzar lo malo hasta que se desvaneciera? ¿Tendría Holly razón y estaba a punto de vivir mi primer amor?

Abrí la boca para darle las gracias, pero mi voz se quedó en un suspiro cuando Miranda apareció y se colgó de su cuello.

—Jack, ¡vamos! Hay una ronda de chupitos esperando al cumpleañero.

Le dejó un beso en la comisura de los labios y ese gesto me hizo poner los pies en el suelo. Él se revolvió para quitársela de encima con disimulo y me miró. Ya no sonreía. El Jack que siempre tenía una sonrisa para todo el mundo me observaba como si habláramos un idioma que solo existía para nosotros. El problema era que yo tampoco lo entendía. Yo solo veía símbolos, incógnitas, acertijos por descifrar. Un mapa velado que se me hacía cuesta arriba.

—¿Vienes?

Negué con rapidez y di dos pasos atrás.

—No. Debería buscar a Holly antes de que llene todo el calzado de Mason de pasta de dientes.

—Si vienes conmigo ya, igual te doy mi regalo... —le susurró Miranda al oído.

El cuerpo de Jack reaccionó como una bombilla. Se tensó, soltó una risa bobalicona y se le encendieron las orejas. Era patético. Era un asco. Y ella no era yo.

Miranda tiró de su mano y se marcharon sin decirme adiós.

No me costó encontrar a Holly escondida en la habitación de Mason. Estaba recortando rostros de famosos de una publicación sensacionalista y los pegaba sobre los de chicas desnudas de una revista porno.

—¿Se puede saber qué haces?

—¡Qué susto, Rain! Pensé que eras *Encefalogramaplano-Peck*.

—Está abajo. Medio desnudo y muy borracho.

—Bien. ¿Qué te parece? La he encontrado bajo el colchón.

Me mostró la revista y reprimí una carcajada. Con sus cambios, la reina Isabel II estaba enrollándose con un Rowan Atkinson con tetas.

Una hora más tarde, la versión más perversa de mi mejor amiga estaba agotada.

—Dejo un condón usado en el armario de sus padres y nos vamos.

—¡Qué asco, Holly! ¿De dónde lo has sacado? —Fue a responder, pero no se lo permití—. No me lo digas, prefiero no saberlo. ¿Y si le echan la culpa a su hermano?

Frunció el ceño para justo después sonreírme eufórica.

—Lo enrollaré en un calcetín de Mason. ¡Gracias por tu colaboración! Tú espérame aquí y vigila que no venga nadie.

Salió corriendo en dirección a los dormitorios y me senté en las escaleras. En el piso de abajo la fiesta estaba en su mejor momento. Yo solo quería irme a casa, meterme en la cama y cerrar los ojos.

Desaparecer.

Me sentía a años luz de todas esas chicas, aunque no tenía ni idea de en qué dirección. No me creía superior a nadie, como tantas veces Jack me echaba en cara, pero sí que me percibía distinta. Observé desde los huecos del pasamanos lo que sucedía a mi alrededor. Una chica daba sorbitos a una cerveza mientras bailaba ajena a todo. Yo jamás sería esa chica. Otra se besaba con un chico sobre un sillón sin importarle quién pudiera observar la escena. Nunca podría ser ella. Un grupo reía, se hacía selfis y se abrazaba sin parar. A mí me incomodaba que me tocaran en exceso. Yo no era nadie a tantos niveles que me costaba entender dónde estaba mi sitio.

—¿Qué haces aquí?

Levanté el rostro y me encontré con Jack subiendo las escaleras. Tenía su mechón rebelde sobre la frente y los primeros botones de la camisa desabrochados. Pequeñas briznas de hierba se aferraban a su ropa. Daba la imagen de alguien que acababa de revolcarse con otro alguien en un cobertizo y, aun así, pensé que estaba muy guapo. Un poco menos perfecto y, por lo tanto, más cercano, más humano.

No lo confesaría jamás, pero por un instante deseé haber nacido del mismo molde que Miranda Baker.

—¿Y tú? Es tu fiesta. Pensé que tu pene y tú estaríais recibiendo algún regalo obsceno.

Jack se rio y se sentó a mi lado. Nuestras rodillas se rozaron. Reparé en que ya no me molestaba; también en que hacía días que los milímetros entre nosotros se habían acortado hasta desaparecer.

—Lo he canjeado por un vale para otro día. Ahora no era el momento.

—Qué considerado con tus invitados.

—Ya, bueno..., mis plebeyos merecen un respeto —dijo con altanería.

Cruzó los brazos sobre las piernas y apoyó la barbilla. En esa postura me parecía más niño. Suspiró un par de veces, como si intentara decirme algo pero no encontrara las palabras. Finalmente, optó por morderse una uña.

¿Qué pensaría Jack? ¿Acaso podría él sentirse tan confuso como yo?

Y, de algún modo, lo supe. Lo leí en su expresión, en sus movimientos, en sus suspiros. Jack ya no quería estar en esa fiesta. Jack prefería estar en cualquier otro lugar. Quizá, incluso, en una parada de autobús con una chica tan perdida como lo estaba él.

—Pensé que aquí solo subíamos los que nos escondíamos

de algo. ¿No te estarás escondiendo, Jack Ladson? —me atreví a preguntar.

—Es posible.

—Lo harías mejor en alguno de los dormitorios. Aunque te aconsejo que no entres en el de los padres de Mason, si no quieres ser cómplice de algo muy feo. —Alzó una ceja en mi dirección y sacudí la cabeza—. No preguntes.

Asintió, aunque no se movió.

—Se está bien aquí.

«Contigo», gritaban las cosas invisibles.

Yo no me atreví a decir nada. Solo esperé. Y juntos observamos desde aquel balcón improvisado la decadencia de una fiesta adolescente que parecía no tener fin.

Empezó a sonar una canción de Travis cuando Jack ladeó su cuerpo hacia mí. Yo ni respiraba. Tal vez porque, en el fondo, sabía que estaba a punto de ocurrir algo. Algo trascendente para un corazón vulnerable como el mío.

Noté que Jack cogía aire antes de lanzar una pregunta que lo cambiaría todo entre nosotros.

—¿Quieres bailar?

—¿Estás de broma?

Solté una risita que era puro nervio.

—¡Venga, Rain! Es mi cumpleaños.

Jack apretó los labios y me miró con su cara de cachorro mono. Muy mono.

—No hagas un puchero, por favor te lo pido... —Pero no me hizo ni caso—. Oh, mierda, vale.

—Gracias.

Sonrió como un chiquillo y se puso de pie de un salto. Se secó las manos en las rodillas y lo imité. Sin embargo, no pude evitar imaginarme todas las opciones posibles, todos los efectos que arrastraría mi decisión.

1. Jack y yo bailamos y lo hacemos tan bien que acabamos probando suerte en el escenario de algún *talent show*.
2. Me pongo tan nerviosa que me tropiezo y lo tiro por las escaleras.
3. Jack rodea mi cintura con sus manos y es tan dulce, y huele tan bien, y de cerca es tan guapo que me enamoro perdidamente de él. Tres minutos después, va en busca de su novia para canjear su regalo sexual y me rompe el corazón.
4. Miranda aparece, se cree que está pasando lo que no es y me clava sus uñas color rojo pasión en la clavícula.
5. Jack y yo bailamos. Y es bonito. Y el mundo parece un lugar mejor.

El primer amor resultaba aterrador.

—No sé bailar.

—Sí sabes, Rain.

—Sí sé, pero sola. Acompañada me agobio y pierdo el ritmo.

Jack colocó las manos en la parte baja de mi espalda y me acercó a él. Por inercia, apoyé las mías en su pecho. Tragué saliva y me pregunté si sería capaz de averiguar a qué velocidad le latía el corazón. Si me concentraba en eso, quizá el mío dejaría de palpitar con desenfreno.

—Cierra los ojos e imagínate que no estoy.

Me reí.

—Eso es imposible, Jack.

—Pues imagina que soy otro.

—Eso sería más fácil. La cuestión es que ningún otro conseguiría hacerme bailar. Solo tú eres tan... tan...

Apretó los dedos sobre el borde de mi falda y mi aliento, inquieto, golpeó su camisa. Estábamos muy cerca. Todo lo cerca que podían estar dos personas sin quitarse la ropa. Su respiración chocaba con mi pelo y la mía se perdía en su cuello.

Jack olía a muchas cosas. A las horas de fiesta, al perfume de Miranda impregnado en su ropa y a su última copa de vodka; pero, por encima de todo eso, Jack olía a como yo siempre me había imaginado que lo hacía el amor. Dulce. Sucio. Salvaje. Único.

—Cierra la boca de una vez y sé amable —me recriminó.

—¿Y si no quiero bailar contigo?

—Es mi cumpleaños. Yo mando. Cuando sea el tuyo te regalaré un libro y haremos cosas aburridas de esas que te gustan.

Fui a increparle, pero cuando mis ojos se cruzaron con los suyos me estremecí.

No siempre es posible guardar un secreto. No somos conscientes de que el cuerpo se rige por sus propias reglas y responde ante los estímulos de un modo muy concreto. Da igual lo que intentes ocultar que alguien te gusta, puede incluso que ni tú mismo lo sepas, porque cuando la persona que te atrae está cerca las pupilas se dilatan.

Aquella noche, los ojos de Jack eran más negros que nunca.

Moví las manos y las entrelacé en su cuello. Tenía la nuca húmeda por el sudor y la piel suave. Él dio un paso hacia mí y hundió la nariz en mi pelo. El suyo olía a algo cítrico. Entendí a todas aquellas chicas que habían dibujado su nombre dentro de un corazón en los baños del instituto. Nos mecimos de un lado a otro, a pasitos muy cortos. No sé cuántas veces habría bailado Jack con chicas en los pasillos de una fiesta, pero yo nunca lo había hecho. Sus rutinas para mí eran momentos excepcionales que vivía con la intensidad que siempre se atribuye a las primeras veces.

Cerré los ojos.

Llevé en mi cabeza el ritmo de nuestro balanceo.

Un, dos... Un, dos... Un, dos...

Me quedé sin aire cuando noté que se encorvaba y su nariz jugaba a deslizarse, de mi pelo a mi frente, de mis mejillas a mi nariz. Un solo roce. Una milésima de segundo tan breve que para muchos ni siquiera habría existido. Pero lo hizo. Y yo lo sentí. Sentí que Jack podría besarme. Que todas esas variables que nos rodeaban eran perfectas para la resolución de un beso. Que yo lo deseaba y una parte de mí intuía que él también.

Abrí los ojos y busqué los suyos.

Entre suaves pestañeos, Jack me observaba con una sonrisa tímida.

—Estaba seguro de que sabías bailar conmigo.

—Esto no es bailar. Tan solo es balancearse de un lado a otro.

—No te quites mérito.

—Perdona, se me olvidaba que estás acostumbrado a que tus parejas de baile se desmayen del gusto. Debo parecerte Fred Astaire.

—Cierto. Aunque las chicas listas parecen inmunes a mis encantos.

Solté una risita tan estúpida que escondí el rostro en su cuello. Porque, fuera lista o no, yo no era inmune a Jack en absoluto.

La canción terminó y una base electrónica retumbó por los altavoces. Pese a ello, no nos soltamos. Mis manos parecían cosidas a su nuca y las de Jack continuaban ancladas en mi cintura. Cuando movió los dedos sobre mi falda, temblé.

—Rain...

Un suspiro.

—Rain, mírame...

Cerré los ojos con fuerza. No quería que se terminara. No

podía mirarlo sin morirme de vergüenza y sin que viera las ganas de que sucediese reflejadas en mi rostro.

No obstante, Jack susurró de nuevo tan cerca que pensé que perdería el equilibrio.

—Rain.

La valentía se mide en instantes muy concretos. En segundos que lo cambian todo. Como aquel en el que por fin me atreví y me encontré con la mirada de Jack y lo que parecía el preludio de un beso.

—Rain, joder, ¡tenemos que irnos!

Dimos un salto que nos distanció ante la voz de Holly. Me coloqué el pelo con nerviosismo detrás de las orejas y Jack se llevó un dedo a la boca para arrancarse una uña. De repente evitábamos mirarnos, incómodos por lo que fuera que hubiera sucedido. Porque él tenía novia y yo solo era Rain.

—¿Qué has hecho? —le pregunté a mi amiga.

Ella me agarró del brazo y tiró de mí escaleras abajo.

—Nada. Tú y yo no hemos estado aquí esta noche.

Lanzó una mirada de reojo a Jack y este le sonrió cómplice.

—Mientras no hayas quebrantado una ley, mis labios están sellados.

—Buen chico.

Bajamos con rapidez y nos mezclamos con el alboroto de la fiesta. Holly maldijo entre dientes al ver a Mason enrollándose con una chica en medio del comedor. Era rubia y llevaba un vestido azul eléctrico. Había perdido los zapatos.

—Pobre ilusa. Cree que mañana tendrá un novio y, en cambio, se levantará con clamidia.

Holly negó con la cabeza y abrió la puerta de salida. En tres pasos estaríamos fuera. Lejos de Mason y su pene inquieto. Lejos de Jack y de ese casi beso que aún me costaba creer que hubiera sido real.

El corazón me retumbaba bajo las costillas.

—Espera, Holly. Se me ha olvidado algo.

Volví sobre mis pasos y subí las escaleras de una carrera, dejando a mi mejor amiga sola y estupefacta. Jack aún estaba en el pasillo. Se había apoyado en la pared y miraba la alfombra con aire pensativo. Aún recordaba el tacto de su camisa en mis dedos. Su aroma colándose por mi nariz.

—Eh, Jack.

Arqueó las cejas cuando me vio.

—¿Sí?

Las malditas cosquillas en la tripa me dieron el empujón que necesitaba.

—Tú también puedes contar conmigo. Solo quería que lo supieras.

¿Por qué regresé? Ni aun hoy lo sé, pero la sonrisa que me regaló la llevo tatuada entre mis más bonitos recuerdos.

La probabilidad de un primer beso no dado

Cuando llegué a casa, papá estaba sentado en la butaca frente a sus peces. Aún llevaba el traje puesto, pese a que a esas horas era habitual verlo ya en pijama. Sus rutinas cambiaban en detalles en apariencia sin importancia, pero que para él eran terremotos inmensos que sacudían su vida.

—Cordelia, ¿qué tal la fiesta?

Me observó por encima del hombro y me senté en el apoyabrazos.

—Aburrida.

—¿No había buena comida?

—Cacahuetes y patatas rancias. Los adolescentes de ahora solo piensan en beber y en enrollarse, papá.

—Bueno, eso tampoco entraba en mis prioridades, pero, honestamente, no estaba tan mal.

—Papá...

Me removí incómoda. Hablar con mamá de esos temas tenía un pase, aunque con él no sabía muy bien qué esperar.

—No te avergüences. El sexo es algo instintivo. Es normal sentir impulsos.

—Yo...

—Pero el alcohol adormece las funciones cerebrales. Es mejor evitarlo.

—Lo tendré en cuenta.

Asintió complacido y observamos juntos los peces. Las damiselas verdes aleteaban en grupo. Incluso para ellas era sencillo encontrar su lugar en aquel acuario. Todo el mundo acababa por hacerlo menos yo. Tal vez por eso tendía a esconderme. Si hasta una persona como Jack lo hacía, ¿cómo no iba a sucederme a mí? Suspiré ante el recuerdo de nuestro encuentro. Noté un hormigueo en la piel. El baile. Ese nuevo «casi» envolviéndonos que encerraba un beso.

Sacudí la cabeza. No era posible. Debía de habérmelo imaginado todo. Mis hormonas alborotadas me la habrían jugado fantaseando con algo que era imposible que sucediese. Porque lo era, ¿verdad? Deseé que mi madre estuviera esperándome en el jardín para preguntárselo. Para poder confesarle que tenía miedo porque todo era nuevo para mí. Que creía que Holly tenía razón y que estaba viviendo mi primer amor.

Pero no podía, así que me mordí el labio antes de lanzarle la pregunta al hombre del arrecife enjaulado.

—Papá, ¿cómo sabes si un sentimiento es correspondido?

—Necesito más datos.

Cogí aliento y me armé de valor.

—Yo... creo que hoy un chico quería besarme.

—¿Lo ha hecho?

—No.

—Entonces es imposible saberlo. Supongo que se podrían estudiar las probabilidades en función de variables objetivas, como expresión fácil, sudoración, temperatura o latido cardíaco.

Suspiré con decepción. Yo no necesitaba porcentajes ni aproximaciones, yo necesitaba certezas.

—¿Cómo supiste que mamá quería besarte?

—Porque lo hizo. No hubo dudas al respecto.

—Ah.

Y eso fue todo. Me imaginé un futuro de dos en el que las preguntas se me agolpaban y en el que las respuestas de mi padre solo suponían parches que me ayudaban a sobrevivir en el mundo, pero no a entenderlo.

—Voy a echarla mucho de menos.

A papá le tembló el labio.

—Yo también. Buenas noches, Cordelia.

Carraspeé, le dejé un beso en el pelo y me escabullí a mi habitación.

Ya en la cama, me encontré jugueteando con la invitación de Jack entre los dedos. Era una estúpida tarjeta infantil que no pegaba nada con un chico que había cumplido los dieciocho años. Incluso se cerraba con una pegatina del famoso perro de Charles Schulz. Era una tontería. Pero también un detalle muy mono. Acaricié mi nombre y después me vi mirando con fijeza los números de su teléfono hasta que bailaron frente a mis ojos.

Cogí el móvil y escribí. Luego borré.

Un intento.

Dos.

Memoricé su número en la agenda con el nombre clave «Imbécil Sideral».

Tres.

Al cuarto, el aparato vibró y se me cayó sobre la cara.

Era una foto. Era el libro que yo le había regalado. La flor robada sobresalía por el canto. Pero ¡yo no le había dado mi número! Las posibilidades se me presentaron a toda velocidad:

1. Holly se lo ha dado, lo que la convierte en una traidora (a la que quiero más aún si cabe por ello).
2. Lo ha conseguido por otros contactos en el instituto

(lo que me cabrea por lo poco que se respeta la privacidad de los demás).

3. Ha cometido algún acto ilegal o de escasa moralidad para obtenerlo (como robar mi expediente, contratar a un detective privado, buscarlo en Google).

Sin embargo, ¿acaso importaba? Jack había desplegado sus encantos ante el mundo por mí y eso me provocaba tantas cosquillas que sentía mi cuerpo despegándose del colchón y flotando por la habitación.

Sonreí como una estúpida y leí el texto una y otra vez, en un bucle infinito con el que acabaría empachándome en sueños.

Imbécil Sideral: Gracias por venir a la fiesta. Por el regalo. Por bailar. Por compartir tu escondite conmigo. Por todo.

Cerré los ojos con fuerza hasta que vi lucecitas. Luego escribí sin pensar.

Yo: ¿Por qué tienes mi número? ¿No te han dicho que está muy feo conseguir el teléfono de alguien sin su permiso?

Imbécil Sideral: Soy Jack Ladson. Puedo lograr todo lo que quiera. Asúmelo de una vez, Rain.

Yo: Cierto, se me olvidaba que el mundo está a tus pies.

Imbécil Sideral: No puedes negar que soy encantador.

Yo: Un príncipe de cuento.

Imbécil Sideral: Hablaba en serio. Me ha gustado que vinieras.

No era real, pero me resultaba fácil oír su voz según leía. Sus cambios de tonalidad. Su volumen bajando hasta ser solo un susurro dulce. Medir sus pausas entre palabras o el ritmo de su respiración.

Yo: Asumo que no ha estado mal.

Me lo imaginé sonriendo. Yo también lo hice.

El cuarto me daba vueltas. No solía beber, pero aquello se parecía mucho a estar borracha. La sensación de inestabilidad. La irrealidad pegajosa. El calor en la piel. Me sentía ebria de algo nuevo. Ebria de Jack. Si el muy condenado era capaz de provocarme esa intensidad, no quería imaginarme la magnitud de la resaca.

Imbécil Sideral: No es fácil complacer a una emperatriz, así que apunta esto en esa lista que guardas por ahí sobre mí.

Yo: La lista es de defectos. ¿Quién te dice que tenga también una de cosas buenas?

Imbécil Sideral: Vamos, Rain...

Noté su condescendencia sin necesidad de verlo. Su expresión canalla. El brillo travieso de sus ojos. Bufé, pero mis labios se curvaron en una sonrisa inevitable. Incluso siendo un capullo engreído, cada vez era más difícil odiarlo.

Yo: Deberías dormir, Jack. La edad no perdona.

Me quedé mirando la pantalla a la espera de su respuesta, pero esta no llegó. Solo cuando me desperté al día siguiente vi la que había enviado mucho más tarde. Era otra fotografía del libro en la que me mostraba que había comenzado su lectura.

Imbécil Sideral: Una elección interesante.
Nos vemos el lunes, Rain.

Y lo hicimos. Nos buscamos con los ojos por los pasillos del instituto. Compartimos un guiño cuando Holly y Mason se enredaron en una pelea estúpida por el último bollo de crema de la cafetería. Disimulamos la ilusión al ver al otro en la parada del autobús. Hablamos mucho, como si de repente hubiéramos activado un mecanismo que hasta su cumpleaños había permanecido dormido, aunque evitamos hacerlo de nuestro baile y de ese «casi» beso que yo rememoraba a todas horas. Por las noches, desde la seguridad de la cama, nos mandábamos mensajes tontos, poniendo a prueba su encanto natural y mi sarcasmo. Y, siempre que avanzaba en la lectura, me enviaba una foto del libro con la flor cada vez más seca marcando la página por la que iba.

Más allá de lo que ya sentía por él, Jack y yo nos hicimos amigos.

Supongo que por eso dolió tanto cuando todo terminó.

Aleteos que provocan terremotos y otras primeras veces

Jack se mordía las uñas. No lo hacía con disimulo, sino con saña y hasta ver el comienzo de la sangre. Era un vicio de lo más desagradable que no ocultaba ni pretendía remediar.

—¿Te duele?

Se observó la carne enrojecida del pulgar derecho y se encogió de hombros.

—Claro que duele, pero me gusta.

—¿Eso tiene sentido?

—¿No has oído hablar del sado?

—No empieces, Jack —resoplé incómoda.

Aparté la vista y él me regaló una de sus sonrisas pillas.

—No era mi intención hablar de sexo, pero supongo que tiene que ser parecido.

Le cogí la mano y rocé la piel levantada y llena de costras. Las tenía ásperas y raspaban al pasar la yema por encima. A su lado, las mías parecían más suaves y cuidadas. Noté que Jack apretaba un dedo sobre mi palma y me estremecí. Mis latidos se aceleraron. Porque sí, por entonces Jack y yo ya éramos amigos, pero no nos tocábamos. No a menudo. No sin disimulo. No sin excusas. En aquella ocasión no había música ni era el cumpleaños de nadie. Tampoco él tenía motivos para acercarse y consolarme. Y, sin embargo, yo había cruzado un límite con ese detalle intrascendente y de un modo tan natural que parecía que lo hubiera hecho miles de veces.

Jugué a arrancarle un trocito de piel que aún colgaba bajo su uña. Él no dejaba de mirarme. Cuando terminé, acarició mi mano con lentitud. Un gesto íntimo, demasiado cómplice. Un roce que jamás habría permitido de no ser porque comenzaba a dejarme mecer por eso que nos rodeaba cuando estábamos juntos.

Cada vez me parecía más fácil. Cada vez me sentía más confusa.

Para todo el mundo era obvio que algo entre nosotros había cambiado. Ya no nos ocultábamos. Nos saludábamos en el instituto, compartíamos miradas durante las clases y hablábamos sin fingir que no nos dábamos cuenta de que los demás nos observaban. Pasé de ser invisible a un foco de atención constante para la legión de admiradoras de Jack. De algunas de ellas también captaba miradas poco sutiles de rencor o, en el caso de Miranda, de desconfianza. Incluso recibí alguna sonrisa de reconocimiento, como si hubiera ganado algún premio sin ser consciente de ello.

Holly bromeaba a menudo con la tortura que supondría soportar a Mason si Jack y yo acabábamos siendo inseparables. Mamá no dejaba de decir que me brillaban más los ojos e incluso papá me preguntó si me había sucedido algo importante.

Mi vida era la misma, pero yo no. Yo sentía que iba encajando, encontrando mi sitio. Me sentía más segura.

Suspiré y Jack jugueteó con mis dedos entre los suyos. De no ser una locura, habría creído que no quería soltarme. Yo tampoco deseaba que lo hiciera. Continuaba odiando las malditas cosquillas que me provocaba, pero había descubierto algo adictivo en ellas.

—Es una pena, porque tienes unas manos bonitas —murmuré aturdida.

Sonrió y me pellizcó, atrapando mi dedo meñique entre los suyos mordidos.

—Jamás podré anunciar esmalte de uñas, ¡menuda tragedia!

Con su broma, nuestras manos se despidieron.

Me erguí y crucé los brazos sobre el pecho. Me percibía vulnerable, seguía siendo tan inexperta en sentir que todo me desbordaba, aunque en las últimas semanas ya no me molestaba tanto. Mi versión más científica deseaba, incluso, descubrir más y experimentar a fondo cada una de esas sensaciones.

A mi lado, Jack se metió un chicle en la boca y el mundo se volvió verde.

—He dejado a Miranda.

Verde intenso. Verde menta.

Cogí aire y lo miré, fingiendo que sus palabras no me provocaban nada.

—Lo siento, Jack. ¿Puedo saber por qué?

—Bueno, era demasiado guapa. Ya sabes.

Evitó mis ojos y supe que no tenía intenciones de compartir los motivos conmigo.

—Sí, un auténtico suplicio —repliqué con sarcasmo.

—Por tu culpa me recordaba a un androide. Me cortaba el rollo.

—No sufras. Encontrarás a otra antes de que acabe el mes y no te acordarás ni de su nombre.

Jack sacudió la cabeza. La curiosidad por conocer todos sus pensamientos cada vez era más grande. Cada día me preguntaba qué pasaría por su mente cuando me miraba, qué me ocultaría bajo su apariencia de chico sin preocupaciones.

—¿Y tú? ¿No sales con nadie?

—¿Tus secuaces no han sabido conseguirte esa información? —Soltó una risita tan estúpida como adorable.

—Eres un caso difícil, Cordelia.

—No me llames así. —Suspiré con desgana—. Y no, no salgo con nadie.

Me reí, como si la simple posibilidad fuera una locura, y él me observó con un brillo nuevo en los ojos.

—Pero te gusta alguien.

Suspiré y conté las marcas del suelo. Lo que fuera para que ni mi expresión, ni mi voz titubeante, ni el sonrojo de mi piel me delataran.

—Hay alguien, pero no... no importa.

—Vamos, Rain, ¡dímelo! Yo siempre te he hablado de Miranda. ¿Quién te hace sentir mariposas en el estómago?

Pensé en morderme la lengua, pero, para bien o para mal, con Jack era más yo misma que nunca, así que hablé, mientras a mi lado él me observaba con esa curiosidad real que siempre percibía en su mirada.

—En realidad, esas mariposas son unos cien millones de células que rodean el tracto digestivo. Están vivas y reaccionan de manera inteligente cuando nos enfrentamos a un hecho que el cerebro interpreta como una situación amenazante o preocupante. También «aletean» cuando se activan ciertos neurotransmisores que acompañan al deseo o al amor.

Asintió como si se estuviera esforzando por memorizar esa información y me sonrió con malicia. El Jack travieso era uno de los que más temía. También, de los que más cosquillas me despertaban.

—Deberías invitarlo al baile. Alguien capaz de remover tus tripas se merece ese honor.

—No es tan sencillo. Yo no le gusto.

«Eres perversa. Pero, y no me preguntes por qué, me gusta.»

Recordé esas palabras y tragué saliva.

—¿Se lo has preguntado? —Me reí.

—No.

—Entonces no lo sabes, Rain.

Sacudió la cabeza y rememoré sus ojos, los que me miraban sin pestañear mientras bailábamos el día de su cumpleaños. Sus pupilas dilatadas. Sus dudas. Sus ganas. Las cosas invisibles explotando a nuestro alrededor.

—Aléjalo esa noche, llévalo a una zona oscura y métele la lengua hasta la garganta. Seguro que le parece una manera increíble de terminar el baile.

—Eres un romántico.

Y, pese al comentario soez del Jack más adolescente, no pude evitar imaginármelo. Él y yo. La oscuridad. Las bocas. Me ruboricé y me temblaron hasta las orejas. Era imposible. Era una locura. ¿O quizá no?

Sentí su mirada sobre mis mejillas y su voz se dulcificó.

—Es imposible que no le gustes.

Ignoré el tsunami que sus últimas palabras desataron en mi estómago y me centré en todo lo demás. En mis limitaciones. En mis miedos. En mis propios monstruos.

—No puedo hacer eso. Además, yo no...

Cerré los ojos y apreté los dientes. Me daba vergüenza. Deseaba que la acera se abriese bajo mis pies y desaparecer. Aparecer en un mundo en el que los sentimientos no fueran bombas sin anilla estallando en el interior de los corazones, sino simples mantas que abrigan. Un mundo en el que hacerse mayor no pareciera un laberinto sin salida.

Sin embargo, continuaba en este. Y junto a Jack. Un Jack tan curioso como para no dejarlo estar.

—Tú no ¿qué?

Conté los segundos. Uno. Dos. Tres. Y exhalé con fuerza a la vez que soltaba una confesión que nunca creí compartir con él. Pero eso conseguía Jack. Se saltaba capas. Te abría en dos y miraba dentro sin pedir permiso ni perdón.

—Yo nunca he besado a nadie.

—Bromeas.

Chasqueé la lengua y me enfadé.

—¿Por qué iba a hacerlo? ¿Por qué iba a darte un motivo para burlarte de mí? No todos tenemos el mundo a los pies, Jack. No todos somos como tú.

—Oh, joder. Vale. Pero no me burlo, Rain, solo... me sorprende.

Ladeé el rostro y me encontré con el suyo extrañado bajo el flequillo. Me miraba sin pestañear. Me sentía el único habitante de un planeta recién descubierto. Tal vez para Jack así era. Al fin y al cabo, él nunca se había relacionado con chicas como yo, con la nariz tan metida en los libros, en su futuro, en encontrar las respuestas a preguntas trascendentales que otros jamás llegaban a cuestionarse como para que no las hubiera besado nadie.

—Me resulta difícil confiar en la gente. No significa que nunca me haya imaginado cómo sería, pero no he encontrado con quién dar ese paso sin ver más contras que pros. Quizá parece que le doy más importancia de la que tiene, pero es justo lo contrario. Simplemente me cuesta, Jack, aunque no espero que esto tenga sentido para ti.

Meditó mis palabras sin dejar de observarme. Mi pelo. Mis ojos. Mi nariz. Mis orejas. Mis labios. Me los humedecí con la lengua y suspiró. Luego se sacó el chicle de la boca y lo guardó dentro de un trozo de papel.

—Podríamos solucionarlo. Podría besarte.

Noté que todo se aceleraba.

Mis latidos. Mi respiración. La velocidad a la que giraba el planeta.

—¿Por qué ibas a hacer eso?

—Porque en mí sí que confías, ¿no es verdad? —Asentí con los ojos como platos y el corazón en la garganta—. Podría hacerlo aquí y ahora, y ya no tendrías excusas para no besar al que aletea en tu tracto digestivo.

—De eso sí piensas burlarte eternamente, ¿a que sí? —le susurré.

Jack se rio entre dientes y me perdí en su sonrisa. Era tan sincera que supe que no bromeaba. Jack me ofrecía regalarme una primera vez. Pretendía liberarme de ese lastre adolescente sin saber que era él de quien yo hablaba. Iba a besarme para que después yo me atreviera a besarlo a él. Una paradoja a la altura del gato de Schrödinger.

Aún prendida en sus labios, sentí su mano rozar la mía. Alcé la vista y lo estudié con calma, pese a los nervios concentrados en mi vientre. La curva perfecta de sus cejas. Sus ojos de caramelo fundido. Su nariz de aristócrata. Su boca.

Entreabrí la mía y se me escapó un suspiro.

Jack se acercó y me preguntó sin palabras si aceptaba.

¿Cuáles eran las opciones?

1. Jack me besa: lo hace tan mal que el hechizo en el que estoy sumergida desde hace meses se rompe y *Jackintensodelamuerte* vuelve a ser *Jackimbécilsideral.*
2. Jack me besa: me enamoro perdidamente de él y mi corazón se agrieta un poquito.
3. Jack me besa: no sucede nada. La vida sigue. El planeta gira con normalidad. El deseo ha muerto. El amor no existe.
4. Jack me besa: le muerdo la lengua. Lo hago con demasiada saliva. Me huele el aliento al emparedado que me he comido y le dan ganas de vomitar. Me mudo a Nueva Zelanda.

Cuatro destinos. Cuatro posibilidades.

Sin embargo, yo ya no pensaba en ellas ni en sus consecuencias, porque lo único que me importaba era que Jack me iba a besar.

JACK. ME. IBA. A. BESAR.

Un denominador común. Un deseo concedido.

Cerré los ojos, inhalé profundamente y esperé. Esperé a que Jack me regalara una primera vez.

Lo sentí cerca antes de que sucediera. Su respiración pausada chocaba con la mía, agitada. Su olor a menta y chico guapo lo llenó todo. Entreabrí los labios y dejé escapar un suspiro lento.

Jack hizo el resto.

Cuando besamos se activan treinta y cuatro músculos de la cara. Se liberan neurotransmisores y hormonas relacionados con el placer. Se queman 6,4 calorías por minuto. Se fortalece el sistema inmune.

Aunque da igual lo que la filematología esclarezca, porque ninguna ciencia podrá jamás explicar lo que una chica siente cuando el chico que le gusta la besa. Cuando sus labios rozan los suyos por primera vez. Cuando descubre el tacto de otra lengua. Cuando su saliva se convierte en propia y deja de respirar. Cuando el caos siempre presente en su cabeza desaparece en el mismo instante que esa chispa se enciende.

Aquella tarde en la que Jack me besó, no solo acepté que las mariposas existían, sino que cuando se trataba de él no se conformaban con mi estómago. Al rozar nuestros labios había sentido el aleteo en su boca de un millón de mariposas colándose en la mía.

El beso favorito de Rain

Trece segundos.
  Olía a lluvia.
  Sabía a menta.

Un error puntual que provocó muchos más

La ciencia no siempre es exacta. Mi padre me enseñaba a menudo casos en los que dos investigadores llegaban a resultados opuestos sobre un mismo hecho. Como anécdota, en mi propia formación he podido ver publicados en el mismo número de una conocida revista de divulgación científica dos estudios sobre el mismo conjunto de datos con resultados contradictorios.

En aquel momento, eso explicaba que Jack me hubiera besado. Porque las variables a ratos me parecían perfectas para lo que había sucedido, pero la mayor parte del tiempo la imposibilidad de la ecuación Rain/Jack me azotaba con fuerza.

Era joven e inexperta, pero también lo bastante observadora como para saber que el amor es estúpido. Y peligroso. La percepción de las cosas cambia. La intensidad de los estímulos se engrandece. La realidad se distorsiona. Además, la naturaleza no podía estar tan tarada como para que lo nuestro tuviera sentido.

Cuando los labios de Jack se separaron de los míos, sus ojos me parecieron más brillantes. Su sonrisa, más única. Cuando subimos al autobús y el conductor arrancó, vi pasar

Londres a través del cristal bajo una luz distinta. El trayecto me pareció más corto que nunca. Nuestra conversación, trivial y algo tímida, más íntima.

Suspiré con profundidad al ver mi parada al final de la calle. Jack me miró bajo su flequillo despeinado y se mordisqueó una uña. Estaba nervioso, y que fuera por mí me hizo sonreír.

—Tengo que bajarme.

Por alguna estúpida razón había escogido el asiento de la ventana, así que necesitaba que apartara las piernas para dejarme pasar. Pero Jack no se movió. De pronto, parecía más inquieto de lo que la situación requería. Incómodo de un modo que me incomodó a mí.

—Ya, claro... Rain, yo...

Apartó la vista y carraspeó. Y lo entendí. Fue como una bofetada de realidad que me ataba los pies de nuevo al suelo. El autobús de repente me olía a humanidad y la ciudad al otro lado del cristal resultaba ruidosa y gris. Porque, por mucho que para mí hubiera sido increíble, para Jack no había sido nada más que el favor de un amigo.

La ciencia volvía a ser cruelmente exacta. Y nosotros solo habíamos sido un error puntual.

Tragué el nudo y le sonreí con falsedad.

—Gracias, Jack. Por quitarme el peso de mi primera vez. ¿Sabes?, tenía miedo de intentarlo con el chico que me gusta y estropearlo, pero ahora ya sé que era una tontería.

Él pestañeó aturdido y apartó las piernas. Su sonrisa volvió a ser la del Jack seguro de sí mismo que encandilaba al mundo.

—Claro. Me alegra haberte ayudado. Te dije que podías contar conmigo, Rain.

Tragué saliva y asentí. Quizá, si hablábamos en aquel instante sin tapujos sobre lo que había sucedido, con un poco de suerte no volveríamos a hacerlo jamás.

—Has sido muy generoso. Además, con tu experiencia, he aprendido del mejor. Seguro que el siguiente chico lo agradece.

Pasé una pierna entre las de Jack y noté que se tensaba. El autobús comenzaba a frenar. Me agarré al pasamanos y esperé, atrapada entre sus rodillas, a que parase del todo para poder huir de aquel momento tan embarazoso.

Sin embargo, olvidaba que Jack no era como yo. Él no huía de las cosas, aunque lo avergonzaran. Él las miraba de frente y se reía en su cara.

—Rain, ¿estás segura de que quieres hacerlo? Con ese chico.

Lo observé desde esa altura privilegiada. Pensé una vez más en lo guapo que era y noté una presión entre las costillas. Me mordí el labio con fuerza. Tal vez para no responder que sí, que me moría de ganas de acercarme y besarlo sin miedo, sin favores de por medio, sin condicionantes. O puede que para no gritarle lo estúpido que era por no darse cuenta de lo que sentía por él.

¿Cómo era posible que el mismo beso pudiera significar tanto para una persona y ser menos que nada para la otra?

El autobús paró. Las rodillas de Jack presionaron las mías.

—No tienes por qué hacer nada solo porque los demás no pensemos en otra cosa. No debes demostrar nada a nadie. —Sacudió la cabeza y su mano rozó mi muslo—. Tú juegas en otra liga, Rain.

Lo miré desde mi posición y entrecerré los ojos. Jack tenía el rostro alzado hacia mí y me observaba muy serio. Y dudé si aquello era un consejo sincero o solo un intento cobarde de decirme entre líneas que no le agradaba la idea de que besara a otro.

Fuera lo que fuese, igual daba, porque el alivio que había

sentido Jack al hablarle abiertamente del tema me dejaba claro que para él lo más sencillo era que todo siguiera como estaba.

Sintiendo todavía su mano sobre mi pierna, posé la mía en su mejilla y me acerqué. Jack contuvo el aliento y me miró la boca. Yo sonreí. Y permití que la Rain que comenzaba a despertar poco a poco saliera. Rocé su nariz con los labios y le dejé un beso. Suave. Dulce. Tan inocente como no podía haber otro.

—Gracias por el consejo.

Me bajé del autobús sintiendo su mirada desconcertada en mi espalda. Por primera vez, aquello no me dio miedo.

Antes de llegar a casa ya tenía un mensaje.

Imbécil Sideral: Necesito saber quién es.

Yo: ¿Cómo?

Imbécil Sideral: No te hagas la tonta, Rain, no te pega nada. Pero te he dado un beso de película y creo que me merezco algo a cambio.

Yo: Dije que podías contar conmigo, Jack, pero espero que no estés pensando en pedirme alguna indecencia obscena para compensar.

Imbécil Sideral: Tranquila, no voy a pedirte una paja, aunque sí un nombre. ¿Quién ha sido capaz de captar la atención de la emperatriz Cordelia?

Yo: Es un idiota. Un engreído.

Imbécil Sideral: Entonces, ¿por qué te gusta?

¿Por qué me gustaba Jack? Me había hecho esa pregunta miles de veces, y en esa ocasión la había pronunciado él. Había aceptado que poseía muchas virtudes, pero, en el fondo, que mi atracción se hubiera convertido en otra cosa más interna solo se debía a que Jack me aportaba algo mucho más valioso y complejo.

Yo: Porque hace que ser yo no esté tan mal.

Imbécil Sideral: Molas un montón, Rain, que nadie nunca te haga pensar lo contrario. No sé por qué tienes ese concepto sobre ti misma, pero debe cambiar.

«Molas un montón.» Podría ser la declaración de amor de un niño de ocho años, aunque lo sentí tan dentro que me temblaron las manos.

Yo: Gracias, Jack.

Imbécil Sideral: Supongo que si ese tío te hace sentir así no será un mal tipo.

Yo: No, no lo es.

Imbécil Sideral: Aunque no me vas a dar un nombre.

Yo: ¿Qué más te da?

Imbécil Sideral: Me preocupo por ti.
Quiero saber quién es para que se comporte.
Soy como ese hermano mayor que lo mira
desde lejos de forma amenazadora.

Siempre había querido tener un hermano. Pero esas palabras, viniendo de Jack, eran un castigo. Y, de algún modo desconcertante e ilógico, sabía que habían sido intencionadas. Jack estaba marcando los límites del único modo que conocía a esa edad: con verdades indirectas que resultaba fácil confundir con un flirteo inocente.

Yo: Me encanta ser hija única, Jack.

Imbécil Sideral: Y a mí ser tu amigo.

Otro límite. Ahí estaba. No me equivocaba. Así que opté por hacer lo mismo: fingir que lo que había sucedido no había trastocado mi mundo tal y como lo conocía.

Yo: Buenas noches, Jack. Que sueñes con tus
mil novias. Hoy te lo has ganado.

Imbécil Sideral: Y tú con ganar el Nobel.

Sonreí y escondí el teléfono bajo la almohada.

Aquella noche no soñé con ganar un premio que reconociese mi carrera y colocara mi nombre para siempre al lado del de mi padre en los libros, sino con besos de menta y chicos que no existían que me daban otros nuevos. Ninguno era Jack. De alguna manera, mi inconsciente intuía que entre nosotros el destino era otro.

El beso favorito de Jack

Siempre pensó que sería un beso intenso, con mucha lengua, un preliminar que anunciara buen sexo. Manos. Saliva. La sangre circulando por su cuerpo a toda velocidad y estancándose bajo la cremallera. Roces. Gemidos. Deseo brutal y mal contenido. El pistoletazo de salida para el orgasmo de su vida.

Pero no.

Jack se equivocaba.

El mejor beso se lo dio una chica en la punta de la nariz una tarde de primavera.

Pastelitos de nata y gustos arcaicos

Y los días pasaron. Porque el mundo sigue girando, aunque en el tuyo haya ocurrido un acontecimiento que te haga querer pulsar el botón de pausa.

Los exámenes se acercaban, la primavera llenaba las calles de flores, Jack y yo continuábamos siendo amigos a nuestra manera, Mason andaba paranoico porque algún desconocido le enviaba e-mails con información confidencial y mi madre empeoraba.

Nunca volvimos a hablar de aquel beso. Yo pensaba constantemente en él. Si Jack sonreía, recordaba el tacto de sus labios. Si se metía un chicle en la boca, sentía el eco que ese sabor había dejado en la mía. Si decía una de sus tonterías, me preguntaba si sería raro que lo obligara a callarse metiéndole la lengua.

Pero él..., él parecía haberlo olvidado. Había pasado ya una semana y se comportaba conmigo igual que siempre, incluso de un modo más fraternal. Me despeinaba el flequillo si nos cruzábamos por el instituto, me pellizcaba el costado cuando veía pasar a una chica bonita e intentaba descubrir si yo estaba al tanto de que era Holly la persona enmascarada que sabía que Mason había dormido con un mamut de peluche hasta los trece años.

Cuanto más suspiraba yo por Jack Ladson, él más inalcanzable me parecía. Más a años luz su mundo del mío.

—¿Vas a decírselo?

—¿El qué?

Aparté la mirada de Jack y la fijé en una Holly con los ojos en blanco.

—Que eres cero negativo, ¿qué va a ser, Rain? Que te gusta. Que a quien querías besar era a él, y no a ese chico misterioso que no existe.

—¿Por qué iba a hacer eso?

—No lo sé, ¿quizá porque es obvio que él lo hizo también con gusto?

Me crucé de brazos. Al otro lado de la cafetería, Jack jugaba a lanzarse patatas fritas con Mason. Deseé que se le metiera una por la nariz, que acabara alojada en su cerebro y que lo convirtiera en un trozo de carne babeante e inerte. De ese modo, mis problemas se esfumarían.

—Solo lo hizo para ayudarme. Somos amigos.

—Jack debe de ser el mejor puto amigo del mundo.

«Como un hermano», resonó una vocecilla malvada en mi cabeza.

—Tú misma te ofreciste a meterme la lengua en la boca para enseñarme a besar, Holly.

—Pero yo nunca te miro como si fueras un bocadito de nata.

—No me mira como a un bocadito de nata.

Fruncí el ceño. Como si supiera que hablábamos de él, Jack se giró y sus ojos se cruzaron con los míos. Sonrieron y luego lo hizo su boca. Durante unos segundos todo desapareció, menos nosotros. Hasta que Mason le tiró una botella vacía de agua y le dio en la frente.

—No, no te mira como un bocadito de nata. Eres la puta pastelería entera, Rain. —Holly sacudió la cabeza, como si le costara creer eso que yo tanto me negaba a ver—. Además, ¿corta con Miranda y luego te besa? ¿No te parece una casualidad asombrosa?

—Las casualidades no existen —respondí sin poder evitarlo. Aquel mantra siempre había acompañado a los Hadaway.

—Mejor me lo pones. Entonces ha sido premeditado. —Me regaló una sonrisa bobalicona y me señaló con una pajita—. ¿Quién es la lista de las dos ahora?

—Teniendo en cuenta que te has creado un correo electrónico para enviar anónimos a Mason, creo que la respuesta sigue estando clara.

Comprobó que nadie nos escuchaba en las mesas cercanas y se apoyó sobre los codos.

—¿Te has enterado de lo que les ha hecho a las gemelas Dickson? Odette, la de la peca en la barbilla, era su novia de esta semana y Mason le ha puesto los cuernos con Charlotte. Parece el argumento de una comedia mala.

—«Muy pronto, en los mejores cines.»

—«No apto para estómagos sensibles.» —Holly me siguió el rollo con voz grave de anuncio televisivo.

Chasqueó la lengua con desaprobación y sonreí, porque no me había negado que fuera la artífice de aquella travesura. Mason llevaba días preguntando por los pasillos si alguien sabía algo sobre una misteriosa dirección de correo electrónico. Jack me había contado que en los mensajes solo aparecían datos aleatorios sobre su vida, del tipo «Tu color favorito a los diez años era el naranja» o «¿Cómo es posible que con lo payaso que eres te den miedo los bufones?». A Mason nada de eso lo avergonzaba, pero sí lo estaba volviendo loco. Sentía unos ojos observándolo día y noche y le resultaba insoportable.

—Así que has sido tú. —Mi mejor amiga suspiró y se

mordió el labio para contener una sonrisa diabólica—. ¿Y vas a contarme de dónde has sacado la información?

Entonces su expresión cambió. Apartó la vista y se mostró avergonzada. Holly, que ni cuando se le escapó una teta en las pruebas de atletismo por negarse a llevar sujetador mostró pudor. Aquello pintaba regular.

—En la fiesta de cumpleaños de tu principito encontré algo.

—¿Holly? —insistí mientras ella se rascaba la pielecita de una uña.

—En el cajón de los calcetines. Fue idea tuya que buscara uno, ¿recuerdas? —No había sido así exactamente, pero decidí dejarlo estar—. Se me enganchó con algo y al tirar vi que tenía un doble fondo.

—¿Y qué escondía? —pregunté sin poder evitar mi curiosidad. Ella se inclinó para acercarse a mí y susurró de forma conspiratoria.

—Es tan cerdo como creíamos. Había fotos guarras, lubricante de fresa, unas esposas..., ese tipo de juguetitos que no quieres que tus papis vean. Pero eso no fue lo peor. También había un...

Se calló y se relamió los labios. Me estaba poniendo de los nervios.

—¡¿Un qué, Holly?!

—Un diario, ¿vale? ¡Mason escribía un diario! No era constante, pero de los ocho a los catorce años apuntaba cosas de vez en cuando. ¿No es lo mejor que has oído jamás?

Su sonrisa perversa iluminó el instituto entero.

—¿Te lo llevaste?

—Me lo metí en las bragas. ¡No quería que lo vieras o no me habrías dejado, Rain!, eres como la voz de la conciencia.

—Pues se me da francamente mal —solté con un bufido. Luego la fulminé con una mirada condenatoria, porque aquello no tenía justificación alguna.

—Solo... ¡solo lo he leído yo! Y pienso devolverlo, ya se me ocurrirá el modo. Pero Mason se merecía experimentar esa inseguridad que muchos sienten cada día ante sus burlas.

Aunque quería seguir castigándola, la curiosidad me estaba matando.

—¿Hay algo interesante?

—Bueno, a los doce tuvo una obsesión romántica con la señora Jackson.

—Pero ¡si tiene como mil años!

—Parece que le va el mesozoico. —Nos reímos como dos locas—. Y a los trece me crecieron las tetas.

—¿Habla de ti?

—Según él, la derecha más que la izquierda.

Holly se tocó por encima de la camisa y torció la boca en una mueca. No conocía a nadie con más seguridad en sí misma que ella, pero eso no significaba que no tuviera complejos. Y el único que la hacía perder la sonrisa frente a un espejo era el de la apenas perceptible diferencia entre sus pechos.

Busqué a Mason entre la gente y lo odié en silencio.

—Quizá sí se merece que te inmiscuyas un poquito más en sus pensamientos.

—Sabía que podía contar contigo, Rain.

Holly me pellizcó los carrillos y sacó el teléfono. Escribió con rapidez y me lo tendió sobre la mesa.

La siguiente clase es la de la señora Jackson, ¿aún te la imaginas desnuda mientras explica los vectores?

Sonreí entre dientes y Holly pulsó una tecla.

No tardamos más de cinco segundos en oír un bramido al otro lado del comedor. Mason se había levantado de un salto y observaba a todos los alumnos que lo rodeaban con los ojos inyectados en sangre y la vena de su cuello del tamaño de una cuerda de tender.

—¡Descubriré quién eres y te las verás conmigo! La señora Jackson es una mujer increíble, ¿vale?

Las risas rompieron el silencio y Mason huyó de la cafetería dando un portazo. Holly no tardó en hacer lo mismo. Aún quedaban cinco minutos para volver a clase. Los aproveché para pensar en Jack. En si sería cierto eso que Holly había dicho de que me miraba como a un pastel. Entonces Jack se giró y se encontró con una Rain ensimismada con los ojos clavados en él. Sonrió con picardía y fruncí el ceño. Su sonrisa se intensificó. Escondí la mía bajo los dientes. Pensé que era inevitable que Jack la viese, pero se me borró solo tres segundos después. Los mismos que tardó Miranda Baker en acercarse por su espalda y dejarle un beso en la mejilla. Él le dio una cachetada en el culo que sentí en el centro del pecho.

Cuando Jack volvió a buscarme con la mirada, yo ya me había levantado y huía de la cafetería abrazada a mis libros.

Aquella tarde nuestro encuentro fue distinto. No sabría decir en qué, pero estuvo cubierto de algo tan sutil que apenas se percibía, aunque lo cambiaba todo.

—He vuelto con Miranda.

—Enhorabuena. Tendréis unos hijos preciosos.

Jack sacó dos chicles y me ofreció uno.

—Hablamos y decidimos darnos otra oportunidad.

—Pensé que era tan guapa que tu cerebro colapsaba.

Se rio.

—Por eso me gusta hacer cosas con ella con los ojos cerrados.

Apreté los míos bajo los párpados y Jack me dio un codazo amistoso. Era un cerdo. Y un cretino. Y un imbécil incapaz de estar solo. También un cobarde. Porque era obvio que había algo entre ambos que tiraba de nosotros y que cada vez se esforzaba más por ocultar, por disfrazar de otra cosa, por fingir que no existía.

—Deberías incluir esa frase en vuestro discurso de boda.

Sacudió la cabeza sin dejar de sonreír. Yo lo intentaba, pero no me salía. Notaba los labios tirantes, congelados. Si Jack se daba cuenta o no, incluso hoy solo él lo sabe. Lo que estaba claro era que había algo nuevo entre nosotros, algo incómodo y pegajoso que nos hacía removernos en el asiento como si tuviéramos chinchetas bajo el trasero.

—¿Cómo está tu madre?

Temblé. Y lo odié. Lo odié por ser tan considerado cuando estaba tan decepcionada con él. Pensé en la mujer dormida, pálida y consumida que había dejado esa tarde en la cama del hospital y respondí con el corazón en la boca.

—Mal.

Su mano buscó la mía, pero la aparté.

—Lo siento, Rain.

—Ya.

Me levanté y me subí al autobús.

No sabía que a Bobby Fisher le dieran miedo los gatos

Quedaba poco más de un mes para que terminara el curso y la gente andaba nerviosa. Los exámenes estaban a la vuelta de la esquina y muchos se jugaban el acceso a la universidad de sus sueños. Yo sabía que mis notas serían excelentes y a Jack no parecía importarle demasiado, así que las últimas tardes le había dado por bajar en la misma parada que yo y me acompañaba paseando a casa, aunque eso supusiera alargar su camino otros quince minutos.

Después de una semana de lo más extraña, un día me levanté y decidí que mi resentimiento ya había durado bastante. Debía dejar de pensar en Jack en unos términos que no eran correspondidos. Él estaba disfrutando de una segunda parte (de lo más nauseabundamente pasional) con Miranda y yo ya no le encontraba sentido a seguir reviviendo unas ilusiones marchitas.

Decidí volver a sonreír y a fingir que ser su amiga era suficiente. Aunque por las noches me durmiera rememorando nuestro beso.

—¿No deberías estar estudiando?

—Prefiero estar contigo.

Puse los ojos en blanco a un Jack que caminaba despacio

a mi lado. Las primeras farolas encendidas hacían que su pelo brillase. Sus palabras aún provocaban ondas expansivas en mi tracto digestivo, pero me había hecho una experta en ignorarlas. Si pensaba que era hambre, a ratos hasta me lo creía.

—No me gustaría ser la responsable de tus fracasos escolares.

—Por mucho que te parezca una estupidez, mi futuro está en el futbol, Rain.

—¿Y si te equivocas?

Jack se paró en seco y me volví. Su expresión era una que nunca le había visto. Parecía conmocionado.

—Pensé que confiabas en mí.

—Y lo hago, pero solo planteo otra posibilidad. La vida es imprevisible. Un solo cambio afecta a cualquier resultado.

Suspiró aliviado porque yo siguiera estando de su parte y continuó andando hasta la entrada de mi casa.

—¿El aleteo de una mariposa puede provocar un tsunami en la otra punta del mundo? —me dijo con una de sus sonrisas cómplices—. ¿Te refieres a eso?

—Sí. La teoría del caos lo explica. Pequeñas variaciones en las condiciones iniciales pueden implicar grandes diferencias en el comportamiento futuro. No puedes predecir algo de esa magnitud a largo plazo, Jack.

Con la duda que yo acababa de sembrar en el Jack destinado a triunfar, oímos que la puerta se abría. Mi padre apareció con una bolsa de basura en las manos.

—Rain.

Tras mi saludo, se plantó frente a Jack y lo estudió con calma.

—Papá, este es Jack Ladson.

—Soy un amigo de Cordelia.

Solté un gemido apenas audible por su forma de llamarme, pero que Jack captó a juzgar por el brillo travieso de sus ojos. Sin embargo, que usara mi nombre completo agradó a mi padre, que le tendió una mano y le dio un apretón firme.

—Vincent Hadaway, encantado de conocerte. —Luego me miró, culpable, y alzó la bolsa negra—. *Copérnico* ha vomitado.

Chasqueé la lengua y lo reñí sin palabras. Siempre lo dejaba comer de más. A mi lado, Jack alzó sus cejas de príncipe de los mares.

—¿Quién es *Copérnico*?

Si que Jack y yo hubiéramos acabado siendo amigos me había parecido extraño en algún momento, no se acercaba ni un ápice a lo raro que era que él estuviera jugando al ajedrez con mi padre en mi propio salón.

—¿Desde cuándo te gusta el ajedrez? ¿No decías que no debería considerarse un deporte?

—Y lo sigo pensando, pero es un juego muy entretenido.

Me regaló una de sus sonrisas bobaliconas y me metí un puñado de palomitas en la boca. Las había hecho en un intento por concentrarme en algo que no fuera la sensación tan desconcertante que me había provocado verlos juntos.

—Es tu turno, joven.

—Lo siento, Vincent. Cordelia me distrae. ¿No la habrás entrenado para desconcentrar a tus oponentes?

Papá se rio y supe que Jack lo había vuelto a hacer, la expresión tranquila de mi padre no mentía. Se había ganado al doctor Hadaway con dos comentarios tontos y una partida de su pasatiempo favorito. Acabaría dominando el mundo entero con un simple pestañeo.

—No necesito utilizar los encantos de mi hija para ganarte.

—Oh, ya veo. Aunque déjame decirte que podrías haber ganado al mismísimo Kasparov de haberla tenido a ella cerca.

—¿Intentas cortejarla? —preguntó mi padre con naturalidad.

A Jack se le pusieron rojas las orejas.

—No, yo... Yo no pretendía...

Tuve tentaciones de no salvarlo, pero Jack parecía a punto de hiperventilar y ya lo apreciaba un poquito.

—Tranquilo, papá. Jack no quiere ligar conmigo, solo es como un osito de peluche mono con un cartel motivador. Su objetivo en la vida es agradar a todo el mundo.

—Eso y jugar al fútbol.

Me sonrió con complicidad. Mi padre movió un alfil y atrapó al rey en una jugada que lo dejaba sin escapatoria.

—Pues espero que se te dé mejor que el ajedrez.

Nos dirigimos al jardín. Jack lo hizo sudando y yo burlándome de él porque le dieran miedo los gatos. Desde que había descubierto que *Copérnico* era un felino le había cambiado la cara y no había dejado de vigilar por encima de su hombro, como si hubiese alguna posibilidad de que un gato de siete kilos se le lanzara al cuello.

—*Copérnico* no le haría daño ni a una mosca.

—Eso tú no lo sabes —me dijo con suspicacia.

—No sabía que a Bobby Fischer le dieran miedo los gatos.

Torció los labios y señaló sin disimulo una de las fotografías que decoraban nuestro pasillo. Una Rain de doce años frente a un árbol de Navidad miraba a la cámara con el ceño fruncido.

—Ni yo que la emperatriz odiara todas las cosas bonitas.

Sacudí la cabeza.

—No odio la Navidad. Solo esos estúpidos jerséis que me ponía mi madre. Y los villancicos. Y que no se pueda caminar por las calles. ¿Y qué me dices de los jardines decorados?

Jack bufó a mi espalda.

—Vale. Que odias la Navidad.

Salimos y nos sentamos sobre la hierba. La luna ya brillaba en el cielo y las nubes parecían más grises por la oscuridad. Lo lógico habría sido que Jack se marchara a su casa, pero ninguno de los dos mostró intenciones de que así sucediera.

—Tenías razón, Rain, tu padre es fascinante.

—Y no has necesitado pedirme matrimonio para conocerlo.

Nos reímos ante el recuerdo de una de nuestras primeras conversaciones; parecía que hubiera transcurrido una eternidad desde entonces.

—No, aunque tampoco pensé que lo haría de este modo.

—Gracias al vómito de mi gato. La teoría del caos, ¿lo ves? *Copérnico* echa la papilla y tú acabas jugando al ajedrez con Vincent Hadaway. —Jack asintió y le sonreí con dulzura; no quería que dudara de sí mismo, pero tampoco podía evitar compartir con él mis propias dudas—. Por mucho que queramos entender el universo para controlarlo, la vida es impredecible la mayor parte del tiempo. Supongo que por eso da tanto miedo.

—Tú no deberías tenerlo, Rain. Yo voy a ser el mejor jugador de las próximas décadas, pero tú... tú estás destinada a hacer cosas grandes.

—¿Más grandes que llenar estadios, que miles de personas coreen tu nombre y que las supermodelos se peleen por acostarse contigo?

Su risa en mi jardín sonaba aún mejor.

—Sí, grande de verdad. De las que se escriben en los libros y los capullos como yo copiamos en los exámenes.

Me tumbé y él me imitó. Me di cuenta de que era la primera vez que hacía aquello con alguien que no fueran mis padres. Ni siquiera con Holly había observado de ese modo el cielo. Pero Jack... él parecía haber estado allí cientos de veces. Esa familiaridad me inquietaba tanto como me gustaba.

—Deja de hacer eso, Jack. Deja de decir lo que crees que necesito oír.

—¿Piensas que miento?

—No. Pero eso tampoco significa que lo que dices sea verdad.

Cruzó los brazos sobre su pecho y frunció el ceño. El Jack reflexivo tenía un aura especial.

—Empiezo a entender que pensaras que soy imbécil, porque cuando hablo contigo tengo esa sensación constantemente.

Cerré los ojos un segundo, avergonzada. Por mucho que lo hiciera a veces, hacía tiempo que medía mis palabras para que no se sintiera insultado.

—Jack, no...

—Tranquila, emperatriz, no me molesta. Haces que me esfuerce por ser mejor. Acabarás reconociendo que merezco la pena por algo más que por esta cara.

Se señaló a sí mismo haciendo un mohín y suspiré.

—Ya empiezo a creer que tu encanto no se limita a tus hoyuelos —susurré con la voz tomada.

—Mira, esa nube se parece a tu escalofriante gato.

Estiró la mano y observé la formación sobre nuestras cabezas. No había ningún gato. No había nada. Aunque aquel instante para mí lo significó todo. Porque mamá no estaba, pero Jack sí. Y también sabía leer formas en el cielo.

Me giré y miré su perfil. El nudo de mi garganta creció hasta tener la aspereza de un ovillo.

—Mi madre siempre jugaba a eso.

Jack ladeó el rostro para mirarme y no me escondí. Tenía los ojos húmedos. Me veía reflejada en los suyos y aquello me gustaba demasiado como para pasarlo por alto.

—¿Cómo está?

Sonreí y volví a centrarme en las nubes.

—¿Ves esas que parecen plateadas? Se llaman nubes noctilucentes. —Observamos juntos aquellas líneas que parecían romper el cielo—. Ahora fíjate en la más baja de todas. La que empieza a difuminarse; apenas queda nada de ella.

«Como de mi madre», pensé, pero no fue necesario pronunciarlo en voz alta.

Jack deslizó la mano por la hierba y en esa ocasión sí se lo permití. Encontró la mía y nuestros dedos se entrelazaron.

—Estaré a tu lado para buscar nubes, Rain.

—¿Cuándo?

—Cuando ella ya no pueda.

Cerré los ojos. La tristeza también podía ser tremendamente dulce.

Vincent y Margot

Vincent no era muy hablador. Solo cuando las palabras eran necesarias, y no un modo de romper el silencio. Solo cuando su cerebro y su corazón no se ponían de acuerdo y creía que iba a volverse loco.

—He pensado en mudarme al dormitorio de la planta de abajo. Cordelia puede cambiarse al nuestro. Es más grande y tiene más luz.

Margot sonrió con ternura al hombre con la mirada perdida en los azulejos de la pared y asintió.

—Tampoco creo que quiera quedarse tu ropa, todos esos colores no van con Cordelia. La donaremos en tu nombre a la beneficencia. Tienes demasiados vestidos, Margot. Ayer conté cincuenta y ocho collares de cuentas. Van a recibirnos con los brazos abiertos.

Chasqueó la lengua y la mujer notó una presión cada vez más intensa en las costillas. En vez de esforzarse por desprenderse de ella, cerró los ojos y se recreó en su fuerza, en su calor. El amor seguía siendo tan real como la primera vez que se dijo que se había enamorado de Vincent Hadaway.

Él continuó enumerándole todos los cambios que consideraba necesario llevar a cabo tras la defunción, como si estuviera tramitando pasos sin importancia y no borrándola de su vida. Hasta que llegó a uno que para ella era innegociable.

—He pedido presupuesto para pavimentar el jardín por completo. El césped lleva mucho trabajo y ni Cordelia ni yo...

—No.

Él alzó el rostro y se enfrentó a lo más bonito de su vida.

—¿Cómo...?

—He dicho que no, Vincent.

—Pero nosotros no...

El hombre bajó la cabeza y se escondió en sí mismo. Margot sabía que aquella solo era su forma de lidiar con la pérdida, pero no era sano. No iba a permitir que huyera de lo que habían construido juntos. No iba a permitirle que se deshiciera de todo lo que había sido ella en esa casa con el fin de que doliera menos.

—Sin ti el jardín no existe, Margot. Ya se está muriendo. Ya no es lo mismo. Sin ti, no sé si podremos...

Al hombre se le cortó la voz. El mundo comenzaba a parecerle un lugar inhóspito e insoportable.

—Podréis. Y escúchame lo que te voy a decir: vas a seguir sin mí y a disfrutar de las cosas que te importan, Vincent. Como de tu trabajo, de tus aficiones y de tu hija. Y lo vas a hacer sin borrarme del mapa. Porque, si no te encargas de mi jardín, yo seguiré allí, pero en una casa mucho más fea y triste.

No pudo evitarlo, Vincent acercó la silla y apoyó el rostro en el regazo de su mujer. Ella le acarició el pelo. Estaba tan acostumbrado a caminar junto a Margot que vivir, de pronto, resultaba aterrador. Sin embargo, tenía que hacerlo. Por Cordelia. Y por él mismo. Pero, sobre todo, porque era incapaz de negarle nada a Margot. Al lado de lo que sentía por ella, el universo se les quedaba pequeño.

—Claro. Cuidaremos del jardín a nuestra manera.

Ella sonrió con ganas y le dio toquecitos para que se levantara.

—Y, ahora, acércame ese libro y un bolígrafo.

Vincent obedeció. Cogió el ejemplar que esperaba a su hija en la mesilla y se lo tendió junto al bolígrafo que siempre llevaba en el bolsillo de la americana.

—¿Qué vas a hacer?

—Le prometí a Rain que me despediría cada día de ella.

Él fingió que comprendía a lo que su mujer se refería, aunque nadie lo haría durante mucho tiempo. Margot abrió la última página del libro y escribió con calma. Los dedos ya no le funcionaban como deberían, pero lo hizo. Y, cuando terminó, se limpió las lágrimas de los ojos y sonrió como si los finales no existieran. Mucho menos los tristes.

La muerte de todas las flores

El día del baile hacía un sol espléndido. También se murió mi madre.

Me gusta rememorar todos los detalles. Desmenuzarlos como las migas de un bollo hasta que no queda nada. Quizá porque hacerlo me ayuda a recordar mejor quién era yo por entonces, con la visión de la niña que aún no había terminado de crecer, la que estaba perdida y no gestionaba muy bien las emociones. La niña que se despidió de su madre y de su primer amor en el lapso que duraba un baile.

Salí de casa con la promesa de papá de que me llamaría si sucedía algo. Algo. Menudo eufemismo para no decir lo que temíamos tanto como para apenas dormir en la última semana. De las clases de aquel día solo tengo el recuerdo de una página en blanco. Las pasé con la cabeza fuera de ese edificio mientras mi cuerpo fingía prestar atención a alguna lección ya olvidada. Durante el almuerzo, Holly se esforzó más que nunca por hacerme reír.

—Le he provocado a Mason un tic en el ojo. Ha sido con el mensaje de: «¿En qué momento untarte los huevos con yogur de plátano te pareció una buena idea?».

—¿En serio hizo eso?

—Se supone que era una mascarilla casera para suavizar la piel. Lo leyó en una revista de su madre.

Intenté sonreír, aunque solo me salió una mueca.

A media mañana, Jack entró en la cafetería como un vendaval. Mason observaba desde una esquina a todo el que pasaba por delante mientras se zampaba un yogur de plátano, un ataque directo a su acosador anónimo que había hecho lanzar una carcajada a Holly antes de marcharse corriendo para que él no la viese. Alfie y Brittany se acariciaban las manos como si no hubieran visto jamás nada más fascinante que las uñas del otro. Miranda se atusaba el pelo y sonreía a su caballero andante, el mismo que le había provocado dos orgasmos la semana pasada (alguien lo había escrito en los lavabos de la entrada). ¿Y yo? Yo flotaba, ausente a todo aquello, en una realidad paralela en la que me escondía porque mi mundo se desmoronaba.

Y, sin embargo, Jack me bajó de esa nube en un segundo, porque, de todas las personas que había en aquel lugar, él me escogió a mí. Jack eligió a la chica que volaba sobre sus cabezas a la espera de que alguien le sujetara los pies a la Tierra. A mí y solo a mí.

—¡Rain! Me han llamado.

Se acercó dando zancadas y el planeta dejó de girar. Me agarró por los brazos y me levantó. Y allí, rodeados de todas esas personas que lo miraban por la luz que desprendía, me abrazó con fuerza.

Contuve el aliento y escondí la nariz en su cuello. Me prometí dedicar mi carrera a estudiar la congelación del tiempo.

—¿Quién? ¿Quién te ha llamado, Jack?

—Andrew Garret, del Manchester United. ¡He recibido una oferta para la próxima temporada!

Me separó unos instantes para compartir aquella gran

noticia mirándome a los ojos, aunque sin dejar de sujetarme. Me di cuenta, con sus dedos apresando mi camisa, de que Jack creía que era él quien se estaba agarrando a alguien querido para soltar esa bomba que cambiaría su vida, pero en realidad era yo la que necesitaba ese abrazo.

Parpadeé para apartar todo eso que no me dejaba apenas respirar y me centré en el chico que estaba cumpliendo un sueño.

—Dios mío, Jack... ¡Felicidades! ¡Es increíble!

Me apresó entre sus brazos y comenzó a girar. Cuando los pies se me despegaron del suelo rompí a reír.

—Lo he conseguido. Sabía que lo haría. ¡Te lo dije! Esto solo es el principio, Rain.

—Eres odioso, pero yo también lo sabía.

Me apretó con fuerza y me recreé en el momento. A su lado, me olvidé una vez más de todo. De los que nos miraban. Del nudo de mi garganta. De que mis sentimientos crecían descontrolados. De lo triste que me sentía, aunque riera muy alto.

—Tengo que mudarme para la pretemporada en cuanto acaben las clases. Voy a llamar a mis padres y empezaremos a buscar piso.

—¿Aún no lo saben tus padres?

—No, en cuanto he colgado he venido a contártelo.

—A mí.

Jack se lamió los labios y noté que se sonrojaba.

—¿A quién si no?

Su sonrisa torcida me dejó sin aire.

—Entonces te vas de Londres.

—Eso parece.

En ese preciso instante ambos caímos en la cuenta de que nuestros caminos se separaban. La pena nos sobrevoló unos segundos, pero la dejamos rápidamente de lado para centrarnos en lo bueno de aquella noticia para una carrera que no había hecho más que empezar.

—Enhorabuena, Jack Ladson. Estás a muy poco de enamorar al resto del planeta.

Por primera vez no dije «adorar» o «encandilar». Dije «enamorar». Porque a esas alturas ya me resultaba imposible fingir que no lo estaba hasta el fondo. Y entonces lo abracé yo. Rodeé su cintura con los brazos y no me contuve. Sus manos me acariciaron el pelo y noté el tacto de sus labios en el pelo. Fue un beso leve. Sutil. Dulce. Tan nuestro como todo lo demás que ya sentía lejos.

Mason y Miranda se acercaron. Ella fingía que no estaba molesta porque él no la hubiera buscado en primer lugar, mientras Mason tenía lágrimas en los ojos.

—Joder, tío. ¡Qué pasada! ¡¡Este es mi hermano!!

Lo agarró por los hombros y comenzó a zarandearlo, a darle puñetazos y besos sonoros en las mejillas. Jack se partía de risa. Algunos alumnos se nos unieron y lo felicitaron. Miranda tiró de su mano y le plantó un beso húmedo en la boca. De repente, todo me olía a cereza. Se me revolvió el estómago.

—Estoy tan orgullosa de ti, Jack... —susurró ella con voz melosa, y me lanzó una mirada suspicaz que fui incapaz de descifrar.

—¡Fiesta en mi casa antes y después del baile! Tenemos que brindar por este cabrón.

Todos celebraron la idea de Mason con el puño en alto y Miranda se colgó del cuello de Jack como una garrapata.

—Rain, ¿te vienes?

—Tengo que ir al hospital.

Mis palabras se perdieron entre exclamaciones y risas destinadas a Jack. Para él en aquel instante no existían el dolor, ni la enfermedad, ni nada que pudiera ensuciar su felicidad. Estaba como ido. Sonreía sin parar, lanzaba aullidos con Mason y se dejaba mimar por todos, en especial por una Miranda inusualmente posesiva. Era su momento. Uno que marcaba una etapa y que recordaría durante toda su vida. Y, pese a que me decepcionaba que Jack no hubiera sabido ver lo que nublaba mi mirada, yo también estaba allí. Él lo había querido así.

Recogí mis cosas y le sonreí a medias.

—¿Nos vemos luego? —lanzó la pregunta estirando el cuello por encima de los salvajes de sus amigos, que habían decidido mantearlo.

Tragué saliva y asentí. Jack me guiñó un ojo. La tristeza regresó de repente y contuve el aliento.

—¡Resérvame un baile!

—No pienso bailar contigo, Ladson.

—Oh. Claro que lo harás, emperatriz.

No tuve tiempo de decirle que estaba segura de que no lo haría, porque lo cierto era que no pensaba ir.

Me marché a clase. Cuando el profesor entró, el pupitre de Jack aún estaba vacío. Tampoco lo vi a la salida. Se rumoreaba que Mason y él habían hecho novillos y comenzado la celebración antes de tiempo. Holly estaba liada con el periódico, así que volví sola a casa.

Hacía días que papá no me esperaba. Pasaba todas las horas posibles en el hospital y únicamente salía de esa habitación cuando yo llegaba. Entré en mi cuarto y abrí el armario. Días atrás, Holly y yo habíamos ido de compras. Para odiar los bailes estudiantiles mi amiga se los tomaba muy en serio, tanto como para convencerme de comprarme un vestido. Rocé el ribete de encaje con los dedos. Debía reconocer que era muy bonito: negro, con pequeñas flores blancas y botones en el cuello. Tampoco podía ignorar que me había imaginado a menudo siendo otra chica, una que disfrutaba de ponerse guapa y verlo a él. Una que sí aceptaba otro baile y que se dejaba llevar entre sus brazos.

Me di una ducha rápida y me sequé el pelo. Me puse el vestido, los zapatos negros de cordones y me maquillé ligeramente. Frente al espejo, parecía una chica bonita preparada para una gran noche. Por dentro solo era una niña sujetándose el corazón, conteniendo lo inevitable.

—Rain, estás preciosa.

—Gracias, mamá. Tú también.

Ya no podía reír, pero sus ojos lo hicieron por ella.

—Espero que no te hayas arreglado tanto para venir a verme. ¿Es por ese chico?

—No. Hoy hay un baile en el instituto. Holly me obligó a comprarme el vestido y me parecía una tontería no ponérmelo.

—¿Y qué haces que no estás bebiendo a escondidas y burlándote de cómo bailan tus profesores?

—No voy a ir, mamá.

—¿Por qué no?

—Porque no es para mí. No me gusta bailar. Y no deja de ser una excusa para emborracharse y montárselo con alguien. Me aburre soberanamente la idea de acudir y fingir que me divierto. Solo quería que Holly me dejara en paz.

—Pero a lo mejor te diviertes. ¿Él no va?

Él. Jack se había colado tanto en mi vida que para mi madre ya no era necesario pronunciar su nombre. Al principio solo le había contado pinceladas que ella me sonsacaba de mi relación con Jack, pero con los días había encontrado en mamá a la mejor de las confidentes. Por otra parte, había caído en la cuenta de que nunca iba a poder contarle que salía con alguien. No le presentaría a chicos ni los llevaría a comer a casa. No podría llorar en su hombro ni pedirle consejo si alguno me hacía daño. No tendría oportunidad de decirle que estaba enamorada. Nunca me vería caminar hacia el altar. Y eso quería decir que en algún punto de mi historia con Jack había decidido dejarle ser testigo de mi primer amor.

—Jack va con su novia. Ahora está emborrachándose con sus amigos para celebrar que se marcha a Manchester. Creo que ya te comenté que quería jugar al fútbol de forma profesional. Eso de correr detrás de una pelotita, ya sabes.

Los labios agrietados de mamá se curvaron ante mi sarcasmo.

—Y tú estás aquí.

Asentí y me observó de arriba abajo de ese modo en que solo lo hacen las madres: con dulzura, como si lo supiera todo de mí, y con aceptación. Aproveché el momento para memorizarla una vez más: el tono exacto de sus ojos; las arrugas de su piel; la pequeña mancha color canela de su sien derecha.

—Estás muy guapa de negro, Rain, pero no te olvides de que estamos hechos de colores. Si no quieres ir a un baile no lo hagas, pero no renuncies a la música. No te pierdas las cosas bonitas de la vida solo porque creas que no son para ti.

Me guardé ese consejo que ambas sabíamos que hablaba de Jack.

«No te escondas, Rain.»

«No seas cobarde, Rain.»

«Vete al baile y dile a ese chico que te mueres por besarlo de nuevo, Rain.»

«Vive, Rain.»

—Te lo prometo, mamá.

Suspiró aliviada y me hizo un hueco en la cama. Señaló la novela que teníamos a medias y me senté a su lado.

—Capítulo trece, ¿recuerdas? Estaba muy interesante.

Abrí el libro y comencé a leer. Al principio me costó concentrarme, la respiración de mamá era apenas un silbido, pero según pasaba las páginas me sumergí en la obra y la lectura obró su magia.

En algún momento mamá cerró los ojos.

En el capítulo quince me di cuenta de que ya no había silbido.

Dejé la flor en ese punto, cerré el libro y me acurruqué en su costado.

Mamá murió con una sonrisa, conmigo a su lado y con el sol escondiéndose tras los edificios.

Aún no he sido capaz de conocer el final de ese mundo inventado. Tampoco importa. Hay historias cuyo final es mejor olvidar antes de que acaben.

Cosas que Rain aprendió de su madre

1. En las nubes existen tantos mundos como galaxias en el universo.
2. Los objetos son mucho más cuando nos implicamos emocionalmente con ellos.
3. La leche está más rica con canela.
4. Los libros pueden ser nuestros mejores amigos, pero también existe vida fuera de sus páginas.
5. Da igual lo que la ciencia diga, las plantas reconocen a quien las cuida.
6. El amor es tan fácil como preguntarte quién quieres que esté presente en los mejores momentos de tu vida.
7. Sonreír siempre lo mejora todo. Hasta lo malo.
8. Ser diferente es un regalo, aunque la gente crea lo contrario.
9. Siempre hay color, incluso en lo que no se ve.
10. La muerte puede ser dulce.

Un universo sin Margot

Salí al jardín y me senté en un banco. Llevaba el libro cogido con fuerza entre las manos, quizá en un intento fallido de agarrarme a algo. Lo apoyé a mi lado y apreté los dedos sobre la piedra fría y rugosa. Aspiré el olor de las flores y cerré los ojos. Entendía que mamá hubiera escogido aquella clínica por encima de otras más cercanas. Daba la sensación de que allí, en ese rincón de paz que encerraba el edificio, no podía ocurrir nada malo.

Esperé sentada a que papá se despidiera de ella y que se encargara de los trámites pertinentes. Miré el teléfono; tenía dos mensajes de Holly preguntándome dónde me había metido. El baile había empezado hacía media hora y yo no había aparecido. Sin embargo, sabía que ella estaría ocupada preparando la mejor crónica de su carrera periodística y que no insistiría. De Jack no había señales. No las esperaba, pero la ilusión siempre es traicionera. Supuse que estaría borracho, sintiéndose un dios y con Miranda dejando un rastro de brillo de labios en cada partícula de piel de su cuerpo.

Cuando papá apareció, ya se habían encendido las farolas.

—Podemos irnos, Rain.

—¿Y ahora qué?

—Mañana saldremos temprano hacia Hertford.

—No me refería a eso.

Me levanté y me coloqué a su lado. Él arrugaba un pañuelo de tela entre los dedos. Miró al cielo y suspiró.

—Ahora debemos acostumbrarnos a un universo sin Margot.

—Lo dices como si fuera fácil.

—No lo es, pero es lo que tenemos.

Entramos en casa callados y fingimos estar hambrientos, aunque ambos dimos vueltas a la comida en el plato antes de tirarla a la basura. Recibimos llamadas de consuelo y papá informó a nuestros seres queridos más cercanos de que nos marcharíamos al día siguiente a Hertford, el pueblo en el que mi madre se había criado y donde aún vivían algunos de sus familiares más directos, mientras yo me encargaba del lavaplatos. Ella nos había dado indicaciones de que deseaba que allí fueran el velatorio y el funeral, antes de que la incinerasen y regresara con nosotros metida en una urna de color azul que había comprado por internet. Pasos que nos sabíamos de memoria, pero que llevar a cabo resultaba mucho más complicado. Cuando papá se encerró en el despacho con la excusa de ocuparse de unos documentos del seguro y de avisar al director Brandon de que yo no asistiría la siguiente semana al instituto, salí al jardín y me tumbé en la hierba. No tardé en oír un sollozo ahogado al otro lado de la pared. El mío estaba agazapado en la garganta.

Suspiré hondo y observé el cielo. Había algunas estrellas desperdigadas y me sorprendió ver una nube en el centro de mi visión. Solitaria sobre el fondo azul oscuro. Una nube única que llenaba aquel vacío despejado y que, de algún modo estúpido, creí que mamá había puesto allí para mí.

Me temblaban las manos. Busqué contornos, siluetas en las que pudiera encajar, formas que hacer suyas, pero fui incapaz de resolver el enigma. No vi en ella flores, ni animales, ni escenas. No vi nada. Solo una nube.

Sentí que me costaba respirar. Se me secó la boca. La visión de ese cielo que siempre había sido zona segura para mí comenzó a dar vueltas.

Me levanté de un salto, saqué el teléfono del bolsillo y busqué su nombre. Nunca nos habíamos llamado, pero en ese momento necesitaba oír su voz. Necesitaba que me dijese que estaba conmigo, a mi lado, aunque estuviera lejos de allí. Necesitaba describirle la nube que estaba viendo y que él me explicara que parecía un barco dentro de una botella o una sirena. Necesitaba que Jack cumpliera su promesa.

—¿Rain?

—Jack... Jack...

—¡Mason, tío!, ¡deja de tocarme los huevos, literal y metafóricamente! Es Rain. ¿Emperatriz? Te he echado de menos. Hoy me están endiosando tanto que necesito que alguien me baje los humos con sus comentarios hirientes. ¿Por qué no estás aquí conmigo? —Fui a decirle que mi madre se había ido, que lo había hecho sin despedirse y obligándome a enfrentarme sola a una nube, pero no tuve opciones—. ¡Joder! ¡¿Que Miranda ha hecho qué?!

Oí risas y su voz se alejó. Me estaba mareando y me senté en los escalones que llevaban al piso de arriba. El sonido de un golpe hizo que me apartara el teléfono un segundo. Cuando volví a acercarlo, él ya no estaba al otro lado.

—¿Jack?

—¿Rain? ¡Soy el tío Mason! Jack tiene que ocuparse de un asunto importante. Miranda se ha quitado las bragas y se las ha lanzado. Supongo que están a punto de hacer niños. Hemos continuado la fiesta en mi casa. ¿Quieres pasarte?

—No, yo... Yo... Dile que mi madre...

Lo intenté, pero las palabras se me atascaban. Porque ella ya no estaba. Y no me había dicho adiós. Y había una nube que no era más que una nube. Y solo veía promesas rotas a mi alrededor y me faltaba el aire.

—Pero ¿qué...? ¡Holly! ¡¿Qué cojones hacías en mi cuarto?!

Mason colgó y el universo se derramó a mis pies.

Se puede llorar de muchas formas. Con sollozos ahogados, gemidos sonoros o gritos desgarradores. Yo aquel día sentí que me abría en dos.

No me moví hasta que mi padre salió del despacho y me encontró hecha un ovillo. Me cogió en brazos y me metió en la cama. Lloré toda la noche y, cuando me levanté, me miré al espejo como una nueva Rain. Me lavé la cara, me vestí y me marché a Hertford a despedir a mi madre.

Regresamos a casa diez días después. Recuerdo aquella escapada difusa, como si estuviera cubierta por una capa opaca que apenas me permite ver lo que sucedió entonces. También que nunca me había sentido tan sola. Recibí llamadas de Holly que me ayudaban a desconectar un poco del dolor, y también mensajes de Jack en los que se disculpaba sin cesar y que ignoraba, aunque sentía su peso cayendo sobre mí y abriendo un agujero cada vez más hondo. Por eso, cuando lo vi aquella tarde sentado en el porche, mi expresión fue la de quien ya no espera nada y me dije que iba a matar a Holly por haberlo avisado de mi vuelta.

—Veo que tienes nuevos aliados que te informan de lo que hago.

Jack tragó saliva y se levantó para ayudarnos con las maletas que bajamos del taxi. Le dio el pésame a mi padre, este asintió como agradecimiento y entró en casa para dejarnos a solas.

—¿Qué tal tu fiesta de celebración? Me han dicho que fue memorable.

Para bien o para mal, Holly me había mantenido al día de todo, comenzando el día posterior a la fiesta. Después de disculparse cien veces por no haberse enterado hasta la madrugada de la muerte de mi madre, conseguí ordenar la información de aquella noche, que se resumía en: tras el baile todo el mundo llevaba ya una borrachera significativa, Jack acabó dormido en una bañera abrazado a Mason, este descubrió que Holly era su acosadora particular cuando la encontró devolviendo el diario a su cajón oculto y se vengó tirándola a la piscina vestida (teléfono móvil incluido, lo que explicaba que estuviera incomunicada hasta que llegó a casa y habló con su madre), y Alfie le pidió matrimonio a Brittany encima de una mesa.

La crónica de Holly para el periódico sería legendaria.

Pero tantos días después de la fiesta, Jack ya no parecía el chico triunfador de siempre, sino que tenía un aspecto horrible, con las ojeras marcadas, el pelo revuelto y lacio y una sudadera vieja que casaba muy poco con él.

—Menuda pinta. Cualquiera diría que es tu madre la que ha muerto y no la mía.

—Lo siento mucho, Rain.

Es imposible oír un corazón romperse. Por eso impresiona tanto, porque, cuando sucede, el silencio es tan intenso que duele. Y allí con Jack me di cuenta de que desde que mamá había dejado de respirar todo había sido ruido. Un ruido ensordecedor que me dejaba sin voz. Hasta que lo vi a él no se hizo el silencio. Denso. Irrespirable. Pegajoso.

—No estabas.

—Rain...

—Ella se ha ido y tú no estabas.

—Lo siento, había bebido mucho y Mason no dejaba de insistir en seguir la fiesta de nuevo en su casa. Se nos fue de las manos. Y luego Miranda quería que...

Alcé una mano frente a él para que se callara. Necesitaba que dejase de hablar de una maldita vez y que se marchara. Porque yo me había roto hacía once días, pero hasta ver de nuevo a Jack los pedazos no se habían desperdigado. Y de pronto estaban por todas partes y tenía que recuperarlos.

—Hiciste una promesa y no la cumpliste, Jack. Eso es todo. Ahora necesito que te vayas.

—Pero yo quiero...

—Haz esto por mí, ¿vale? Vete. Te deseo suerte en Manchester.

«Vete.» Es increíble el significado que puede encerrar una sola palabra. Porque yo no le estaba pidiendo a Jack que me dejara sola con mi dolor, sino también que se marchara de mi vida. Y él lo sabía. Ya nos conocíamos bien como para entendernos con muy poco.

Algo había cambiado. Nuestras vidas habían dado un giro radical en direcciones opuestas. Lo más sensato era aceptarlo y adaptarnos a esos cambios de rumbo.

Jack suspiró decepcionado, aunque asintió. Antes de marcharse, me observó de esa forma tan suya una última vez. Tenía los ojos húmedos. Su sonrisa ladeada fue tan bonita como siempre y tan triste como nunca.

—Solo tú podías despedirte así de tu madre.

Me observé de arriba abajo. El vestido de flores me quedaba mucho más grande que a ella, pero era uno de mis favoritos. Malva y púrpura, mamá lo había comprado en un mercadillo de Brick Lane hacía unos años. Lo había conjuntado con una cinta hecha con pétalos que me apartaba el pelo de la cara y con un puñado de sus collares de cuentas. Nada de negro. La Rain que se despidió de su madre ardía en los colores que ella le había enseñado a apreciar.

Alcé el rostro hacia el chico perfectamente imperfecto y sonreí.

Jack me guiñó un ojo y se marchó.

El primer amor suele marcar para siempre, pero apenas dura un suspiro.

Itinerario de un libro olvidado (1)

Bruce Mitchell amaba su trabajo. Desde hacía quince años era el encargado del mantenimiento de aquella clínica. Era responsable de muchas tareas, pero lo que más le gustaba era ocuparse del jardín. Antes de acabar el turno salía y barría el suelo, recogiendo las hojas secas en otoño, los pétalos que se desprendían de las flores en primavera o los pequeños frutos de algunos de los árboles en verano.

Aquel día, mientras vaciaba las papeleras, vio algo sobre uno de los bancos. Se acercó y se encontró con un libro que alguien había olvidado. Abrió las primeras páginas en busca de un nombre, pero no había nada. Una pequeña flor amarilla cayó sobre sus pies. La cogió y la apresó entre las páginas.

Se lo mandaría por correo a Josephine, su hija. Quizá aquel detalle la ablandara y volviera a dirigirle la palabra.

LA VERSIÓN DE JACK

A los dieciocho años, confundir las emociones es tan fácil como que el corazón se equivoque y palpite en otras partes del cuerpo. A los dieciocho años, enamorarse puede parecerse demasiado al miedo.

Segunda parte

LA TEORÍA DE LAS COSAS INVISIBLES

HOY
Rain

El crepitar de la madera en la chimenea me saca de mi ensoñación. Al otro lado de los cristales sigue lloviendo con tanta fuerza que me parece estar atrapada en una cárcel. Con Jack. El mismo Jack que aún me mira sin pestañear desde tan cerca como para resultar incómodo. Me recuerda a aquellas tardes en las que esperábamos el autobús con pocas ganas de que llegara.

—¿En qué piensas? —le digo en un impulso del que me arrepiento rápido.

Él sonríe. Aún lo hace de ese modo encantador capaz de derretir los polos. Lástima que yo me sienta de piedra.

—En lo imbécil que fui en el instituto. ¿Tú?

—En lo imbécil que fuiste en el instituto. Menuda casualidad, ¿eh?

Se ríe y encojo las piernas. Mi copa de vino parece tener un agujero por el que la bebida desaparece rápido.

—¿No eras tú la que decías que las casualidades no existen?

Pienso en mi padre y me digo que ya no estoy tan segura. Siendo honesta, hace tiempo que no estoy segura de nada cuando se trata de él. Porque Jack ya ha refutado cualquier teoría que tuviera sobre el amor. Suspiro y le tiendo un puente. Porque estoy cansada y, si es verdad que vamos a pasar la noche juntos, qué menos que hacerlo sin pelear.

—Perdona, Jack.

—¿Por qué? ¡Si tienes razón! Lo fui. Y mucho. Estaba ciego y me dejaba llevar por los instintos, y no por lo que de verdad me importaba.

—Ya, pero, por muy divertido que sea, en algún momento tendré que dejar de insultarte. Dicen que el estrés provoca arrugas. Y voy a cumplir veintisiete. Debo andarme con cuidado —le digo con un guiño.

—Estarías preciosa igualmente.

—Jack, no...

Aparto la mirada. Sé que es el modo de Jack. Sé que esto es tan parte de él como su flequillo desordenado y sus sonrisas traviesas, pero no sé si puedo enfrentarme a ello sin flaquear. A pesar de todo, él sigue. Porque es Jack y nunca se calla.

—Una vez una chica me dijo que había cierta objetividad en la belleza, algo sobre la simetría facial y otros conceptos que no recuerdo bien porque estaba demasiado concentrado en su desnudez, así que solo he dicho una obviedad. No pretendía halagarte.

Trago saliva con fuerza. El recuerdo es tan intenso que me eriza la piel. Él. Yo. Una noche compartida en su viejo apartamento. Una canción de The Cure y nuestras piernas desnudas enredadas.

—Supongo que eso sigue siendo tan parte de ti como olvidarte de las promesas.

Me escudo en lo malo para no aceptar que los días buenos que vivimos también importaron. Él suspira y se acomoda en el sofá. Y entonces Jack dice algo que no me esperaba, porque el Jack que conozco jamás ataca ni culpa.

—Los dos lo hicimos rematadamente mal, Rain. Deja de tirar todas las pelotas a mi tejado.

Parpadeo en su dirección y lo observo de un modo nuevo.

¿Eso somos? ¿Dos versiones renovadas de los que se cruzaron en el pasado?

—Éramos unos críos, Jack, y estábamos muy confusos. Pero no sirve de nada hablar ahora de aquello. No cambia las cosas y ya lo arrastramos durante demasiado tiempo.

—¿Por qué no? Estaría bien, aunque solo fuera por una vez, hablar claro. Decir en alto, por ejemplo, que en el instituto tú me hiciste creer que te gustaba otro mientras yo fingía que no me había enamorado de ti.

Sus palabras tienen el efecto de un ciclón. Lo revuelven todo. Y se alejan, dejando un silencio insoportable que rompo de la única forma que se me ocurre.

—O también podemos charlar sobre qué clase de magia negra ha usado Peck para que Holly quiera pasar la vida a su lado.

—La tiene muy grande.

—Eso dice Holly. Pero dudo que sea suficiente para ese tipo de compromiso.

Sonreímos. Por un instante, me siento la Rain de diecisiete años junto a un Jack más joven.

—¿Y tú qué le has contado? —me pregunta, curioso.

—Nunca hablamos de ti. Menos aún de lo que escondes bajo la ropa.

—No te creo.

—Ya no. Te he convertido en un tabú, Jack.

Se pasa la lengua por los labios y su expresión se endurece.

—Entiendo. «Hola, soy Rain y no hablo de política, de religión ni de Jack Ladson.»

—Podría ser mi carta de presentación, sí.

—Pues yo sí que hablo de ti.

—¿A tu gata? No creo que eso cuente.

Mi sentido del humor aún le divierte, aunque este Jack me descoloca un poco. Parece tan alegre como cansado de fingir que esto no nos hace daño.

—No, a todas las mujeres que conozco.

—¿Antes o después de correrte?

—En ocasiones, durante.

—Jack...

Sacudo la cabeza. Lo peor es que su confesión no me sorprende. Porque es Jack. Y el Jack adulto es mucho más de lo que ya era el niño. Más juguetón. Más intenso. Más nocivo.

—Aunque tú sigas envolviéndolo todo de sarcasmo, no era una broma, Rain. No sé cómo lo haces, pero estás presente en cada cita que tengo, en cada beso que doy, en cada orgasmo compartido. Es... una sensación rara de cojones.

Noto las mejillas encendidas. Y no es solo calor. Es ilusión. Y orgullo. Y dolor. Son tantas cosas que solo pueden pertenecerle a Jack, porque aún es la única persona capaz de provocarme mil emociones distintas por minuto.

—Un día se me acercó en un bar la chica más guapa que había visto. En serio, Rain, ¡hasta tú habrías sentido deseo! Morena, ojos rasgados, labios húmedos, cuerpo escultural y una sonrisa de infarto. Simpática, ingeniosa e interesante.

—Un completo. ¿Cuánto tardaste en llevártela a la cama? ¿Siete minutos?

—Creo que fueron veinte, pero eso no es lo importante.

—¿Y qué lo es en tu pequeño mundo de perversión?

Jack ignora mi salida de tono y continúa narrando una historia que no sé a qué viene, pero que despierta mi curiosidad de un modo enfermizo.

—Todo iba bien. Jodidamente bien, si te soy sincero. Sabía que iba a ocurrir, pero los dos estábamos disfrutando del tonteo con una copa en la mano. Hasta que dijo algo que no olvidaré en la vida. Dijo que solo podría enamorarse de alguien capaz de hacerle pasar por los tres estados de la materia. Ya sabes, rozarla y convertirla en líquido y todo eso. O incluso crear vaho en sus labios.

Alcé las cejas y me mordí una sonrisa.

—¿Me lo dices en serio? ¿Y esa estupidez presuntuosa y hortera te gustó?

—Bueno, Rain, siempre me han atraído los retos. —Asentí y me dedicó una mirada de lo más ladina—. Aunque no quería hablarte de cuántas veces se corrió.

—Jack, estoy empezando a aburrirme.

Me tensé y jugueteé con el borde de mi falda.

—Lo determinante fue mi respuesta. Esa chica estaba insinuándome cosas de lo más cochinas y yo le respondí que estaba equivocada. La materia tiene cuatro estados: sólido, líquido, gaseoso y plasma. *¡Boom!* Ahí estabas. Tu voz explicándomelo en ese autobús camino a casa una tarde cualquiera.

Aparto la vista y me concentro en el fuego. Las llamas bailan de un modo hipnótico. Las palabras de Jack aún resuenan a mi alrededor como el eco de quien no quiere marcharse.

—Aunque mi corrección fue una patada para su ego, le gustó que pareciera un tipo listo.

Sonrío. Una sonrisa tan triste como taimada, tan sincera como disfraz de todo lo que no quiero que él vea, si es que esa combinación acaso es posible. Para mi sorpresa, me siento un pedazo de materia pasando por los cuatro estados. Eso hace Jack. Mi repentina solidaridad con esa chica desconocida parece una broma del destino.

—Así que follaste esa noche gracias a mí. Enhorabuena.

—Es posible, pero lo que quiero que entiendas es que siempre estás. Da igual que no piense en ti voluntariamente, Rain, porque apareces. Nunca has dejado de hacerlo.

Y entonces mi vida sin Jack se presenta en mi cabeza a toda velocidad.

Instantes. Triunfos. Decepciones. Lecturas. Relaciones. Besos. Canciones. Vacíos. Rincones. Recuerdos.

Cierro los ojos. Noto el corazón encorsetado pidiendo espacio. Cojo aire y lo dejo ir junto a esas cosas invisibles que nacen cuando nos vemos y que nos complican la vida.

—Tú también estás, Jack. Pero me esfuerzo tanto por borrarte que acabo por emborronarlo todo.

Jack

Me levanto y voy a la cocina. Necesito alejarme de Rain, del disparo que ha sido su confesión y de la tristeza de su mirada. No me gusta pensar que se la provoco yo. Porque, si pienso en Rain, siempre lo hago con una sensación acojonantemente cálida, dulce y bonita. Aunque sepa que no tiene lógica y que no debería despertarme eso una chica a la que hace años que no veo y a la que siempre acabo haciendo daño. A mí también me duele, Rain resulta punzante incluso en nuestros mejores momentos, pero es una de esas cosas con un punto hiriente que enganchan. Como morderme las uñas. O la resaca después de una noche memorable. Rain deja resaca, no encuentro mejor forma de explicar su encanto.

—¿Qué haces?

Vuelvo con una bandeja y la coloco sobre la mesa.

—Alimentarte. La tercera copa siempre te sienta mal con el estómago vacío.

Frunce los labios. Le molesta que aún la conozca; le hace sentir en desventaja, débil o alguna otra rayada mental de esas que la acosan sin sentido. Observa la comida y se le hace la boca agua. He cogido pan, queso, frutos secos y unos boles de mermelada.

—No me gusta el queso.

Arruga la nariz y me contengo para no pellizcársela.

—Adoras el queso. ¿Por qué sigues defendiendo lo contrario? Tu nivel de tozudez es excesivo.

Me meto un trozo en la boca y le doy un mordisco al pan sin dejar de mirarla.

—Porque me sienta mal. Me da gases, ¿contento? Por eso lo evito. Como deberíamos hacer con todo lo que no nos hace bien. El queso, la teína después de las cinco, el primer amor...

—Así que fui tu primer amor.

—Supongo. Yo para ti debí de ser la número treinta y ocho. ¿La treinta y nueve?

—Quizá la cuarenta y uno —le guiño un ojo y tensa los labios—, pero ¿sabes qué? Fuiste la única con la que deseé que de verdad funcionara.

Rain suspira. Coge un pedazo de queso y lo desmenuza en trozos pequeños. Comienza a comerlo despacio, como un pajarito, como tantas veces la imité en el pasado. Y recuerda. Ambos lo hacemos constantemente. Es lo malo de estar atado a alguien desde hace tanto tiempo. Es la parte jodida de las cosas inacabadas.

—Estuvimos a punto de conseguirlo. Al menos en una ocasión.

Su susurro me lleva de un empujón al pasado. A una sala repleta de gente coreando una canción de desamor. Olía a cerveza y sudor. Las luces hacían que los rostros parecieran fantasmas desdibujados. Menos el suyo. El suyo brillaba.

—¿Estás pensando en el concierto?

Rain asiente y sonríe comedida.

—Estuvimos muy cerca. Tan cerca que casi fuimos pareja, ¿puedes creerlo?

Se ríe, como si fuera imposible la posibilidad de nosotros

dos dentro de ese término. Sin embargo, yo no sonrío. Y no lo hago porque aún escuece.

Con Rain aprendí que el dolor puede tomar muchas formas, pero que no hay nada que duela igual que un «casi» que nunca llega a suceder. Que un «casi» que yo volé en pedazos por no atreverme a pedir un tiempo muerto.

Itinerario de un libro olvidado (2)

Josephine entró como un vendaval, dejó caer la mochila al suelo y se lanzó sobre la cama. Olivia levantó la vista del temario de derecho romano y sonrió a su compañera de habitación. A sus pies vio el lomo de un libro todavía a medio envolver. Lo sacó y se tumbó en el hueco que Josephine le había dejado a su lado. Se arrimó al cuerpo caliente y sus piernas se enredaron.

—¿Y esto?

Ambas miraron el libro. El papel Kraft roto aún lo envolvía por la parte inferior. Josephine arrugó el rostro y su mirada furiosa se perdió en la estantería.

—Me lo ha enviado mi padre.

—¿Vas a darle las gracias?

—¿Por no aceptarme como soy? No entra en mis planes.

Tragó saliva y Olivia le acarició la mano. Ambas se giraron y se besaron con dulzura en los labios. Luego se miraron apenas a un palmo. Josephine pensó que no había conocido a nadie con los ojos tan azules como los de Olivia. Olivia se dijo que jamás podría sentir nada igual que lo que la chica de pelo rojo le provocaba.

—Quizá esta sea su manera de acercarse a ti. Es posible que no sepa de qué modo hacerlo. Josephine, no todos somos como tú.

—¿Sabes? Si tanto te gusta, puedes quedártelo —le dijo antes de girarse contra la pared y darle la espalda.

Olivia notó que algo en su interior se resquebrajaba. Luego se levantó, colocó el libro en el primer hueco que encontró en la estantería y se sentó de nuevo frente al escritorio.

AYER

Cadena de favores

Leslie se había encerrado en el baño. Era la tercera vez en una hora y Gavin comenzaba a inquietarse.

—Cariño, ¿estás bien?

Al otro lado de la pared, el sonido de las primeras lágrimas le dio la respuesta. Estaba tan asustada que no le salía la voz. Gavin apoyó la frente en la puerta y suspiró.

«Todo va a salir bien.»

«Esta vez debe salir bien.»

Se dirigió al salón y cogió el teléfono. Sabía que pedir un favor siempre suponía estar en deuda, pero no podía dejarla sola. No quería. Después de lo que había sucedido hacía diez meses, necesitaba estar junto a ella siempre que lo necesitara.

Al tercer tono su compañero respondió:

—Eh, tío. ¿Qué pasa?

—Leslie se encuentra mal.

—¿Qué turno tienes?

—Cubro el concierto.

—Allí estaré.

Gavin soltó el aire que había estado conteniendo y apretó el teléfono con fuerza.

—Me sabe mal porque es tu día libre, Jack, pero...

—No digas nada. Tú cuida de Leslie y de ese bebé revoltoso, ¿vale?

—Gracias, tío. Te debo una.

—No me debes nada.

Y, aunque Gavin era un hombre de palabra y no dudaría en devolverle cada favor que le había hecho desde que Leslie se había quedado de nuevo embarazada, sabía que Jack Ladson también lo era y que no mentía.

En otro punto de Londres, un chico le pedía disculpas una vez más a una chica malhumorada.

—Ya te he dicho que lo siento, Brooke. Se me había olvidado el concierto y ya les he dicho que sí.

—Pues diles que no puedes.

—Son mis padres. Pagan mi educación y este piso en el que te pasas la vida. Si me invitan a cenar, voy. Punto.

Ella lloriqueó, pero Ethan McEnroe era de ideas fijas y sabía que no tenía nada que hacer. Llevaba días deseando que llegara el concierto y, por mucho que Ray, Mariah y Rain fingieran que el grupo de Callum estaba bien, él era el único con el que compartía gustos musicales.

—Llamaré a Rain.

Ethan se rio.

—Sabes que ella prefiere otros planes.

Brooke puso los ojos en blanco al pensar en su amiga y tomó por las dos una decisión.

—Pues que se aguante. El mes pasado la acompañé a ese horrible simposio sobre biotecnología y no me corté las venas. Me lo debe.

Dos favores. Dos amigos ayudando a otros sin saber que, en el fondo, eran ellos los que estaban recibiendo un empujón hacia su futuro.

Rain

Brooke tiró de la manga de mi abrigo.

—Vamos, Rain, o llegaremos tarde.

—Mejor.

Gruñó entre dientes y me metió de un empujón en el taxi. Para lo pequeña que era tenía una fuerza descomunal.

—No sé para qué te invito. Ya me dijo Ethan que esto no era para ti.

—¿Ethan dijo eso? —Fruncí el ceño; que todos mis amigos pensaran que era un muermo no era muy alentador.

—... pero como tengo un corazón tan grande y me da miedo que acabes muerta bajo una montaña de libros pensé que sería una gran idea invitarte. Veo que mi bondad extrema me ha traicionado de nuevo.

Me reí entre dientes. Si estaba allí únicamente era porque le daba vergüenza acudir sola y yo había sido su última opción.

—Perdona, Brooke. Prometo divertirme. O portarme bien para que tú lo hagas.

Atravesamos las calles charlando de todo y nada, y entramos en el bar en el momento justo en el que las luces se apagaban para presentar al grupo. A mi lado, Brooke contenía el aliento como una colegiala. Llevaba seis meses saliendo con el bajista. Se habían conocido en una fiesta y ella se había enamorado en el acto. Y, aunque yo deseaba que les saliera bien, según mis cálculos les quedaban dos meses de amor antes del declive.

Había conocido a Brooke durante mi primer curso en la UCL. Ella estudiaba Filosofía y trabajaba tres tardes a la semana en la biblioteca, donde yo pasaba buena parte de mi tiempo libre. Me había ayudado a buscar unos manuales y habíamos acabado hablando de nuestras últimas lecturas frente a una taza de té. Fue fácil y me ayudó a entender que la Rain a la que le costaba hacer amigos quizá no tenía cabida allí, porque yo ya era otra. Las experiencias y la edad nos moldean, y un nuevo contexto puede dar lugar a una nueva versión de ti mismo. Y, tras la muerte de mi madre, la despedida de Jack, la marcha de Holly a España y el comienzo de la universidad, yo me sentía otra Rain.

Muy pronto, Brooke y yo conocimos a Ethan. Estaba tan perdido como nosotras y lo acogimos en nuestro pequeño grupo. Después llegaron Mariah y Ray. Para Navidad yo ya tenía amigos, me sentía parte de algo, identificada con unas personas que comprendían mis inquietudes, con las que me divertía y con las que ser yo misma nunca había sido tan sencillo. A excepción de con Jack, claro, aunque prefería no pensar en él.

Se había marchado a Manchester y los rumores decían que las cosas le iban mejor que nunca. Me alegraba de que estuviera cumpliendo sus sueños, pero también me dolía. Tenía una espina clavada que no se iba. Nuestra despedida había sido amarga y lo compartido aún escocía. Pasó el tiempo y yo me desvinculé de todo lo que me recordaba a aquella época. Solo Holly me ataba a ese pasado, aunque estaba tan lejos que, cuando hablábamos por teléfono o nos veíamos en vacaciones, yo evitaba cualquier tema relacionado con Ladson, hasta que un día ella se cansó y dejó de insistir.

Borré a Jack de mi vida. Lo encerré con esos recuerdos que uno prefiere olvidar y eché la llave.

De la mano de Brooke, nos mezclamos entre la gente y encontramos un hueco desde el que veíamos a Callum y su camiseta con rotos. Era atractivo de esa manera en la que lo son los chicos que no se duchan y que usan ropa que parece recogida de la basura. A mi alrededor todo era ruido, cuerpos desconocidos y olores ajenos. En el pasado eso me habría incomodado, pero entonces ya había aprendido a ver la vida desde otra perspectiva y me gustaba aquella sensación de evasión. Cerré los ojos, moví las caderas y disfruté de cómo la música despertaba mi piel con las primeras notas. El vello se me erizó y pensé en la capacidad de algunos estímulos para encendernos, para sacarnos de ese estado adormecido en el que nos mecemos el resto del tiempo, sin saber que un chico observaba mi balanceo desde detrás de una barra.

Jack

Nunca he creído en el destino. Sí en las casualidades. Están por todas partes. Nos persiguen. Guían nuestra vida y la convierten en una u otra. Me da igual lo que diga la ciencia. Me interesa bien poco si todo se debe a las consecuencias de nuestras decisiones o a las de los demás. O quizá a un hilo que tira de nosotros y que nos empuja a encontrarnos cuando se anuda en algún punto. O al azar más puro y cruel. Nada me importa. Solo sé que las cosas pasan y debes enfrentarte a ellas con lo que tienes en el momento que llegan.

Llevaba currando en ese bar casi un año. Un jodido año de mierda del que apenas recordaba nada. Todos los días transcurrían iguales. Las variaciones eran mínimas. Podía dormir acompañado o no. Podía cocinar o pedir una pizza. Podía ver a algún amigo o llamar a mi hermana. Pero ninguna de esas opciones influía en el resultado: meterme en la cama con la sensación de que mi vida no valía nada.

Cuando entré al bar ya estaba lleno. Las noches de concierto eran agotadoras, aunque lo prefería para mantener la cabeza y las manos ocupadas. Mejor cubrir a Gavin en mi día libre que pasarme horas frente al televisor sin prestarle atención.

Me colé en la barra y comencé a trabajar. Servir copas. Cambiar el barril de cerveza. Lavar y colocar vajilla. Cortar limones. Llenar cámaras frigoríficas. Fingir sonrisas. Guiñar el ojo a alguna chica bonita. Mecánico. Sencillo. Un modo como otro cualquiera de silenciar los vacíos.

Hasta que la vi.

Al principio creí que era otra. Fue apenas un segundo, pero pensé que se le parecía y que solo por eso podría ser un reto divertido acabar con ella en mi cama. Melena por encima de los hombros. Pelo blanquecino. Cuerpo delicado. Faldita corta. Muy corta.

Se giró y noté un tirón bajo la piel.

«La hostia, Rain...»

Bailaba y reía junto a otra chica igual de menuda. Morena, pelo rizado, ojos inmensos. Guapa, aunque no como ella.

—Eh, tú, ¿dónde está mi cerveza?

Sacudí la cabeza, pedí perdón al tío que me fulminaba con la mirada por haberme distraído y seguí con la labor como si nada en mi mundo hubiera cambiado. Como si su aparición no hubiese pulsado la palanca que lo ponía en movimiento de nuevo, cuando llevaba dos años congelado.

Cuando todo se torció con Rain me pareció una gran idea huir. Pasar página. No mirar atrás. Tenía dieciocho años y acababa de recibir la oferta de mi vida. Al menos la primera que me acercaba a otras que me harían cumplir un sueño que tenía desde donde me alcanzaba la memoria. Iba a mudarme de ciudad y a comenzar una etapa en Manchester que esperaba que fuera inolvidable. Disfrutaría de Miranda unas semanas antes de despedirnos y después mi futuro era una hoja en blanco que me moría por completar.

Estaba ansioso, ilusionado y seguro de que aquel era mi camino.

¿Dónde encajaba Rain en todo aquello? No lo hacía. Es simple. Conocerla había supuesto una novedad, algo bonito, divertido y estimulante. Pero no entraba en mis planes. Por aquel entonces no comprendía la idea de atarme a nada. Novias, amigos, estudios, un lugar. La idea de que cualquiera de esas cosas me pusiera límites me ahogaba. Quizá por eso me gustaba Miranda, porque siempre supo que lo nuestro tenía fecha de caducidad. Por la misma razón Mason y yo nos entendíamos. Nos éramos leales, pero él se marchaba a estudiar a Glasgow y, conociéndolo, dudaba de que fuera a regresar. Por otra parte, necesitaba separarme de mis padres. Me querían y confiaban en mis capacidades, pero no estaban de acuerdo con mis decisiones. Ellos eran más prácticos, más cautos, y arriesgar mi futuro a una sola carta les parecía una irresponsabilidad. Apoyaban mi decisión, aunque eso no evitaba que en casa el ambiente fuera tenso y la sombra de la decepción me acompañara a cada paso que daba. Por todo eso, irme era la mejor opción.

Sin embargo, en cuanto puse un pie en Manchester y me acostumbré a las nuevas rutinas, el recuerdo de Rain comenzó a perseguirme como un fantasma. Y no pude dejar de pensar en ella. En lo que habíamos compartido. En aquellas tardes en las que solo existíamos nosotros. En cómo se sentiría sin su madre. En que no había conocido a nadie igual. En los besos.

Pensaba mucho en los besos. Y, por desconcertante que resultase, pensaba casi más en la sensación sutil de sus labios sobre la punta de mi nariz que en el roce de su lengua. Y en que nadie usaba el sarcasmo como Rain; en su humor inteligente y su acidez; en esas horribles boinas que, aunque odiaba, nadie llevaba como ella.

Pensaba en Rain, sí, y no tardé en comprender el porqué.

O quizá sí tardé más de lo adecuado en darme cuenta de que lo que ocurría era que me había enamorado.

Pese a ello, mi vida era perfecta. Fútbol. Admiración. Chicas. Dinero. Me sentía en una nube. Hice nuevos amigos con los que compartía esas vivencias. Me dejé la piel en los entrenamientos y en cada partido. Disfruté de las mieles asociadas al éxito y me acosté con más chicas de las que recuerdo. Lo tenía todo. Y me valía.

No obstante, la vida es un puto juego de obstáculos. Y, cuando crees que lo tienes dominado, te das contra un muro y de repente estás atrapado en un agujero.

Cinco segundos

Había bebido. De no haber sido por la zorra de Caroline, no se habría marchado de casa dando un portazo y con unas insoportables ganas de tomarse un whisky. El primero había dado paso a tres más y, con cada sorbo, la ira se entumecía, se perdía entremezclada con la placidez del alcohol y con el deseo que siempre despertaba al pensar en ella.

Tiró un puñado de billetes sobre la barra y salió del bar. Era un antro de carretera de suelo sucio y mujeres de reputación cuestionable, pero solía escogerlo como refugio cuando las cosas se complicaban. Principalmente, porque allí nadie lo conocía. Allí no era un niño rico de Saldford Quays. Allí era un hombre más sin nombre ni apellidos con la intención de olvidar.

Buscó con los ojos entrecerrados su Porsche y trastabilló hacia él.

Se le pasó por la cabeza dejarlo aparcado y regresar al día siguiente, pero ¿cómo llegaría entonces a casa? ¿Cómo volvería y se acurrucaría junto al cálido cuerpo de Caroline para pedirle perdón? Notó el efecto de pensar en ella en la polla y en el corazón.

Debía marcharse.

Debía solucionarlo.

Debía empezar a controlarse antes de que ella se cansara de sus idas y venidas, de sus enfados, de su mal genio. De él.

Sintió una congoja tal al plantearse la posibilidad de una vida sin Caroline que arrancó el coche.

En los primeros kilómetros la ira se transformó en miedo.

En los siguientes, el miedo dio paso a la culpa.

Cuando ya se veía Manchester a lo lejos, la culpa ya había quedado oculta por las buenas intenciones.

Con las primeras casas de la ciudad, la esperanza se convirtió en cansancio.

Un cansancio abrumador.

Cerró los ojos. Solo un instante. Solo lo justo para recobrar energías. Y se perdió en él.

Al fin y al cabo, cuando dormía la mierda desaparecía y era más feliz.

Y, entonces, llegó el silencio.

Durante cinco segundos.

Al otro lado de la carretera, un chico lleno de sueños conducía camino a otro duro entrenamiento.

Cinco segundos.

Eso es lo único que se necesita para hacer una vida pedazos.

Rain

Hacía calor. Habíamos bailado media docena de canciones y estábamos sedientas, pero Brooke se negaba a movernos de allí. Solo tenía ojos para un Callum entregado a su público.

—¡Voy a por algo de beber!

Brooke levantó los pulgares y me sonrió antes de comenzar a saltar de nuevo.

Me alejé como pude entre la gente y llegué a la barra. Notaba el pelo pegado a la nuca y la boca seca. Me moría por un refresco. Me asomé y vi a un chico que servía copas de lado a lado a toda velocidad. Vestía de negro y parecía eficiente, lo que me tranquilizó, porque significaba que no estaría media hora para pedir.

Me concentré de nuevo en la música. Observé a las personas que bailaban. A las parejas acarameladas. A los entregados con los ojos cerrados. Seguía recabando datos de lo que me rodeaba y elaborando teorías, aunque ya no me esforzaba por encajar en ellas. Yo no era ninguna de esas personas, pero eso también estaba bien. Y no sé el tiempo que pasé en mi mundo, solo que regresé al real por la intensidad provocada por una mirada clavada en mi perfil. Me giré y le sonreí con amabilidad al chico de la barra, que esperaba a atenderme muy quieto.

—Me pones un...

¿Cuánto tarda el cerebro humano en registrar la información visual? Menos de un segundo. Somos una máquina tan veloz como precisa. Y, sin embargo, la casualidad era tan inesperada que me costó ordenar las piezas. Tuve que esforzarme para entender que el chico de ropa tan oscura como su mirada era el mismo Jack al que no veía desde hacía casi tres años. Un Jack que parecía el mismo (mismos ojos, misma nariz, misma sonrisa torcida), pero a la vez otro. Otro que no debía estar allí, poniendo copas un sábado por la noche en un bar del Soho, sino eclipsando al mundo con su talento. Un bar al que yo nunca había ido y al que no tenía intención de volver. Un cruce de caminos improbable y casi absurdo.

Noté un tirón en la boca del estómago. No eran cosquillas, pero sí el recuerdo de las que un día nacieron ahí solo para él. Era mi mundo tranquilo y controlado desestabilizándose, recordándome que el caos existe y actúa en el momento más insospechado.

Me di la vuelta. Aquella reacción no era sensata ni educada, pero mis pies giraron sobre sí mismos y me alejé sin mirar atrás. Igual que había hecho él cuando se marchó a Manchester.

Me mezclé entre la gente. Ignoré los empujones de los que estaban entregados al concierto. Me coloqué al lado de Brooke y le sonreí. Me encogí de hombros cuando me preguntó por qué volvía con las manos vacías. Miré a Callum y tarareé sus canciones. Fingí que nada había sucedido y que no oía el eco de mis latidos furiosos. Procuré no buscarlo con la mirada. Y casi lo conseguí. Pero a la tercera canción mis ojos se desviaron, imantados por todo eso que Jack siempre había despertado en ellos. Él se movía por la barra con destreza. Sonreía a quien le hablaba. Se apartaba el pelo de la frente cada poco tiempo. Se mostraba correcto, amable, simpático. Un auténtico encantador de serpientes. Algunas chicas coqueteaban y él se dejaba hacer, porque así era como Jack se movía por la vida. No obstante, tardé un suspiro en percatarme de que aquel Jack ya no sonreía. Sus labios sí se curvaban, aunque sus ojos estaban opacos. Los demás quizá no podían notarlo, pero yo lo hacía. Sabía de qué modos Jack se escondía. Me los había confesado hacía mucho en unas escaleras mientras el resto disfrutaba de una fiesta en su honor.

«Sonrío más que nunca, supongo. Salgo de fiesta. Intento olvidarme de todo en los brazos de alguna chica guapa.»

¿Qué hacía allí Jack y por qué parecía cargar con todo el peso del mundo sobre sus hombros? ¿Dónde estaba el chico destinado a triunfar y quién era el que jugaba a lanzar hielos al aire y se guardaba en el bolsillo trasero números de teléfono? ¿Y por qué el cosmos se había alineado para que nuestros caminos se cruzaran de nuevo? ¿Qué sentido tenía aquello?

—Ha sido increíble.

Brooke se colgó del cuello de Callum, él me saludó con un abrazo rápido y yo arrugué la nariz; me caía muy bien, pero en ese momento el novio de mi amiga olía regular. El concierto había acabado y el grupo había bajado del escenario para brindar con nosotras. Yo había empujado a Brooke hasta la barra más alejada de Jack y, con la excusa de un dolor de cabeza, le había anunciado que no tardaría en marcharme. Ellos aún tenían que recoger el equipo y pasearse con el ego crecido entre sus admiradores.

Por ese motivo, cuando me escabullí y salí del bar sentí que volvía a respirar con normalidad. Aún me costaba creer lo que había ocurrido, y no me refería a que el batería hubiera acabado sin pantalones. Pensé en Jack y, por primera vez, lo hice con una imagen nueva. El recuerdo más cercano que guardaba de él era el de verlo alejarse junto a sus amigos el último día de instituto. Después de aquella conversación tensa en mi porche no volvimos a hablar. Aprendimos a fingir que el otro no existía y nadie hizo preguntas. Solo una Holly que siempre lo cuestionaba todo, pero cuya prioridad era averiguar si Mason iba a vengarse por lo de los mensajes anónimos y no mi vida sentimental, así que en días lo mío con Jack fue historia. Al menos para los demás. Yo por dentro sentía que algo no estaba donde debía. Algo que latía, pesaba y hacía eco.

Acababa de descubrir que la huella que alguien deja en ti no es invisible, sino que tiene más vida que el vacío de a quien le pertenece.

Decidí volver a casa caminando; tenía casi una hora de paseo, pero necesitaba pensar. No di más que unos pasos antes de encontrar que mi destino era otro.

—¡Joder!

La voz provenía de un pequeño callejón que salía de un lateral del local. Pese a la oscuridad, podía distinguir la forma de cajas llenas de botellines vacíos y un par de contenedores. Jack estaba peleándose con uno. Se le había caído parte de la basura al volcar el contenido de un cubo. Cuando terminó, apoyó las manos en el muro de ladrillo y dejó caer la cabeza entre sus hombros. Parecía agotado. Derrotado. Y gris; tan gris que me costaba asociarlo con el que recordaba. Porque, de haber sido un color, siempre había pensado que Jack sería uno intenso y luminoso, un naranja vibrante o un amarillo limón. Mi primer presentimiento había sido acertado: aquel Jack sonreía menos y se parecía poco al chico encantador capaz de enamorar al planeta con un pestañeo.

Tal vez por eso hablé. Quizá aquel cambio con respecto al Jack del pasado fue lo que me hizo dar un paso en su dirección y alterar la de nuestras vidas.

—¿Por qué estás triste?

Jack se incorporó y entonces me vio. No se mostró sorprendido. Solo me observó de arriba abajo con una expresión que no supe descifrar y se humedeció los labios. Me rocé el borde del vestido en un acto reflejo.

—¿Quién te dice que estoy triste?

Tragué saliva. A lo lejos, la sirena de una ambulancia rompía el silencio. Jack suspiró y se agachó para recoger los restos que se habían esparcido. Me fijé en él como no me había permitido en el concierto. En sus movimientos, en sus manos limpiando con calma el suelo, en cada uno de sus gestos.

Me había prohibido tanto pensar en él que casi había borrado también una parte de mí; esa que siempre sentía una calidez inesperada cuando estaba a su lado. Una Rain más dulce y menos cauta. Una Rain a la que había castigado encerrándola en una jaula, porque con ella había aprendido que sentir hacía daño y daba miedo.

Y, sin embargo, con solo cruzarnos de nuevo le había abierto la puerta y tenía que contenerla para que no me arrollara.

—¿Vas a decirme que estás estupendo? No se te ve así, precisamente.

Se rio. Yo me abracé.

—Rain y sus estudios de campo... ¿Acaso te importa?

—Soy curiosa por naturaleza, ¿recuerdas?

Jack se acercó unos pasos. Trastabilló un poco y me fijé en sus ojos enrojecidos. En cuanto abrió la boca percibí el aroma dulzón de algún licor y desvié la mirada hasta encontrar la botella a medias que descansaba en un rincón.

—No he sabido nada de ti en... Espera, seguro que tú eres capaz de calcular en nanosegundos el tiempo exacto desde la última vez que nos vimos. ¡Venga, Rain! Muéstrame si tus poderes siguen intactos.

Soltó una carcajada y le dio una patada a una de las cajas. Luego ladeó el rostro y me observó con los ojos entrecerrados.

—No te recordaba tan capullo.

—Ni yo a ti tan guapa.

Su sonrisa lasciva me incomodó y me puse a la defensiva, aunque no me moví.

—Estás borracho.

—Nunca bebo en el trabajo, pero te he visto y..., buf, he tenido la necesidad de hacerlo.

Sacudió la cabeza y no oculté que sus palabras me molestaban. Al fin y al cabo, seguía siendo Jack y con él la Rain más punzante saltaba con facilidad.

—Yo también me alegro mucho de verte.

—Debo decir que eso sí lo echaba de menos. —Me señaló con el dedo y dio toquecitos en el aire.

—¿El qué?

—El puto sarcasmo. Nadie le da tanto efecto como tú.

Ahí estaba: Jack el adulador. Con él, el impacto también era mayor en todo, pero decírselo solo complicaría un encuentro que no tenía sentido. Además, eso había sido así en el pasado, cuando yo aún era una niña ingenua. Las cosas habían cambiado. Yo lo había hecho. La adolescencia engrandece las emociones y la experiencia las amarga. Ya éramos otros y, por muy familiar que la situación resultase, sentía que a ese Jack no lo conocía en absoluto.

—Tengo que irme. Y tú deberías entrar y volver al trabajo.

—He terminado mi turno.

—Pues vete a casa, Jack.

Meditó mi consejo y asintió, pero no se movió del callejón. Cogió la botella mal escondida y le dio un trago largo sin dejar de mirarme. La imagen me asqueó. Me di la vuelta y me marché sin despedirme. No tardé en oír el golpe contra el suelo, el cristal rompiéndose y un quejido ahogado. Corrí hacia él sin meditar mis actos y le cogí la mano. La sangre brotaba roja y caliente. Me quité el pañuelo que llevaba atado al cuello y presioné la herida. A mi lado, la respiración de Jack era calmada. Olía a sudor y whisky, pero también a eso que un día me había gustado tanto. Sutil. Escondido. Aún vivo.

Me tensé y lo apreté con más fuerza hasta que él se quejó.

—¿En qué demonios estabas pensando? —lo reñí.

Jack ya no se miraba la mano, sino a mí. Mi boca. Mi nariz. Mis ojos.

Suspiró y se lamió los labios.

—En ti.

Breve historia de Jack Ladson

Cuando Jack abrió los ojos sintió que algo había cambiado.

—Hijo, menos mal...

—Cariño, ¿cómo te encuentras?

Movió los labios, pero tenía la boca entumecida, como si se la hubieran llenado de algodones. Alrededor de una cama de hospital, sus padres y su hermana lo observaban con los ojos húmedos y las ojeras marcadas. La habitación estaba llena de flores y de mensajes motivadores escritos en cartulinas de colores. Olía a desinfectante y al perfume de su madre. También a sangre, aunque desconocía de dónde provenía.

Aceptó el vaso de agua que su hermana le tendió y dio un sorbo. Beber raspaba igual que si estuviera tragando cuchillas. Y entonces esa sensación le recordó a otra.

Estruendo. Cristales. El metal desgarrando la piel. Rompiendo huesos en pedazos pequeños. Cogió aire y se incorporó lentamente. Levantó la sábana.

—Los médicos dicen que volverás a andar sin problemas. Has tenido mucha suerte.

«Suerte.»

Colocó la sábana de nuevo sobre su cuerpo herido.

«Suerte.»

Y sonrió.

Acababa de averiguar que lo que olía a sangre manaba de un agujero en su pecho. Concretamente en el tórax, en la porción media del mediastino inferior, entre los dos pulmones. De su estúpido, frágil y vulnerable corazón.

«Suerte.»

Con cada latido, el mundo perdía un poco de color.

Con cada sonrisa fingida, él se escondía un poco más.

Y el olor a sangre estaba por todas partes.

Rain

El piso era pequeño y oscuro. Se encontraba sobre un restaurante chino, en una calle estrecha no muy lejos del bar donde Jack trabajaba. Y, pese a su tamaño, la sensación de vacío me abrumaba.

—¿Te duele?

—No es nada.

Me miró a través de las pestañas y contuve el aliento. Si notó que me temblaban los dedos mientras lo curaba, fingió que no se daba cuenta.

—Pero debes cuidarlo, Jack, o se infectará.

Una sonrisa tan diminuta como su piso lo llenó todo.

—Te he jodido el pañuelo.

—Solo es un trozo de tela.

Cuando coloqué la venda y le solté la mano, la situación se me vino encima.

¿Qué narices estaba haciendo allí? ¿En qué momento el universo se había vuelto tan loco como para hacerme acabar el día en el piso de Jack Ladson? ¿Y por qué cuando me miraba sentía que nada había cambiado, aunque todo fuera tan diferente? Las preguntas comenzaban a asfixiarme, las incógnitas por descifrar se amontonaban, mientras a mi lado Jack me observaba con esa calma con la que todavía se enfrentaba a las cosas. Sentía que estaba en una realidad paralela.

Me mordí el labio y tiré de una pielecita. El frío siempre me los agrietaba. El escozor me hizo desviar la atención de todo lo demás que me dejaba sin aire.

—¿Qué estás pensando? Dímelo —me dijo sin dejar de analizarme.

Chasqueé la lengua y estudié de nuevo lo que nos rodeaba. No solo era un piso triste y sin vida, sino que también transmitía dejadez y poco cuidado. No me gustaba. Y mucho menos, relacionarlo con su dueño.

—Mi madre siempre me decía que el hogar de alguien es el reflejo de sí mismo.

—¿Y qué ves aquí?

—Algo que no esperaba.

Jack asintió. Sus ojos se entrecerraron con una sonrisa triste.

—Bueno, tú entonces tampoco resultaste ser lo que esperaba.

Ignoré el impacto de esas palabras susurradas y abrí los brazos para abarcar la sala.

—Pero tiene su encanto.

—Ah, ¿sí?

—Las arañas le dan un aspecto *vintage* muy de moda. Y el estilo minimalista está en auge. Aunque quizá no te vendría mal cambiar esa caja de cartón por una mesilla en condiciones.

Su risa iluminó un poco ese espacio gris y me miró como hacía demasiado que nadie me miraba. Con esa intimidad tan difícil de encontrar que en nosotros había nacido al instante. Me pregunté dónde estarían el Jack y la Rain de aquella parada de autobús, porque era una obviedad que no se parecían mucho a los que se observaban sin pestañear en una especie de reto silencioso. Jack no se movía, yo tampoco.

Y debía irme. Pero había algo que me lo impedía: si me levantaba en ese momento sentía que huía, que perdía.

—¿No vas a preguntármelo? ¿No quieres saber qué pasó para haber acabado en este agujero, Rain? —me susurró en un tono malicioso.

—Ya lo he hecho. Y no has querido contestarme.

—Me has preguntado por qué estoy triste, pero no por qué estoy aquí, y no corriendo detrás de una pelotita.

Me guiñó el ojo con complicidad por describir el fútbol a mi manera y sacudí la cabeza.

—Es que a mí eso nunca me importó, Jack, pero lo otro sí. Pensé que ya lo habías entendido.

Me dije que ya era suficiente y me levanté. Podía haberme quedado. Podía haberle pedido que me lo contara todo. Podía haberle confesado que me iban bien las cosas. O que lo había echado de menos. Seguía siendo una especialista en barajar las opciones posibles. Sin embargo, en el fondo sabía que aquello solo había sido un error, un cruce puntual sin sentido antes de que nuestros caminos siguieran como hasta el momento.

—¿Te vas?

—Ni siquiera debería estar aquí.

—La emperatriz continúa siendo implacable...

Resoplé sin disimulo y recorrí su metro y medio de pasillo taconeando con firmeza.

—Te estás comportando como un cretino.

—Es lo que siempre hago, ¿no? Ya me lo dejaste claro. Era un idiota y llevabas razón.

—Eras un idiota, sí, pero uno con cierto encanto. Ahora...

—¿Ahora?

Me giré y me sinceré con una versión de él que jamás creí que conocería; una que me daba pena y que me hacía despedirme mentalmente de ese Jack del pasado que ya no existía.

—Ahora solo veo la cáscara de aquel chico.

Jack

Rain cerró la puerta con una delicadeza que me dolió más que un portazo. Sus últimas palabras me habían sentado igual de bien que una patada en la entrepierna. La verdad siempre golpea, más aún si sale de la boca de alguien a quien no quieres decepcionar. Y, aunque Rain y yo ya no éramos nada, la posibilidad de volver a hacerlo me cabreaba.

Maldije entre dientes y fui a la cocina a por una cerveza. Noté la tensión de la venda al abrirla y recordé sus manos curándome como si no lleváramos tres años sin vernos. Tres años. Un montón de días que ella habría podido calcular sin esfuerzo. Tantas vivencias que desconocíamos el uno del otro, tantos momentos lejos. E incluso con eso, había sido escuchar su voz y sentir de nuevo lo que solo había experimentado en aquellas tardes pasadas.

Me dejé caer en el sofá y le di un trago largo a la lata. Su pañuelo cubierto de sangre brillaba sobre la mesa. Pensé en todas las chicas que había conocido y lo que me habían despertado. Desde mi despedida con Miranda me lo había pasado bien. Había entrado en camas desconocidas y compartido citas con chicas que estaban por mi vida de paso, pero con las que había disfrutado como si el mundo fuera a acabarse.

Siempre he sido de los que exprimen cada instante como si fuese el último. Había fingido enamorarme de un par de ellas, aunque mi ilusión se desinflaba con la rapidez de un globo sin atar. Quizá porque la comparaba con todas. No lo hacía conscientemente, pero Rain venía a mi mente y las diferencias las dejaban en desventaja. Rain siempre era más divertida, más lista, más interesante, más atractiva. Si alguna hacía un comentario sarcástico, me parecía mediocre al lado de los de Rain. Si hablaban sobre algún tema con pasión, yo pensaba en Rain y en todo lo que sabía y que me parecía fascinante. La culpa no era de todas esas chicas, sino mía, que no había sabido entender por qué esa rubia menuda de lengua afilada ocupaba todos mis pensamientos.

Cogí el teléfono e hice una llamada. Era tarde, pero eso nunca importaba.

—¿Jack? ¿Dónde estás?

—En casa.

—En media hora estoy allí. Espérame despierto.

Cerré los ojos cuando colgó y me recreé en el alivio anticipado de correrme acompañado.

Una hora después, observaba el cuerpo desnudo de Eliza vistiéndose de espaldas a la cama.

—¿Por qué me has llamado?

—Hoy he visto a alguien que no esperaba. ¿Por qué has venido tú?

—Me ha pedido por mensaje que le devuelva los regalos que me hizo. Menudo imbécil.

Sonreímos con entendimiento. Dos personas jodidas lamiéndonos las heridas del único modo que conocíamos.

—¿Y vas a hacer algo, Jack?

Pensé en Rain. En lo que había sentido solo con verla. En

la agradable y desconcertante sensación de tenerla en mi piso. En sus palabras, siempre agridulces, complejas, perfectamente escogidas para marcarme. En que quizá la vida me estaba dando una oportunidad para arreglar lo que rompí.

—No lo sé.

Eliza me lanzó un beso y se marchó. Cuando dejé de escuchar sus pisadas, me tapé la cara con las manos y su voz lo llenó todo.

«¿Por qué estás triste?»

—Ay, si yo te contara, Rain...

Los vacíos de Jack

Desde que le dieron el alta en el hospital y regresó a casa de sus padres, Jack creía estar interpretando un papel en una película. El dormitorio era el de su infancia y todo seguía igual que siempre, pero le costaba reconocer las cosas. Estudiaba cada objeto que en el pasado había significado algo para él, los regalos recibidos, los trofeos, las fotografías clavadas en la pared, aunque era como mirar las pertenencias de un extraño. Lo mismo le sucedía cuando se analizaba en el espejo: conocía al milímetro el reflejo que le devolvía, pero le resultaba tan ajeno como el rostro de un desconocido. Todo era tan igual como distinto. Su hogar. Su familia. Él mismo. Pero la peor parte se la llevaba su pierna. Jack se podía pasar horas mirándola, con los ojos fijos en sus formas, en su tejido cicatrizado, en su nuevo aspecto. Ordenaba a su cerebro que se moviera y los músculos respondían, pero sentía que aquel trozo deforme de sangre, huesos rotos y piel no era suyo. No podía serlo. La sensación de irrealidad lo acompañaba día y noche. También el nudo en la garganta, amargo y áspero, que le recordaba que nunca más podría desprenderse de esa extremidad inútil y enferma.

Su padre lo esperaba en el coche. La rehabilitación era un infierno, pero Jack prefería el dolor y el esfuerzo de aquellas sesiones que darles más motivos a sus padres para estar decepcionados.

—¿Cómo ha ido?

—Bien.

Siempre respondía lo mismo, aunque fuera mentira. Luego Joseph arrancaba y hacían el trayecto de vuelta en silencio. Jack podía oír los pensamientos de su padre, aquellos «te lo dije» que lo perseguían sin descanso, aunque nunca se pronunciaran. Los veía en sus ojos. Los sentía como una neblina pegajosa que lo asfixiaba.

Cuando llegaban a casa, compartían una mirada en el vestíbulo que ninguno de los dos se atrevía a romper con palabras y después sus caminos se separaban. Su padre se sentaba frente al televisor y fingía verlo mientras se preguntaba qué había hecho mal para sentir un abismo entre él y su hijo. Jack subía las escaleras muy despacio, midiendo cada movimiento para que doliera lo menos posible y calculando el tiempo que tardaba.

Cada día un poco menos.

Cada día el dolor era distinto.

Una tarde, cuando ya había abandonado las muletas y podía salir de casa solo sin la constante sensación de estar bajo vigilancia, entró en un bar y pidió una cerveza. Al final de la barra había una chica guapa. No tardaron en mirarse y en sonreír con complicidad. Jack recordó de pronto que había un mundo ahí fuera y muchas formas de olvidar que no había tenido en cuenta. Minutos más tarde sus bocas se unían con deseo en los lavabos. Las manos volaban descubriendo el cuerpo del otro. Por un instante, Jack se sintió un hombre nuevo. O tal vez lo que sucedía era todo lo contrario, que volvía a sentirse en la piel del chico seductor que tanto echaba de menos. Aupó a la chica para que le rodeara la cadera con las piernas y ella no lo decepcionó, aunque en cuanto notó la carga del peso su rodilla sí lo hizo y tuvo que apoyarla sobre el retrete para no caerse al suelo. Ella se rio y continuó besándole el cuello, pero Jack ya no era ese Jack que había resucitado durante unos minutos, sino otro que acababa de descubrir que lo que había sucedido, lo quisiera o no, influía en todos los aspectos de su vida.

—¿Va todo bien?

No contestó. Salió de allí sin mirar atrás, dejando a la chica aturdida y aceptando que su mundo ya era otro. Solo dependía de él querer habitarlo o enterrarlo para siempre.

Un año después del accidente, su madre preparó una cena en familia. Nadie comentó que parecía un día especial. Nadie recordó en voz alta que trescientos sesenta y cinco días atrás los corazones de todos ellos se pararon durante unos instantes. Pero comieron. Y charlaron. Y cuando Addison sirvió el postre, Jack murmuró unas palabras inesperadas después de saborear el pastel de chocolate.

—Voy a alquilar un piso.

—Hijo, no...

—No es por vosotros. Es por mí. Necesito acostumbrarme a quien soy ahora y aquí no puedo. Todo me recuerda al Jack de antes y así es imposible.

Sus padres y su hermana asintieron en silencio. Luego repitieron postre. Una semana después, Jack se marchó y comenzó a llenar los vacíos.

Rain

Cuando llegué a casa, papá ya dormía. Cogí una manta y salí al jardín. Me senté sobre la hierba descuidada y miré al cielo. Estaba cubierto y de un color gris que anticipaba tormenta. Hacía frío y el silencio te hacía creer que estabas lejos de la ciudad, en algún bosque perdido. Solté el aire que había estado conteniendo desde que lo había visto tras la barra y se lo conté.

—Hoy me he cruzado con Jack. He ido al concierto de Callum con Brooke y ahí estaba, sirviendo copas con su estúpido rostro perfecto.

Tragué saliva y me abracé las rodillas. Decirlo en alto lo hacía todo aún más real, más posible.

—No lo he saludado, si te lo estás preguntando, pero al irme me lo he encontrado tirando la basura en un callejón. Había bebido. Se le ha roto una botella y se ha hecho un corte en la mano, lo que solo confirma que sigue siendo idiota.

La risa de mamá me llegó desde algún lugar reservado a los mejores recuerdos. Y después su voz, suave, armoniosa, dulce, como un eco lejano que me envolvió.

«¿Qué has sentido, Rain?»

—Sorpresa. Ilusión. Tristeza. Empatía. Despecho.

La mezcla parecía un imposible, pero ahí estaba, burbujeando dentro de mí y buscando por dónde escapar. *Copérnico* salió y se restregó en mi espalda. Lo dejé colarse bajo la manta y se hizo un ovillo entre mis piernas. Desde la muerte de mamá había engordado un kilo más y temíamos el día de tener que transportarlo en una carreta.

—No sabía que pudiera haber tantas formas de echar de menos. Porque al verlo he pensado eso, mamá, que lo había echado de menos, pero de una forma muy distinta a lo que siento al pensar en ti. Es como... si hubiéramos encendido una chispa. Si te recuerdo, la chispa se apaga, desaparece... Aunque con Jack...

Suspiré y solté una risita inesperada. Lo que estaba diciendo no guardaba ningún sentido.

—Soy una tonta.

Copérnico ronroneó. Las primeras gotas comenzaron a mojarme el pelo. La noche era grisácea y triste, pero bonita. Se parecía al nuevo Jack. Sacudí la cabeza ante ese pensamiento y me apreté los párpados con las yemas. Solo paré cuando comencé a ver puntitos negros.

—Aun así, no importa. No voy a volver a verlo.

Era imposible, pero, en algún punto del universo, mamá soltó una carcajada y las nubes se abrieron en dos, mostrándome el brillo parpadeante de una estrella.

La vida siguió su curso. Me levantaba cada día a las seis, me duchaba, desayunaba con papá e iba a clase. Comía con Brooke e Ethan y algunos días, si compaginábamos horarios, Ray y Mariah se nos unían. Las tardes las pasaba en la biblioteca, estudiando en casa de Ethan y de vez en cuando por ahí, paseando por la ciudad, perdiéndome en las librerías o acompañando a Brooke a los ensayos de Callum. Nos gustaba jugar a inventarnos canciones tontas con las bases de las suyas.

Mis días eran similares a los de cualquier universitaria, con mis responsabilidades, mis horas de sueño perdidas entre apuntes y bibliografías y fines de semana en los que desconectaba en cafeterías de aspecto *vintage*, salas de exposiciones o *pubs* de moda en los que brindaba y arreglaba el mundo con mis amigos.

Me sentía bien. Más segura. Más cómoda en mi piel de lo que había estado nunca. Si la adolescencia para algunos supone una mezcla de inseguridades, incertidumbres, miedos y emociones enredadas en un coctel explosivo, la juventud se vive de un modo muy diferente. Buscarse a uno mismo ya no supone un infierno, sino que incluso puede ser estimulante. Y en esas estaba yo, conociendo a una Rain que se gustaba, que por fin había establecido los límites de su zona de confort y jugaba con ellos, que se miraba al espejo y sonreía.

Pero, de repente, Jack había vuelto. Y estaba por todas partes. No solo en las calles que transitaba y en todos los viandantes morenos de andares firmes con los que me cruzaba, sino también una tarde en la puerta de mi casa.

—Jack... ¿Qué diablos haces aquí?

Volvía de clase. Era jueves y soplaba un viento tan fuerte que caminar resultaba incómodo. Me había bajado del coche de Ethan y me lo había encontrado sentado en el porche. No parecía afectarle nada, ni el frío bajo esa fina cazadora vaquera ni mi ceño fruncido.

—Así que sigues en esta casa.

Sonrió y asintió para sí. Yo no entendía qué había de sorprendente en que yo siguiera viviendo en la misma casa, cuando en el pasado ya habíamos hablado sobre mi futuro. Mi madre nos había dejado, sí, pero yo me había matriculado en la UCL y me gustaba vivir con mi padre. Juntos, la ausencia de mamá pesaba un poco menos. Además, ¿qué le importaba a Jack? Era mi vida. Y mis decisiones. Sentía que me juzgaba con su estúpida sonrisilla de niño travieso.

—¿A qué has venido?

Se levantó y se retiró el mechón rebelde de la cara. Parecía nervioso. Jack, al que el resto del mundo siempre creía impasible, volvía a ser el chico dubitativo frente a una chica en una parada de autobús.

—Quería... quería pedirte disculpas. El otro día me porté como un imbécil.

—Es un don que tienes.

—Un don que tú sacas a relucir con facilidad.

—No te quites mérito, Jack. Lo haces muy bien sin ayuda de nadie.

Sonrió y noté calor en las mejillas. Distinguí una pequeña chispa en sus ojos, aunque le brillaban mucho menos que en el pasado. Me fijé en que aún llevaba la mano vendada.

—¿Cómo está tu herida?

—Ya te dije que no era nada. Deja de preocuparte.

Cogí aire y di un paso hacia la puerta. Con el color púrpura de fondo, me sentía dentro de un cuadro de Klimt. Jack se colocó a mi lado y percibí el olor a menta de su aliento. Cerré los ojos, abrumada por el poder de un aroma para traer una avalancha de recuerdos. Y entonces lo miré fijamente y me perdí en su rostro. En sus pestañas, en sus ojos, en cada una de las marcas de su piel. Tres años pueden parecer un mundo, aunque también un paréntesis que lo engulle todo. Y, de repente, sientes que durante ese tiempo no ha pasado absolutamente nada. El universo sigue intacto. Las grietas, solidificadas. La vida, congelada en cubitos esperando que alguien los agite y convierta de nuevo en agua.

—¿Cómo estás tú, Rain?

—Bien.

—Me alegra saberlo. ¿Ese era tu novio?

Me tensé por su curiosidad tan fuera de lugar, aunque al pensar en Ethan sonreí.

—No te importa lo más mínimo. Y te devolvería la primera pregunta, pero no me gusta que me mientan, así que...

Me encogí de hombros y saqué la llave. Pensé en el poder de un objeto tan sencillo para ayudarte a desaparecer. Solo tenía que meterla en la cerradura, girar y obtendría una salida.

«Adiós, Jack. No vuelvas. Te deseo suerte en la vida. Esto solo ha sido un cruce de caminos, pero seguimos sendas distintas.»

Sin embargo, no hice nada, porque Jack habló y me desvié del trayecto.

—¿Te apetece un café?

Jack

Con Rain y su mirada inquisitiva dentro, la cafetería era más pequeña y hacía un calor asfixiante. El café olía muy fuerte. El dulzor de las tartas expuestas en la barra me provocaba náuseas. Su simple presencia influía en la intensidad de las cosas.

Me pasé la mano por la cara y la observé charlar con el camarero. Tan estirada. Tan refinada en sus formas. La chica un tanto desgarbada que se ocultaba siempre bajo la sombra de sus pestañas se había convertido en un puto cisne de porcelana. En tres años. ¿De qué sería capaz en otros tres?

—Un té negro con leche y sin azúcar, por favor. Y una porción de tarta de chocolate y nueces.

—Una cerveza.

Percibí su desaprobación y me crucé de brazos sobre la mesa. Pero, para bien o para mal, Rain no era de las que disimulaban lo que pensaban. Tal vez por eso la había echado de menos. Quizá esa fuera la razón por la que había ido hasta su casa: porque, desde que todo se había ido a la mierda, nadie se había atrevido a decirme las cosas a la cara por miedo a que cayera más bajo aún. Y, mientras eso siguiera así, yo me mantendría siempre rozando el precipicio.

—Así que ahora eres un chico malo.

Me recreé en la leve sonrisa que dibujaron sus labios.

—¿No puedo beberme una cerveza un jueves a las seis de la tarde?

—Ese no es el problema.

—¿Cuál es entonces?

—El motivo por el que la bebes. Pero no soy quién para juzgarte. Cada uno elige su modo de esconderse. —Me guiñó un ojo con una complicidad que ninguno de los dos había olvidado—. Me lo enseñaste tú.

—Desde que te vi en el concierto tengo la sensación de que tú ya no lo haces. ¿Cordelia Rainbow ha dejado de esconderse?

—Me van bien las cosas. Ya te lo he dicho.

—¿Sales con alguien?

—¿En serio te importa tanto mi vida amorosa? Además, no necesito a nadie para ser feliz, Jack.

Puso los ojos en blanco. Yo jamás había creído que el amor fuera una pieza clave para la realización personal, pero me importaba una mierda que lo pareciera si así me enteraba de si compartía su vida con alguien.

—Reconoce que un buen orgasmo siempre ayuda, pero no has contestado.

Suspiró y me miró con esa determinación que chocaba tanto con la chica insegura que había sido en el pasado. Pero así la recordaba. Contradictoria. Inesperada.

—No. No salgo con nadie.

—¿La echas de menos?

Le tembló ligeramente el labio inferior al pensar en su madre.

—Cada día.

—¿Cómo está tu padre?

Soltó una risita y se colocó el pelo detrás de la oreja. Se

estaba poniendo nerviosa. Me gustaba pensar que aún tenía ese efecto en ella. No me dejaba en buen lugar, pero en el instituto de vez en cuando la llevaba contra las cuerdas solo para ver qué reacción le provocaba. Me gustaba gustar. Más aún la posibilidad de gustarle a alguien como Rain, que parecía no encajar en este mundo. Supongo que el ego no tiene límites y el mío, a los dieciocho años, rozaba las nubes. Comprobé esa tarde que, cerca de los veintiuno, aún se recreaba de más en la posibilidad de afectarla.

—Creía que estábamos aquí para que tú hablases, no para entrevistarme a mí.

—No es fácil —le confesé.

—Nunca lo es cuando no te gusta la respuesta.

Resoplé y me eché hacia atrás. La observé desde esa posición. Ella tan recta, tan dueña de todo sin darse cuenta. Yo, desmadejado sobre la silla, con la sensación constante atravesada en la garganta de no tener nada que ofrecer. Supuse que las tornas habían cambiado. Que la vida era tan caprichosa como para intercambiar casillas de un tablero imaginario. Y recordé. Porque por ese motivo estábamos allí. Para explicarle a Rain eso que ella había percibido solo en un breve encuentro. Para darle una respuesta a la altura. Para tener una excusa para volver a verla. Lo que fuera. Pero todas esas razones pasaban por escarbar en mi mierda y dejarme expuesto.

—Las cosas no salieron como creía. La teoría del caos y todo eso. —Compartimos una sonrisa llena de recuerdos y eso me dio el empujón que necesitaba—. Me fui a Manchester. Me creí un dios. Abandoné los estudios de finan zas en el primer semestre. Me la jugué a una carta, Rain. Y, un día, un hijo de puta cogió borracho el coche y se estampó contra el mío.

Sus ojos se abrieron y su expresión se suavizó. Me llevé

una uña a la boca y tiré de la piel sin medir la fuerza. El dolor momentáneo disolvió el otro, ese que llevaba muy dentro y que nunca se iba. Ese que me recordaba lo que Rain estaba comprendiendo en ese instante: jamás podría volver a jugar al fútbol. El sueño se había terminado antes siquiera de empezar. Se había hecho añicos en aquel accidente en el que una parte de mí también se quedó sobre esa calzada.

—Jack...

Su susurro me envolvió como un abrazo no dado. Me incorporé y apoyé las manos sobre la mesa. Rain extendió la suya y me rozó los dedos enrojecidos. No era la primera vez que me tocaba así, pero sí que era distinto. Nosotros lo éramos. Si cinco segundos pueden cambiar una vida, me costaba imaginar lo que nos podrían haber moldeado tres años.

—Me hizo la pierna pedazos. Aunque tuve suerte. Suerte. —Me reí y ella apretó mi mano con suavidad—. No hay una palabra que odie más. Suerte. De volver a andar. De estar vivo.

—Por si te sirve de algo, creo que tuviste una suerte de mierda.

Mi sonrisa fue inevitable. La suya, un acto reflejo. Y allí, en la mesa de una cafetería cualquiera, sentí que volvía a conectar con alguien. Con una chica que me entendía. Con la única persona con la que me había atrevido a hablar de ese modo desde el accidente. Y lo había hecho porque ella un día me había enseñado que hablar del dolor no era malo, ni aburrido, ni triste, sino solo una parte más de la vida. Rain había perdido a su madre y yo, un sueño. No era lo mismo, pero las grietas pesaban igual.

—Gracias, Rain.

Soltó mi mano y se cruzó de brazos. Al fin y al cabo, nuestro acercamiento era raro después de años sin vernos.

—¿Y a qué te dedicas ahora?

—Volví a casa de mis padres, aunque en cuanto estuve recuperado me marché. Luego acepté el primer trabajo que me ofrecieron y eso hago: pongo copas y mato el tiempo.

—Entiendo —murmuró con una ceja levantada.

—¿Me juzgas?

—No. Tu decisión me parece tan respetable como creer que has nacido de nuevo y comprarte una isla en el Pacífico.

—¿Entonces?

Chasqueó la lengua y se removió incómoda sobre la silla.

—¿Te soy sincera? —Asentí y arrugó la nariz—. Creo que el Jack triste pierde mucho encanto. Y es una pena.

—¿Me estás diciendo entre líneas que te atraía el Jack del pasado?

—Estaba loca por ti, Ladson, pero ya pasé el duelo hace mucho, no te preocupes por mi corazoncito —dijo con ironía; sin embargo, sus ojos brillaron con fiereza y pensé que quizá ninguno de los dos nos habíamos salvado entonces.

Decidí lanzarme de cabeza. Porque así funcionaba. Más aún desde que la vida me había hecho comprender que no tenía nada que perder. Ya me había quitado lo que más me importaba. Podía jugar sin miedo a quemarme.

—Tú también me gustabas. Mucho. Siento no haberme dado cuenta en su momento. Y yo no sé usar el sarcasmo, así que no pienses que estoy bromeando.

La reacción de Rain me hizo sonreír. La sorpresa y el miedo en sus ojos. El color de sus mejillas. La tensión de sus hombros. Sus ganas de huir y ese orgullo que la hacía quedarse.

—No creo que nada hubiera cambiado.

—O quizá sí. Quizá, en alguna otra realidad paralela, Jack y Rain comparten piso y planes de futuro entre sábanas. —Pese a que no podía estar más nerviosa, sus labios se curvaron y se mordió una sonrisa—. ¿Qué pasa?

—Nada.

—Dímelo, Rain.

Se apartó el pelo de la cara y se escondió un poco, aunque no dejaba de sonreír.

—Me da vergüenza.

—¿Un secreto a cambio de otro?

Ladeó el rostro y supe que la tenía de nuevo ahí, al alcance, tan cerca como un día estuvimos, pese a los tropiezos y los errores. Rain suspiró y confesó entre dientes.

—Cuando tengo que tomar una decisión, siempre me imagino las posibilidades. Escenarios posibles según la que decida. ¡Es como una compulsión que no puedo controlar! Algunos son estúpidos, surrealistas o espeluznantes, pero otros no. Otros podrían haber sucedido.

Tragué saliva por lo que sus palabras implicaban. Y escocía. No era consciente de cuánto hasta que ella nos había dejado expuestos casi sin querer.

—Entonces ese Jack y esa Rain podrían haber existido.

Ella suspiró y sacudió la cabeza.

—Pero nuestra elección fue otra.

Asentimos y me imaginé otra vida. Una en la que Rain y yo hubiéramos sido otra cosa. Una en la que nos despedíamos con un beso que se alargaba tanto como para salir unos minutos más tarde de casa y el hijo de puta del Porsche y yo nunca nos cruzábamos. Una en la que la felicidad no tenía medida, solo era.

—Te toca, Jack. Justicia cósmica, ¿recuerdas?

Le sonreí, con el agujero de mi pecho desnudo sobre la mesa.

—Estoy tan triste que alguna vez he pensado que estaría mejor muerto.

Y todo se volvió rojo.

La sangre estaba por todas partes.

Jack y Rain, si hubieran sido otro Jack y otra Rain

El autobús frenó y Jack se mordió una uña. Estaba nervioso y sintió que el cuerpo de Rain chocaba con su pierna.

—Tengo que bajarme.

Él apartó la vista y carraspeó, aunque no se movió. Se sentía paralizado por algo más que la incomodidad de una situación que no había planeado, pero que había ocurrido y lo había cambiado todo. Porque se habían besado. Aún le costaba creérselo. Ella le había confesado que nunca había besado a nadie y él se había ofrecido como un imbécil engreído, fingiendo que hacerlo era algo normal y no una excusa para probar a qué sabían sus labios.

—Ya, claro... Rain, yo...

Notó que ella se tensaba. La cabeza de la chica siempre iba más rápido que la suya y Jack tardó un par de segundos de más en comprender que su actitud podía significar muchas cosas. Como que se arrepentía de lo sucedido. O que necesitaba dejarle claro que solo había sido el favor de un amigo. Pero la verdad era otra. Otra que Jack no había visto hasta el momento con tanta claridad. Una que podía esconder, ignorar o aceptar. El futuro dependía de lo valiente que fuera.

Alzó el rostro y lo clavó en el de Rain. Sus mejillas ardían por la rabia, la inseguridad, la desilusión. Y, aun así, Jack pensó que era preciosa, y diferente, y fascinante. No podía permitir que se le escapase.

—No dejo de pensar en ti.

La chica parpadeó y le temblaron los labios. Las pupilas de ambos se dilataron y su corazón se aceleró.

—Yo también pienso en ti, Jack.

—¿En lo idiota que soy?

—Y también en tus hoyuelos.

Sonrieron y el autobús arrancó. En la siguiente parada bajaron y recorrieron el camino a la inversa hacia la casa de Rain. Sus manos se rozaban de vez en cuando. Los ojos se buscaban con disimulo. La ciudad parecía menos gris.

Al llegar al porche, se miraron con timidez. Y, pese a la experiencia de Jack y a la ingenuidad de Rain, fue ella la que dio un paso y tanteó su boca.

El beso fue dulce, sentido, perfecto.

Qué lástima que jamás existiera.

Rain

Después de la confesión de Jack, me había bebido el té despacio, concentrándome en el calor que me dejaba en la lengua y en cómo me caía en el estómago. Luego le había ofrecido la tarta y la habíamos compartido. Lo habíamos hecho en silencio, pasándonos la cuchara tras cada bocado, dejando que sus palabras sobrevolaran la mesa y se asentaran en ambos. Y no había sido raro ni incómodo. Casi parecía que Jack respiraba mejor. Transmitía una serenidad que minutos antes se escondía bajo esa impasibilidad con la que se movía por el mundo. Tras su revelación, me había preguntado si no se trataría de apatía disimulada.

«Estoy tan triste que alguna vez he pensado que estaría mejor muerto.»

Relamí la cuchara y la dejé sobre el plato. El ruido de la cerámica puso punto final a nuestra pausa. La tarta también se había terminado.

—Cuando nos quedamos solos mi padre se perdió un poco. Apenas hablaba y se movía por la casa como un fantasma. Fue duro, porque mi madre había muerto y yo estaba destrozada, pero tuve que apartar mi dolor y ocuparme de que el suyo no lo consumiera.

—Lo siento, Rain.

Asentí y cogí aire para continuar relatando una etapa complicada.

—Perdió a su mujer y comenzó a perderse él. Así que le di la mano. No podía decidir por mi padre, Jack, aunque sí acompañarlo. ¿Que quería plegarse hacia dentro y desaparecer? Lo respetaba, pero no iba a dejarlo solo. Porque eso hace la gente que te quiere.

Jack me observaba con reservas. Su rostro se fruncía más que antes y sus ojeras, inexistentes en el instituto, se marcaban levemente. Estaba hecho polvo. No me había mentido.

—¿Qué intentas decirme con esto?

—Que solo tú puedes decidir cómo vivir la vida, Jack, pero agárrate a los tuyos. Si caes, la caída será menos dura.

Se levantó y nos marchamos.

Ya en la puerta de mi casa, no nos dijimos adiós ni nos prometimos nada, sino que dejamos ese encuentro en el aire. No lo cerramos, aunque tampoco le dimos motivos para que se repitiera. Sentí que el azar nos llevaba de la mano y la sensación me angustiaba un poco.

Me quité los zapatos y salí al jardín. Papá no tardó en acompañarme con una manta y sentarse a mi lado.

—Hola, papá.

—Has llegado más tarde.

Caí en la cuenta de que no había entrado en casa al bajar del coche de Ethan.

—¿Te acuerdas de Jack? Íbamos juntos al instituto.

—Ladson, ¿verdad? Moreno. Atlético. Mediocre al ajedrez. —Me reí.

—El mismo. Hemos retomado el contacto.

—¿Y eso es bueno o malo?

—Aún no lo sé.

Suspiré y observé el vaho que salió de mis labios. Papá

reflexionaba sobre esa información que suponía un cambio en mi vida, aunque aún no sabía en qué dirección.

—¿Te apetecía hacerlo?

Hice un mohín y confesé lo que daba igual que ignorase, porque ahí estaba, oculto entre capas y capas de resentimiento.

—Sí. Todavía me gusta su compañía.

—Entonces es bueno, Rain. ¿O te hace daño?

—No, aunque creo que podría hacerlo.

—Casi todo lo bueno de la vida encierra esa posibilidad, así que no debería anular lo demás.

El rostro dulce de mamá nos sobrevoló. Me apoyé en su hombro y miramos el cielo. Las nubes seguían siendo masas de partículas, pero era bonito mirarlas con él. Desde que ella no estaba allí para buscar formas, habíamos transformado esos momentos en otros que no suplían los del pasado, pero que tenían su propio encanto. Jamás habría pensado que su ausencia pudiera traer algo positivo y, sin embargo, papá y yo habíamos sabido convertir ese vacío en un lugar en el que refugiarnos juntos.

Le dejé un beso en la mejilla y entré en casa. Desde la ventana de mi habitación, vi al doctor Hadaway estudiar el jardín con ese anhelo siempre asociado a la pérdida. Ya no había flores ni hierba suave en la que tumbarnos, pero seguía siendo un hilo que nos ataba a ella de forma inevitable. Y recordé lo que le había contado a Jack. Rememoré aquellos primeros días sin mi madre. Duros. Silenciosos. Eternos. A papá moviéndose sin rumbo, por inercia, como un explorador sin brújula caminando en círculos en medio de un bosque. A mí aguardando con paciencia a que despertara y se dejara ayudar. No había sido fácil, pero poco a poco lo habíamos conseguido.

Me pregunté si Jack tendría quien le cogiera la mano.

Y eché de menos al que un día fue, porque, saliera adelante o no, ya nunca sería el Jack Ladson que yo conocí. Sería otro. La cuestión era: ¿las cosquillas que se desperezaban en mi estómago se debían a mis ganas de conocerlo o solo al recuerdo agazapado de lo que el antiguo me hizo sentir?

Tres semanas más tarde me encontraba en el despacho de Frederick Hall. Era uno de los mejores alumnos de los últimos años y estaba realizando un doctorado en Física Teórica. Había coincidido con él alguna que otra vez en la universidad y también en ponencias de mi padre. Pero en aquella ocasión era diferente, porque me había llamado por un trabajo que yo le había enviado sobre la teoría de campos a su profesor asignado y que le habían ordenado corregir a él.

—Hadaway, tu trabajo es excelente.

—Gracias —le respondí con un titubeo nervioso.

Él sonrió y se cruzó de brazos sobre la mesa. Tenía una sonrisa muy bonita. Frederick era uno de esos chicos callados que en el instituto pasaban desapercibidos, pero que en el entorno adecuado acaparaban más miradas de las debidas. Pelo castaño rizado. Ojillos curiosos ampliados por unas gafas de montura gris. Inteligente. Amable.

—Quizá te gustaría acudir al próximo seminario como ponente inicial.

Pestañeé sorprendida y dejé de pensar que el azul de la camisa le favorecía para controlar mi respiración agitada. Aquello, para alguien en mi situación, era lo más parecido a un billete premiado de lotería.

—Oh, claro, me encantaría. Gracias por la oportunidad.

—Te auguro un gran futuro. Puede que en unos años estés en este otro lado.

—Haciendo muy feliz a alguna universitaria que contenga sus ganas de chillar.

Me mordí el labio, pero él se rio y sonreí sin remedio.

Cinco minutos después me reunía con Brooke a la salida. Estaba comiéndose una piruleta apoyada en una pared mientras trasteaba con el móvil. En cuanto me vio, no disimuló que estaba molesta.

—¿Por qué tardabas tanto? Ya pasamos demasiado tiempo aquí dentro como para perder aún más por tus pasos de duende.

—Tenía tutoría con Hall.

—¿El profesor macizo?

—Es un doctorando.

—Lo de macizo no lo has corregido.

La carcajada que se me escapó fue inevitable.

—Quiere que lea mi último trabajo en el próximo seminario.

Brooke tiró de mí y me dio un abrazo rápido antes de dar saltitos a mi alrededor.

—Oh, Dios mío, ¡felicidades! Eso hay que celebrarlo. Esta noche he quedado con Callum. Quieren cerrar otro concierto donde hicieron el último. ¿Te vienes? Los demás han dicho que sí. Vamos, Rain, hace mucho que no salimos todos. ¡No seas muermo!

Me eché a reír. Ella hizo un puchero y me suplicó entre gimoteos.

—¡Ni siquiera me has dejado contestar!

—¿Eso es que te apuntas?

Le sonreí y asentí. Al fin y al cabo, no le faltaba razón. Me merecía brindar por mis éxitos y no conocía mejor compañía para hacerlo. Además, necesitaba desconectar de la presión y las responsabilidades del último curso. Y, ¿por qué no?, también contar con una excusa para cruzarme de nuevo con cierto chico que, quizá y solo quizá, trabajaría esa noche en ese local.

—Ahí estaré.

Jack

Tengo una memoria de mierda. Si me preguntan qué comí ayer es muy posible que dude entre dos opciones o que ni siquiera lo recuerde. Por mi vida han pasado personas cuyo rostro ha sido borrado por el paso del tiempo, sus nombres, lo compartido. He jugado infinidad de partidos de fútbol y solo soy capaz de rememorar las sensaciones asociadas a correr por el campo y golpear el balón; ni siquiera los resultados de un marcador guardan un lugar especial en los recovecos de mi cerebro, más allá de saber si fue victoria o fracaso.

Y, sin embargo, a la Rain de aquella noche la tengo tatuada en la memoria. Su vestidito negro. Sus zapatos de cordones. Su melena color hielo. Sus caídas de pestañas. El balanceo de sus caderas. ¿Los motivos? Los desconozco..., puede que porque fue el momento en el que dejamos las casualidades de lado y comenzamos a escogernos.

El caso es que era un día como otro cualquiera. Un día que pensaba que pasaría sin nada memorable. Había dormido hasta tarde, había malcomido un bocadillo y me había dado una ducha antes de ir al bar. Vaqueros, camiseta, sudadera vieja. Tan igual a la jornada anterior que sabía que a la noche siguiente ya lo habría olvidado. Pero me equivocaba, porque aquella madrugada marcaría una cruz en la plantilla de mis mejores recuerdos.

No tardé en verla. Entró con otros jóvenes entre los que distinguí a los miembros del grupo que había tocado el día que nos encontramos y a la morena que bailaba con ella. Tenía la nariz colorada por el frío y sonreía bajo la tela de un fular rojo que le cubría parte del rostro. Se quitó el abrigo y permitió que uno de los chicos lo colocara junto al resto sobre una banqueta. La observé mirar alrededor desde la sombra que me aportaba la puerta del almacén. Sus ojos curiosos repasaron las tres barras mientras se apartaba con suavidad el pelo de la cara. Me buscaba. Rain me buscaba. Y también sonreía con las mejillas encendidas.

Enseguida me di cuenta de que se trataba de un día importante. Sus amigos brindaban por ella a la vez que Rain fingía que estaba agradecida, cuando yo sabía que le incomodaba ser el centro de atención. Me apetecía acercarme y susurrarle al oído como un pequeño demonio: «Preferirías comer escarabajos a estar aquí, ¿a que sí?, pero eres una buena amiga y disimulas bien». Pero como no podía hacerlo, me recreaba en la satisfacción de saber que aún la conocía mejor que algunos de sus amigos.

Había pensado mucho en eso; en que Rain y yo compartimos apenas unos meses, pero en los que fuimos más nosotros que nunca. Creamos una burbuja en la que esforzarnos por ser otros mejores, como hacen todos los adolescentes, no tenía sentido. No pretendíamos impresionarnos y quizá por eso acabamos haciéndolo, porque fuimos de verdad.

Quince minutos más tarde, sus ojos se posaron en mí y me observó desde el otro lado del local. No se movía, solo me miraba, y yo opté por hacer lo mismo mientras servía copas. No sé qué pasaría por su mente, pero yo no podía dejar de pensar en lo guapa que estaba. Y eso que Rain era rara. Tenía el pelo demasiado rubio, casi blanco. Los ojos tan oscuros como el café espeso. La piel pálida. Los hombros huesudos. Era menuda y parecía moverse despacio, sin hacer ruido. Pero su cuerpo y su cara no eran nada al lado de su cabeza. El cerebro de Rain iba más rápido que el de nadie que hubiera conocido. Estaba lleno de datos, de conocimientos que para otros no eran importantes, pero que ella aplicaba a su día a día y dotaba a su forma de ver el mundo de un toque especial. Así era Rain: especial. Hacía que todo pareciera único. Y esa luz se reflejaba en ella. Quizá por eso, por segunda vez en la vida, me sentía imantado. Tal vez porque, cuando la tenía cerca, yo parecía alguien mejor. ¿Egoísta? Puede, pero bajo los ojos inquietos de Rain yo no era el perdedor que había fracasado en su carrera antes de despegar. Yo solo era Jack, el encantador, gracioso e imbécil Jack Ladson. Y volver a sentirme él me tentaba demasiado.

La vi caminar con una sonrisa. Sus pasos eran decididos, pese a que sabía que le temblaban las manos. Las apoyó en la barra y ladeó su rostro de muñeca.

—Hola.

—Hola.

Le sonreí y le señalé un par de chupitos con la mirada.

—¿Y esto?

—Creo que estás de celebración.

Para mi sorpresa, ella asintió. Llené los vasos de un licor de almendras dulces y levanté el mío hacia Rain. No era muy sensato volver a beber en el trabajo, pero ¡a la mierda! Necesitaba hacer eso con ella. Saltarme algún límite. Compartir cosas nuevas. Sentirme vivo, aunque solo fuera lo que durase el alcohol cayendo por mi garganta mientras sus ojos se enredaban con los míos.

El ruido del cristal sobre la barra rompió el silencio. Rain se limpió los labios húmedos con dos dedos.

—¿Cómo lo has sabido?

—La morena de rizos no deja de brindar por ti. Antes me ha parecido escuchar que quería mantearte.

Abrió los ojos desmesuradamente.

—Dios, Brooke... ¡Voy a matarla!

—Si se da el caso, puedo salvarte.

Un pequeño tic en su labio superior me dijo que estaba esforzándose por no sonreír.

—Ah, ¿sí? ¿Y cómo lo harías?

—Puedo tirarte una copa encima y ofrecerte lavarte en la zona de personal.

—Muy apetecible, pero este vestido me encanta.

—Es lógico.

Le metí un repaso de arriba abajo y ella contuvo la respiración. Me pregunté si su cuerpo también habría reaccionado de alguna forma bajo la ropa.

—¿No se te ocurre nada más? —me provocó.

Le preparé un cóctel que no había pedido mientras pensaba en otras opciones. Ella no me quitaba ojo. Me remangué la camiseta hasta los codos y lancé una botella al aire antes de cogerla con la mano extendida hacia atrás, como un perfecto estúpido que pretende impresionar a una chica. Rain alzó la ceja cuando casi se me resbala y se me escapó una carcajada.

—Puedo reclamarte como la clienta un millón, hacerte saludar desde encima de la barra y regalarte unos posavasos.

—Original, aunque igual de bochornoso que ser manteada. No me sirve de mucho.

Le serví la bebida en un vaso ancho, lo decoré con una sombrilla y se la tendí. Rain se acercó la pajita a los labios y dio un sorbo. Cuando se relamió, sentí que algo crecía en mis pantalones. Y aquello fue todo un descubrimiento. Si la Rain del pasado ya me resultaba atractiva de un modo extraño, su versión mejorada, además, me la ponía dura con una caída de pestañas.

Me apoyé en la barra para acortar la distancia que nos separaba.

—¿No vas a contármelo?

Dejó escapar un suspiro que olía a ron.

—Me han dado mi primera ponencia.

—¡Enhorabuena!

—No tienes ni idea de lo que eso significa, ¿verdad?

Sonreímos con ganas.

—Ni por asomo, pero por cómo te han brillado los ojos sé que es importante para ti. Me alegro mucho, Rain. Es el comienzo de todo lo grande que está por venir.

—El Jack adulador ataca de nuevo —susurró con desdén.

—No, no te equivoques, esto no es un halago, esto es una verdad.

Rain dio otro sorbo sin dejar de mirarme, uno que me pareció demasiado corto cuando apartó la vista y rebuscó en su bolso para pagarme.

—Tengo que volver. ¿Cuánto te debo?

—Invito yo, así será casi como si la Rain y el Jack que sí se escogieron brindaran juntos.

Le guiñé el ojo. Percibí un cambio en ella. Un rubor despertando en su piel. Un titubeo antes de agarrar la copa con fuerza y regresar con sus amigos.

—Adiós, Jack.

Aún no lo sabía, pero no era la primera vez, ni tampoco sería la última, en la que pensaría que había algo jodidamente hipnótico en verla marchar.

Rain

Sabía a piña y lima. Ácido. Cítrico. Con el dulzor del ron. Una mezcla tan extraña como deliciosa que me llevaba a preguntarme por qué había sabido Jack que me gustaría. ¿Era posible que fuera un reflejo de cómo me veía él? Sacudí la cabeza y le di otro trago. Necesitaba desprenderme de la sensación de sus ojos mirándome de ese modo tan intenso como para erizarme la piel.

—¿Ligando con el camarero? Está cañón.

Brooke alzó las cejas con picardía y me reí. No paraba de bailotear a mi alrededor con una cerveza en la mano.

—Nos conocemos desde hace tiempo. Fuimos amigos en el instituto.

—¿Y ya no?

—No. Supongo que no.

Sin embargo, dudé. Y lo hice al darme cuenta de que, cuando pensaba en Jack desde que nos habíamos reencontrado, no lo hacía con decepción ni resentimiento, sino con una ilusión agazapada que cada vez se me mostraba con más fuerza. Quizá la Rain del pasado lo había odiado con la ingenuidad de quien cree que las promesas son inquebrantables, pero la de ese momento miraba lo que la rodeaba desde otra perspectiva, una en la que ambos habíamos crecido y éramos otros.

La vida cambia. Nada es inamovible. Me lo había enseñado mi madre a los doce años y llevaba razón.

—¿Me lo sujetas?

Le tendí a Brooke mi bolso y caminé con decisión hacia la barra. Jack servía cócteles con su eterna sonrisa a un grupo de chicas. De fondo sonaba una canción de Keane. Las posibilidades bailaban sobre mi cabeza al ritmo de *Everybody's Changing.*

1. Jack me ignora. Sigue con sus copas y coqueteos.
2. Jack me confiesa que se lo inventó todo y se burla mí. Soy una ingenua y acabo la noche con vómito de Brooke en los zapatos.
3. Jack se molesta. Me llama «entrometida». Me sirve cacahuetes rancios.
4. Jack acepta. Nuestros caminos vuelven a anudarse.

Cuando reparó en mi presencia, se colocó un trapo en el hombro y cogí aire.

—¿Vienes a por otro de los brebajes del bueno de Jack? Deberías beber despacio, que los carga el diablo.

Se señaló a sí mismo y se rio entre dientes. Yo solté el aliento y me lancé, porque, a pesar de todo, creía en el equilibrio de los favores devueltos y las deudas pagadas.

—El otro día te dije que te agarrases a quien te ofreciera su mano, pero yo no lo hice y quiero hacerlo. Porque, aunque decepcionaste a la chica que era entonces, también me ofreciste la tuya cuando más la necesitaba. Y siento que te lo debo, Jack.

Su rostro risueño se fue apagando a medida que mis palabras tomaban forma. Se pasó la mano por el pelo y puso los brazos en jarras. Me fijé en las venas marcadas sobre su piel y me pregunté cómo sería rozarlas.

—¿Estás diciéndome que me quieres?

—¿Perdona?

Jack se cruzó de brazos con soberbia y sonrió como si aún tuviera el mundo a sus pies. Aunque me cabreaba que se lo tomara todo a broma, me tranquilizó descubrir que todavía era capaz de sonreír de verdad. Porque esa sonrisa era distinta y me recordaba a las que me había regalado años atrás.

—Dijiste que eso hacía la gente que te quiere. ¿Estás confesándome que aún te mueres por mis huesos, emperatriz?

—¿Es con lo único que te quedas? —le pregunté enfurruñada. También acababa de recordar su facilidad para sacarme de quicio.

—Parece que mi ego solo estaba desentrenado. ¿Y qué me propones exactamente?

—¿A qué hora sales?

—A las doce.

—Te espero.

Jack asintió y noté alivio en la base del estómago.

—Gracias.

—Justicia cósmica. —Suspiré con dramatismo y puse los ojos en blanco—. Una lata.

—No, gracias por respetar mi tristeza, Rain.

Y, con las mismas, se giró y le mostró sus dientes perfectos a una chica que esperaba ser atendida. Ella jugueteaba con uno de sus rizos castaños mientras Jack preparaba una caipiriña. Tonteaban con naturalidad y parecían cómodos dentro de ese juego inocente. Aunque Jack no disfrutaba. Lo hacía por inercia. Y no lo entendía.

Volví con Brooke y los demás y dejé que brindaran por mí y me avergonzaran. También conté los minutos, esforzándome por ignorar que desde la otra punta del *pub* unos ojos marrones me vigilaban y desperezaban cosquillas olvidadas.

Jack

Rain cumplió su promesa y me esperaba apoyada en un muro de piedra. Bajo la luz de la farola y con el fular rojo enrollado al cuello, su piel parecía aún más clara. Me acerqué con las manos en los bolsillos y me coloqué a su lado. Una pareja se besaba unos metros a su izquierda y un grupo cruzaba la vía entre risas.

—¿Tus amigos?

—Han seguido la fiesta sin mí.

—¿Qué excusa les has puesto?

—No necesito excusas, por eso son mis amigos.

Sacudí la cabeza; sus palabras parecían un insulto indirecto a mis amistades pasadas, aunque aquello no tuviera mucho sentido. Luego echamos a andar uno al lado del otro, como si fuera tan habitual como las veces que recorría esas calles solo. Con Rain siempre me acompañaba una sensación de familiaridad que me incomodaba y gustaba a partes iguales.

—¿Tienes frío? —le dije, e hice el amago de quitarme la cazadora.

—¿Vas a ponérmela sobre los hombros? ¿Sigues cumpliendo el cliché de chico perfecto?

—Supongo que algunas cosas nunca cambian.

Pese a su reticencia, me dejó hacer y se la coloqué por la espalda. Le quedaba tan grande que le cubría el vestido entero. Me gustó pensar que al final de la noche olería a ella.

Caminamos durante casi una hora. Rain charlaba poco, pero no parecía nerviosa ni incómoda. Compartió conmigo lo emocionada que estaba por el asunto de su ponencia y me hizo entender lo importante que era la oportunidad que le habían brindado. Me contó que, si aquello salía bien, le abriría puertas por sus propios medios y no por su apellido, y que había enviado una solicitud para estudiar el doctorado el curso siguiente en Cambridge, lo que me hizo sentir orgulloso de ella, aunque no se lo dije. Habló de un tal Frederick con admiración y se esforzó por explicarme qué era lo que exponía en su trabajo, pero acabó claudicando y aceptando que las ciencias no son lo mío.

—¿Puede entrar cualquiera?

—¿Adónde?

—A tu ponencia. Me gustaría verte.

Pestañeó, aturdida por mi petición, y llegamos al principio de su calle. Aún no comprendía del todo las intenciones de Rain tras su propuesta de vernos a solas, pero me había gustado pasar un rato con ella, así que no sería yo quien las juzgase.

—Necesitas un pase como invitado. Puedo conseguirte uno, pero no quiero ser responsable de tus ganas de tirarte al Támesis.

—¿Tan aburrido es?

—Para ti puede ser el equivalente a diez clases seguidas con la señora Jackson.

Nos reímos y, por un instante, volvimos a aquellos días en los que fingía pegarme un tiro cuando la profesora de matemáticas no miraba. Recordaba a Rain presionando sus labios para no romper a reír y la satisfacción que yo sentía de provocarle algo así.

Suspiré. Menudo gilipollas. Tan ciego. Tan centrado en cosas efímeras que olvidaba en tres segundos en vez de en la chica que se desnudaba cada día un poco más delante de mí.

—¿Adónde vamos? —le pregunté ya en el porche.

Ella se encogió de hombros y sacó la llave.

—A mi casa.

Copérnico me observaba fijamente desde la puerta. Los ojos le brillaban y tenía el pelo erizado. Un escalofrío me recorrió la espina dorsal y le di la espalda. A mi lado, Rain se sentaba bajo una manta y me cubría las piernas. Aún no se había quitado mi cazadora.

—No le tengas miedo. Es inofensivo.

—Ya, claro. Los gatos no son de fiar.

—En realidad, lo que sucede es lo contrario. Ellos son demasiado inteligentes para saber que no deben fiarse a la ligera de los humanos.

Sonreímos y miré al cielo. Desde aquel jardín parecía uno distinto al que observaba desde la ventana de mi ratonera. Más bonito. Más intensos los colores. Tal vez la compañía fuera la clave. No tenía ni puta idea de nada, empezando por los motivos de Rain para invitarme a estar con ella allí, en la casa de sus padres, a la una de la madrugada y sentados en la tierra fría y desolada. Donde un día habían crecido hierba y flores, ahora solo habitaba la maleza.

Me volví y me encontré con su rostro alzado hacia las estrellas.

—¿Al doctor Hadaway le parece bien que traigas chicos de noche?

—¡Por supuesto que no le parece bien!, así que no hables muy alto.

Nos reímos y me pregunté qué pretendía Rain; estaba intrigado, confuso, borracho por las sensaciones que me provocaba, más aún teniendo en cuenta que el resto del tiempo me sentía un poco muerto. Joder, Rain causaba el mismo efecto en mí que cuando nos conocimos. Me sorprendía como nadie. Despertaba algo dormido. Era distinta. Y yo también. Todo parecía más auténtico.

—Aunque, lo creas o no, me crie sin normas. Así que esta es una de sus ventajas.

—Imagino que no las necesitabas.

—Era tan responsable que daba asco.

Que no le diera vergüenza la hacía mucho más única. Más Rain.

—Yo me escapé de casa a los quince.

—¿Por qué?

—Tuve una mala época. Mi actitud no era la más apropiada, me junté con compañías poco recomendables y mis notas comenzaron a bajar. Fue el motivo de que mis padres decidieran cambiarme de instituto. Cuando me amenazaron con dejar el fútbol preparé una maleta como un idiota e hice el amago de largarme.

Tragué saliva y me tensé. Siempre me sucedía cuando los recuerdos volvían. Cualquier estímulo relacionado con aquello desencadenaba la misma asociación. Si veía una pelota atravesar un parque infantil, todo regresaba a mi cabeza con una intensidad inaguantable.

Fútbol. Accidente. Vacío. Pum.

La respiración y los latidos se me aceleraban, me echaba a temblar y sentía que me ahogaba. Y la olía, por todas partes. La sangre, densa e insoportable.

Escondí el rostro entre las manos y sentí la de Rain acariciando mi rodilla.

—Mi madre no creía en Dios, pero sí en la naturaleza.

Amaba este jardín. Lo cuidaba y lo mantenía precioso, cubierto de flores de colores con las que hasta charlaba.

Alcé la mirada y me encontré con la suya. Tenía los ojos humedecidos.

—Déjame decirte que ahora está hecho un asco.

Rain se echó a reír. Al hacerlo, un par de lágrimas mojaron sus mejillas y las secó con los dedos.

—Le prometimos que lo cuidaríamos en su ausencia, pero... —Aquello parecía avergonzarla; supuse que porque evidenciaba que yo no era el único que no cumplía las promesas—. Cuando murió, papá y yo pensamos que no había un mejor lugar para ella, así que mezclamos su ceniza con la tierra.

—¿Me estás diciendo que estoy sentado encima de tu madre?

Me removí incómodo, aunque aquello me hacía gracia. Una vez más, Rain rompía mis esquemas.

—De algún modo, supongo que sí. Ahora ella es parte de su jardín. Por eso le hablo aquí. La siento cerca.

—¿Crees en esas cosas?

—¿En que su espíritu vaga entre los muros? —Soltó una risita y sacudió la cabeza—. No. Pero me consuela salir y contarle todo eso que ya no podré. Lo peor de un duelo no es el día de la pérdida, las primeras Navidades o su cumpleaños; lo peor es cuando pasa algo importante, quieres compartirlo con esa persona y no puedes. Por eso me escondo aquí.

Su mano seguía sobre mi rodilla y la rocé con los dedos antes de que la apartara.

—¿Puedo saludarla?

Rain se rio.

—Jack, no creo...

Pero sus palabras se quedaron en el aire, porque, en realidad, que yo respetara y comprendiera lo que acababa de contarme le gustaba. Eso nos dábamos. Y era la hostia de bueno.

Observé el jardín con calma y me dirigí a la única flor que quedaba en pie entre las malas hierbas que crecían sin control alguno. Era pequeña y blanca. Recordé entonces las flores de Rain prensadas entre las páginas de un libro y sentí que la conocía un poco más. No hacía falta preguntarle para saber que aquel detalle del pasado estaba relacionado con su madre.

—Hola, señora Hadaway.

A mi lado, Rain soltó una bocanada de aliento.

—Margot —me susurró con la voz tomada—. Y puedes tutearla. No era muy amiga de los protocolos sociales.

—Encantado de conocerte, Margot. No sé qué estoy haciendo en tu jardín. Si esta es la manera de Rain de insinuarse, es cuanto menos macabra.

—Eres un idiota.

Me dio un codazo, aunque estaba sonriendo. Yo también lo hacía. Y me di cuenta de que no era una de esas sonrisas fingidas a las que me había habituado para no molestar a los demás con mis mierdas, sino una de verdad. Rain se abrazó bajo el calor de mi cazadora y noté que el peso que cargaba desde hacía demasiado tiempo se aligeraba.

—Pero me gusta estar aquí. Lo que es curioso, porque últimamente no me siento bien en ningún sitio.

Rain se giró y se humedeció los labios cuarteados por el frío.

—Puedes usarlo cuando lo necesites.

Asentí, agradecido. Estábamos tan cerca como para distinguir una pestaña en su mejilla. No me contuve y se la quité. Rain tembló ante el roce de mis dedos.

—¿Por qué me has traído?

—Porque me da la sensación de que te has quedado sin escondites. Por eso te presto el mío. —Le sonreí; era tan lista que asustaba—. Y porque eres muy joven para estar tan triste. No tiene sentido.

Solté una carcajada que ella ahogó con su mano y le pedí perdón con los ojos.

—Entiendo. La lógica de Rain y todo eso...

Me regaló una sonrisa preciosa y volvió a perderse en ese rincón en el que me la imaginé rompiéndose. ¿Cuántas veces habría salido Rain allí? ¿En cuántas ocasiones habría llorado por lo perdido? ¿Cuántas grietas se habrían abierto entre las flores marchitas que un día plantó su madre?

—También quería enseñarte que esto ayuda. Que soltar lo que duele hace que pese menos. No desaparece, pero te deja espacio para lo demás.

—¿Y qué me propones?

—¿Tienes planes el sábado?

—No trabajo hasta las siete.

Rain asintió sin ocultar que estaba ilusionada.

—Pues recógeme por la mañana.

—¿Es una cita, Hadaway?

—Tómatelo como quieras.

—Me pondré guapo para ti, entonces. ¿Adónde piensas llevarme?

Para mi sorpresa, negó y se levantó de un salto.

—Tú vas a llevarme a mí.

La imité y nos quedamos uno frente al otro. Se quitó la cazadora y me la devolvió. Su sonrisa era alentadora, pese a que yo no entendiera nada. Dio un paso y las punteras de sus zapatos me rozaron.

—Enterré aquí a mi madre. Enséñame tú dónde viviste tu sueño, Jack.

Tragué saliva. Sentí un rechazo instantáneo. Me perdí en sus ojos negros. Y dije que sí.

La teoría (incompleta) del amor

Vincent los había oído llegar. Se había asomado a la ventana. Copérnico vigilaba. Su preocupación se había desvanecido al comprobar que Cordelia iba abrigada, además de por la manta, por una cazadora que no le había visto nunca. Una vez Margot, después de aceptar su abrigo, le había susurrado que los chicos buenos siempre se dan cuenta de esas cosas. Él había sentido algo dentro del pecho. Algo que se escapaba a cualquier explicación lógica. Ella le había sonreído. Y, por primera vez en su vida, no había necesitado elaborar ninguna teoría razonable. Solo rozar una mano que no le pertenecía.

Dio dos toquecitos al cristal y Copérnico lo miró. Cinco segundos después, el gato entró en el dormitorio y se acurrucó a los pies de la cama. Vincent corrió las cortinas y se coló entre las sábanas.

El amor echó raíces en el jardín yermo.

Rain

Cuando llegó el sábado estaba nerviosa. No por verlo. Tampoco por la novedad o por el miedo a que aquello se nos estuviera yendo de las manos antes siquiera de avanzar. Era por él. Por si me había equivocado. Por si en mi empeño de acompañarlo en su duelo lo hacía caer más.

Jack me recogió en un coche destartalado. Me subí después de apartar una lata vacía de refresco y una sudadera. El ruido que emitió al arrancar tuvo que alertar a todo el vecindario.

—Supongo que un día fue el sueño adolescente de alguien. Alguien que murió en 1950.

Él se rio y giró en la siguiente calle.

—No te burles. Mi coche quedó destrozado en el accidente.

—Lo siento, Jack. Soy una...

Me calló rozándome la pierna en un movimiento rápido.

—No, tranquila. Entre lo que ganaba y la cantidad indecente de dinero que me pagó el seguro, podría limpiarme el culo con billetes de cien.

—Que no te gastas, obviamente. —Desvió la mirada de la carretera con una ceja alzada para tantearme; no lo juzgaba, pero sí me comía la curiosidad por comprender quién era ese Jack—. He visto tu piso y ahora tu coche, entiende que me sorprenda.

Suspiró y apretó el volante con fuerza. Observé su perfil y mis ojos se clavaron en la punta de su nariz. Rememoré un beso que una vez le di y que dudaba que él recordase. Se tiró de una pielecilla del pulgar antes de confesar algo que intuía que no solía decir en voz alta.

—Evito tocarlo. Cuando lo hago, recuerdo continuamente quién era yo entonces y lo que pasó. Lo veo todo, Rain. El éxito, mi vida perfecta. Rozo la felicidad con los dedos y luego llega la caída. El ruido del golpe hace eco en mi cabeza. Los cristales. La sangre. Todo. Es insoportable.

Jack encendió la radio. Una canción alegre poco acorde con su confesión se ocupó de que el silencio no resultara molesto. Pasé las manos por los asientos suaves. Con sus palabras, aquel viejo coche se había convertido en otra cosa. Quizá en un reflejo de ese Jack que trabajaba sirviendo copas, aunque no lo necesitara. El mismo que se esforzaba por sobrevivir entre los pedazos rotos.

—Me gusta la tapicería. El *animal print* siempre está de moda, ¿sabes?

Jack y su sonrisa ladeada me observaron de reojo. En el brillo de sus ojos leí un «gracias» más reconfortante que cualquier otro.

Nos abrió la puerta del estadio un hombre que saludó a Jack con familiaridad. No se me pasó por alto la mirada de orgullo que le dedicó, como si su aparición fuera mucho más que una sorpresa que ya nadie esperaba. Quizá así era, ya que después de su marcha a Manchester me imaginaba que hacía años que no pisaba ese lugar. No me costaba imaginar a su versión adolescente recorriendo esos pasillos donde todo había comenzado, riéndose con ganas y comiéndose la vida a bocados. Jack se mostraba tranquilo, pero sus gestos me decían que estaba inquieto. No dejaba de apartarse el pelo y se mordía las uñas cada poco.

Rodeamos una zona desde la que se accedía a los vestuarios y entonces salimos al campo de fútbol. Yo nunca había estado en uno, así que su tamaño me impresionó, y más aún estando allí completamente solos. Jack dio unos pasos sobre la hierba perfectamente cortada, se agachó y colocó la palma extendida sobre ella. El gesto me provocó una congoja inesperada.

—Aquí entrenabas cuando nos conocimos.

—Sí.

—Es muy... verde.

Soltó una carcajada y me mordí una sonrisa.

—Solo tú podrías describirlo así. Ven, vamos.

Se levantó y echó a andar hacia el centro.

—¿Tenemos permiso para hacer esto?

—Sí. Hay un partido dentro de un par de horas, así que apenas tenemos un rato, pero espero que sea suficiente.

—Vaya. Qué privilegiado.

—Aún hay quien me tiene cariño por aquí.

—Algún enamorado del Jack encantador que todavía no lo ha superado. Pobrecito.

Me quité los zapatos y hundí los pies en el césped. Moví los dedos bajo las medias y noté los ojos de Jack clavados en ellos. Noté una tirantez en el estómago.

—¿No has vuelto a jugar?

—No. Aún me duele la pierna. Además, para no poder hacerlo como me gustaría prefiero olvidarme de ello.

Sacudió la cabeza y abrí los ojos, sorprendida por una versión de Jack que no me gustaba demasiado.

—¿Eres de esos? De los de todo o nada. ¿No crees que así siempre pierdes más de lo que ganas?

—No lo entiendes, Rain. Yo era feliz jugando al fútbol. Desde donde me alcanza la memoria estoy dándole patadas a un balón. No sirvo para otra cosa. Y era bueno. Muy bueno.

Me paré en seco y lo observé con decepción.

—Así que es una cuestión de ego. O eres el mejor o no te merece la pena ni intentarlo. Escoges dejar lo que más feliz te hacía por encima de la mediocridad.

—¡Joder, no! No tiene nada que ver con eso... —Chasqueó la lengua y bajó el volumen de su voz—. Piensa en algo que te encante. Piensa en tus libros, Rain. En esas historias en las que te sumerges y que te aportan tanto. Y ahora imagínate no poder leerlos nunca más. Solo trozos. Solo párrafos sueltos. Imagínate pasearte por una librería y únicamente poder mirarlos o tocarlos. ¿Seguirías yendo o te alejarías de esos lugares?

Tragué saliva y escondí los puños dentro de las mangas del jersey. La respuesta se me apareció clara y sentí tal empatía por Jack que tuve ganas de acunarlo. Me coloqué en el punto medio de aquel estadio y giré sobre mí misma mirando al cielo. Fui bajando la vista e intenté imaginarme cómo habría sido estar en la piel de aquel chico prometedor que un día corría sobre ese césped con miles de miradas atentas a sus movimientos. Un Jack que en aquel momento estaba tenso y tenía los ojos más tristes del mundo.

—Inténtalo.

—¿El qué?

Me giré para mirarlo y entonces comprendí qué era eso que oscurecía los ojos de Jack. Era la derrota. La sensación más absoluta de fracaso. Deseé sacarlo de allí. Deseé que cogiera mi mano con fuerza y ayudarlo a desprenderse de aquello tan feo.

—Yo le hablo a mi madre muerta en un jardín descuidado, Jack. Ahora te toca a ti. A eso hemos venido, ¿no? ¡Inténtalo!

—¿Y qué pretendes que haga? ¿Que le hable a un estadio vacío?

Su risa cínica hizo eco en aquel lugar inmenso. Y, aunque era imposible, me pareció escuchar su corazón bombeando. Pumpum. Pumpum. Cada vez más rápido. Cada vez más furioso. Cerré los ojos y me lo imaginé. La sangre circulando a través de sus arterias y venas. El músculo trabajando sin descanso y oxigenando su cuerpo. Los latidos haciendo retumbar el césped. La maquinaria más perfecta que existe revolucionada por una emoción.

—No lo sé, Jack. Encuentra tu modo de gestionar eso que te está consumiendo. Habla, corre, canta, da patadas al aire... No tengo ni idea, pero el duelo es solo tuyo. Te pertenece. Haz con él lo que consideres y suéltalo.

Él resopló y me dio la espalda. Oí que murmuraba «esto es una tontería». Sin embargo, no se movió de ahí. Solo se mordió las uñas mientras yo lo observaba. Notaba la nariz colorada por el aire frío y los pies húmedos, pero no pensaba dejarlo solo. A pesar de todo, sabía que Jack me necesitaba allí.

Minutos más tarde comenzó a caminar de un lado al otro. Lo hacía con pasos nerviosos y cada vez con más brusquedad. Murmuraba y maldecía entre dientes. Se mesaba el pelo. Se mordía las uñas. Hasta que, sin más, frenó y me lanzó una mirada glacial. Un instante después abandonaba el campo de fútbol solo, cabizbajo y más triste que nunca. Fue cuando acepté que me había equivocado.

Jack (6 años, 8 meses y 13 días)

Addison oyó un golpeteo que venía del piso de arriba. Estaba viendo un documental sobre el cambio climático mientras Joseph daba cabezadas a su lado. Los niños, supuestamente, dormían.

Se levantó y subió las escaleras con sigilo. La luz quitamiedos iluminaba las habitaciones. En el primer dormitorio, Lacey dormía abrazada a su osito. En cambio, en el otro la cama estaba vacía.

Addison entró y miró debajo; encontró calcetines sucios y un balón deshinchado. Suspiró y se giró hacia el armario. Lo abrió despacio y sonrió a la figura arrodillada que se escondía entre los percheros.

—Jack, ¿qué haces aquí?

—No puedo dormir.

—¿Por qué?

—Hay un monstruo en mi cama.

Addison observó las sábanas revueltas y sonrió con dulzura.

—Yo pensaba que los monstruos se escondían en los armarios.

—Le gusta mi cama. Es más cómoda.

—¿Y por qué me parece que eras tú el que quería esconderse en el armario? ¿Has echado a un monstruo de su escondite para usarlo?

Se cruzó de brazos y lo miró de ese modo con el que expresaba su disconformidad. El pequeño sonrió con pillería y la madre contuvo sus ganas de achucharlo. Era un granuja con tanto encanto que le costaba un gran esfuerzo mantener la compostura.

—Estoy nervioso.

—¿Por el partido de mañana?

Jack asintió y su madre se hizo un hueco para sentarse a su lado, aunque se clavara las deportivas de su hijo en el trasero. El niño se abrazó las rodillas.

—Paul juega mejor que yo. Seguro que mete un gol y lo eligen para ser el capitán el año que viene.

—¿Y qué importa? Siempre habrá alguien que juegue mejor que tú, Jack. Lo importante es que lo hagas tan bien como sepas y que disfrutes.

El pequeño frunció el ceño y esa determinación asustó a Addison al mismo nivel que le hizo sentir muy orgullosa. Jack solo tenía seis años y ya pensaba que llegaría muy lejos en lo que se propusiera. Deseaba que fuera en algún campo que le aportase conocimientos y una estabilidad laboral, y no en uno de fútbol, pero una madre siempre conoce a sus hijos y ella sabía que Jack había nacido para dar patadas a un balón.

—Yo quiero ser el mejor.

—Pues entonces tendrás que trabajar mucho para serlo. El niño se lo prometió en silencio. Luego bostezó y apoyó la mejilla en el brazo de su madre.

—¿Y si no lo soy? ¿Y si no lo consigo?

—¿Por eso te escondes aquí? ¿Eso es lo que te da miedo, Jack?

Él asintió. Addison le dejó un beso dulce en el comienzo

del pelo. Jamás pensó que ser madre pudiera resumirse en responder preguntas trascendentales a una edad tan temprana.

—Lo logres o no, no permitas que el miedo te meta en un armario, cielo. Somos nosotros los que debemos encerrarlo y echar la llave.

—¿Por eso los monstruos siempre viven aquí dentro?

—No lo había pensado nunca, pero supongo que tiene lógica.

Sonrieron y notó que a Jack se le cerraban los ojos. Se levantó y lo cogió en brazos. Cuando lo tumbó en la cama y lo arropó, él ya dormía. Desde la puerta de la habitación, observó su respiración pausada y cruzó los dedos por que, cuando llegara el fracaso y su hijo tuviera que enfrentarse a él, fuese tan vehemente como lo era cuando se trataba de creer en sí mismo.

Rain

Odiaba equivocarme. Aceptaba que la vida fuera una sucesión continua de aprendizaje por ensayo y error, pero odiaba equivocarme. Más aún cuando mis errores implicaban a otras personas. Tal vez por eso evitaba involucrarme. Lo que no explicaba que con Jack siempre acabara haciendo lo contrario. Jack era una excepción que no respondía a ninguna ley ni principio. Con Jack no importaba qué Rain fuera en ese momento, porque en cuanto se cruzaba en mi vida me convertía en otra muy diferente. Quizá en la única. Puede que en una que habitaba con él un planeta distinto.

Fuese por lo que fuese, había pasado una semana desde mi fantástica idea de empujarlo a enfrentarse a su sueño roto y, aunque no sabía nada de él, no me lo sacaba de la cabeza. La culpabilidad me estaba volviendo loca.

—¿Qué haces aquí?

Resoplé y me giré. Papá me observaba desde el quicio de la puerta.

—¿De verdad quieres saberlo?

Él sonrió a medias. No comprendía muy bien mi rutina de hablarle a una muerta en un jardín desangelado.

—Los resultados de las últimas investigaciones sobre el

más allá siguen en tu contra, Cordelia. Y, al menos, yo puedo responderte.

Me reí y le fui más honesta de lo que pretendía.

—Me he equivocado con Jack. Intentaba ayudarlo y he logrado el efecto opuesto. Además, no sé por qué insisto. Todavía no entiendo cómo hemos vuelto a pasar tiempo juntos. Es...

—Una incógnita.

—Algo así.

—Y te encantan.

Fruncí los labios.

—Me obsesionan, más bien.

—Pues, según mi propia experiencia, puedes hacer dos cosas: convertir la búsqueda del resultado en un castigo o disfrutar del proceso.

—Supongo que tienes razón, papá, pero tu consejo llega tarde. No creo que quiera volver a verme —dije sin ocultar la desazón que aquello me provocaba.

Sin embargo, sentí la sonrisa del doctor Hadaway a mi espalda.

—Si es así, ¿por qué está en nuestro porche?

Me lo encontré barriendo las hojas de los escalones con el viejo rastrillo que mamá guardaba bajo el banco de la entrada. Llevaba vaqueros, jersey de lana azul y una cazadora con pelo en la capucha a juego con el suyo, revuelto por el viento.

Cogí aire y salí contando los pasos que daba, en un intento de que mis latidos se ralentizaran.

—¿Te hemos contratado y nadie me ha avisado?

—Hola, Rain.

Su sonrisa fue una mucho más calmada que el último día que nos habíamos visto. Quedaba poco del Jack de corazón furioso del campo de fútbol. Parecía más sosegado, aunque mi intuición me decía que igual de peligroso.

—¿Cómo estás?

Él se rio.

—Ya sabes la respuesta.

—Solo soy educada.

—Pero no te pega nada ser cordial cuando lo que te mueres por preguntar es otra cosa muy distinta.

Suspiré y me crucé de brazos. Su sonrisa canalla apareció y obvié el pensamiento de cuánto la había echado de menos.

—De acuerdo, ¿qué haces aquí, Jack? Pensé que no querrías volver a verme después de nuestra nefasta *cita*.

—Siempre me apetece verte —susurró como si fuera un comentario normal, y no una bomba de relojería.

—Me dejaste allí tirada y tuve que coger un autobús, entiende que tenga mis dudas.

—Lo siento.

—Yo no, si era lo que necesitabas. Solo me confunde que vuelvas.

Porque eso era lo que había sucedido. Jack se había marchado del campo sin ocultar su enfado y, cuando me percaté de que no iba a regresar, salí y me encontré con que su coche tampoco estaba. Sin embargo, su actitud no me había molestado. Menos aún, cuando me di cuenta de que estaba recorriendo el mismo tramo que había caminado el Jack adolescente a mi encuentro hasta una parada de autobús. Recordar aquellos días desde su perspectiva me había gustado más de lo que esperaba.

—Te equivocaste, Rain.

Me mordí el labio y di un paso hacia él. Quería estirar la mano y rozar la suya; para no hacerlo, las apretaba sobre mis brazos hasta sentir la presión de las uñas.

—Ya lo sé. Y te pido disculpas. Creí que podría ayudarte porque conmigo funcionó, pero somos distintos.

No obstante, Jack aún tenía la capacidad de dar la vuelta a las cosas con una soltura única. Me lo demostró una vez más cuando sacudió la cabeza y me señaló su coche con una mirada rápida.

—No me refiero a eso. Te equivocaste de lugar.

Charlamos durante buena parte del trayecto. Lo hicimos de mis estudios y de mi ponencia, y tuve que prometerle con la mano en alto que le haría llegar una invitación, aunque no tenía ningún sentido pensar que para entonces pudiéramos seguir todavía uno en la vida del otro. Durante las primeras tres horas Jack sonreía sin parar y me escuchaba, pero a medida que sumábamos kilómetros sus gestos se tensaban y desaparecía la curva de sus labios. Los últimos cinco minutos los hicimos en silencio.

Me había levantado esa mañana sin ningún plan especial de sábado más que estudiar y, de pronto, estaba en Manchester con Jack y una mochila con mis apuntes en el asiento trasero que él me había obligado a coger para repasar por el camino y que ni había abierto. Me imaginaba que la vida a su lado debía de ser una locura incontrolable. Y, pese a la inseguridad que eso me proporcionaba, había sido incapaz de decirle que no a su ofrecimiento de acompañarlo.

Aparcó el coche en el comienzo de una calle a las afueras de la ciudad. Parecía una avenida normal, de casas con grandes jardines y amplias aceras. No obstante, no tardé más de un instante en comprender que para Jack era un punto con una cruz enorme en un mapa.

Bajé del vehículo y lo seguí. Unos metros más adelante se paró, miró el asfalto y apretó los dientes. Los coches iban y venían frente a nosotros. La vida seguía su curso. Y, sin embargo, bajo los pies de Jack parecía que el mundo se hubiera congelado. Intuía que eso era lo que había sucedido en todos los aspectos.

—Fue justo ahí.

Me señaló la carretera. En el suelo había manchas, sombras, pequeñas imperfecciones provocadas por el desgaste y el paso del tiempo. Me pregunté si alguna de ellas le pertenecería. Si aún habría restos del accidente que solo pudieran verse bajo las manos diestras de un experto forense en la materia. Me imaginé diminutas partículas de Jack adheridas para siempre a ese lugar. De su coche. De su piel. De su sangre. De sus sueños.

—¿Cómo fue?

Me miró con intensidad, como si nunca nadie se hubiera atrevido a preguntárselo, antes de coger aire y recordar en voz alta.

—Era un día cualquiera. Tal vez por eso el *shock* siempre es más bestia cuando pasan cosas así, porque solo era un día más sin nada en especial. Había dormido con una chica. Ni siquiera recuerdo su nombre. Me había levantado tarde, me había dado una ducha y después había comido en el apartamento de unos amigos. Cogí el coche a eso de las cuatro y puse la música. Sonaba una canción de Kasabian cuando sucedió. Fue un golpe tan fuerte que pensé que todo había explotado. Y luego el silencio. Abrumador e insoportable. Y la sangre, Rain. La había olido muchas veces, pero aquel día era... era distinto. Estaba por todas partes.

Jack respiraba de forma entrecortada. Tragaba saliva con dificultad y le temblaban las manos.

—¿Te dolió?

—¿En el momento? No lo recuerdo. Perdí el conocimiento segundos después. Cuando me desperté ya estaba estabilizado en el hospital.

—Entonces sí lo hizo.

—Sí. Entonces sí.

Me sonrió con tristeza, porque era obvio que no estábamos hablando de su pierna. Luego dio un paso hacia la carretera y contuve el aliento. A unos cincuenta metros se acercaba un coche a toda velocidad.

—¡Jack!

Pese a mi grito, no frenó, sino que siguió caminando y se colocó justo sobre el lugar que me había señalado. Cerró los ojos, abrió los brazos y respiró profundamente. Con el corazón desbocado, observé a aquel chico que tal vez se estaba imaginando cómo habría sido quedarse en aquel punto de la carretera para siempre. Debía hacer algo, alertarlo, empujarlo, salvarlo, abrazarlo. Sin embargo, no me moví, sino que respeté a Jack. Su duelo. Sus decisiones. Su tristeza, como él me había agradecido hacía unos días. Los pitidos del automóvil fueron acercándose hasta que el coche lo esquivó y continuó su camino. Entonces sí que actué; me coloqué a su lado y lo agarré del brazo. Ladeó el rostro y me enseñó una sonrisa auténtica, sincera y preciosa con los ojos cubiertos de lágrimas.

Mi pulso se aceleró. Su risa, una carcajada llena de dolor, lo ocupó todo. Me abracé a su cintura. Y Jack gritó. Se rompió en mil fragmentos que contuve entre mis brazos. Algunos coches habían parado. Otros pitaban. Unos pocos nos insultaban a través de sus ventanillas bajadas. Un par de vecinos nos observaban con cautela desde la acera.

Podía haber meditado las opciones posibles. Podía haber reflexionado sobre qué decisión era la más sensata, si alejar a Jack de allí, ponerlo a salvo o permitir que los testigos llamaran a la policía y pagara por su comportamiento irresponsable e incívico.

Pero no hice nada. Únicamente me quedé a su lado y lo abracé todo lo fuerte que fui capaz.

Cuando alguien que te importa se rompe, solo te queda proteger esos pedazos y cruzar los dedos para que, cuando respire de nuevo, no le falte ninguno.

Jack

Yo no tenía ni idea de datos, ni de teorías, ni de leyes científicas. Mi cerebro no se parecía al de Rain e iba por libre. Estímulos. Respuestas. Puro instinto. Poco más. Yo solo era un tío asustado y roto que no comprendía quién era después de perder la única motivación que había conocido. Yo solo valía para ser Jack Ladson, el chico que jugaba bien al fútbol y que estaba ligado al éxito, hasta que un hijo de puta se lo arrebató. Aunque aquel día, sobre los restos invisibles de un accidente de coche que solo yo recordaba, aprendí algo. El dolor pesaba. Tenía consistencia, densidad, tacto. Y lo sabía porque, después de gritar como un puto tarado con una chica abrazada a mi cuerpo, me sentía mucho más ligero.

—Rain, mírame.

—¿Qué?

Alzó el rostro hacia mí. Sus ojos estaban empañados por la emoción del momento. Sus mejillas, coloradas. Sus labios, húmedos. Sentí sus dedos agarrando el jersey con fuerza y noté una presión entre las costillas. Algo intenso. Algo muy vivo. Algo que yo solo había experimentado cuando atravesaba el campo con el balón en los pies, todo desaparecía y el mundo era mío. Algo que creí atisbar cuando aquella chica un poco rara se cruzó conmigo en una parada de autobús. Algo que, de repente, con Rain abrazada a mí como si el universo entero estuviera a punto de colapsar, sentí con tanta intensidad que me pregunté si estaría mal besarla. Si saldría corriendo o con ello le demostraría que me había vuelto loco del todo.

Le aparté el pelo de la frente y ella contuvo el aliento. Qué guapa era. Y no de una manera obvia, sino que en Rain su encanto te abrumaba en los momentos importantes, de un modo fugaz que te hacía esforzarte para no pestañear y perdértelo. Como en aquel instante, en el que me demostró una vez más que entre nosotros había algo, fuera lo que fuese, pero una conexión especial. Un hilo invisible capaz de empujarnos a sostenernos en medio de una carretera en hora punta como dos locos. Y eso, en la persona más cuerda que yo había conocido, resultaba extrañamente mágico.

Le acaricié la mejilla y ella tembló.

—Ya puedes soltarme.

—¿Estás seguro?

Sonreí. Pese a su cuerpo menudo y grácil, Rain me sostenía con una firmeza que me decía que se habría quedado allí todo el tiempo que yo hubiera necesitado. Pero ya me había dado demasiado. Era el momento de marcharnos.

—No me importaría continuar así otro rato, pero intuyo que la policía está en camino.

Con esas palabras pareció despertarse de un sueño y observó el circo que nos rodeaba. La habíamos jodido pero bien. Incluso con eso, me eché a reír ante su expresión de desconcierto.

—Oh... ¡Madre mía, Jack! ¡Corre!

Me agarró de la mano y eso hicimos. Desaparecimos de allí ignorando las preguntas de preocupación de algunos testigos, los gritos de advertencia de un par de conductores impacientes, los insultos hacia una juventud maleducada y sin límites marcados. Nos subimos al coche y arranqué lo más rápido que pude. Nos perdimos por las calles. Nos reímos sin control. Nos lanzamos miradas cómplices de reojo y recordé que la vida también podía ser un lugar apacible y bonito, y no solo una cárcel triste y sin sentido.

El monstruo estaba de nuevo en el armario.

—Deberíamos volver a casa.

—No hay prisa.

Rain se encogió de hombros y se metió una patata frita en la boca. Estábamos en la que una vez había sido mi hamburguesería favorita y no era raro, solo inesperado. Ella parecía... calmada. Y contenta. No me sentía muy familiarizado con la Rain relajada, así que no podía dejar de mirarla.

—Tienes que estudiar.

Sacudió la cabeza y sonrió.

—No te preocupes tanto. Si he venido es porque podía hacerlo, Jack.

—Pero no quiero ser el responsable de que saques un notable en vez de un sobresaliente en tu próximo examen.

—Eres idiota. —Su rostro se crispó y solté una carcajada—. ¿De qué te ríes?

—Hacía mucho que no me insultabas. Lo echaba de menos.

—Tu vena destructiva comienza a darme miedo.

Me guiñó un ojo y me robó un aro de cebolla. Aquel gesto me gustó; aunque pareciera una tontería, en alguien como Rain suponía confianza.

—Quiero oír tu ponencia.

—Ya te comenté que necesitas invitación —dijo de modo distraído; me crucé de brazos y le hice un puchero hasta que claudicó—. Te la daré, ¿contento?

—Extasiado, pero no me refería a eso.

—¿A qué entonces?

Me miró extrañada y pensé que era la mejor idea de mi vida. El mejor plan para un puto sábado.

—Quiero oírte ahora. En el coche. Yo conduzco y tú hablas.

—¿No conoces los audiolibros?

—No los hay con tu voz.

Sus mejillas se encendieron, aunque fingió que mis palabras no la afectaban. Y luego me sorprendió, como siempre hacía Rain; porque, si con su rubor me decía que yo aún tenía la capacidad de provocarla, con su siguiente revelación me confesaba de la forma más honesta posible que yo le importaba.

—Con una condición. —Asentí, me clavó sus ojos negros y se humedeció los labios—. Que, por muy triste que estés, jamás vuelvas a colocarte en medio de una carretera.

Joder, sí, me moría por besarla. Era un hecho. Quizá incluso un problema.

Rain

Si lo mío con Jack siempre había sido raro, aquel día rozó límites insospechados.

—¿Estás diciendo que la teoría de Einstein no era cierta?

—No para el mundo cuántico —afirmé, satisfecha de que lo entendiera—. Veo que tu capacidad cognitiva está en su mejor momento.

Se rio con ganas y me fijé en cómo le brillaba el pelo. Lo llevaba más largo que en el instituto, aunque, incluso con ese aspecto algo dejado, seguía atisbando en él al chico presumido de entonces. Me pregunté si Jack habría encontrado en esa apariencia más desaliñada nuevas formas de esconderse.

—Bueno, sigo sin comprender nada de lo que dices, pero es interesante. Lo cuentas de una manera que me provoca querer saber más. O quizá sea por tu forma de pronunciar «electrón». Es muy sexi.

Las reminiscencias de la adolescente que fui (y que me hacían pensar en las ondas naturales de su pelo) se evaporaron como por arte de magia. El Jack adulador me lanzó una mirada llena de segundas intenciones y me tensé. Porque estaba jugando. Lo hacía de forma sutil, pero los detalles estaban por todas partes. Se movía entre bromas y comentarios que me avergonzaban, aunque percibía una verdad incómoda en ellos. Un intento de flirteo que no comprendía del todo. ¿Me gustaba? Las cosquillas de mi estómago gritaban que sí con fervor. ¿Me molestaba? También, porque no entender sus propósitos me inquietaba. Así que me puse el escudo y dejé que la Rain más sarcástica saliera a jugar con él.

—Si esto fuera una película, te pediría que parases el coche y me bajaría muy ofendida.

—Si esto fuera una película, habríamos hecho noche en Manchester.

Se mordió el labio y me lanzó un guiño de lo más canalla. Ahí estaba de nuevo. El coqueteo. El juego que no tenía razón de ser.

«¿Lo tomas o lo dejas, Rain?»

Cerré el cuaderno y lo apoyé en el suelo. Cogí aire y me enfrenté a un Jack desconocido que, lo quisiera o no, me resultaba tan magnético como los otros.

—Ah, ya veo. No recordaba lo mucho que te gustan las comedias románticas. Sorpréndeme con tus conocimientos sobre el tema.

Se pasó la mano por el rostro y arrugó la nariz. Se estaba divirtiendo. Parecía emocionado, tranquilo, feliz. Supuse que no importaban las consecuencias si con eso encerraba al Jack más gris durante un tiempo.

—Te habría llevado por ahí a cenar. Hay un restaurante libanés en Hardman Street que sé que te encantaría. Pediríamos platos para compartir y en el postre ya no fingiríamos que no nos rozamos las piernas por debajo de la mesa. Como eres Rain y eres incapaz de pasar nada por alto, me habrías prohibido coger el coche de vuelta a Londres después de un par de cervezas. Habríamos tenido que dormir en un hotel. Quizá incluso compartiríamos habitación por un giro fortuito del destino.

—Si esto fuera una estúpida película romántica, solo habría disponible una cama de matrimonio... —añadí, siguiéndole el juego.

—Veo que has captado la esencia de mi historia.

Me guiñó un ojo con picardía.

—... y tú dormirías sobre la alfombra peluda con restos de orín y semen.

—¿En qué clase de hoteles te has alojado? —Sacudió la cabeza con decepción y volví el rostro hacia la ventana para ocultar una sonrisa—. Creo que has visto muy pocas comedias románticas, Rain. Lo que pasaría, en realidad, sería que dormiríamos juntos. Tú estarías tiesa como un palo y yo acabaría abrazado a ti en sueños. Al amanecer, compartiríamos una mirada avergonzada antes de besarnos apasionadamente y recibir la ovación del espectador: «¡Por fin! El amor triunfa de nuevo».

Jack soltó el volante unos segundos para simular que gritaba emocionado. Yo me esforcé por ignorar la ilusión que me despertaba esa historia inventada.

—Por eso son películas. En la vida real yo me apartaría asqueada por tu aliento mañanero y tú descubrirías que ronco.

—¿Roncas? Seguro que me parecerías adorable. Como un cerdito.

Imitó el ruido y quise que me pareciera un idiota redomado, pero, en cambio, pensé que era muy tierno. El aire comenzaba a estar viciado ahí dentro. La vida me parecía un poquito más complicada.

—Eso lo dices desde el desconocimiento. A medianoche desearías asfixiarme con la almohada.

—¡Cierto!, que tú eres de las que prefieren películas de terror. —Asentí y Jack meditó unos segundos antes de contarme otra versión mucho más desagradable de esa realidad alternativa—. En la tuya nos alojaríamos en un hostal de mala muerte de esos con orín y semen por las paredes.

Solté una risita y él me imitó. Las primeras gotas de lluvia golpearon el cristal. Una canción de The Hives comenzó a sonar en la radio. Jack movía la pierna mientras conducía en un tic que me ponía de los nervios, pero que aquel día me recordó que incluso lo que no te gusta de alguien acaba por convertirse en especial solo porque pertenece a esa persona en concreto.

—Nuestro vecino de habitación sería un asesino en serie. Un aficionado a las torturas anales y a comerse a sus víctimas.

—Qué prometedor... —susurré esforzándome por no reír.

—Nos esconderíamos debajo de la cama con una cuchilla desechable y tus apuntes como únicas armas para defendernos.

—¿Por qué mis apuntes?

—Con ese tocho podrías matar a un oso, Rain.

No pude contenerme más y se me escapó una carcajada. Él me acompañó.

Cuando nos relajamos, ya habíamos entrado en Londres y no parecía quedar mucho más por decir. Sin embargo, en mi mente todo eran dudas.

«¿Y ahora qué? ¿Volveremos a vernos? ¿Esto acaba aquí? ¿Despedirnos con un abrazo sería raro? ¿De verdad quieres que te invite a la ponencia? ¿Tú también desearías que tu película se cumpliera? ¿Por qué no dejo de pensar en ti, Jack? ¿Por qué la vida nos empuja uno al lado del otro? ¿Qué sentido tiene?»

Alcé el dedo y dibujé una nube en el vaho de la ventana. Me pregunté cuánto tiempo se quedaría ahí y si volvería a verla alguna vez. Me dije que, si ese capítulo de nuestra historia estaba a punto de terminar, me gustaría que lo hiciese de un modo menos triste que el primero. Así que dejé que mi corazón tomara el mando, porque el Jack que un día me había ayudado a sobrellevar un duelo merecía superar el suyo sabiendo que no estaba solo.

—Te salvaría, Jack. No temas. He visto tantas películas de terror que sé lo que hacer y lo que no. Por ejemplo, nunca debes bajar a un sótano, mucho menos sin compañía —dije en un intento por romper el silencio.

Él dudó, pero al final fue su voz susurrada la que me hizo volverme.

—Ya lo has hecho.

—¿El qué?

—Hoy ya me has salvado.

Tragué saliva y noté el mismo movimiento en la curva de su cuello. Su voz y la expresión de su rostro se habían suavizado. Jack ya no sonreía, pero sus ojos sí brillaban de una forma especial cuando me miró y rozó mi rodilla con dos dedos. Nos recordé en mitad de la calzada. Lo había abrazado tan fuerte que aún notaba el aroma de su jersey bailando en mi nariz. Si cerraba los ojos, sentía la textura de la lana y su aliento acariciando mi pelo. Tan intenso. Tan real. Tan especial. Tan ilógico, inesperado, peligroso. Tan como era todo con Jack.

Suspiré e intenté que todas esas emociones agazapadas salieran de mi boca y se perdieran en el espacio vacío. Pero costaba, porque la chispa, como una vez le había explicado a mi madre, ya estaba encendida.

—Pues te sacrificaría para salvarme yo. ¿Prefieres eso? Te lanzaría sobre el loco *cortanalgas* de Manchester y huiría.

Jack explotó a reír y me contagió. Apenas quedaban dos calles para llegar a la mía. El viaje terminaba. Regresábamos a una realidad en la que Jack y Rain no eran nada más que dos personas que a veces se cruzaban.

—Sí, me parece un final mucho mejor.

Jack paró el coche frente a mi casa. Apagó el motor y nos quedamos en silencio. Me di cuenta de que este no había existido en todo el trayecto de vuelta. Había sido cómodo e incluso divertido preparar la ponencia con él, recitarle datos y explicárselos, y más aún divagar sobre argumentos de películas con nosotros como protagonistas.

Recogí mis cosas y me puse el abrigo.

—Lo harás muy bien. —Me señaló los apuntes con los ojos y resoplé.

—Vale, Jack, te mandaré la invitación. De verdad. Pero deja de mirarme como un cachorro abandonado.

Sonrió ilusionado y fui consciente de que ahí la teníamos: una nueva excusa para que aquello no fuera una despedida.

—Prometo portarme bien y no hacerte gestos tontos desde la última fila.

—Te asesinaré cruelmente si lo haces.

Su sonrisa se desdibujó y se llevó un dedo a la boca. Sus nervios repentinos me azotaron con fuerza en la base del estómago. Jack se apartó el flequillo del rostro y giró el cuerpo hacia mí. Entonces las vi. Durante años habían estado dormidas, perdidas. Pero de pronto ahí estaban. Flotaban a nuestro alrededor como pequeñas motas de polvo solo visibles por la luz que se cuela por las rendijas de una persiana. Las cosas invisibles.

—Y, bueno, yo... Gracias por esto. Por el viaje. Por estar tan loca como para parar el tráfico conmigo. Por salvarme de asesinos en serie y de mí mismo.

—No tienes que dármelas. —Negué con la cabeza y lo recordé todo; el pasado, las emociones, el primer amor—. En realidad, ya te he dicho que te lo debía. Aunque tardé en verlo por cómo fue el final, tú me ayudaste mucho con lo de mi madre, Jack.

—Lo intenté —susurró culpable. Se removió un poco y su rodilla rozó la mía.

—Sí, y no se te daba mal.

Bajé la cabeza para observar sus dedos jugueteando con el bajo de mi abrigo.

—Echo de menos aquellos días. Tan fáciles. Sin preocupaciones.

—No lo fueron para todos.

—Lo sé. Pero, incluso con eso, ¿no hay nada de entonces que te haya faltado estos años? Porque a mí sí.

Sustituyó la tela por mi mano y temblé. Jack hablaba de mí. De nosotros. De lo que un día pudo ser y no fue.

—Jack..., tengo que irme.

Asintió, pero me acarició con más intensidad y no me moví.

Cuando rozó mi barbilla y alcé la mirada, estaba tan cerca que el beso era inevitable. Aunque la huida también.

En cuanto sentí su aliento sobre mi boca, bajé del coche, cerré de un portazo y corrí hasta casa.

El mundo de los mensajes nunca enviados

Jack: Rain, siento haberte incomodado.

Jack: Rain, gracias por el día de hoy. Ha estado bien. Mejor que bien, ha sido increíble. Tú eres increíble. Yo solo soy idiota.

Jack: Rain, estoy tan jodido que pensé que estaría bien pasar la noche juntos. No me acordaba de que tú no funcionas así. Llamaré a Eliza. Tú folla con quien te apetezca. Si es que haces esas cosas. No quiero imaginármelo, pero desde que has vuelto a cruzarte en mi vida lo hago a menudo.

Jack: Rain, te has dejado un paquete de pañuelos en el coche. ¿Quedamos y te los devuelvo?

Jack: Te eché de menos. Durante estos años pensaba en ti y me preguntaba si volvería a verte. El día del concierto me dije que el destino me estaba dando una segunda oportunidad, aunque aún no sé para qué. Si para pedirte disculpas, para demostrarte que soy mejor de lo que viste en su día o para algo que todavía desconozco.

Jack: Rain, ¿te imaginas que lo hubiéramos hecho? ¿Te imaginas que ahora ya fuéramos otros? Una Rain y un Jack que se besan y que cambian el curso de sus vidas. Sin embargo, seguimos siendo nosotros. Un nosotros que me gusta tanto como me cuesta entender.

Jack: Joder, me habría encantado besarte, Rain. No te imaginas cuánto.

Rain

Entré en el despacho de Frederick Hall a última hora de la mañana de un viernes.

—Hadaway, ¿querías verme?

Asentí y cerré la puerta a mi espalda. Me senté frente a él y le sonreí comedida.

—Aún queda mucho, pero necesito un pase externo para el seminario.

—Por supuesto. ¿Algún familiar orgulloso de tus logros?

—Es para un amigo.

—Oh. Claro.

Que mi petición lo sorprendiera me desconcertó. Tal vez porque había sonado como si fuera para una persona importante. «Un amigo», le había dicho, aunque no estaba segura de que Jack entrara en el molde de esa definición. ¿Un amigo especial? Uno de esos cuya amistad es distinta, cuyos límites se distorsionan con facilidad. ¿Eso éramos Jack y yo? ¿Y era posible que Frederick lo intuyera solo por mi tono de voz? Me estaba volviendo loca.

Hall rebuscó en los cajones y sacó un montón de cosas sin orden ni concierto sobre la mesa hasta encontrar una tarjeta con el sello de la universidad. Se disculpó por el desastre que acababa de mostrarme y le sonreí como respuesta.

—Con que presente esto en la entrada es suficiente.

—Gracias.

—¿Estás preparada?

—Nací preparada —bromeé; sus ojos se achinaron al reírse y opté por ser sincera—. Supongo que debería decir que estoy nerviosa y todo eso, pero lo cierto es que sé que voy a hacerlo bien.

Asintió y me observó con calma. Pensé en que se parecía mucho al modo en el que siempre me estudiaba Jack, como si hubiera mucho más de lo que parecía de entrada. Sin embargo, bajo los ojos de Frederick mi cuerpo no se aceleraba, mi respiración seguía su ritmo habitual y mi piel no se encendía igual que al calor de una llama. Bajo los ojos de otros yo no sentía nada.

—Esto vuelve a demostrarme que llegarás lejos.

Compartimos una sonrisa cómplice y me levanté de allí con esa seguridad que buscaba en todos los aspectos de mi vida, aunque hubiera uno que se me resistiera.

Brooke me esperaba sentada en un banco. Tecleaba en su teléfono móvil mientras insultaba a Callum entre dientes. Ojalá me hubiera equivocado con la predicción sobre su relación, pero lo suyo se encontraba en sus horas más bajas.

—¿Cómo de mala persona sería si lo mando a la mierda antes de un concierto importante?

—Según como se mire. Quizá su estado emocional le ayude a dejarse la piel con las canciones. Los rockeros tristes resultan incomprensiblemente atractivos a las masas.

Torció la nariz de una forma muy graciosa y se levantó de un salto.

—Oh, bien visto, Hadaway. ¡De aquí al estrellato, Callum! —Escribió un mensaje a una velocidad supersónica y le puso punto final a su relación más larga sin despeinarse—. Espero que algún día me dé las gracias.

—¿Por romperle el corazón?

—Daños colaterales.

Sonreímos y echamos a andar hacia casa. Brooke vivía a diez minutos escasos de la mía, así que si coincidíamos en horarios compartíamos parte del trayecto.

—¿Y el tuyo cómo está? ¿No has vuelto a verlo?

Suspiré al pensar en Jack.

—No. Y quizá sea mejor así.

—Entonces, ¿por qué le has pedido una invitación a Hall?

—No lo sé.

—Yo me hago una ligera idea. ¿Quieres que la comparta contigo?

Su sonrisa maliciosa me hizo poner los ojos en blanco y arrepentirme de habérselo contado todo.

—Oh, Brooke, cierra el pico.

Unos días atrás, delante de un chocolate caliente, Brooke me había preguntado por qué estaba tan dispersa. Había esquivado su pregunta, pero, después de quedarme embobada mirando a un crío con una sudadera del Chelsea, había explotado en un discurso caótico sobre el estúpido amor adolescente. «¿Cómo se llama?», me había dicho ella. Y entonces le había hablado de Jack. De lo bueno. De lo malo. Del pasado. Del momento presente. De mis dudas y sus miedos. De un beso que no llegó a suceder, pero que me había marcado más que muchos otros reales.

A pesar de todo eso, aún no sabía por qué había solicitado una tutoría con Hall para pedirle una invitación. Jack y yo llevábamos dos semanas sin vernos. Ninguno había dado señales de vida y todo seguía igual. Nuestra distancia no tenía ningún impacto en el universo. No éramos nada a todos los efectos. Y, sin embargo, pensaba en él a todas horas y me preguntaba sin cesar si volveríamos a vernos o si lo nuestro se había quedado de nuevo prendido en el mundo de las historias inacabadas. Por eso tenía una tarjeta latiendo en el bolsillo de mi chaqueta. Una excusa cualquiera para buscarlo, cumplir mi promesa de invitarlo a la ponencia y no verme obligada a decirle que me gustaba tenerlo cerca. Que nunca había dejado de hacerlo.

Cuando entré en casa, papá calentaba la comida en el microondas. *Copérnico* se limpiaba las patitas pegado a la cristalera del jardín y olía a algo nuevo. Me recordaba a un bosque bajo la lluvia. A montañas. A las manos de mamá cuando llegaba la primavera y plantaba nuevas semillas que después pondrían color a nuestro hogar.

Un ruido en el exterior me hizo girarme y me estremecí.

—¿Qué es eso?

Vi la sonrisa de papá reflejada en la puerta del horno.

—Una promesa pendiente.

Salí con el corazón desbocado y una emoción atravesada en la garganta. Donde un día hubo césped, ahora solo había tierra revuelta, húmeda y oscura. La figura de Jack la esparcía con el rastrillo. El pelo le brillaba bajo el sol que aquel día se asomaba de vez en cuando entre pequeñas nubes que salpicaban el cielo. Tenía los vaqueros sucios, la camiseta de manga larga remangada hasta los codos y unos guantes de jardinería.

—Pero ¿qué...?

Alzó el rostro y me sonrió.

—Hola, Rain. ¿Me pasas la pala pequeña, por favor?

Parpadeé y me giré hacia el rincón que me señalaba. Allí estaban desperdigadas todas las herramientas de jardinería de mamá, que llevaban años guardadas en un arcón. Y, aunque su presencia allí no tenía lógica alguna, no pude más que asentir y aceptarla.

—Claro.

—Gracias.

Se la tendí y continuó trabajando. La normalidad de la escena me asustaba. Las ganas de que arreglara aquel santuario de mamá que papá y yo habíamos abandonado me abrumaban. La ilusión por tenerlo de vuelta solo me confirmaba lo que ya sabía: estaba cayendo. Me estaba enamorando de Jack. Si el adulador había impactado en mi vida a los diecisiete años como el jodido Big Bang, el roto e imperfecto lo había llenado todo de diminutas motas de polvo invisible. Brillantes, inflamables.

Jack me miró de reojo y supe que estaba meditando si mi reacción era o no positiva. Ni siquiera yo lo tenía aún claro. Me senté en el bordillo y lo observé. Las opciones bailaban en mi mente.

1. Echo a Jack y no volvemos a vernos. Se lleva restos de mi madre en la suela de sus botas. Mi jardín se muere.
2. Le preguntó qué está haciendo y por qué no deja de romperme los esquemas. Su respuesta me desequilibra del todo. La Rain más vulnerable le pide que se marche.
3. Cojo una pala y lo ayudo. La tierra se me cuela bajo las uñas. Papá nos mira al otro lado de la ventana y la echa de menos en silencio.
4. Le doy las gracias y le digo que, si no dejé que me besara en nuestro último encuentro, solo es porque podría llegar a quererlo. Sin anestesia. A corazón abierto.

Cogí aire y me sacudí todo eso que apenas me dejaba respirar.

—¿Quieres algo de beber? ¿Zumo? ¿Un refresco?

Jack sonrió y contuve las lágrimas.

—Un zumo estaría bien.

Hui a la cocina y preparé una bandeja. Zumo de frutas y pastel de patata. Dos platos. Dos servilletas. Dos pares de cubiertos. Uno más uno, dos. Como él y yo. El total de todas las parejas del mundo. A mi espalda, papá comía sobre la isleta.

—Demasiado tomillo —me dijo, refiriéndose al pastel.

—Demasiado de todo —susurré.

Copérnico se coló entre mis piernas y ronroneó. Cuando agarré la bandeja, me temblaron las manos.

—¿Qué te ha dicho?

—Que teníamos el jardín hecho un asco y que pretendía ponerle remedio.

—Y lo has dejado pasar.

—No he encontrado razones para no hacerlo.

Me reí. Al otro lado del cristal, Jack se peleaba con un matojo de malas hierbas que le estaba costando un gran esfuerzo arrancar. Lo oímos maldecir, pataleó un par de veces y papá frunció el ceño.

—Además, me pareció que él lo necesitaba incluso más que nosotros.

Tragué saliva y asentí. Ya fuera, dejé la comida sobre la mesa y me coloqué al lado de Jack. Con el sol de frente, me miraba entrecerrando los ojos; su sonrisa ladeada le dio sentido a un montón de cosas que preferí no enumerar. Cogió el vaso y bebió un trago largo antes de lanzarme unos guantes y ayudarme a llevar a cabo una promesa que yo había olvidado.

A veces funciona así. Uno no puede cumplir su palabra y otro le ofrece sus manos. El amor suele ser un puente tendido, aunque nos muramos de miedo ante la idea de atravesarlo.

Jack

No tenía ni idea de plantas. Mucho menos de cuidar un jardín. No estaba seguro de que funcionara ni de que creciese vida en algún momento. Pero había algo muy placentero en la textura de la tierra entre los dedos. En la razón de que, cuando me acostaba por las noches, tuviese agujetas en músculos que no sabía ni que existían después de horas en casa de los Hadaway y un turno en el bar. En trabajar junto a Rain, en silencio, con miradas de reojo que ambos coleccionábamos, y en ser testigo de cómo ella se abría cada día más y sus escudos se desvanecían. También en cómo me miraba cuando creía que no era consciente.

Hay algo adictivo en sentirse observado. El ego se crece, las emociones se intensifican y el mundo es un lugar más cálido. Y Rain me miraba. No de un modo directo ni tampoco todo el tiempo. Solo a veces. Cuando parecía distraído, notaba sus ojos clavados en mí y las ganas de besarla aumentaban. Me sentía una partícula extraída de un planeta extraño que analizaba bajo el prisma de un microscopio. Porque me estudiaba. Se recreaba en mi cara, en mis manos, en mi espalda. Y suspiraba. Maldecía. Fruncía el ceño. Tenía que esforzarme por contener sonrisas que me delataran, pero..., joder, cómo me gustaba saber que mi presencia la provocaba. Algo. Bueno o malo, lo mismo daba. Pero tenía efecto en ella de la misma forma que a mí la suya me calmaba.

No había tardado en darme cuenta de que a su lado los monstruos desaparecían. Los fantasmas de mi armario estaban encerrados cuando Rain andaba cerca. La vida me parecía menos fea y más sencilla. Me daba motivos para levantarme por las mañanas. Además, con Rain nunca me sentía una decepción ni un fracasado, porque para ella nunca fui Jack Ladson, el chico triunfador y perfecto, sino otro con el que esos títulos no importaban, pese a que ella los recalcara con sarcasmo. Para Rain solo era un chico que también se escondía, que tenía algo más que ofrecer que sonrisas y halagos, un chico que se había perdido en los últimos años y del que ella había comenzado a recoger los pedazos nada más cruzarnos de nuevo. Eso nos dábamos. Y era algo tan difícil de encontrar que en esa ocasión necesitaba conservarlo.

—¿Has terminado?

—Sí. Mañana me pondré con el muro.

Vincent asintió y sujetó la puerta para que entrara en la casa.

En un principio, había pensado en adecentar el jardín para que pudiera volver a brotar algo en él. Con un poco de color que a Rain le recordara a su madre me valía. No obstante, una vez empecé, decidí hacer las cosas bien y se convirtió en un objetivo que ocupaba todas mis energías. Y no sentaba nada mal sentirse útil. Parte del suelo pavimentado de la entrada estaba roto; algunas raíces se habían colado por debajo con el paso de los años y habían agrietado las baldosas. Los muros de piedra tenían algún agujero que me parecía poco seguro y el alumbrado consistía en un farolillo al fondo que parpadeaba sin cesar. Era un rincón triste que no merecía ser el reflejo de una Margot que, pese a ser una desconocida para mí, en cuanto metí las manos en esa tierra sentí que ya no lo era tanto. Hasta había comenzado a hablarle. Lo que para muchos habría sido el comportamiento de un loco, gracias al propio duelo de Rain me estaba sirviendo a mí también como terapia.

—¡Hasta mañana, Maggie! —dije lanzando una mirada por encima de mi hombro—. ¿Puedo llamarla Maggie?

El rostro de Vincent se arrugó con desaprobación.

—Preferiría que no lo hicieras.

—¿Maggs? ¿Margotty? ¿Mrs. Hadaway?

Sacudió la cabeza, pero una leve sonrisa le colgaba de los labios. Parecía resignado, aunque también agradecido por todo lo que estaba haciendo allí, más allá de cuidar un jardín olvidado. Me lo demostraba con su amabilidad, con sus tés preparados para cuando acababa con mi tarea y con su tablero de ajedrez dispuesto para una partida con el maestro antes de marcharme.

Entramos en la cocina y acepté un vaso de té con leche; olía a algo delicioso dorándose al horno.

Desde que pasaba más tiempo allí que en mi apartamento había aprendido mucho de los Hadaway: Rain odiaba cocinar, pero era la que se ocupaba un día a la semana de hacerlo y de congelar platos que su padre, poco diestro en los fogones y con tendencia a olvidarse hasta de comer si estaba trabajando en su despacho, solo debía calentar. Eran silenciosos, se movían por la casa con sigilo para no molestar al otro, aunque hablaban sin cesar. Mantenían largas conversaciones y pasaban mucho tiempo juntos. No tenían televisor, pero sí un viejo tocadiscos que Vincent encendía de vez en cuando; le gustaban The Beatles, Simon & Garfunkel y Marvin Gaye. Rain solía tararear esas melodías antiguas mientras organizaba sus apuntes con los pies descalzos sobre el sofá. Me parecía increíble que sus sentidos pudieran seguir el ritmo de la música a la vez que su cerebro trabajaba sin descanso. También que fuera tan sexi sin hacer nada más que respirar, con sus modelitos oscuros, sus medias tupidas y sus gafas de montura metálica. Había algo tan magnético en ella que no comprendía cómo podía pasar desapercibido.

—Voy a preparar la partida.

Asentí y Vincent se dirigió al salón. Yo fui a lavarme al aseo y, cuando salí, me crucé en el pasillo con Rain. Acababa de llegar de clase y aún llevaba la mochila al hombro. Falda gris. Jersey color burdeos de lana. Medias oscuras y zapatos de cordones. Se apartó la melena corta de la cara y se humedeció los labios.

—Oh, cariño, ya estás en casa —le dije—. ¿Qué tal tu día?

Me dedicó una de sus miradas condescendientes y arrugó la nariz al pasar por mi lado. Era cierto que olía regular, pero ella..., joder, ella olía de vicio. A limpio. A talco. A libros y flores secas, si es que ese aroma tenía algún sentido. A algo que me gustaba demasiado.

—¿Me estás olfateando?

Me reí y, a pesar de lo inapropiado de mi gesto, Rain se contoneó como una gata. Vaya, vaya. Aquello era nuevo...

—¿Qué colonia llevas?

—Oh, ¿quieres un poco? ¿Es eso? ¿Ahora intercambiamos trucos de belleza, Ladson?

Su sarcasmo me dio tanto por culo que me lancé.

—No, no es eso. Pero no sé si estás preparada para que te diga que desde hace unos días ese olor me la pone dura.

Parpadeó y contuvo el aliento. Frunció los labios hasta que el inferior casi desapareció bajo el otro y deseé lamérselos con tanto fervor que apreté los puños. Ella respiró con profundidad y sus pupilas se dilataron. No sé qué vería en mí, pero los cuerpos nos delataban. Lo que en la adolescencia no habíamos querido aceptar, se nos mostraba cada vez más claro con la experiencia de la juventud. Y yo era incapaz de parar. Provocarla (o quizá molestarla, resultaba fácil confundir los límites) era muy tentador.

—No deberías hacer esperar a mi padre; no le gusta la impuntualidad —susurró con la voz enronquecida.

Me reí y le guiñé un ojo. Se le habían sonrojado las mejillas.

—¿Lo ves? Te dije que no preguntaras. Hay algunas respuestas que es mejor dejar estar.

Me marché sintiendo una extraña satisfacción. Qué iluso por pensar que Rain no sabía jugar...

No recuerdo mucho más de la partida de aquella tarde. Es imposible. La imagen de aquella sala de estar está difuminada, y las piezas de ajedrez, y el rostro de Vincent, y el gato gordo de mirada desconfiada con nombre de astrónomo. Todo está cubierto por una neblina gris. Todo menos ella. Ella, que en algún momento entre su llegada y cuando ocupó su sitio en el sofá para acompañarnos en silencio se había quitado las medias. Ella, con una faldita corta que se subía cada vez que movía las piernas. Ella y sus pies descalzos, moviéndose al compás de una música invisible. Ella, con un bolígrafo entre los dientes. Ella, que se rozaba el cuello mientras fingía estudiar mientras me volvía loco. Ella. Ella y sus aleteos de pestañas. Ella y sus sonrisas dulces. Ella y su capacidad para ir siempre un paso por delante.

Ella, sí, joder..., ella.

Cosas que Jack ama de Rain

1. Su extraña forma de pensar.
2. Sus orejas de duende.
3. Que a su lado «suerte» cobre un significado muy distinto.
4. Su risa.
5. Su sensibilidad ante cosas que los demás no ven.
6. La manera en la que lo mira cuando cree que nadie se da cuenta.
7. Sus rarezas, como que le guste el olor a cloro que te deja la piscina en la piel.
8. Su voz.
9. Que coma muy despacio. Que camine muy despacio. Que sonría muy despacio.
10. Que el mundo parezca mejor cuando ella está cerca.

Rain

Jack terminó con el jardín una tarde de primavera.

Entre sus turnos en el bar, su desconocimiento en jardinería y sus escasas capacidades con el bricolaje, se había pasado casi un mes visitándonos. Sin percatarnos, convertimos algo excepcional en una rutina más y nos acostumbramos a su presencia. Yo lo hice. Me daba vergüenza, pero durante las clases miraba a menudo el reloj y contaba los minutos para volver a casa; estudiaba sus horarios en el bar para saber cuándo podría ir o no a trabajar en el jardín; me peinaba antes de entrar por la puerta con dedos nerviosos cuando sabía que él estaría esperándome; me echaba perfume.

Desde que me había susurrado de una forma lasciva e inoportuna que le gustaba cómo olía, yo no dejaba de pensar en menta, en limón, en el aroma que desprendía su piel cuando pasaba horas entre plantas y herramientas. Porque, aunque le había dejado intuir lo contrario, él tampoco olía mal. En absoluto. Jack olía a recuerdos pasados, a emociones enredadas y a posibles futuros. A chicles mascados en una parada de autobús, a cítricos cuando le sudaba la nuca y a algo intenso, salvaje, magnético. Algo a lo que me aterraba poner nombre. Algo en lo que no podía dejar de pensar.

Sin embargo, todo tiene un final. Una tarde, papá corregía trabajos de la universidad en su despacho, *Copérnico* dormitaba junto al radiador y Jack me esperaba en el salón. Estaba sentado en el sofá, tenía el pelo revuelto y una sonrisa nerviosa a juego con sus uñas mordidas. El tocadiscos giraba al ritmo de *Here Comes the Sun* y él tarareaba la melodía con la mirada perdida. Cuando me vio, se levantó y el Jack más eléctrico se acercó tan rápido que contuve el aliento.

—Ven. Ponte esto.

Me tendió la mano y un pañuelo. Era de mi madre. De seda y colores claros. Me fijé en que había corrido las cortinas de la puerta que daba al jardín. Se me cerró el estómago y le di la espalda.

—No voy a taparme los ojos, Jack.

—Oh, sí lo harás.

Soltó una risa de lo más arrogante y me giré para enfrentarme a ese Jack acostumbrado a salirse con la suya. De vez en cuando, me sorprendía con destellos de su versión del pasado y, aunque me cabreara, también era un placer verlo de vuelta.

—¡Porque tú lo digas! Tu reinado terminó hace años, guaperas.

Sonrió y dio un paso decidido hacia mí. Quizá recordarle que la vida ya no giraba alrededor de su ombligo era un golpe bajo, pero me sentía acorralada y me costaba gestionar esas sensaciones que habían despertado ante la idea de que hubiéramos gastado otra excusa para vernos.

—Vamos, Rain...

—Oh, no... No lo hagas.

Jack frunció las cejas y su expresión se transformó en esa que me gustaba tanto como odiaba. Cuando el puchero ya era evidente, resoplé y le arranqué el pañuelo de las manos.

—Esa es mi chica.

Sus palabras me provocaron un latigazo desde la nuca hasta los dedos de los pies.

Está más que demostrado científicamente que la carencia de un sentido potencia los demás. La plasticidad del cerebro es asombrosa, incluso en la edad adulta. La capacidad de adaptación humana es increíble. En eso pensaba mientras atravesaba las puertas de acceso al jardín con los ojos tapados, las manos de Jack sobre mis hombros, su aliento en mi oído y su olor colándose por mi nariz. En eso y en que por fin entendía por qué en los dibujos animados representaban el amor con el corazón saliéndose del pecho; en ese preciso instante, el mío habría sido capaz de dejar su silueta marcada para siempre en la camiseta.

Su susurro nervioso se mezcló con la brisa primaveral y lo envolvió todo.

—Antes de que lo veas, sé que no es nada memorable. Solo lo he arreglado un poco para que no siguieras hablándole a una muerta en un basurero.

Me reí entre dientes y apoyó una mano en el final de mi espalda. La otra me retiró un mechón de la cara y jugueteó con él antes de colocármelo detrás de la oreja.

—Tu delicadeza es digna de estudio, Jack.

Noté la presión de sus dedos más abajo, casi al borde de donde empezaba la curva de mi trasero.

—Lo que quiero decir es que no esperes gran cosa, Rain. Solo quería que, cuando te escondieras aquí fuera, lo hicieras en un lugar bonito y te sintieras a salvo.

Tragué saliva. Daba igual que me encontrase un desierto árido al retirarme el pañuelo. Aquello ya era bonito. Lo más bonito que nadie había hecho por mí. Y me lo regalaba Jack. El mismo que en el pasado temía entregarse de más y que parecía que conmigo se saltaba todos sus principios.

—¿Preparada?

Asentí y creí sentir sus labios rozándome la sien antes de tirar de la lazada y que la seda cayera a mis pies.

Y luego, el silencio.

Observé todo el espacio con calma. Donde antes solo había maleza, Jack había colocado jardineras de arcilla blanca que bordeaban un suelo trabajado en el que un día, quizá, volvería a crecer la hierba. En ellas se intuían los primeros brotes de las semillas que había escogido con esmero días atrás; me había confesado que había tenido que estudiar cuáles eran las mejores plantas para el clima, la estación y otras cuestiones tales como que iban a ser cuidadas por mi padre y por mí.

«El objetivo es que tu jardín tenga algo de vida y no solo muertos, Rain.»

Me había hecho reír, aunque bajo el humor siempre flotaba una ternura cálida. Un abrazo invisible con el que me recordaba que no estaba sola.

Jack también se había ocupado de cambiar el suelo pavimentado de la entrada. Las baldosas sucias y agrietadas habían sido sustituidas por unas de pizarra. Había arreglado los muretes de piedra y los había cubierto por una celosía. El baúl de las herramientas era el mismo, pero lo había pintado y barnizado. Bajo el pequeño techado, había colocado una mesa y dos sillas de madera oscura; los cojines de color turquesa le daban un toque alegre. Una vela encendida sobre un mantel circular de rafia desprendía un aroma dulce. Jack también había cambiado el farol del fondo que siempre parpadeaba por una tira de bombillas enredadas sobre el muro.

Tragué saliva para que el nudo pasase, pero solo conseguí que rebotara con las cosquillas que en ese momento ya eran incontrolables y que volviera a pedir paso entre mis labios.

A mi lado, Jack se removía inquieto. Se mordía las uñas. Se revolvía el pelo. Parecía a punto de reventar.

—¿Te gusta? No, joder, ¡es imposible que te guste! Es horrible. Ha sido una idea pésima. Soy un idiota. Podemos olvidarnos de esto e irnos a tomar una copa, ¿te parece? O no, pero dime algo. Lo que sea.

Parpadeé y lo miré fijamente. Su aspecto de niño perdido me gustaba aún más que aquel jardín mágico que había hecho para mí.

Si alguna vez había tenido dudas sobre qué era el amor, ya tenía mi propia versión de ese sentimiento. El amor se medía en actos. El amor era que alguien arreglara tu escondite y lo convirtiera en un lugar de cuento, no que te empujara a salir de él.

—Es perfecto.

Jack sonrió. Yo lo imité, aunque las lágrimas estaban ahí, a un paso de que las secara con sus manos. No me tocó, solo me miró como si las flores ya hubieran nacido.

Aquella tarde no hubo partida. Papá simuló que tenía cosas que hacer, pero su única intención era la de dejarnos el máximo tiempo a solas. No comprendía del todo por qué debíamos despedirnos, la gente creaba lazos con otros continuamente y los mantenía en el tiempo sin cuestionarse las razones, pero Jack y yo no funcionábamos así. Lo nuestro se regía por sus propias reglas implícitas y nos amoldábamos a ellas como si temiéramos estropearlo todo si no lo hacíamos.

—¿Y ahora qué? —le pregunté sentada en el porche delantero.

Él se encogió de hombros. Llevaba la cazadora colgada del brazo y su coche destartalado lo esperaba frente a la casa.

—Volveré a mis días de vicios y oscuridad.

—No eres un vampiro, Jack. Sabes que puedes cambiar de vida, ¿verdad?

Sonrió y asintió. Pese a todo, supe que a ese Jack aún le quedaba mucho camino por recorrer.

—Supongo que nos veremos por ahí, ¿no?

—Supongo.

Se pasó la lengua por los labios y bajó los escalones. Se giró y me lanzó una pregunta con los ojos entrecerrados.

—Rain, ¿tú y yo somos amigos?

—¿A qué viene eso? —No contestó; solo esperó sin apartar la vista y acabé claudicando—. ¿Te soy sincera? No. No lo creo.

—Entonces, ¿qué somos?

«Chicles de menta. Escondites compartidos. Un baile de cumpleaños. Dos locos parando el tráfico por un abrazo.»

—Otra cosa. Siempre somos otra cosa, Jack. Algo que no sé definir. Y no me pidas que lo intente. ¿Por qué me lo preguntas?

Apartó la mirada antes de volver a buscar la mía.

—Porque dijiste que con tus amigos no necesitas excusas, y pretendía agarrarme a eso y dejar de buscar una.

—¿Una para qué?

—Para volver a verte.

Me estremecí, porque yo también quería. En el bolsillo notaba el latido de una invitación que hacía semanas que llevaba conmigo. La saqué y bajé las escaleras para entregársela.

—Toma.

Jack sonrió al descubrir lo que era. Nuestros dedos se rozaron cuando la cogió.

—¿Me estás ofreciendo una, Rain?

Suspiré y le guiñé un ojo antes de alejarme.

—No hagas que me arrepienta.

Y no, no lo hizo. O sí. Qué más da. El caso es que en aquella ocasión Jack y yo sí nos elegimos.

Papá salió con una taza de chocolate caliente para cada uno y se sentó a mi lado. Observó con detenimiento aquel rincón y fui consciente de que su rostro estaba más relajado. Las arrugas se le marcaban menos. Su expresión era más serena. Cerró los ojos y respiró el aroma del cacao mezclado con el de nuestro nuevo jardín aún sin florecer.

La paz puede llegar de muchas formas. Como el consuelo.

—Le habría caído bien. —Me miró con la duda en sus ojos y me abracé—. A mamá.

Él asintió. Podría ser raro, pero pensar en Jack y en mi madre juntos tenía sentido, aunque jamás se hubieran cruzado.

—Mejor que sus dos niños aburridos.

Me reí ante su respuesta y noté el escozor de los recuerdos. En el cielo había dos nubarrones grises que quizá descargaran en algún momento de la noche. Me pregunté si Jack todavía vería formas en ellas; yo aún no era capaz, aunque había dejado de atormentarme.

—Parece un buen chico, Cordelia.

Suspiré y volví a poner los pies en el suelo.

—Me gusta, papá. Me gusta mucho.

—¿Y cuál es el problema?

Busqué las palabras; me esforcé por recitarle todos esos motivos que en el pasado habían hecho que Jack y yo perteneciéramos a planetas distintos. Sin embargo, no encontré nada. Nada.

—No...

A mi lado, papá me observaba como cuando uno de sus alumnos por fin comprendía un concepto que se le había estado resistiendo.

—¿Y bien?

Me levanté y respiré de forma agitada. Papá sonrió. El maullido de *Copérnico* fue lo último que escuché cuando atravesé la casa y salí en busca de algo que estaba esperándonos desde hacía demasiado tiempo.

Jack

Entré en casa y dejé las llaves en el cuenco del recibidor. Me quité las deportivas y las lancé de una patada a un rincón. Colgué la cazadora en el taburete de la cocina. Cogí una botella de agua y me la bebí en dos tragos. Observé mi piso. El reflejo de las luces y sombras en las que me había convertido. Extendí las manos y me fijé en nuevas formas en las palmas; callosidades por las semanas de trabajo. Mi piel estaba áspera, pero, una vez terminado el jardín, sentía que no tenía nada más que ofrecer.

Y pensé en Rain.

En su generosidad. En la relación tan bonita que tenía con sus padres y que no había cambiado ni aunque uno de los dos ya no estuviera. En su sensibilidad. En su destreza para moverse siempre entre el sarcasmo y el humor. En su boca.

Suspiré y maldije entre dientes. Me había dado una invitación para la ponencia, pero, aun así, debía haber hecho algo. ¿El qué? No lo sabía. ¿Decirle que me gustaba? ¿Confesarle que no dejaba de pensar en ella? Lo que fuera. Tenía un presentimiento de lo más incómodo, como cuando sales de casa y estás seguro de que te has olvidado algo dentro, aunque no sepas el qué.

Me angustiaba.

Me moví por la casa igual que un león enjaulado. Odiaba esa sensación de que estás pasando algo por alto; tal vez porque me hacía sentirme un perdedor, un imbécil, y ya estaba harto de fracasos.

Me senté y hundí la cabeza entre los brazos.

Joder. Entonces lo supe. Supe lo que habíamos dejado a medias.

Un beso.

Nos faltaba un beso.

Me levanté con una decisión tomada y me calcé. Notaba el pulso acelerado. La adrenalina pidiendo paso. Las ganas caminando hacia ella antes que yo. Aunque no hizo falta que avanzara, porque me la encontré al otro lado de la puerta.

—Rain...

—Esta vez no hay incógnita, Jack.

Sus palabras sonaron tan atropelladas como su respiración.

—¿Qué?

—La ecuación Jack y Rain era un misterio sin solución en el pasado, pero ahora... ¿y si ahora ni siquiera existe? Es decir..., que he estado pensando que me gustas. Y que es posible que yo a ti también. Creo que lo has dejado claro en un par de ocasiones. Así que, si deseo besarte, ¿qué importa si lo hago? Quiero decir, ¿supondría un problema para ti?

Parpadeé para comprobar que aquella visita inesperada fuera real y exhalé, aliviado por tenerla allí, frente a mí, tan valiente como ninguna otra. Tan única como solo lo era Rain.

—En absoluto.

—Bien, pues entonces he pensado que podemos hacerlo. Aunque quizá sería conveniente hablar primero de qué deberíamos esperar de esto. Ya sabes, marcar unas directrices que...

—Emperatriz.

Su piel se encendió.

—¿Sí?

—¿Quieres callarte de una vez?

Rain frunció el ceño y se tragó una de sus respuestas punzantes. Luego dio un paso hacia mí y apoyó la mano en mi pecho. El corazón me latía con fuerza. Aspiré el olor de su pelo y acaricié un mechón con los dedos. Cuando alzó el rostro y me encontré con sus labios húmedos, lo supe. Supe que aquello era diferente. Que ya era especial. Que Rain nunca sería otra chica más. Ni besos. Ni sexo. Ni emociones vacías. Aquello era otra cosa.

Suspiré contra su boca y cerró los ojos. Y nos besamos despacio. Como lo hacía todo Rain. Sin hacer ruido. Pasando por el mundo de puntillas, aunque dejando su rastro marcado para siempre allá donde pisaba.

Y ya no había sangre, solo puntos de luz.

Cosas que Rain ama de Jack

1. El hoyuelo que le sale en la barbilla cuando frunce los labios.
2. Que arrugue la nariz antes de sonreír.
3. La sencillez con la que se enfrenta a las cosas.
4. Que siempre se ría de sí mismo.
5. Atrapar los lunares alineados de su nuca con los dedos.
6. Sus besos.
7. Que la mire con la intención de que ella sepa que lo está haciendo.
8. Sus pucheros de niño.
9. Que sus imperfecciones sean algo aún mejor que sus encantos visibles.
10. La forma en la que pronuncia su nombre.

Actualización de las cosas que Jack ama de Rain

1. Su extraña forma de pensar.
2. Sus orejas de duende.
3. Que a su lado «suerte» cobre un significado muy distinto.
4. Su risa.
5. Su sensibilidad ante cosas que los demás no ven.
6. La manera en la que lo mira cuando cree que nadie se da cuenta.
7. Sus rarezas, como que le guste el olor a cloro que te deja la piscina en la piel.
8. Su voz.
9. Que coma muy despacio. Que camine muy despacio. Que sonría muy despacio. Que bese muy despacio.
10. Que el mundo parezca mejor cuando ella está cerca.

Rain

Jack tenía tres lunares alineados en la nuca. Lo había descubierto una vez, allá por el pleistoceno, en clase de literatura. Estaba sentado delante de mí y yo no podía apartar la mirada de ese trozo de piel que quedaba expuesto entre su ropa y su pelo.

Uno. Dos. Tres.

Tres puntos oscuros. Tres estrellas a las que algunos pondrían nombre. Osa Mayor. Andrómeda. Chico Perfecto.

Los rocé con delicadeza y noté que su piel se erizaba.

Él me lamió el cuello como respuesta y cerré los ojos.

El mundo podía esperar ahí fuera.

—Eres preciosa.

Me reí. Jack estaba tumbado de lado y me miraba. Yo miraba el techo.

—Mentiroso.

—¿Por qué iba a mentirte? Además, la belleza es subjetiva, ¿no? Y mi cerebro ha colapsado al verte desnuda.

Me sonrojé y tiré de la sábana para taparme un poco más.

—Sí, pero la ciencia también afirma que hay cierta objetividad en la belleza. La simetría facial nos atrae; a nivel adaptativo es indicadora de salud y de viabilidad reproductiva. Y yo tengo un ojo más grande que el otro. —Me puse bizca y Jack sonrió con ternura a la Rain más resabida; la mordaz saltó en su defensa como un resorte—. ¿Por qué te crees que me he acostado contigo?

Mi carcajada se ahogó entre sus brazos.

Su lengua hizo el resto.

«Cordelia R. Hadaway. Teoría cuántica de campos. Renormalización perturbativa y no perturbativa.»

Era la tercera vez que leía el programa en alto desde que le había contado que mi intervención en el seminario ya era oficial. Intenté quitarle el móvil, pero alzó el brazo y acabé tumbada sobre él. Jack aprovechó y me atrapó con su cuerpo. Me imaginaba sus piernas volubles como el tallo de una enredadera.

—Tu padre debe de estar orgulloso.

—Es mi padre —le dije, quitándole importancia—, ¿no es ese uno de sus deberes?

Jack negó y se perdió en sus pensamientos.

—¿No te he hablado nunca de los míos? —Sonrió, pero supe que le dolía haberlos decepcionado.

Le besé los párpados. Las orejas. La punta de la nariz.

—¿Por qué es el único que te llama Cordelia? —gruñó contra mi garganta—. No entiendo que no te guste. Es un nombre genial, emperatriz.

—¿Aún sigues con eso?

—Pienso en ello cada vez que te veo, pero he aprendido a disimularlo para que no me mandes a paseo.

Me reí y apoyé la barbilla en su pecho. Recordé al Jack más joven que no sabía mi nombre. Y al que me regaló un chicle de menta una tarde cualquiera. Y a todas esas versiones del chico que fue perdiendo color hasta convertirse en el que me acariciaba la espalda con dulzura. Era otro muy distinto, pero me atraía igual.

Pensé en mis padres y me pareció un buen momento para compartir historias de amor.

—No es que odie mi nombre, solo que... me gusta que sea algo únicamente de ellos. Mis padres eran muy diferentes, Jack. Dos polos tan opuestos que costaba comprender que estuvieran juntos. Ella, profesora de literatura, espiritual, una *hippie* alocada e impulsiva que leía en los posos de té y que siempre caminaba descalza. Él, un astrofísico introvertido, terrenal y metódico hasta el exceso. Nadie apostaba por su futuro, pero se enamoraron. Y, cuando mi madre se quedó embarazada, se volvieron locos para encontrar el nombre perfecto. Buscaban un símbolo de su historia de amor.

—¿Y eso es Cordelia? —me preguntó jugueteando con las puntas de mi pelo.

—Cordelia no solo es un personaje de Shakespeare, sino también el satélite más cercano de Urano.

—La unión de sus dos mundos.

Sonreí.

—Algo así.

—¿Y lo de Rainbow?

—Eso tiene una explicación aún más hortera. Es muy posible que tu parte sentimental se haga pis encima, Jack, estás avisado.

Me sacó la lengua y me reí.

—Mi madre siempre le veía el lado bueno a todo. Decía que hasta después de una tormenta el arcoíris sale y tiñe el cielo. Que incluso las cosas que no se ven están llenas de color. Me hablaba mucho de eso, de las cosas invisibles que nos rodean y que solemos pasar por alto. Y no quería que se me olvidara nunca, aunque algo me doliera. —Tragué saliva al recordar todos aquellos consejos—. Porque el dolor es parte de la vida, pero está en nuestra mano darle la vuelta y convertirlo en luz. Ya ves que como gurú no tenía competencia.

—Es bonito.

Suspiré y me mordí el labio ante el Jack más apasionado. Uno que me gustaba tanto como burlarme de él.

—Entiendo que estés fascinado, podría ser el argumento de una de tus comedias románticas.

—Puedes huir de ello o fingir que te repele la idea de experimentar algo parecido, Rain, pero todo el mundo acaba buscando el amor.

—¿Incluso *Jackelquenosecompromete*?

Me pellizcó bajo las sábanas y me retorcí como una culebra.

—Bueno, o quizá no buscándolo, listilla, pero este acaba por encontrarte. Y es bonito. Jodida y acojonantemente bonito.

Tragué saliva y le acaricié las mejillas. ¿Habría algún estudio que midiera el tiempo que tarda en nacer el amor desde que conoces a alguien hasta que lo miras y sientes que lo quieres todo?

Jack me ofreció un chicle de menta y le dije que no.

Segundos después, lo besé y le robé el suyo de la boca.

Sentí que me llevaba mucho más con él.

Me levanté y me senté en el alféizar de la ventana. Llevábamos veinticuatro horas encerrados en el piso de Jack. Debía volver a casa, pero no quería. Él me abrazó por la espalda y observamos juntos la calle.

—Tengo que trabajar —susurró con uno de sus pucheros.

—¿Por qué? Estás forrado. Deberíamos encerrarnos aquí

para siempre y hacerlo sobre una cama de billetes. —Me apretó contra su cuerpo y nos reímos—. Yo debería irme a casa, no puedo perderme otra clase. Jamás había hecho novillos. Eres una influencia pésima para mí, Ladson.

—¿Sabes? No voy a disculparme por eso. Ha merecido la pena.

Lo había hecho. Pero no se lo dije. Al menos, no con la voz.

Me giré y rocé su nariz con la mía. Nos besamos.

Me pregunté cuántos tipos de lenguajes desconocidos existían, si con dos bocas éramos capaces de hablar hasta hartarnos.

—He estado pensando en la teoría de tu madre.

Estiré las piernas y lo miré con el ceño fruncido. Fingíamos ver una película en su sofá, pero lo que de verdad hacíamos era buscar otra excusa para enredarnos bajo la manta.

—El científico es mi padre, no ella.

Jack sonrió y jugueteó con los dedos de mis pies entre las manos.

—Si algo he aprendido de ti es que todos elaboramos alguna, Rain, incluso los que no tenemos ni idea de nada; es el modo de entender lo que nos rodea.

¿Y qué has aprendido de mi madre?

—Que estamos rodeados de cosas que no vemos y que son imposibles de estudiar como hacéis los Hadaway, pero que están. Por ejemplo, cuando te toco, siento que algo se expande y lo llena todo.

Me arqueé cuando sus dedos se colaron entre mis piernas. Cerré los ojos. Abrí la boca. El deseo creció y se nos enredó como una hiedra.

—Yo también lo noto —le susurré.

Jack se incorporó y se tumbó sobre mí.

—Y cuando te beso, siento algo aquí, Rain —se rozó el pecho y mi corazón se sacudió—, algo que se escapa y nos envuelve. Algo tan bestia que es imposible que no exista, aunque no podamos verlo.

Cubrió sus labios con los míos y me perdí.

Dejarse llevar por las cosas invisibles se convirtió en la única teoría que daba sentido a mi mundo.

—Dame otro.

Jack puso la mano en mi nuca y juntó nuestros labios.

Un beso. Dos. Tres.

—Eres un vicioso. O un adicto. O un meloso. No lo tengo muy claro.

—Es por si te vas, me despierto y me doy cuenta de que lo he soñado todo.

Su sonrisa bobalicona me hizo poner los ojos en blanco. Las cosquillas de mi estómago resultaban insoportables.

—Vale, no. Solo eres un hortera.

—Como quieras. Pero dame más.

Lo besé con anhelo y después lo empujé para que se alejara.

Su puchero me hizo reír. Aún en el portal, el corazón ya me pedía regresar.

Cuando subí al metro y ocupé un asiento, el móvil vibró en mi bolso. Era un mensaje. Contuve una carcajada al ver el nombre con el que aún lo almacenaba.

Imbécil Sideral: Mira si me gustas que me estoy colocando con la almohada. ¿Nos vemos mañana?

Sonreí tanto que me dolieron las mejillas.

Yo: Todo un poeta...

Imbécil Sideral: Siempre a sus pies, emperatriz.

Yo: Mañana me parece perfecto.

Suspiré y me pasé ensimismada el trayecto, recordando todos esos nuevos recuerdos que nos habíamos regalado. Tardé demasiado en percatarme de que me había pasado de parada.

El amor es rematadamente estúpido. Aunque Jack tenía razón, también es precioso.

Cuando llegué a casa, salí al jardín y me senté con una taza de leche. El anochecer había teñido el cielo de un tono anaranjado. Apenas había nubes.

—Me he acostado con Jack.

Solté un suspiro ahogado y noté que me sonrojaba.

—Intuyo que tú ya sabías que acabaría pasando, porque siempre lo sabías todo, pero para mí esto es... No sé lo que es. Es distinto, mamá.

Recordé mis experiencias pasadas. Los chicos que habían pasado por mi vida: pocos y con el tiempo justo para que la despedida no dejara poso. Y me esforcé por analizar eso que solo Jack provocaba en mí, esas cosquillas intensas que se retorcían en mi interior y que gritaban un sentimiento.

Cerré los ojos hasta ver lucecitas.

—Jamás pensé que enamorarse fuera esto. Nunca creí que acostarse con alguien pudiera ser algo más que excitación, meseta, orgasmo y resolución. —Me sentí una idiota recitando las cuatro fases fisiológicas del acto sexual, pero con ella no importaba—. No se me pasó por la cabeza que pudiera importarme más el antes y el después que lo que hemos compartido en esa cama. Y déjame decirte que ha sido increíble. Me moriría de vergüenza si te tuviera delante, pero...:

—Pero está muerta. Aunque yo no.

Di un salto y solté un gritito agudo. A mi espalda, papá me observaba con las gafas casi colgando de la punta de la nariz.

—¡Papá! ¡Menudo susto!, ¿qué haces ahí? ¿Me estás espiando?

Negó y se colocó a mi lado. La piel me ardía. Sentí la sonrisa de mamá como un eco del pasado.

—Quería saber cómo había ido. Solo me mandaste un mensaje un tanto críptico ayer diciendo que no dormirías en casa. Entiende que me preocupe por ti. Aunque ya veo que ha ido bien. Mu... muy bien —titubeó y quise meter la cabeza bajo tierra.

—Ajam.

Suspiramos y miramos al frente. A los farolillos encendidos. A las jardineras aún por germinar. A donde fuera menos al otro.

—Me alegro de que sea mejor que con el ajedrez.

—Papá, por Dios, no...

Sin embargo, pese a lo incómodo de la situación, exploté a reír. Lo hice hasta sentir la humedad de las primeras lágrimas. Y él me acompañó.

Eso fue todo. En algún punto del jardín, un primer brote rompía la tierra. Mamá nos saludaba a su modo, supongo. Después de lo vivido, cualquier cosa me parecía posible. Incluso la ecuación Jack y Rain.

Jack

Rain y yo nos habíamos acostado y no era raro. Me lo repetía constantemente. No me sorprendía que hubiera pasado, lo que me mantenía alerta era que todo había sido demasiado natural y familiar; como si ya hubiera sucedido antes o como si lo hubiera hecho en otras de esas realidades alternativas que jugábamos a imaginarnos.

¿Cuántos Rains y Jacks estarían desnudos en otros mundos?

Sacudí la cabeza por esos pensamientos tan ridículos y me di una ducha. Al fin y al cabo, solo debería importarme que Rain había estado en la cama del mío.

Estaba contento. Satisfecho. De algún modo, me sentía en la piel del Jack del pasado, ese que hacía tanto se había quedado anclado en la pérdida hasta desaparecer. Un Jack que, con ella, parecía incluso mejor de lo que recordaba. Un Jack al que había echado de menos y que solo Rain había sabido traer de vuelta.

Me vestí pensando en ella. En su risa al oído. En su cuerpo bajo el mío. En su forma de besar. Lenta. Dulce. Única. En las ganas de volver a verla. En las posibilidades al alcance. Ni siquiera dudé cuando cerré el armario y oí una voz que me decía que pensaba irse a Cambridge en unos meses y que ella podía aspirar a algo más que a acostarse con un fracasado.

Me marché a trabajar. Sonreí mucho en ese turno. Tanto como para que los compañeros me preguntaran si me habían vendido alguna droga que mereciese la pena probar. Tanto como para parecer feliz.

Cuando me acosté esa noche, lo hice pensando en ella.

Cuando me levanté, comenzó la que sería una de las épocas más bonitas de mi vida.

—¿Cómo le va a *Holly Polly*?

Rain se estiró y su piel se erizó al apartar la manta. Solo llevaba una camiseta de tirantes y las bragas. Sus curvas se marcaban bajo la tela blanca.

—No lo sé.

Se encogió de hombros y su mirada se perdió en la ventana; me arrepentí de la pregunta si era un tema que le afectaba, pero al mismo tiempo deseaba conocerla todo lo posible. Se removió inquieta hasta tumbarse de nuevo junto a mí en la cama. Volvió el rostro y lo apoyó en mi hombro.

—Al principio fue como siempre, ¿sabes?, incluso estando ella a tantos kilómetros de casa. Hablábamos a todas horas, nos contábamos cómo nos había ido el día y nos tratábamos como si estuviéramos una al lado de la otra; hasta que los mensajes empezaron a distanciarse. —Rain tragó saliva y le acaricié el muslo para que recordara que no estaba sola—. Es extraño, porque apenas se nota. Una noche te das cuenta al meterte en la cama de que hace tres días que no recibes nada y tampoco te molestas en preguntar.

—¿Pasó algo determinante?

Suspiró. Parecía triste.

—Lo peor es que no. Simplemente cada una siguió con su vida. Hicimos nuevos amigos y dejó de tener sentido compartir ciertas cosas, porque ¿qué le importaba a Holly si Brooke y yo habíamos ido a una exposición o si mi nueva amiga salía con alguien? Pasamos de ser una constante para la otra a felicitarnos en Navidad o en los cumpleaños. Supongo que tomamos un camino del que no supimos regresar.

—¿Te duele?

—Sí, pero también lo acepto. La adolescencia nos hace creer en los «para siempre» y nada lo es, Jack. Ni siquiera las amistades.

Se abrazó a mi costado y le dejé un beso en el pelo.

—Es triste.

—Es maduro.

—Es una mierda.

Rain se rio. Su aliento me hizo cosquillas en el hombro y se apartó para mirarme a los ojos.

—¿Y Mason? ¿Aún te relacionas con ese psicópata?

Quise reírme, pero fui incapaz. Porque al instante noté esa presión en el pecho. Esa sensación asfixiante que me recordaba todos los errores cometidos. Todas las decisiones. La que era mi vida después de que la anterior se hiciera pedazos.

—Yo...

Ella sonrió con esa superioridad que odiaba y adoraba a partes iguales.

—Así que das consejos que no te aplicas. Ya veo.

Resoplé y me aparté el pelo de la cara. Ella no me quitaba ojo. Y fui consciente de que, aunque nunca hablaba de ello, con Rain podía hacerlo. Con ella siempre había sido fácil.

—No es eso. Yo corté con todo, Rain. Tras el accidente, no soportaba la mirada de lástima de la gente que me conocía. Cada vez que me encontraba con un amigo, un familiar o un compañero del equipo, lo veía en sus caras. Se colaba entre sus palabras. «Pobre Jack», «¿Cómo estás, Jack?», «Deberías estar agradecido, Jack».

La boca me sabía amarga. No me enteré de que estaba agarrando con fuerza la sábana hasta que sentí la mano de Rain sobre la mía. La presión de sus dedos me calmó y sentí su sonrisa traviesa antes de verla.

—Deberías estarlo. Al menos, por conseguir librarte de Mason.

Me reí. Y luego ignoramos que yo tenía los ojos humedecidos y nos besamos.

Rain y yo hablábamos mucho. Creo que eso también lo hacía diferente.

Entre sus brazos pensaba a menudo en todas las chicas con las que había estado. No me gustaba estar solo. Tenía una tendencia enfermiza a buscar pasar la noche acompañado, aunque luego pusiera excusas para librarme de ellas por la mañana. No me agradaba el compromiso. Nunca lo había hecho y, después de romper la única promesa que de verdad me importaba, la idea de lanzar nuevas me aterraba. Pese a ello, terminaba con facilidad saliendo y entrando de la vida de chicas a las que fingía sentirme unido. ¿Contradictorio? Es posible. Pero así había funcionado siempre, hasta que llegó ella.

—¿Ninguna te ha importado?

—Claro que sí.

—Jack, no vas a parecerme una mala persona si respondes que no.

Suspiré y, aun sabiendo el riesgo, le fui sincero.

—Ninguna. Era como si no me provocaran nada más allá de la atracción física. A veces incluso pensaba que era yo el que estaba vacío. En cuanto sentía que se estaba creando algo, me despedía.

—Relaciones líquidas.

—¿Qué?

—Nada.

Rain me acarició la mejilla antes de comenzar a trastear en la cocina. Su gesto me pareció maternalista, pero no me molestó. No lo hizo porque yo no paraba de pensar en que con ella era distinto. Con Rain la vida estaba llena de cosas. Algunas las veíamos y otras nos perseguían, nos cubrían como una neblina que solo existía con ella. Con Rain, después de echar un polvo no quería que se despidiera, sino que me prometiese que iba a quedarse.

—Mi lista se reduce a dos antes de ti.

«Antes de ti.» Sonaba a marca en el calendario vital de alguien. Aunque, conociéndola, para ella seguramente solo sería un modo como cualquier otro de poner orden.

—¿Te enamoraste?

—No. Salí unos meses con un chico que conocí a través de mi amiga Brooke, pero no funcionó. Luego me acosté con Ethan.

Me tensé un poco. Había oído ese nombre con asiduidad, así que intuía que ese chico sí era importante en su vida.

—¿Y?

Se giró. Tenía una cuchara llena de tomate a medio camino de la boca. La pasta hervía en la olla. Su expresión era divertida. La muy condenada...

—¿Y?

—Que si fue serio.

Se acercó caminando muy despacio, como lo hacía todo Rain, y se puso de puntillas. Me dejó un beso en la barbilla y me contuve para no subirla a la encimera y desnudarla a tirones.

—Los celos son una emoción peligrosa.

La agarré por la cintura y le sonreí. Ella contuvo el aliento.

—No estoy celoso, solo intento conocerte. Saber dónde están los límites.

Nos retamos con la mirada hasta que Rain me metió la cuchara en la boca. El tomate me goteó por los labios. Los lamió con lentitud.

Hacer el amor sobre el suelo de mi cocina alcanzó otra dimensión junto a ella.

Me gustaba mirarla. A veces me esperaba a la salida del bar y caminábamos hasta mi piso. Ella hablaba. Me contaba cosas que no entendía de sus estudios, compartía conmigo sus planes de futuro o me confiaba cotilleos de sus amigos que yo olvidaba a la misma velocidad. Y la miraba. Porque si siempre me había gustado hacerlo, cuando Rain y yo dimos un paso en lo nuestro aún resultó más fascinante. La chica que se escondía con facilidad ya no lo hacía. Caminaba a mi lado, se dejaba ver, se entregaba poco a poco.

—Podrías visitarme. Cuando me vaya a Cambridge. Te enseñaré aquello. Podemos fingir que eres una eminencia de la astrofísica y pasearnos por el Centro de Ciencias Matemáticas como si fuéramos dioses. Levantarás pasiones. A tu ego le encantará.

Asentía con una sonrisa y ella... ella brillaba.

También salíamos. Paseábamos por la ciudad. Nos enseñábamos rincones que para el otro significaban algo. Me llevaba a sus librerías favoritas y se perdía por los pasillos mientras yo la buscaba como un crío; sacaba un libro y miraba a través de las estanterías hasta encontrarme con sus pestañeos coquetos. Le pedía que eligiera uno y luego se lo compraba. Solía dejarme un beso como agradecimiento en la punta de la nariz.

Una noche, desnudos y saciados entre sábanas, Rain cogió el libro que le había regalado esa misma tarde y comenzó a leer, pero en la segunda frase su voz se quebró. Nunca me lo había contado, pero me confesó que aquello tenía que ver con su madre y con los días en los que siempre llevaba un libro en el bolso con una flor entre sus páginas.

—Nunca he podido terminar la historia que dejamos a medias, ¿sabes?

Le acaricié la mejilla y sonrió con pena. Me habló de que se trataba de un título juvenil muy famoso, que lo había perdido y que, aunque era una tontería, no ser capaz de descubrir el final de esa novela la avergonzaba.

Le quité el ejemplar de las manos y seguí leyendo por donde iba.

Se tumbó sobre mi pecho. Mis latidos se acompasaron con su respiración.

Un rato después, noté que se relajaba y paré. Al instante arrugó mi camiseta entre los dedos.

—Pensé que dormías. ¿Quieres que siga? —Rain asintió y le susurré avergonzado—. No lo hago muy bien.

—Nadie podría hacerlo mejor —respondió.

Cinco segundos. Es todo lo que necesitas para que te jodan la vida, sí, pero también son suficientes para que alguien la recomponga.

Cuando se durmió, me levanté y busqué el libro que me había regalado en mi decimoctavo cumpleaños en el fondo del armario. De entre sus páginas, saqué una pequeña flor de color malva. Se la dejé en la cocina decorando la taza que usaría al levantarse.

Algunas promesas aún podían cumplirse.

A la mañana siguiente, su despertador sonó temprano y la sentí moverse. Estaba cogiendo como rutina ir a la universidad directamente desde mi piso. La oí trajinar en la cocina y después entró en el dormitorio y me observó muy quieta desde la puerta.

Estaba preciosa, asustada, acalorada, emocionada.

—¿Lo leíste?

—Tres veces.

Asintió y ladeó el rostro. Luego sonrió y se colocó la flor en el pelo.

Pensé en decirle «te quiero», pero no me atreví. Así que le dije adiós y la vi marchar.

Ella me lanzó un beso.

¿Cuántos gramos pesan las emociones? Yo no tenía ni idea, la que se movía entre números era ella, pero, joder, me habría encantado definir en gramos eso que teníamos entre manos. Darle una forma, un volumen, un cuerpo. Quizá así siempre podríamos tenerlo, colocarlo sobre la repisa del televisor y conservarlo a mi lado cuando ella ya se hubiera marchado.

Rain

Y de pronto mi vida se convirtió en otra cosa. Mis rutinas cambiaron. Mis planes, también. Mis pensamientos volaban de mis responsabilidades a Jack y vuelta a empezar. Las emociones estaban por todas partes. Y las cosas invisibles. Y las ganas de que durase.

—Das miedo.

Me reí. Brooke y Ethan me miraban como si hubiera mutado en una criatura fantástica.

—¿Quién eres tú y qué has hecho con mi amiga? —preguntó él siguiéndole el rollo a una Brooke que me miraba conmocionada.

Me reí de nuevo. Últimamente lo hacía sin parar.

—Sois idiotas.

—Acabas de mirarme la boca, suspirado como una adolescente y confesado que te ha recordado a Jack, ¿qué quieres que piense?

—Es por el chicle. No tiene importancia.

Pero la tenía. Porque todo era Jack. Y eso, por primera vez, me gustaba.

Estar enamorado se parece mucho a obsesionarte con algo y no dejar de quererlo ni aunque estés al borde del empacho.

—¿Vais en serio? —me preguntó Ethan.

Suspiré y eché un vistazo a mi alrededor. Estábamos almorzando en los jardines del campus. Había grupos desperdigados como nosotros, pero también parejas acarameladas a las que no les importaba demasiado que los viéramos intimando. Yo siempre había criticado esa actitud y, sin embargo, me vi deseando tener a Jack cerca para tumbarlo y llenarle la cara de besos.

—No lo sé. Solo pasamos tiempo juntos.

—Desnudos —aportó mi amigo.

—Sí, también desnudos. Pero... no sé muy bien lo que somos. Siento que con Jack siempre funciona así. Y no me importa. Siendo sincera, me gusta. Lo hace distinto.

Porque, si una vez habíamos sido casi amigos sin llegar a serlo exactamente, sentía que de nuevo éramos algo indefinido que se movía entre la amistad y el amor. No nos consideraba una pareja, no aún, pero nos sentía cerca. ¿Era acaso posible? ¿Habíamos encontrado Jack y yo el modo de entendernos y de dar forma a lo nuestro?

Brooke resopló y empezó a reírse de mí.

—Has caído. Es un hecho.

—Quizá.

Alzaron sus refrescos y me animaron a brindar.

—Por la Rain enamorada, a la que todavía tenemos que acostumbrarnos.

Bebí y sonreí.

Aun así, cuando llegué a casa me di cuenta de que la conversación con mis amigos me había dejado un regusto agridulce. Tal vez porque, aunque me sentía apoyada en todo momento, ellos no entendían lo mío con Jack. No creía que fuéramos especiales, pero sí que lo nuestro nunca había seguido los pasos que yo veía que daban otros. Por eso y por mucho más, aquel día acepté que con quien yo quería hablar era con Holly.

Cogí el teléfono y tomé una decisión.

—¡Rain!, pensaba que habrías muerto. Demasiados meses de silencio.

—Tan directa como siempre.

—Ya me conoces.

Sonreí y supe que ella también lo hacía. Tan fácil. Tan cerca de ese «para siempre» en el que creíamos, a pesar del paréntesis.

—Lo siento —susurré con el corazón en la boca.

—Yo también.

Suspiré con alivio y eso fue todo. Con algunas personas las palabras sobran.

—¿Por qué hoy?

—¿Te acuerdas de Jack? —Holly rompió a reír—. Pues me he acostado con él.

Algunas tardes no íbamos a su piso, sino que Jack pasaba a verme antes de entrar a trabajar. No siempre que lo hacía yo estaba en casa, los exámenes finales se acercaban y pasaba más tiempo en la biblioteca, pero cuando llegaba me lo encontraba jugando al ajedrez con papá.

—¡Rain!, menos mal que has llegado, el maestro no deja de burlarse de mí.

—Es que hay que enrocar cuanto antes, hijo.

Jack sacudía la cabeza y mi padre sonreía entre dientes. Y yo los miraba, con las cosquillas intensificadas por mil y las emociones desbordadas. Porque Jack jamás dejaba una partida a medias, aunque eso supusiera no pasar más que un par de minutos conmigo, darme un beso rápido y salir corriendo para no llegar tarde al trabajo. Respetaba esos momentos con mi padre y por ese motivo yo lo adoraba más. A esas alturas, hasta el doctor Hadaway había sucumbido al efecto Jack Ladson. Incluso *Copérnico* parecía quererlo, pese a que Jack seguía tensándose cuando el gato se restregaba con sigilo entre sus piernas.

Quedaban apenas unos días para mi ponencia cuando Jack me dijo que descansaba ese fin de semana. Me daba rabia no ofrecerle un plan mejor, aunque él aceptó con gusto pasar tiempo en mi casa para que yo pudiera estudiar y no romper mis rutinas. Me resultaba extraño, pero incluso con él pululando por ahí era capaz de concentrarme. Jack se había mimetizado en mi vida como si siempre hubiera estado en ella.

Nos preparó la comida a papá y a mí, y se ocupó de colocar la mesa en el jardín. Hacía un día fabuloso para pasarlo fuera. Jack no cocinaba especialmente bien, pero los Hadaway nunca habíamos sido exigentes en ese aspecto, así que alabamos los platos y los dejamos relucientes. Papá bromeaba con él sin cesar sobre sus nulas capacidades para el ajedrez y Jack se defendía entre risas, aunque aceptaba las burlas sin pudor. Se llevaban bien. Conectaban. Y eso me impactó. Porque Jack no solo se había colado en mis pensamientos y en mi vida, sino también en mi casa. Le habíamos abierto la puerta y él lo había cogido todo con naturalidad. Incluso hablaba con mi madre como si fuera normal incluirla en las conversaciones, al igual que hacía yo.

Encajaba conmigo, en mi hogar, en mi mundo.

Por la tarde los senté a los dos en el salón e hice una simulación de la presentación. Aunque mi público consistía en un doctor en astrofísica en pijama, un futbolista retirado a los veinte años y un gato gordo, estaba nerviosa. A fin de cuentas, fui consciente de que su opinión era la que más me importaba.

Cuando terminé, se pusieron en pie y me aplaudieron

como si acabara de pisar Marte, se me cruzó el pensamiento de que deseaba aquello cada día de mi vida.

Jack me cogió de la mano y salimos al jardín. El verde comenzaba a brillar por los rincones y algunas pequeñas flores amarillas habían nacido en las jardineras. Él lo observaba como un padre orgulloso, y me pregunté por qué este Jack tan capaz vivía a la sombra del otro.

—Lo has hecho bien.

—Gracias.

Me dejó un beso en el hombro y sonrió agradecido.

—Es bueno que te ilusiones por las cosas, Jack. Un jardín, el ajedrez..., lo que sea.

—¿En serio?

Pese a que su pregunta estaba teñida de ironía, continué hablando, porque necesitaba que entendiera que todo era cuestión de perspectiva.

—Has pasado una mala época, sí, pero no debes permitir que el dolor se alargue. Tu sueño se truncó, es cierto... Sin embargo, eres capaz de muchas cosas. Podrías..., no sé, Jack. Eres más que un chico que jugaba al fútbol.

—¿Has terminado? —dijo con voz ronca.

Asentí y lo vi arrancar un trocito de hierba. También lo sentí lejos.

—Mira, Rain, me sé de memoria los putos consejos. Llevo mucho tiempo huyendo de ellos. Y siento no ser el chico que quieres que sea, pero esto es lo que soy ahora.

—Jack, no...

Levantó una mano para que me callara. Estaba enfadado. Algunas nubes cubrieron el sol y todo se volvió gris. Me arrepentí, pero ya era tarde. Ya me había comportado como todos lo hacían con él. Deseando que se sintiera útil, satisfecho y capaz de cualquier cosa, había logrado justo lo opuesto.

—Además, te equivocas —añadió antes de ponerse en

pie y marcharse—. Siempre seré el chico que jugaba al fútbol. Eso es lo que los demás no entendéis. No tengo que borrar lo que fui, lo que debo hacer es aprender a vivir con ello, maldita sea.

Aquella noche llamé a Holly. Aún estábamos encontrando un equilibrio en nuestra relación, pero las dos demostrábamos que queríamos intentarlo. No habíamos recuperado la rutina de hablar todos los días como en el pasado, aunque tampoco permitíamos que pasara mucho tiempo sin darnos un toque de atención.

—No es como lo recuerdas —le confesé después de contarle mi discusión con Jack.

—Ninguno lo somos, cariño.

—Lo sé, pero en Jack se nota más, Holly. El chico que brillaba ahora es gris.

—Pero ¿a ti te gusta? Gris, rosa o verde, lo mismo me da.

Tragué saliva y noté un tirón bajo la piel.

—Sí, me gusta. Me gusta mucho.

—Pues demuéstraselo. Mira, Rain, lo que menos necesita después de perderse a sí mismo es que la chica a la que quiere desee que ese Jack vuelva. Ni siquiera él sabe dónde está. Pero el nuevo se encuentra a tu lado. Es todo lo que debería importar.

Jack

Me sentía pequeño. Era en lo único que podía pensar. En eso y en los fantasmas que se habían escapado del armario y que, de repente, estaban por todas partes. El intento motivacional de Rain me había caído como un jarro de agua fría; la chica que creía que me comprendía se había comportado igual que los demás.

«¿Estás triste? ¡Solo tienes que dejar de estarlo, Jack!»

Por eso había huido. Porque era lo que siempre hacía.

Me levanté de la cama, había dormido una mierda, y me puse ropa deportiva. Me cubrí con la capucha y salí a correr. Hacía mucho que no lo hacía y mi cuerpo lo sentía. Estaba oxidado y la pierna me recordaba de vez en cuando en forma de calambre que la lesión seguía ahí, bajo la piel y el músculo, rozando el hueso reconstruido. Lo quisiera o no, ya era parte de mí.

Cogí aire y aumenté el ritmo. Mis pulsaciones se aceleraron. Comencé a notar el sudor en la espalda y un latido insistente en la rodilla. La cabeza me iba a mil por hora. Los pensamientos estaban enredados, aturullados. La ira, el rencor, la tristeza. Me desbordaba. Y, en el centro, Rain. Rain preciosa, fascinante, inalcanzable; porque, por muy rápido que corriera, nunca la alcanzaba.

Frené al llegar a un cruce y apoyé las manos en los muslos. Me costaba respirar. Tenía el rostro húmedo y me temblaba el cuerpo. Veía luces y un par de siluetas difuminadas que me preguntaron si me encontraba bien. Levanté un brazo en señal afirmativa y me dejé caer contra el escaparate de un comercio.

Y, durante unos míseros segundos, no sentí nada.

Todo se había borrado.

Deseé quedarme a vivir para siempre en ese instante.

Solo y en blanco.

Rain

Cuando llegué con papá, ya estaban todos. Entramos en el salón de actos y sonreí ante las expresiones extasiadas y nerviosas de mis amigos al saludar a mi padre. El doctor Hadaway en ese ambiente era el equivalente a Taylor Swift entrando en un instituto. A su lado, yo pasaba desapercibida y eso me calmaba.

Dejé al grupo y me acerqué a saludar a Frederick Hall. Charlaba amistosamente con el profesor McLaine y me sonrieron al llegar.

—¿Preparada, señorita Hadaway? —me dijo el más joven con complicidad.

Asentí y le di un trago a mi botella de agua antes de desviar la mirada hacia la derecha, donde un joven de pelo oscuro entraba y buscaba a alguien; en dos segundos, mi ilusión se desvaneció, porque comprobé que no se trataba de Jack, sino de un doctorando con el que había coincidido en alguna ocasión. Lo saludé con un gesto rápido al pillarme mirándolo y no pude evitar revisar la sala de arriba abajo.

No habíamos hablado desde entonces. Nuestra última conversación había resultado agridulce y me había hecho preguntarme cuánto se puede torcer algo en tan poco tiempo, como si las relaciones estuvieran hechas con nudos que se van enredando y que debemos aprender a saltar a trompicones si no queremos estancarnos en ellos. Tal vez debería haber dado un paso, pero intuía que Jack necesitaba espacio. Así que había controlado mis ganas de mandarle un mensaje o de pasarme por su piso.

No obstante, a punto de subir al estrado, una sensación punzante comenzaba a intensificarse. ¿Y si no aparecía? ¿Y si eso había sido todo? ¿Y si lo nuestro volvía a quedarse suspendido en el tiempo como lo hacen las cosas que nunca llegan a ser?

El doctor McLaine era el encargado de presentar el acto. Cinco minutos después, yo subía los tres escalones y me dirigía al centro. A mi espalda, la pantalla se encendía con el título del tema que iba a desarrollar ante unos trescientos asistentes entre alumnos, profesores y otros profesionales. Cogí aire y me estiré la falda negra en un intento por que dejaran de temblarme las manos. Luego observé cómo se veía el mundo desde allí, siendo el foco de atención de tantos compañeros y personas que admiraba, y aceptando que aquello habría sido perfecto, si no fuese porque me faltaba algo. Alguien. Él.

No lo necesitaba, pero lo quería allí. A mi lado. Compartiendo conmigo uno de los momentos más importantes de mi carrera.

«Imagínate ser la protagonista de todos los cuentos posibles, Rain. Y, ahora, respóndete a una sola pregunta: ¿quién te acompaña en esas aventuras? ¿Con quién te imaginas vivirlas?»

La voz de mamá diciéndole a aquella niña qué era el amor me llegó suave y dulce. Y lo supe. De una forma cruda y desnuda. Ya lo intuía, las señales estaban por todas partes, pero bajo los focos de aquella sala, con trescientos pares de ojos observándome, acepté de una vez por todas que estaba enamorada de Jack. Que, tal vez, nunca había dejado de estarlo.

Cogí aire y curvé los labios a modo de saludo. En el instante en el que se abrió la puerta y sus ojos se cruzaron con los míos, me embargó el alivio de quien cierra un círculo.

Cuando llegó el descanso y dieron paso al almuerzo, me levanté y me dirigí a la última fila, donde Jack mascaba chicle distraído y se sujetaba la cabeza para no quedarse dormido después de otras dos charlas. En cuanto me vio, se levantó y nos observamos con una sonrisa contenida y un «perdón» bajo la lengua. No me pasó por alto el vistazo que me echó y la manera en la que su garganta se movió al tragar saliva.

—Está muy guapa, señorita Hadaway.

Me mordí el labio y no me molesté en esconder mi rubor. Llevaba un conjunto tan serio como aburrido, pero me di cuenta de que Jack no mentía, porque bajo su mirada yo resplandecía. Lo que fuera que hubiese ocurrido en el jardín ya no existía.

Suspiré y me pegué a él para dejar pasar a un grupo de alumnos. Al hablar, mi aliento golpeó su pecho. Se había arreglado para la ocasión con unos clásicos pantalones azules y una camisa blanca, y aquello me enternecía.

—No has hecho gestos obscenos. Menuda decepción.

Jack sonrió y su abrazo me pilló desprevenida. En otras circunstancias me habría sentido incómoda, el ambiente se caracterizaba por la rectitud y la formalidad, pero era Jack. Y él podía hacer lo que quisiera que el mundo se lo perdonaba. En eso seguía siendo el mismo. Aspiré el olor a menta de su aliento y sus palabras me hicieron cosquillas en el oído.

—Estoy muy orgulloso de ti, Rain.

Lo agarré con más fuerza. Cuando nos separamos, noté que algunos nos miraban disimulando regular, entre ellos mi padre, McLaine, Frederick Hall y mis amigos.

—Vamos, te presentaré a todos.

Nos acercamos y papá lo saludó con un apretón de manos.

—Mi alumno díscolo.

Jack se rio. McLaine alzó las cejas mientras los observaba con curiosidad.

—¿Estudias aquí? No te había visto nunca.

—No, saco de quicio a Kaspárov en mi tiempo libre.

Sacudí la cabeza cuando Jack le guiñó un ojo a mi padre, que se alejó con McLaine y Hall para charlar de asuntos profesionales, y continué con las presentaciones.

Brooke se puso colorada, le pasaba siempre que conocía a un chico guapo, y Ethan lo saludó con camaradería. Ray y Mariah se mostraron educados, aunque un tanto distantes, porque eran personas tímidas a las que les costaba entablar nuevas relaciones. Si Jack lo notó, no dijo nada. Parecía cómodo en su propia piel, no dejaba de sonreír y de tener gestos amables con los que nos rodeaban, pero a medida que pasaba el tiempo me pregunté si no sería de nuevo ese Jack que se escondía bajo el disfraz del chico encantador y despreocupado. Había comenzado a pensar que continuaba siendo mucho más de lo que mostraba. Escarbaba, aunque seguía quedándome a medias.

Tras unos minutos de charla intrascendente, dimos por finalizado el seminario y decidimos salir a celebrar mi éxito.

Hicimos la primera parada en una cafetería que a Brooke y a mí nos encantaba para después elegir un *pub* en el que Ray decía que se podía charlar sin notar el aliento pegajoso de otros. Pedimos vino y brindamos. Ethan y yo repasamos algunos de los momentos del seminario hasta que Brooke nos insultó con ganas y nos prohibió hablar más sobre ello. Mariah nos contó que estaba a punto de conseguir la subvención para la línea de investigación en genética molecular de la enfermedad en la que se basaba su doctorado. Aquella noticia nos llenó de alegría y, sin darnos cuenta, volvimos a centrar el foco de la conversación en nuestros estudios mientras Jack bebía cerveza y nos observaba como si fuéramos extraterrestres. Ray acabó deleitándonos con un monólogo sobre las políticas universitarias y lo que opinaba de las ayudas de financiación que solo callamos cuando nos movimos para acabar la noche en otro *pub* más animado.

Aquella noche, recorriendo las calles de Londres mientras me reía a carcajadas con mis amigos y sentía el brazo de Jack rodeando mi cintura, me dije que la felicidad costaba muy poco, si encontrabas quién la despertara.

Jack

Puedes creer conocer a alguien y un día darte cuenta de que no sabes nada de esa persona. Puedes pensar que sois compatibles hasta que las diferencias son tan abrumadoras que alzan muros. Puedes confiar en que lo sabes todo y percatarte en un segundo de que no tienes ni idea de nada.

—¿Te diviertes?

Rain acarició mi hombro con la nariz y le sonreí. Tenía las mejillas coloradas por el vino y las puntas del pelo disparadas en todas las direcciones.

—Claro.

Le dejé un beso rápido en los labios y sonrió ampliamente. Yo tragué saliva y fingí que era verdad, que todo iba bien, que su mundo me gustaba algo.

Había soportado el seminario como un adulto. Si digo que entendí una mínima parte de lo que escuché, estaría mintiendo. Tampoco me importaba. Solo me concentré en Rain, en la forma lenta y calmada en la que exponía su trabajo, en cómo se humedecía los labios entre pausas, en el modo delicado de colocarse el pelo detrás de las orejas, en la elegancia de sus movimientos. Lo hizo bien. Lo hizo la hostia de bien. Y cuando se acercó sin miedo y bromeó, pese a nuestro último encuentro, como solo lo hacía Rain, me dije que esa chica estaba hecha para mí.

Sin embargo, no tardé más que unos minutos en ser consciente de que estaba equivocado. El resto del día me moví a tientas entre formalidades absurdas, conversaciones soporíferas y cargadas de soberbia hasta acabar la noche rodeado de personas con las que me sentía totalmente fuera de lugar. Si el primer contacto con Ray y Mariah había sido frío, no tuve que pasar demasiado tiempo con ellos para descubrir que eran unos esnobs. Su actitud de superioridad me ponía enfermo. Brooke era distinta, pero no tanto. Bajo esa fachada amistosa, me había encontrado miradas de incomprensión y bromas de mal gusto. El único que se salvaba era Ethan, aunque quizá lo hacía porque tendía a mantenerse al margen de todo. Y Rain, claro. Mi Rain. La que seguía siendo igual de bonita y especial que siempre, pese a que encajara en el grupo como una pieza clave y central.

¿Cómo era posible que conectara a la vez conmigo y con esas personas? ¿En qué lugar me dejaba eso a mí?

Ni siquiera ponerme el disfraz del Jack que se ganaba a la gente con facilidad me sirvió de algo. Según transcurrían las horas, los pensamientos se volvían más oscuros. Según la cerveza calentaba las emociones, estas se tornaban más dañinas. Comencé a sentirme pequeño. A dejar que esos desconocidos y sus juicios silenciosos me afectaran.

«¿A qué te dedicas, Jack?»

«¿No has pensado en estudiar algo, Jack?»

«¿Qué objetivos tienes a corto plazo, Jack?»

«La fiebre del fútbol siempre me ha parecido un reflejo de esta sociedad adoctrinada y dócil.»

La última aportación había sido de Ray, que tenía comentarios para todo desde una especie de pedestal invisible.

Los odiaba. Eran estúpidos, arrogantes y clasistas, lo cual

resultaba curioso, teniendo en cuenta que todos ellos parecían haber estado en el otro lado en algún momento de su vida. La Rain que conocí en el instituto los habría odiado, pero la que me cogía la mano y acariciaba mis nudillos los había convertido en familia.

—¿Tomamos la última? —dijo Brooke. Rain arrugó la nariz; estaba cansada—. Venga, Jack, convéncela. Seguro que tú eres de los que aguantan lo que haga falta. Parece que tienes experiencia.

Todos rieron, incluso Rain. Era una broma. Era un comentario como otro cualquiera de esos que se escapan sin querer cuando el alcohol ya es un compañero más. Eran palabras que no significaban más que el peso que quisiera darles. Y, sin embargo, me cayeron fuerte y me jodieron tanto como para dejar que los fantasmas salieran de nuevo y que deseara correr hasta verme en la seguridad de mi armario.

—Ha sido un placer —dije con una sonrisa plastificada—, pero, si esta señorita quiere, creo que es hora de retirarnos.

Rain se acomodó melosa bajo mi brazo y asintió.

Ya en mi piso, suspiré aliviado. Dejamos los abrigos en la entrada y nos descalzamos. No encendimos las luces. Dejé que los pasos silenciosos de Rain me llevaran de la mano a la habitación. Sus labios encontraron los míos en la penumbra y nos besamos con tanta dulzura que lo que había sucedido con sus amigos dolió más.

—Me ha gustado compartir hoy contigo —me susurró.

Estábamos tan cerca que su aliento me rozaba. Colé las manos por debajo de su falda y la atraje hacia mí.

—Y a mí que quisieras que formase parte de un momento tan importante para ti, Rain.

Acarició mi cuello con la nariz y me desabrochó la camisa. Me lamió el pecho y suspiré contra su pelo. Atrapé un mechón y tiré de él.

—Haces que todo encaje, Jack.

Alzó el rostro y la observé bien. A aquella chica menuda y tremendamente inteligente que me había elegido, aún sin comprender por qué. La misma que decía que le daba sentido a su mundo mientras yo sentía que aquella noche alguien me había sacado de una patada de él.

Sonrió provocativa y se puso de puntillas. Sacó la lengua y me lamió los labios con lentitud. Adoraba su forma de hacerlo. De tomarse su tiempo para hacer las cosas. De hacerte sentir que eras algo más de lo que te devolvía el espejo.

—¿Sabes qué es lo que más me gusta de ti? —Rain pestañeó y me miró con deseo. Tenía las mejillas sonrojadas y los ojos muy negros—. Que haces que las cosas importen. Les das un valor que desconocía que tenían. Consigues que lo vulgar parezca único.

—¿Estás borracho?

Se rio y la rodeé con los brazos. Ella era la que había bebido como para sentirse más ligera, menos contenida. Una Rain tan peligrosa y adictiva como todas las demás.

—Hasta un chico como yo —continué divagando sin responderle; sus manos se habían aventurado bajo el botón de mi pantalón—. Incluso los que no tenemos nada que ofrecer nos sentimos llenos a tu lado, Rain. Menudo superpoder, ¿eh?

Me reí entre dientes y gemí ante sus caricias. La habitación olía a sexo lento y cómplice incluso antes de comenzar. Rocé sus pechos con las yemas y ella cerró los ojos. Me acerqué y le besé los párpados, las mejillas, la garganta. Probé la sal de su piel por el sudor de las horas. Me pregunté cuándo dejaría de querer más. Y, solo un instante después, cuánto tardaría ella en darse cuenta de que yo no podría darle lo mismo de vuelta.

Tragué saliva; la mezcla de excitación y tristeza apretó el nudo anidado en mi garganta.

—No puedo ni imaginarme el vacío que debes dejar al marcharte.

—Suerte que no tengo intenciones de hacerlo, Ladson.

Su lengua se encontró con la mía y los cuerpos hicieron el resto.

Aquella noche nos quisimos mucho. Follamos, sí, pero nos quisimos más. Porque en el instante que más ganas tenía yo de correr en la otra dirección, Rain se entregó por completo. Quizá por eso lo hice. Tal vez ese fue el desencadenante de las decisiones que vinieron. De lo que sí estoy seguro es de que Rain y yo en ese momento ya éramos algo, aunque todavía estuviera sin definir.

Cuando se estaba quedando dormida y yo la miraba cautivado, sus labios se curvaron y pronunció unas palabras que llevaban implícito el estruendo de una bomba.

—Te quiero, Jack.

Tan natural. Tan sencillo. Aunque lo susurrara entre sueños para un segundo después comenzar a roncar. De haber sido el Jack del pasado, habría usado aquello para burlarme de ella y avergonzarla. Pero yo era otro. Otro que se sentía conmocionado por esa confesión. Otro que no durmió aquella noche, con la cabeza repleta de preguntas para las que no encontró respuestas.

«¿Cómo puedes, Rain? ¿Cómo puedes querer esto que soy?»

Rain

No soy idiota y era obvio que las señales estaban por todas partes. Quizá eran demasiado pequeñas o estaban desmenuzadas, escondidas bajo el brillo de lo demás. Tal vez yo estaba ciega, enamorada, tan feliz que no veía más que aquello que deseaba y que por fin tenía. Pero la única verdad es que no lo vi venir. Y por eso, cuando llegó, algo dentro de mí se cuarteó.

—¿Le han cambiado el turno a Jack?

Papá salió al jardín y se sentó a mi lado. El verano se acercaba y yo aprovechaba el buen tiempo para estudiar en el exterior. A mi alrededor, la hierba y las flores crecían a un ritmo lento.

—No lo sé. Hace días que no nos vemos.

Papá asintió y me centré de nuevo en mis libros. Los exámenes finales habían convertido mi vida en una sucesión de idas y venidas a la universidad y habían acabado con mi vida social. Era mi último curso y estaba a nada de graduarme y de dar por finalizada una etapa que, aunque echaría de menos, me moría de ganas de cerrar. El siguiente paso era Cambridge; tras la ponencia, la aceptación de mi doctorado el curso siguiente no había tardado en llegar y estaba a un paso de cumplir un sueño que me perseguía desde que era una niña. Tenía suerte de que Jack respetara mi dedicación hasta el punto de que en la última semana apenas habíamos intercambiado más que algunos mensajes de texto.

—Me debe una partida de ajedrez.

Sonreí, aunque al instante fruncí el ceño. Recordé que incluso los días en los que yo estaba liada preparando la ponencia, Jack no había dudado en pasarse por casa para jugar al ajedrez con papá y vigilar el estado del jardín. Cogí el móvil y busqué nuestra última conversación guiándome por un presentimiento. Estaba tan concentrada en mis responsabilidades que no había caído en la cuenta de que hacía dos días que no nos escribíamos. Deslicé la pantalla y leí. Chasqueé la lengua al percatarme de que sus tres últimas respuestas habían sido vagas y poco significativas.

—¿Hay algún manual para aprender a ser una buena novia?

—Así que novia... —Puse los ojos en blanco y papá se rio; pero lo entendía, porque hasta ese momento ni siquiera yo le había puesto nombre a lo que éramos—. Ojalá lo hubiera, me habría solventado muchos problemas con tu madre.

Resoplé y miré el reloj.

—Me siento muy perdida en esto, papá. ¿Y si no le he dado la importancia que merece pese a mis responsabilidades? Soy una novata en las relaciones y... —Suspiré e, inevitablemente, pensé en mi madre—. Te adoro, pero ojalá hubiera podido compartir esto con ella.

—No hay una forma correcta de hacer las cosas, Cordelia. Si Jack te quiere, lo hace por cómo eres, incluso cuando te encierras entre libros y apuntes y te olvidas del resto.

Sonreí al hombre despistado y sabio que observaba con dulzura su nuevo jardín. Me levanté y le dejé un beso en el pelo.

—¿Sabes? Lo haces mejor de lo que crees.

Papá asintió emocionado y me marché de allí. Mandé un mensaje a Jack de camino a su piso. No me molesté en comprobar si lo había leído. Necesitaba verlo. Darle un abrazo, un beso y preguntarle si me había echado de menos. Quizá, incluso, confesarle que yo apenas había pensado en él, pero no porque ya no lo quisiera cerca, sino porque la genética de los Hadaway nos hacía expertos en olvidarnos del mundo cuando el cerebro mandaba.

Llamé al timbre y me abrió sin contestar. Subí las escaleras y empujé la puerta. Todo tan normal como siempre. Todo tan trivial que no fue hasta que entré en el piso y me embargó un aroma muy particular cuando me tropecé con las señales. Y estaban por todas partes. Gritaban tan alto que me costaba discernir lo que me decían. Su máscara de chico perfecto después de la ponencia que me recordaba demasiado al Jack que se escondía. Sus palabras de aquella noche que, si no hubiera estado ebria de vino y emociones, habría analizado hasta comprender su significado implícito. Las similitudes con la forma en la que Holly y yo nos perdimos por un tiempo.

Cogí aire y atravesé el pasillo. Olía a un perfume dulzón y desconocido. Era de mujer. Y no era mío. Y no quería hacerlo porque sabía que solo podía perder, pero no podía controlarlo y las posibilidades aparecieron frente a mis ojos.

1. Su hermana está de visita.
2. Ha comprado un ambientador demasiado embriagador.
3. Se ha paseado por la planta de cosmética de Harrods y ha acabado atacado por vendedores con difusores.
4. Jack me ha hecho daño.

Tragué saliva y me esforcé por controlar mi corazón agitado. Llegué al salón. A través de la puerta entreabierta del dormitorio vislumbré una espalda desnuda que conocía bien. Sus tres lunares de la nuca. Uno. Dos. Tres. La pequeña cicatriz del costado izquierdo, recuerdo de una patada en un partido a los trece años. Y junto a él, una melena oscura. Una ilusión hecha pedazos.

Para ser una novata en el amor, lo reconocí al instante. El dolor. La grieta. Nuestros caminos bifurcándose.

Jack

—¿Quién es?

Me giré para encontrarme con el rostro distante de Rain. No parecía dolida. Ni enfadada. Solo descolocada. Carraspeé y me agarré al borde de la cama.

—Se llama Eliza.

—Entiendo.

Pero Rain no entendía nada. Nada. Solo intentaba encontrar un sentido a una situación inesperada, a esa putada que le había hecho y que no merecía. Porque ella funcionaba así, necesitaba razones, y no las teníamos. Yo únicamente había tomado un atajo, una salida fácil para no confesarle que me asustaba arrastrarla conmigo dentro del armario. Estaba jodido. No había más motivos. Necesitaba que ella se marchara a Cambridge sin equipaje. En una ocasión ya había tenido que ceder sus prioridades por otra persona y no quería cargarla con algo que ni yo aún comprendía. Debía irse sin mirar atrás y empezar lejos de mi agujero.

—Lo siento, no pretendía que sucediera así.

Pese a la situación, ella se rio. Y vi cómo sucedía. La forma en la que se colocaba el escudo y se volvía inaccesible. La chica que nunca se entregaba se había dado sin reservas y había salido herida. Torció los labios y se estiró. Su mirada era glacial. Rain ya estaba lejos. Su versión más sarcástica estaba de vuelta.

—No, tranquilo. Si la culpa es mía, por pensar que habrías cambiado.

La vi marcharse. A mi lado, Eliza se ponía la camiseta y me miraba con tristeza. Tal vez fuera decepción. Hacía meses que no nos acostábamos ni volveríamos a hacerlo. Aquello solo había sido el favor de una amiga que entendía mis mierdas mejor que yo mismo.

—¿Ya está?

—Sí, puedes irte.

—¿Y no sería más fácil ser sincero con ella, Jack?

—Con Rain me da la sensación de que siempre es sencillo hasta que lo complicamos.

—Es que el amor es fácil, Jack, somos nosotros los que lo enredamos.

Me dio un beso en la mejilla y la observé atravesar la puerta, pero, a diferencia de con Rain, en ese acto no había belleza ni nada que mereciera ser recordado.

Después de aquello, me hundí en la mierda.

No volvería a verla hasta tres años después.

Tercera parte

LA HIPÓTESIS DE UN FINAL ANUNCIADO

HOY
Rain

No sé si es posible, pero cada hora que pasa siento que la lluvia cae con más fuerza. La botella de vino está vacía y en el plato solo quedan las migajas de la cena que Jack ha preparado. La chimenea hace que la temperatura sea perfecta y, a pesar de ello, tiro de la esquina de una manta y me cubro las piernas con ella.

—No sé cómo recuerdas tú aquella época, Rain, pero necesito que sepas que fue una de las más bonitas de mi vida.

Lo miro con incredulidad.

—Nunca te había visto tan mal, Jack.

—Incluso con eso.

Trago saliva y aparto la vista. Para mí también lo fue. Aunque terminó tan rápido que en ocasiones he llegado a preguntarme si de verdad ocurrió.

—No fuimos nada —le digo con dureza.

—Que no lo definiéramos no borra lo que compartimos.

Aprieto los dientes y noto la rabia. El despecho. El dolor. Y odio a este Jack. No es el mismo de entonces, lo sé bien, pero es al único al que puedo culpar.

—Lo jodiste. Estábamos cerca y tú lo jodiste.

Su expresión se dulcifica. No sé en qué momento ha sucedido, pero lo tengo apenas a un palmo y si muevo los dedos de los pies toco su rodilla.

—Lo sé.

—Fuiste un imbécil.

—No es una novedad.

—Pero es peor que eso, porque también fuiste un cobarde.

Asiente y aparto las piernas. Cojo aire y la copa en un intento por hacer algo con las manos. La giro y jugueteo a manchar el cristal con la gota de vino que queda en el fondo. Todo se vuelve rojizo. Me imagino que mi corazón funciona igual cuando Jack se cruza en mi vida; lo sacude con fuerza y lo salpica todo de gotitas de sangre.

—No era un buen momento, Rain.

—Es posible, aunque podías habérmelo dicho. Podías haberme dicho: «No es el momento, Rain». ¿Ves qué fácil? —le suelto con amargura.

Resoplo y me enfado, porque esta no es la Rain que quería que él viera. Esta es una que no puede ocultar que todavía le afecta lo que pasó, lo que nos hicimos y lo que Jack le provoca.

—Podías haber sido sincero. Habría entendido que no quisieras estar conmigo.

—Pero quería estar contigo.

—Podía aceptar, Jack, que no fui más que un pasatiempo para ti.

—Nunca fuiste un pasatiempo.

—Podía soportar estar enamorada de un tío incapaz de comprometerse con nadie.

Las últimas palabras caen entre nosotros como una granada. Me siento desnuda, y tonta, y pequeña. Me siento vulnerable y en desventaja.

—Rain...

Su susurro me estremece. Cierro los ojos. No quiero que me toque y sé que solo por eso se está conteniendo. Desde entonces, no soporto que lo haga si no es para quedarse.

Me incorporo tan rápido que la manta cae a mis pies. Doy un paso y su mano me rodea la muñeca. Miro hacia abajo y me encuentro con sus ojos llenos de tanto que no lo entiendo. El mundo pierde cualquier forma, sentido y lógica. El caos llega para quedarse. Más aún cuando Jack abre la boca y las excusas para no hacerlo desaparecen.

—No me acosté con Eliza.

—¿Qué?

Percibo que el mundo se detiene. Que el pasado y el futuro cambian de perspectiva y que nada es lo que parece. Que los pedazos en los que nos rompió se juntan y forman algo nuevo.

«Maldito seas, Jack. Maldito siempre.»

Jack

Rain retira la mano con brusquedad y se aleja. Está enfadada. No puedo culparla. En este instante acabo de poner su mundo del revés. Todo en lo que creía sobre nosotros se ha hecho añicos. Tampoco puedo dejar de pensar en que ha confesado que estaba enamorada de mí. Sin miedo. Sin reservas.

Ha huido a la cocina y se está sirviendo un vaso de agua. Me levanto y voy a su encuentro, porque necesito que sepa que sus sentimientos no cayeron en saco roto. Que eran correspondidos, solo que se cruzaron con los míos en mal momento.

—Tú también me volvías loco, Rain.

Deja el vaso sobre la encimera y le tiemblan los dedos. Ladea el rostro y me observa con tiento. No se fía. No la juzgo, pero me jode que crea que lo nuestro, saliera bien o mal, no fuese de verdad. Porque lo fue, y es lo único que debería importarnos.

—Lo has hecho siempre. Y, durante un tiempo, en esa locura encontré paz.

—Hasta que dejaste de hacerlo —responde con la voz tomada.

—Porque seguía en guerra conmigo mismo.

Resopla y se gira. Los ojos le arden. Está ordenando en su mente lo que fuimos con esa nueva información.

—Y si la guerra era tuya, ¿por qué decidiste disparar contra mí?

—Porque necesitaba que te marcharas. Necesitaba hacerlo solo, Rain. Y contigo cerca sabía que no iba a ser capaz. Necesitaba quererme a mí para poder quererte como te mereces.

Parpadea y aparta la vista. Mastica mis palabras, las digiere, las entiende. Y eso la cabrea. La cabeza le va a mil por hora y la conozco para saber que está viajando a todos esos planos alternativos en los que lo nuestro fue diferente.

«Si hubieras sido sincero conmigo, no te habría odiado.»

«Si no hubieras usado a Eliza como excusa, quizá ahora seríamos otros.»

«Si me hubieras mantenido a tu lado, tal vez incluso lo habríamos conseguido.»

Chasquea la lengua. Se aparta el pelo de la cara y me fulmina con una mirada airada. Si la Rain que me ha abierto hoy la puerta tenía motivos para odiarme, ahora ha sumado unos cuantos más y está muy cabreada.

Doy un paso y Rain me imita, protegiéndose con la isleta central que nos separa para que no me acerque más. Parece que dancemos alrededor de ella. Jugamos al pilla-pilla. A cada paso que doy, se aleja de una zancada. Aún es silenciosa como una bailarina. Nos retamos con la mirada fija en el otro. Quizá parezca un capullo, pero esto me hace sonreír. Me divierte. Y decido provocarla, porque así es como nosotros funcionamos desde el principio.

—Mi corazón latía por ti, Rain, pero estaba envenenado, ¿es que no lo entiendes?

Su carcajada es todo lo que necesito para saber que mi comentario hortera ha merecido la pena. Jack, el que halaga hasta el exceso, atacando de nuevo. Su sonrisa maliciosa me dice que acepta el juego. Que, por un instante, volvemos a ser Jack, el protagonista de novela, y Rain, la marisabidilla que siempre tiene respuestas.

—El corazón late cien mil veces al día. Emite unos cinco litros de sangre por minuto. Unos trescientos cada hora. Siete mil doscientos al día. Medio millón al año. Afirmar que el de alguien late por otra persona es una idiotez.

—Pero es bonito.

Le sonrío con picardía y ella pone los ojos en blanco.

—Es tener el ego más grande que Londres.

—Es un modo de expresar lo que alguien significa para ti.

—Es una estupidez sin sentido.

—Sigues buscándole una explicación a todo, ¿eh?

Curva los labios y recuerdo su tacto suave y húmedo.

—Sí. Quizá por eso acabo de recordar que compartes el cincuenta por ciento del ADN con un plátano. Eso también explicaría muchas cosas.

—Muchas... —le susurro con lascivia.

—No lo decía como algo positivo, Jack.

—¿Estás segura? Quizá debería recordarte aquello que hicimos en mi cama cuando...

—¡Oh, vamos!

Corre hacia mí, rompiendo las reglas del juego, y me silencia con una mano. Se ha ruborizado y respira con dificultad. Le miro la boca fijamente y se relame. Cuando se da cuenta de lo que sucede, rompe el contacto y se aparta. Saltan chispas. Todavía nos encendemos de una forma única y eso me hace lanzarme, aun a riesgo de darme de bruces con la Rain más dura.

—Me encanta que sepas cosas como esa. Muchas veces me pregunto cuánto te guardarás solo para ti. Qué parte del mundo no compartes. Qué tiene uno que hacer para que le invites a tu universo, emperatriz.

Rain suspira y vuelve a su sitio en el sofá. Observa las llamas y yo las veo reflejadas en sus ojos.

—No es por meter el dedo en la herida, pero una vez te abrí las puertas y se te dio regular.

Me siento a su lado y lo hago más cerca que antes. Cuando Rain dobla las piernas, me roza con los pies, pero en esta ocasión no los aparta.

—Tal vez por eso estemos hoy aquí. Alguien me está dando la posibilidad de enmendar aquello. —Se ríe con incredulidad; la chica que hablaba con su madre muerta sigue sin creer en lo que no se puede explicar—. ¿Y si hay personas destinadas a cruzarse, Rain? Eso justificaría que nosotros no dejemos de hacerlo.

Sonríe y percibo una pena en su mirada que no estaba. Como si quisiera que eso fuera posible, aunque sepa que me equivoco.

—Esto no tiene nada que ver con el destino, Jack. Si acaso con la probabilidad de tropezar una y otra vez con la misma piedra.

—¿Vas a darme una cifra? ¿Has hallado una fórmula para definir lo nuestro?

Ignora mi sarcasmo y niega con la cabeza.

—No, pero no deberías creer que hay algo que rige esto más que la mala suerte de que nuestros amigos vayan a casarse.

—Mala suerte o no, tengo que creer en algo, Rain. Aunque sea en algo tan abstracto como en las casualidades que me han llevado hasta ti.

Su mirada se pierde en la chimenea. La mía, en la forma redondeada y perfecta de sus orejas de duende. Los dos, en todos esos instantes compartidos que aún nos quedan por recordar.

—Casi la tuvimos, ¿no? —le susurro.

—¿El qué?

Rain parece confundida, aunque solo hasta que las palabras nunca dichas se me escapan y se quedan flotando junto a todo lo demás que no se ve.

—La historia de amor.

Ella asiente. Le tiembla el labio. Los finales siempre traen consigo un sabor triste.

Itinerario de un libro olvidado (3)

Odiaba las mudanzas y ahí se encontraba de nuevo. La casa estaba llena de cajas, de bolsas para la beneficencia, de recuerdos que quedarían siempre anclados a esas paredes.

—¿Estás bien?

Olivia se giró y sonrió a un Alec preocupado.

—Claro.

—Odias las mudanzas.

Ella se rio.

—Me conoces bien, solo que esta la siento distinta. No me voy de la casa familiar para no volver ni estoy rompiendo con alguien.

—No.

Se sentó en su regazo y le revolvió el pelo.

—Solo me voy a un sitio mejor. Contigo.

Se dieron un beso sentido hasta que ella se levantó y, con un suspiro, se enfrentó al trabajo más arduo de todos: empaquetar su librería. Separaron los libros en dos montones: uno para guardar y otro para donar.

—¿Y este? ¿Lo tienes repetido?

Olivia se acercó y observó los dos ejemplares que le mostraba Alec. Uno de ellos se lo habían regalado hacía años, pero el otro no era suyo. Suspiró ante la intensidad de la nostalgia.

—Era de Josephine, ¿te acuerdas de ella? Se dejó algunas cosas el último curso y ya no regresó.

—¿Tu compañera de residencia?

—Sí.

Olivia tragó saliva ante los recuerdos. Habían pasado tres años y aún le incomodaba hablar de ella.

—¿Vas a devolvérselo?

Negó con la cabeza y se concentró en parecer despreocupada, a pesar de que le temblaban las manos.

—Sabes que perdimos el contacto.

—¿Para donar entonces?

—Sí, supongo que sí.

Alec colocó el libro en la caja escogida y continuó seleccionando. Al otro lado, su novia rememoraba en silencio el tacto de la espalda desnuda de una chica a la que una vez quiso tanto como para esforzarse por olvidarla.

AYER
LA VERSIÓN DE RAIN
Amor contra natura y confesiones extrañas

Pasaron tres años antes de volver a verlo.

Mentiría si dijera que me lo esperaba, que las casualidades seguían un ritmo cíclico y que una nueva estaba al caer. Pero lo cierto es que por entonces yo ya había relegado a Jack a ese espacio mental donde se almacena aquello que no sirve para nada, pero que los lazos emocionales tampoco te permiten olvidar. Ocupaba un lugar de honor entre decepciones, miedos y otras ilusiones marchitas.

Entré en el local y busqué la melena castaña de Holly. La música estaba alta, había globos decorando cada rincón y una mesa repleta de pastelitos y otros dulces. Cuando la distinguí, me acerqué a ella y sonreí al ver la corona que le retiraba el pelo de la cara. Llevaba un corpiño rojo y una de sus faldas retro con pequeñas mariposas. Al lado de mi vestido negro calado y mis zapatos planos, parecía una princesa.

—¡Feliz cumpleaños, Holly!

—Gracias, cariño.

La abracé y saludé a su primo, la única persona que conocía de todo aquel grupo de invitados heterogéneo y un tanto extraño que nos rodeaba.

Apenas un año atrás, Holly había regresado a Londres.

Lo había hecho con sus estudios terminados y un puesto como redactora en un periódico independiente. Habíamos celebrado con alegría su vuelta, pero pronto nos habíamos dado cuenta de que su vida no se parecía en nada a la que había dejado al marcharse y yo era lo único en común entre ambas. Sus nuevas amistades las había forjado entre el trabajo y las fiestas, y oscilaban entre personas serias del panorama cultural local y otras de lo más extravagantes que desfilaban con asiduidad por la alfombra roja de la noche londinense. A mí me costaba encontrar mi sitio en ese ambiente, me sentía un pececillo minúsculo rodeado de bestias marinas, pero me esforzaba porque ella lo merecía. Ya nos habíamos perdido durante una temporada la una a la otra como para arriesgarnos a hacerlo nuevamente. Solo consistía en encontrarnos en los puntos en común y respetarnos en las diferencias.

—¿Cómo me sientan los veinticuatro?

—Mejor que los veintitrés.

—Por algo sigues siendo mi mejor amiga.

Se rio y me agarró para llevarme al otro lado del *pub*. Parecía nerviosa; se tocaba los labios sin parar y se recolocaba el escote mientras miraba a su alrededor. Abrí la boca con sorpresa y la miré emocionada.

—No me digas que por fin vas a presentarme a tu «misterioso ligue de una noche que ya son diez, pero con el que no tengo nada serio».

Holly hizo un mohín y le sonreí burlona. Parecía avergonzaba y más inquieta de lo normal.

—Es posible. Me gusta, Rain. No sé cómo lo ha hecho, pero estoy loca por él.

—Me alegro mucho por ti, Holly. No tienes que estar nerviosa. Tienes buen gusto, seguro que todos caemos rendidos a sus pies.

Suspiró y se mordió el labio pintado de rojo. Nunca la

había visto de ese modo. Holly seguía conociendo a gente con la misma facilidad con la que después la olvidaba. Decía que ella no se enamoraba, que el amor no era para las almas libres como la suya, por lo que verla en ese estado resultaba sorprendente.

De pronto, abrió los ojos cómicamente y me agarró la mano con fuerza.

—Oh. Vale. Ahí viene. Llegó el momento. Perdóname, Rain.

Me plantó un besazo en la mejilla y tiró de mí hacia la pista. En medio del barullo, una cabeza de rizos oscuros se acercó a nosotras con andares lobunos. Llevaba unos pantalones negros y una camiseta tan ajustada que no habría sido difícil distinguir la forma de sus órganos internos.

—¿Por qué me pides perdón? ¿Te has liado con mi padre o algo así? —bromeé en un intento por tranquilizarla; me apretaba tanto los dedos que iba a dejarme marca—. Asumo que sería raro, pero...

—¡Sorpresa!

Me empujó contra el cuerpo que se había abierto paso a través de la multitud y lo observé con la boca abierta. Mason me sonrió con simpatía y me estrujó entre sus fornidos brazos sin dejarme tiempo a reaccionar.

—¡El tío Mason ha regresado! ¿Cómo estás, Hadaway? Veo que aún te quedas sin respiración ante mis encantos.

Me soltó y le devolví una sonrisa.

—Vaya. Esto sí que no me lo esperaba.

Holly me observaba azorada mientras Mason le lanzaba una mirada no solo cargada de deseo, sino de mucho más que me dejó estupefacta. ¿Admiración? ¿Dulzura? ¿Amor? Comprendía que a Holly le costara reconocer que había sucumbido al atractivo de Mason después de años de aversión, pero yo era la primera que había aprendido que las personas cambiamos y vivimos distintas etapas. Incluso con eso, aquella relación seguía resultando chocante.

Le acaricié la mano y ella me sonrió con timidez.

—No voy a burlarme, te lo prometo. Al menos, no demasiado.

Se rio con nerviosismo y la expresión de Mason se dulcificó. Pestañeé, porque aquella estampa me parecía tan surrealista como convertirme en una estrella del rock.

—No es eso lo que me preocupa —susurró Holly.

Pero no tuve tiempo de preguntarle qué significaba aquello, porque Mason se giró, lanzó uno de esos gritos que reunían manadas y las razones de Holly para mirarme como quien acaba de traicionarte cobraron sentido.

—¡Aquí está mi hermano!, el único e inigualable Jack Ladson. ¿Te acuerdas de Rain? ¡La de las bragas de princesa! La de vueltas que da la vida, ¿verdad? Aquí de nuevo los cuatro, ¡es la leche!

La risa de Mason solo se cortó cuando Holly le dio un manotazo. Apenas a unos pasos, Jack me observaba con cautela. El corazón me bombeaba rápido. Los recuerdos se agolparon y trajeron con ellos las emociones de la última vez que nos vimos. El rencor puede tener muchas formas, y el mío se había convertido en una pátina endurecida que hacía que cualquier cosa relacionada con él me resbalase por encima y nunca se abriera paso.

Después del incidente con aquella chica llamada Eliza, les había dicho a los míos que lo nuestro se había terminado. No había dado muchas explicaciones. Únicamente que solo había sido un pasatiempo y que nos habíamos despedido para siempre. Brooke y los demás habían confesado que se lo esperaban, que entre ese chico y yo no había nada en común como para tener futuro, lo cual me había incomodado; no es agradable averiguar que tus seres queridos nunca creyeron en algo en lo que tú depositaste todas tus esperanzas. Holly, en cambio, parecía triste y, aunque intuía que había más bajo la superficie que yo guardaba solo para mí, había respetado mi decisión y nunca más me lo había nombrado. Mi padre, por otra parte, se había mostrado decepcionado. A fin de cuentas, con él sí que había conectado y también había perdido algo.

Mi historia con Jack se había evaporado y sentí que comenzaba otra etapa. Una en la que yo estaba más herida y menos confiada. Una en la que, a pesar de que me había hecho daño, lo echaba de menos, porque las emociones no son incompatibles y en ocasiones se entremezclan de un modo extraño. Principalmente, porque había algo que no encajaba.

Para bien o para mal, era una experta en analizarlo todo. Incluso el dolor. Y cuando me templé y examiné los hechos, caí en la cuenta de que Jack nos había lanzado de cabeza a aquello. Le había avisado de que iba a su casa y, aunque desconocía cuándo había visto el mensaje, intuía que a tiempo de poder buscar una excusa, de huir, de esconder un secreto; lo que fuera para que yo no hubiese encontrado a Eliza allí y que las cosas se hubieran desarrollado de un modo distinto. Comenzó a perseguirme un presentimiento, uno que no me gustaba en absoluto, pero también que hacía que mi percepción de Jack fuera diferente.

Él nos había guiado hacia ese final. Él nos había empujado a despedirnos.

Y ahora lo tenía de nuevo enfrente. Mirándome con añoranza. Con todos esos recuerdos que compartíamos paseándose entre ambos a toda velocidad y llegando hasta el momento presente. Como si nada hubiera cambiado.

Llegó a nuestra altura y saludó a Holly y Mason con cariño sin apartar los ojos de los míos.

—Hola, Rain.

No pude evitar echarle un vistazo, quizá buscando señales que me dijeran si seguía siendo aquel Jack gris y perdido o si, por el contrario, ya se había convertido en otro. Y no sé qué fue, si su mirada serena, sus manos cuidadas, con las uñas redondeadas y sin apenas heridas, o el encanto que desprendía sin hacer nada más que respirar, pero lo supe. Supe que Jack en esos tres años había mudado de piel y que quedaba poco del que me había despedido con otra chica en su cama. El que tenía enfrente deslumbraba, no había otra forma de definirlo; se asemejaba mucho más al chico encantador de diecisiete años que encandilaba a cualquiera que a su yo pasado con el que había llegado a compartir demasiado.

Tragué saliva y asentí. Después me giré y me dirigí a la barra.

Volví a dirigirle la palabra a Holly en la segunda copa. Aunque era la protagonista de la noche, no se había alejado de mí. Había revoloteado a mi alrededor como un moscardón durante unos quince minutos, hasta que flaqueé y no me anduve con rodeos.

—¿Por qué no me lo dijiste?

—No habrías venido.

—Qué avispada. Entonces prefieres mentirme.

Bufé y Holly me hizo un puchero. Su gesto me recordó el mismo en otros labios y busqué a Jack por encima de la gente. Estaba al fondo del local con Mason, otro chico y dos chicas que parecían fascinadas por las atenciones de su versión de príncipe de cuento.

—Sé que no deseabas volver a verlo. Sé que te hizo daño y que lo vuestro terminó, Rain. Pero Mason y yo queremos intentarlo. Y es su amigo. No puedo apartarlo de esto.

Los observé. Recordé a Jack confesándome que después

del accidente había roto con todo, incluso con sus amistades. No sabía qué habría sido de su vida los últimos tres años, pero estaba claro que Jack había logrado salir del agujero en el que estaba. Y, aunque Mason me caía tan bien como un empacho de queso, debía reconocer que me alegraba de que hubieran recuperado la relación.

Miré a Holly y me di cuenta de que la situación la incomodaba. Se sentía culpable, y no por haberme tendido una encerrona, sino por haberse enamorado de Mason. Cuestionaba sus sentimientos y se avergonzaba de ellos, y únicamente por mí y por la posibilidad de hacerme daño de rebote. Aquello no estaba bien.

Resoplé y me esforcé por controlar las emociones que se me despertaban solo con compartir un espacio cerrado con Jack.

—Me dijiste que te matara si algún día te acostabas con Mason.

—Lo sé. —Me enseñó un pañuelo de seda que llevaba en el bolso—. Es lo único que tengo. Igual puedes ahorcarme con él y acabar con esto.

Lo guardó con las mismas y sonreí.

—Hacéis una pareja terrible.

Ella rompió a reír, aunque reparé en que tenía los ojos húmedos.

—Vamos en serio. Con parejas como nosotros la especie humana está condenada a la extinción. Es horrible y me odio por estar colada por ese imbécil, pero ha sucedido.

Asentí y pudimos oír sus carcajadas de orangután por encima de la música. Jack le palmeaba la espalda con una sonrisa inmensa; casi era como regresar al pasado y estar de nuevo observándolos brillar por los pasillos del instituto. Era bonito verlos. Tragué saliva y me concentré en la expresión bobalicona de mi amiga antes de beberme el resto de la copa de un trago.

—Es antinatural, Holly.

—Lo sé. ¿Sabías que le gusta hacerlo con complementos puestos? Zapatillas de muñecos, sombreros de cowboy o boas de plumas. Ayer mismo lo hicimos a cuatro patas con los gorros de piscina. Parecíamos dos caraconos salidos.

—Preferiría que no me contaras los detalles.

Su sonrisa lasciva se suavizó.

—Pero también le gusta abrazarme para dormir.

Suspiró y noté que me embargaba una emoción desconocida. Una mezcla extraña de felicidad por ella, nostalgia por lo que un día creí que estaba viviendo con Jack y algo amargo que me costó reconocer. Era envidia. Pura envidia por lo que pudo ser y no fue.

La abracé con fuerza. Mi reacción fue tan inesperada que ella trastabilló y casi nos caemos al suelo. Nos reímos como locas y después le hablé al oído, porque prefería que no me mirase a la cara mientras le confesaba algo que jamás me había atrevido a decir en voz alta.

—Me alegro muchísimo por ti, Holly, y voy a hacer lo posible para que la situación sea cómoda si nos vemos. Pero no me fuerces si te pido tiempo o si me alejo, porque me enamoré tanto que me da miedo volver a hacerlo.

Me apretó contra su cuerpo y asintió con firmeza. Cerré los ojos y aspiré su perfume dulzón; aún usaba el mismo que a los quince años y eso me calmó. Luego nos despedimos y dejé que la reina de la noche disfrutara de su fiesta sin la carga de dos de sus invitados evitándose con los ojos a la vez que se buscaban sin remedio.

Dos piedritas en un universo hostil

Eché a andar calle abajo con las manos en los bolsillos. La noche era fría y la ciudad estaba tan despierta como cualquier otro viernes, aunque todavía fuera invierno. Acababan de dar las once cuando me despedí de Holly. Su abrazo agradecido bien valía el esfuerzo que había supuesto para mí aquella fiesta. Había soportado tres horas de miradas furtivas, recuerdos desperezándose y emociones inesperadas que solo callaba entre copas de vino y conversaciones con extraños que no me importaban en absoluto, pero que ayudaban a centrar mi atención en alguien que no fuera Jack. Él se había mostrado distante, aunque era innegable que había estado alerta a cada uno de mis movimientos.

Por eso, cuando paré en un semáforo en rojo y lo vi, la sorpresa volvió a inundarlo todo.

—No te estoy siguiendo. Mañana madrugo, mi casa está en esta dirección y Mason continúa siendo soportable solo en dosis pequeñas.

Se rio y apreté las manos dentro del abrigo.

—¿Ya no vives en el Soho?

—Camden.

Asentí, porque de algún modo aquello cuadraba con ese

nuevo Jack. Me habían valido unas pocas horas de miradas disimuladas para sacar conclusiones.

Cuando el semáforo se puso verde, ambos cruzamos. Debía odiarlo, lo sabía bien, pero la familiaridad era tan intensa que nos envolvió con rapidez y hablé para romper el silencio.

—¿Sabías que ibas a verme?

—No, no tenía ni idea de que Holly fuera la chica misteriosa de la que Mason no deja de hablar. Me lo contaron poco antes de que llegaras. Nos la han jugado a los dos.

Suspiré y asentí. Descubrir que estábamos en igualdad de condiciones me aliviaba.

—Son unos traidores.

—Pero no deberíamos enfadarnos con ellos.

—¿Ni un poquito?

Arrugué la nariz y Jack sonrió con pena.

—¿No te parece triste? Son nuestros amigos, Rain. Solo quieren compartirlo con nosotros. Lo normal es que esto —nos señaló con los ojos— no supusiera un problema para ello.

Contuve el aliento y levanté la mano cuando vi que se acercaba un taxi libre. Necesitaba alejarme de allí. Necesitaba dejar de sentir.

—Deberíamos respetar su felicidad, ¿no es eso?

—Sí. Se te daba bien con la tristeza. Con las cosas bonitas debería ser aún más fácil.

El coche frenó frente a nosotros. Jack me abrió la puerta y me colé en el interior. Nos miramos y, desde esa posición, reparé en todos esos cambios del Jack que tenía delante. Su cuerpo parecía más firme, más trabajado. Su mirada, más honesta. El pelo lo llevaba más corto y la camisa blanca resaltaba el color de su piel. Aunque el más significativo de todos era que sus ojos brillaban de un modo distinto. Lo hacían con fuerza, con esa fiereza que siendo un crío lo hacía creer en sí mismo por encima de cualquier otra cosa. Lo acompañaba esa seguridad que le otorgaba un encanto único que eclipsaba a los demás. Para bien o para mal, no parecía quedar nada del Jack gris y perdido con el que compartí tanto; el mismo que se lo cargó todo en un pestañeo.

—Te veo bien, Jack.

—Es que lo estoy.

Su sonrisa entonces fue deslumbrante y más bonita que ninguna. El chico perfecto había regresado. Asentí y tragué saliva. Me alegraba de verdad. A pesar de todo, deseaba que fuera feliz.

—Me alegro de que encontraras el camino de vuelta.

Cuando cerró la puerta y el taxista arrancó, observé su reflejo por el espejo retrovisor hasta que se desdibujó. Quieto y todavía sonriendo. Mirándome marchar.

Entré de puntillas para no desvelar a papá. Llevaba tiempo sin pasar unos días en casa y ver a Mason, Holly y Jack me había despertado también otros recuerdos relacionados con la adolescencia. Me hacía pensar en la posibilidad de que la vida fuera un bucle infinito, un laberinto que nos hacía regresar al mismo punto una y otra vez, círculos concéntricos que acababan por encontrarse.

Cogí una botella de agua y salí al jardín. En cuanto respiré allí fuera sentí que se me llenaban los pulmones de vida. Estaba precioso. Desde que Jack lo había convertido en un escondite nuevo, papá se había ocupado de mantenerlo cuidado y el color explotaba en cada rincón. Cuando me resguardaba entre sus flores, recordaba todo lo que había hecho él allí y me resultaba muy difícil odiarlo.

—Papá lo tiene más bonito que cuando lo cultivabas tú.

Me imaginé la expresión de perplejidad de mamá y me mordí una sonrisa. Aunque habían pasado seis años, me agradaba comprobar que todavía recordaba sus gestos. Olvidar a los que ya no están hace que desaparezcan del todo.

—Ha hecho un buen trabajo.

Miré al cielo y me sinceré, porque ya no estaba hablando de papá. En algún punto las conexiones neuronales de mi cerebro se habían bifurcado y llegado hasta él. A veces me daba la sensación de que Jack siempre encontraba la forma de llevarlo todo a su terreno.

—No me refiero al jardín... —Suspiré y dejé que las palabras salieran, que dieran voz y forma a todo eso que burbujeaba desde que había sentido sus ojos enredándose con los míos—. Está bien, mamá. Parece otro. Parece el mismo que conocí la primera vez y que después desapareció. Aunque el de ahora es más maduro. Más curtido.

Jugueteé con dos piedritas del suelo. Intenté colocar una sobre la otra sin que se cayeran, pero no era posible encontrar un punto de equilibrio. Cuando me cansé, las lancé sobre la hierba y se perdieron en nuestra pequeña selva. Era un pensamiento estúpido, pero sentí que éramos Jack y yo en un universo hostil.

—Y debería odiarlo por lo que hizo. Sin embargo...

Fuera por el vino o por los recuerdos, noté las ganas de llorar pidiendo paso. Alcé el rostro y busqué una señal entre las nubes que me dijera que todo estaba bien y que aquello no había sido más que un bache en el camino. Pero las nubes seguían siendo incógnitas para mí y no podía dejar de pensar en Jack y de darle vueltas a una idea fugaz que empezaba a asentarse en mi mente.

—... parecía tan feliz, mamá. Parecía feliz de verdad.

Tragué saliva con fuerza y cerré los ojos para borrar el eco de ese pensamiento dañino que no dejaba de crecer.

«Y conmigo, en cambio, nunca pareció más triste.»

Me acosté sintiéndome rara y releyendo un mensaje de Holly en el que me daba las gracias y me comentaba algo sobre un nuevo fetiche de Mason que acababa de descubrir. Conseguí dormir cuando comprendí que a la mañana siguiente volvería a Cambridge y aquel encuentro con Jack quedaría en una anécdota más que nos unía, incluso cuando no lo pretendíamos.

Las palabras no dichas

Jack la miró marchar y tragó con fuerza.

Por su garganta descendieron todas las palabras no dichas y se escondieron en los recovecos de su cuerpo, los mismos que un día habían estado vacíos y que él había ido llenando poco a poco con mucho esfuerzo.

Le habría gustado decirle que estaba bien, más que bien, pero que no había sido así durante mucho tiempo.

Le habría gustado contarle que un día se sentó con sus padres y les dijo que estaba harto de sentirse inferior y un mal hijo cuando los veía, a lo que ellos respondieron que la decepción que los embargaba no era por él ni sus decisiones, sino por no haber averiguado el modo de ayudarle.

Le habría gustado confesarle a Rain que descubrir que los «te lo dije» jamás habían existido le había hecho mirar la realidad con otros ojos. Unos con los que él también era distinto. Y la historia que ellos habían compartido. Y el mundo en su totalidad, ese que ambos habitaban y que no dejaba de cruzar sus caminos.

Le habría gustado aclararle que no se había acostado con

Eliza, pero que había sido el único modo de conseguir que se fuera, porque en ese momento no estaba preparado para estar con nadie, teniendo en cuenta que ni él mismo se soportaba. Y después sonreírle y compartir con ella que ya era otro. Un Jack que había aceptado sus limitaciones, sus errores, su cuerpo y sus sentimientos. Un Jack que había aprendido a sentirse satisfecho y orgulloso de sí mismo. Un Jack que era feliz.

Le habría gustado explicarle todo eso, sí, pero no lo hizo, porque él sabía lo importante que es respetar el dolor de los demás. Y Rain aún estaba herida.

Así que sonrió y la miró marchar.

Traumas superados y grietas que laten

Al día siguiente Holly me invitó a un *brunch* en un pequeño local de Notting Hill que nos encantaba, pero que en el pasado resultaba caro para nuestros bolsillos universitarios. Apareció con una resaca descomunal, un moño mal hecho y un mordisco en el cuello, aunque también con una sonrisa inmensa y una nueva disculpa pintada en el rostro.

—¿Vas a contarme cómo ocurrió? Al menos me merezco munición para poder castigarte con ella.

Dio vueltas a sus huevos Benedict y suspiró embobada al pensar en Mason. Tendrían que pasar muchos *brunchs* para acostumbrarme.

—No es una gran historia. Nos encontramos en un bar y a los cinco minutos nos estábamos comiendo la boca.

—Algo sucedería en esos cinco minutos, Holly. ¿Cómo pasas de hacerle vudú a alguien a rozarle las amígdalas?

Se mordió el labio y asintió con una sonrisilla traviesa.

—Me saludó. Le pregunté si había superado sus traumas infantiles. Me dijo que seguía durmiendo con su mamut de peluche de vez en cuando. Me pareció gracioso y me gustó que no me guardara ningún rencor por lo del diario. —Se encogió de hombros como si aquello hubiera sido todo lo necesario para su historia de amor—. Él llevaba una camisa que le sienta de vicio y yo estaba cachonda. Una mala combinación.

Me reí. Con Holly y su modo simple de ver el mundo era imposible no hacerlo.

—Para repetir hace falta más que una camisa bonita.

—¡Es que conectamos! Se nos da muy bien. A fin de cuentas, toda esa rabia del pasado en la cama resultó ser una explosión. Y, bueno, éramos la única persona para el otro en todo Londres con la que aún no nos habíamos enrollado.

Me guiñó un ojo. Su piel comenzaba a tener un tono verdoso preocupante.

—La Holly del pasado debe de estar realmente orgullosa.

—No nos hablamos desde hace tiempo.

Suspiró y tragó saliva con fuerza. Y no era por la madura aceptación de que nunca somos los que un día prometimos que seríamos, sino porque estaba sudando.

—¿Te encuentras bien?

—Te quiero mucho, Rain, y espero que lo que voy a pagar por este manjar compense lo que te hice ayer, pero ¿puedo vomitar en el baño y nos vamos, por favor?

Asentí y, después de que Holly dejara en el retrete el *brunch* que acababa de pagar, nos despedimos con la promesa de que la avisaría al llegar a Cambridge.

—Todo irá bien, Rain. Te lo prometo.

No entendía la necesidad de esas palabras, pero me calaron tan hondo como su abrazo, que me acompañó hasta que abandoné la ciudad en la que había crecido y volví a mi vida como si aquel fin de semana no hubiera sucedido nada.

Nada.

La grieta que escocía no era nada.

Un puñado de conversaciones incómodas

—Por cierto, ¿cómo lo viste?

—¿De quién me estás hablando, Holly?

—De la última aparición pública de David Beckham y lo bien que le sientan los trajes. ¿Tú qué crees?

—¿Acaso importa?

—No. O sí. Yo qué sé.

—Guapo. Sereno. El pelo aún le brilla como a un muñeco.

—¿Sereno como un maestro zen?

—Más bien como un tío que sabe lo que quiere.

—O como David Beckham con un tres piezas.

—Eso no me ayuda, Holly.

—Lo sé, lo siento. Pero es que Jack siempre ha sido guapo y ahora, además, ya está hecho un hombretón. Estás perdida, pero aún me tienes a mí.

—Menudo consuelo.

—... y va Caitlin y ¡se le cae la copa al suelo! ¿No es desternillante?

—¿Quién es Caitlin?

—Oh, perdona, Rain. Es la nueva novia de Jack.

—¿Y por qué me pides perdón?

—No estoy segura. Es muy simpática. Y guapa. Tiene un pelazo de esos que dan ganas de exponer en una vitrina. Aunque no es tan guay como tú. Ni por asomo. Ni siquiera sé por qué he dicho todo eso. No pretendo que te caiga bien. Tampoco que la odies. Es un ser de luz que no se merece que le pase nada malo. ¿Puedes mandarme un sicario para que me calle de una vez, por favor?

—También podemos, simplemente, cambiar de tema.

—Dios, gracias. ¿Te he contado que Mason se está haciendo la depilación láser? Van a dejarle sus partes como a una escultura griega.

—Prefiero hablar de la manicura de Caitlin que de los testículos de Mason. No te ofendas.

—Es entendible. Pues la tiene perfecta. Puñeteramente perfecta. En colores pastel a juego con su vestido y su sombra de ojos. Cuando pestañea parece que lance polvo de hadas a su alrededor.

—Menuda fantasía.

—Tranquila, ya me ocupo yo de llamar al sicario.

—Hoy ha preguntado por ti.

—Holly, no...

—A mí no, a Mason. Y luego él me lo ha contado. Le he dicho que tú nunca me hablas de Jack porque te duele. Pero no lo entiende. Mason ni siquiera sabe que estuvisteis juntos. Solo dice que siempre supo que eras importante para él. Que cuando se trataba de ti, Jack se comportaba de un modo distinto y que eso debería significar algo.

—Se acostó con otra, Holly. No habíamos hablado de lo

nuestro, pero me hizo daño cuando las cosas comenzaban a ponerse serias, así que espero que entendáis que no quiera tenerlo cerca sin necesidad. ¿Holly? ¿Qué pasa?

—Dame un minuto. Le estaba mandando un mensaje a Mason. Nada de sexo si vuelve a hablar con Jack sobre ti. Tema cerrado. ¿Qué vas a ponerte para la cena de inauguración de mi casa? Vas a venir, ¿verdad?

—¿Conocer en primera fila la guarida de Satán en la Tierra? No me lo perdería por nada del mundo.

—He pensado que no tienes por qué venir a la cena, puedo enseñarte la casa otro día.

—¿Por qué?

—Va a ser un rollo. Habrá una mesa de quesos y sé lo mal que te sientan, Rain. Además, sigues sin soportar a Mason. No te juzgo. Si no me hubiera hechizado con sus superpoderes sexuales, aún seguiría en tu equipo.

—Holly, no... Quiero estar contigo si es importante para ti, ¿de acuerdo?

—Pero no quiero que lo hagas si estás incómoda o te pone triste. Te prometo que te echaré muchísimo de menos, aunque lo entenderé. No dejaremos tu silla libre con los platos puestos como si hubieras muerto ni nada de eso.

—Eso sería siniestro.

—Espeluznante.

—Voy a estar allí, ¿OK? Y no pondré los ojos en blanco cada vez que tu novio alardee de su palacete.

—Hemos comprado sillas de terciopelo. Necesito que lo sepas.

—Oh.

—Y sábanas de satén.

—¿Rojas?

—No, malvas.

—Aún estamos a tiempo de salvarte, Holly, no temas.

—Menos mal. Ahora lo más importante, ¿qué vas a ponerte? Yo me he comprado un vestido a la altura de una fiesta de las Kardashian. Brilla tanto que temo causar accidentes de tráfico si me asomo a la ventana.

—Entonces ¿qué importa lo que yo me ponga? Nos dejarás a todos ciegos.

—Esta mañana Mason me ha dicho que me ama mientras se cortaba las uñas.

—Qué romántico.

—Ya nos habíamos dicho «te quiero», pero esto es distinto.

—¿Y qué diferencia hay?

—¡La diferencia es abismal! ¿No ves lo serio que es esto? Y lo peor es que yo también lo amo.

—Os vais a vivir juntos, Holly, es lo suyo, ¿no? ¿No te alegras? ¿Tienes dudas sobre lo vuestro? ¿Esto es una especie de crisis pre-mudanza?

—Es que ha sido como quitarme una venda de los ojos. Ahora mismo no estoy segura de nada. ¿Y si la cagamos? ¿Y si él se equivoca y confunde el amor con el deseo? ¡¿Y si lo hago yo y le rompo el corazón?! Es demasiado blando, acabaría volviendo a escribir en su diario. ¿Y si nos queremos tanto que lo nuestro es para siempre? ¡No sé si estoy hecha para esto, Rain!

—Holly, respira.

—No puedo. Voy a llamarlo ahora mismo y decirle que lo nuestro no tiene sentido. Es imposible que salga bien.

—Espera. Para.

—¿Por qué? Tú misma lo has dicho. ¿EncefalogramaplanoPeck y yo? ¿Acaso el mundo se ha vuelto loco?

—Cierra el pico de una vez y déjame hablar.

—Vale. Vale...

—Solo voy a decirlo una vez, Holly, porque estás en crisis y lo necesitas. Luego olvidaremos que esta conversación ha existido. ¿Sabes cómo supe que estaba enamorada de Jack? Porque si pensaba en cualquier momento de mi vida, era con él con quien quería compartirlo. Si ves a Mason en los tuyos, es que lo estáis haciendo bien.

—Gracias, Rain. ¿Puedo hacerte una pregunta? Antes de que nos tomemos la pastillita azul y borremos de la faz de la Tierra mi ataque de pánico y el tuyo de sinceridad.

—Claro.

—¿Jack aún está en los tuyos? ¿Todavía aparece a tu lado en los momentos futuros? ¿Hola? ¡¿Cordelia Rainbow Hadaway, acabas de colgarme el teléfono?!

Novios escudo con manual de instrucciones

Me gustaba mi vida. Mudarme a Cambridge había resultado ser una experiencia aún más satisfactoria de lo que había imaginado. En muy poco tiempo terminaría el doctorado en astrofísica, siguiendo los pasos de mi padre, y, aunque aún no tenía claro si quería continuar mi carrera en la investigación o en la docencia, sentía que estaba donde tenía que estar.

Habían sido años duros en los que estudiar se había convertido prácticamente en el centro de todo, pero no me importaba. No sentía que estuviera perdiendo nada por el camino. Mantenía el contacto con mis amigos cuando volvía a Londres algunos fines de semana y también con Holly, aunque era cierto que con algunos, como con Ray y Mariah, me distancié con el paso del tiempo. Acepté que, como ocurre con el amor, algunas amistades son efímeras y marcan etapas, antes de quedarse atrás con todo lo demás para lo que ya no hay espacio.

Por otra parte, tras la decepción de Jack, estaba segura de que no me interesaban las relaciones; al menos, no las que se vivían con tal intensidad. Los altibajos no eran para mí.

Tal vez por ese motivo, cuando me encontré un día con Frederick Hall en el Centro de Ciencias Matemáticas y me invitó a cenar le dije que sí.

Entré en la cafetería y lo busqué. Estaba en una mesa pegada a la ventana y bebía café absorto en la pantalla del portátil. Su aire despistado era una de las cosas que más me gustaban de él. Cuando se abstraía, viajaba tan lejos que todo desaparecía a su alrededor y eso me fascinaba.

—Hola, ¿cómo te ha ido el día?

Le revolví el pelo y sonrió.

—Bien. Hoy solo se han dormido tres.

Me reí y me senté al otro lado de la mesa.

Frederick se había mudado un año atrás, después de recibir una plaza de coordinador de equipos en un centro de investigación. Una gran oportunidad que merecía y de la que estaba orgulloso, pese a que algunos de los becarios se le resistían.

En nuestra primera cita me confesó que yo le gustaba desde hacía mucho. Él siempre me había parecido atractivo. Teníamos intereses comunes y respetábamos que la carrera del otro fuera lo más importante en esa etapa de nuestras vidas. Las variables se nos habían presentado para que encajáramos con facilidad.

No tardamos en compartir un pequeño apartamento por razones más prácticas que románticas, y ninguno de los dos veía nada de malo en ello. No siempre las relaciones deben ser una montaña rusa de la que deseas bajar y a la vez repetir el viaje. El amor también podía ser calma y rutina. El amor podía traer manual de instrucciones y disfrutar de cumplir todas ellas sin remordimientos.

—Me ha llamado Holly.

—Me da miedo preguntarte qué quería.

Me reí. Frederick y Holly únicamente se habían visto en una ocasión, pero él se había quedado impresionado. Y no solo porque ella y yo fuéramos tan diferentes, sino porque las personas tan arrolladoras como Holly lo aturullaban un poco.

—Ya sabes que Mason y ella se han comprado una casa. Nada menos que en Chelsea.

Frederick silbó con admiración.

—Les va realmente bien.

Me encogí de hombros.

—No es que él haya hecho nada para merecerlo. Sus padres son los dueños de P. Bakery.

—¿Las panaderías?

Asentí. Mason siempre había sido un niño rico y Holly estaba disfrutando de esa virtud, entre tantas otras. No podía juzgarla, pero se me hacía imposible admirar a Mason y eso no tenía nada que ver con que nos lleváramos regular.

—Van a hacer una cena de inauguración en dos semanas.

Dejé las palabras en el aire y fruncí el ceño. Me alegraba por Holly, pero desde su cumpleaños cualquier cosa relacionada con ella y con Mason me inquietaba. Era inevitable. Disimulaba bien, aunque en cada llamada de teléfono que compartíamos su nombre sobrevolaba las conversaciones. Si me contaba que un amigo de Mason les había recomendado un restaurante, yo me preguntaba si habría sido él. Si me comentaba que les habían regalado una máquina de hacer palomitas, pensaba que era un regalo tan estúpido que perfectamente podría ser de Jack. No quería pensar en él, pero lo hacía todo el tiempo. Me lo imaginaba con Caitlin, la criatura mitológica de pelo y uñas perfectos, y se me cerraba el estómago. No quería aceptar que aún me importaba, aunque las señales estaban por todas partes, y más todavía desde la crisis de pareja de Holly, que yo había resuelto exponiéndome ante mi mejor amiga y que me hizo abrir los ojos a una obviedad.

«¿Jack aún está en los tuyos? ¿Todavía aparece a tu lado en los momentos futuros?», me había preguntado. Y yo me había quedado sin voz. Tanto como para colgarle el teléfono.

—Me lo dices como si no quisieras ir. —La voz serena de Frederick me trajo de vuelta a la realidad—. ¿Ha ocurrido algo?

Suspiré y centré la vista en mi taza de té.

—No, solo que... Quizá esta vez podrías acompañarme.

Frederick alzó las cejas sorprendido. Había sido yo la que le había pedido desde el principio mantener cierta distancia con esas parcelas que no compartíamos, por lo que razones no le faltaban. Conocía a los míos y yo a los suyos, pero acordamos hacer nuestros planes de forma independiente y nos iba bien así. Nunca me había preguntado los motivos, aunque el regreso de Jack me hacía pensar en ellos continuamente. A fin de cuentas, había sido él quien me había hecho protegerme después de que se colara en mi vida y no solo me decepcionara a mí, sino también a mi padre. No iba a permitir que mis sentimientos acabasen involucrando de nuevo los suyos.

—¿Estás segura? Sabes que no tienes que invitarme, Rain. Nosotros funcionamos bien así y me gusta.

Asentí y me mordí el labio.

—Lo sé, pero podría ser divertido. Aún no conoces a Mason. Créeme, es digno de estudio. Es como una cría de chimpancé hiperactiva con abdominales superdesarrollados.

Lanzó una carcajada y me cogió la mano sobre la mesa.

—Si es por eso, haré un esfuerzo.

Sonreí y me terminé el té. Aún quemaba, pero prefería esa sensación que la vergüenza de haber invitado a mi novio a una cena solo para usarlo de escudo ante mi primer amor.

Un infierno de terciopelo y cilantro (¡te odio, Mason!)

Cuando llegó el día de la cena estaba inquieta. No lo exteriorizaba, aunque notaba que por dentro había comenzado a sentir nudos que cada vez apretaban con más fuerza.

Bajamos del taxi y agarré la mano de Frederick en un gesto poco propio en mí, pero que me aportó seguridad antes de atravesar la puerta de la nueva casa de Holly. Ella nos recibió con un abrazo sentido y fingí con una sonrisa que me alegraba de ver a Mason.

—Hadaway, estáis en vuestra casa. —Él hizo una estúpida reverencia y nos dejó pasar—. Al menos, lo que dura la cena, luego cada uno de una patada a la suya.

Holly me dio un codazo para que me mordiese la lengua y dejamos los abrigos en el colgador de la entrada. Los siguientes minutos seguimos a los anfitriones en un mini *tour* que Frederick y yo hicimos con los ojos como platos. Al lado de aquello, nuestro piso alquilado de una habitación y vistas a un patio de vecinos parecía una madriguera.

Mientras recorríamos las habitaciones y Holly se reía como una hiena por lo surrealista de haber acabado eligiendo cortinas de lino con Mason Peck, yo me preguntaba si él ya estaría allí. Si ya habría alabado el cuarto de baño de dos lavabos y si se habría reído de esas bromas de Mason que yo jamás entendía. Si se habría burlado de sus aires de niño rico y si habría puesto los ojos en blanco al entrar en el vestidor y ver las camisas ordenadas por estampados. Mis sentidos se agudizaban, intentando discernir su voz entre las que charlaban desde el salón. Y mi cuerpo me traicionaba, porque mis latidos cada vez eran más rápidos y furiosos.

—Y ahora dejémonos de chorradas y vamos a por una copa. Tenemos veinticuatro años, joder, a nadie le importa que el mármol de la encimera venga de los Apeninos —aportó Holly, evitando así que Mason siguiera hablándonos con entusiasmo de las bondades del suelo radiante.

Llegamos al salón comedor, donde esperaban algunos de los invitados, y mis ojos hicieron un repaso de todos los rostros en segundos. Reconocí a compañeros de Holly del trabajo y a amigos de ambos con los que ya había coincidido en su fiesta de cumpleaños. En una esquina, una versión más madura de Alfie y Brittany se hacía arrumacos. Pero Jack no estaba. El alivio se mezcló con la rabia al darme cuenta de que también había sentido una pizca de desilusión. Acepté la copa que Holly me ofreció y decidí ahogarla en vino.

Media hora más tarde, ya me había relajado lo bastante como para que fuera una velada más sin nada en especial. Para mi sorpresa, Frederick sentía cierta fascinación por Mason, no estoy segura de si porque sus inquietudes científicas lo empujaban a observarlo o porque yo era la única que no comprendía su atractivo, y entablaron conversación.

Aproveché para analizar las fotografías que decoraban una de las paredes. Todas ellas eran de la pareja y se mostraban muy felices y acaramelados. Unas vacaciones en Lisboa. Un pícnic en Primrose Hill con un atardecer precioso de fondo. Sus rostros sonrojados en una cama de sábanas revueltas. Abrazados en medio de un concierto al aire libre en el Soho. Momentos importantes. Instantes que definían su historia. Pensé en los nuestros y me mordí el labio con fuerza, porque no estaba pensando en Frederick, sino en un chico capaz de regalarle un jardín a mi madre muerta.

El perfume de Holly me avisó de que estaba a mi lado y arrugué la nariz.

—Así que los lingotes de oro van en el paquete —murmuré con sorna.

—Y menudo paquete...

—Dios, Holly.

Explotamos a reír y me giré.

—¿A qué se dedica su familia? ¿Al tráfico de órganos? Es imposible que sean tan ricos vendiendo bollos.

—Si te lo dijera, tendría que matarte.

Estiré el cuello cuando vi pasar a un chico moreno que acababa de llegar y suspiré. Ella me miraba con esa sonrisa maternal que tantas veces le provocaba en el instituto. Tal vez, pese a todo, seguíamos siendo las mismas. Al menos en pequeñas parcelas que se reconocían.

—Deja de buscarlo. No va a venir.

Tragué saliva y disimulé que no me importaba, pero mi titubeo me delató.

—Ah, yo no estaba... Pensaba que...

—Le ha surgido un compromiso familiar. ¿Por eso te has traído a Frederick?

—¡No! —Holly sonrió burlona y no pude más que confesar—: Bueno, no solo por eso. Es mi novio. De vez en cuando debo sacarlo de paseo.

—¿Desilusionada? —preguntó volviendo al tema de Jack y a esa presión en mi pecho que no se iba—. Podemos inventarnos algo y meter a tu novio en un taxi de vuelta. «Su misión aquí ha terminado, doctor Hall» —añadió con voz de locutora de radio.

Se rio de mí con ganas y le di un codazo.

—Oh, cállate.

Luego observamos a Mason y a Frederick, que charlaban amistosamente, quién sabe cómo habrían llegado a esa conversación, sobre la mejor forma de hacer una dorada al horno.

—El truco está en el cilantro. Cilantro y limón.

Sentí un escalofrío. A mi lado, Holly los estudiaba igual de patidifusa.

—¿Cómo lo hace Mason? —le pregunté—. ¿Jack y él se cayeron en un caldero mágico de pequeños o algo así y desde entonces todo el mundo los adora?

—Explicaría muchas cosas. Si Frederick se enamora de él y te deja, no la tomes conmigo.

Dimos un trago a la vez y suspiramos.

Luego nos sentamos en su mesa alargada de mil metros y comenzamos a servirnos. Frederick no pudo evitar empezar por la dorada para comprobar si Mason estaba en lo cierto. Cuando se metió un trozo en la boca, gimió y levantó el pulgar en dirección al anfitrión.

—Eres una exagerada —me susurró al oído—. Mason es genial. Un poco intenso, eso sí, pero buen tío.

Gruñí y me prometí en una estúpida demostración de mi desacuerdo que no iba a probar la dorada. Además, odiaba el cilantro.

—Eso es porque te ha echado algo en la copa. No deberías aceptar bebida de desconocidos.

Se rio. Cuando llamaron al timbre, Mason se levantó, nos lanzó un guiño al pasar por nuestro lado y puse los ojos en blanco. Cinco segundos después, una pareja irrumpía en el salón con una sonrisa y una disculpa en el rostro.

—¡Hola a todos! Sentimos llegar tarde.

Holly se levantó para saludarlos y los demás la imitaron. Todos menos yo. Me quedé sentada y me llené la copa de vino. Me temblaban las manos.

—¡Jack! ¿Qué haces aquí? ¿Tú no tenías que estar en Aylesbury?

—Mi tía Mildred se ha roto la pierna, como comprenderéis la reunión familiar se ha anulado y nos hemos animado. —Le dejó un beso en la mejilla a mi amiga—. Qué guapa estás, Holly, ese vestido es digno de una Kardashian, hace juego con esta mansión. Mason, esto es increíble, da miedo comer en estas sillas. ¿Te dedicas al tráfico de órganos en tu tiempo libre o qué?

Holly me buscó con la mirada por aquella casualidad de haber dicho ambos lo mismo, pero la aparté. Jack retiró una de las sillas señoriales para que su acompañante se sentara y saludó al resto con apretones de manos y gestos amables. Un torbellino de brazos y sonrisas que sentí como si un tornado atravesara la habitación. Hasta que llegó a Frederick.

—Soy Jack Ladson.

—Frederick Hall.

Se estrecharon las manos y noté un nudo en el estómago.

—Es el novio de Rain —aportó Holly con un guiño disimulado.

Suspiré y Jack asintió. Resultaba obvio que nos conocíamos y que no nos habíamos saludado, pero todo el mundo fingió que no se daba cuenta. Sin embargo, cuando Jack se sentó sin apartar los ojos de mí, hablé para desviar la atención de nosotros y enfocarla en lo único que a él debía importarle de aquella noche.

Miré a la chica que lo acompañaba y le sonreí con amabilidad. Porque así eran las cosas. Los dos teníamos pareja y lo nuestro ya no significaba nada.

—Caitlin, ¿verdad?

—Morgan —me corrigió ella atusándose la melena.

Abrí los ojos y la boca como un pececillo y el ambiente se enrareció. Jack pestañeó unos segundos, aturdido por la situación tan embarazosa que acababa de provocar. Holly casi se metió la servilleta en la boca para no echarse a reír y Frederick me observó con cautela antes de llenar mi plato de ensalada. El resto de la mesa comenzó a parlotear para romper un silencio de lo más incómodo.

—Rain, Rain... Chica mala —susurró Mason demasiado alto. Lo odié más que nunca y quise meterle la dorada en el gaznate para que se ahogara.

—Lo siento.

Pese a mi metedura de pata, Morgan sonrió con elegancia.

—No pasa nada.

Jack le dejó un beso en el hombro desnudo que sentí como un arañazo.

—Necesito una cerveza para echar de aquí al fantasma de mi exnovia —dijo él con su encanto de siempre. Todos se rieron. Yo quise convertirme en humo.

Fue la cena más incómoda de mi vida. Y no porque no fuera divertida ni estuviera rodeada de gente encantadora, sino precisamente porque todo el mundo lo era. Incluida Morgan. Morgan era simpática, ingeniosa, amable y guapa. Muy guapa. Todos menos yo, que a cada minuto que pasaba deseaba aún más largarme de allí. Tal vez porque Jack se reía mucho y su risa me recordaba cosas bonitas. O quizá fuera porque verlo con otra traía otros recuerdos muy distintos. O puede que lo que sucediera fuese que me negaba a admitir que, si Jack me provocaba tanto, solo podía deberse a que no lo había superado.

Por otra parte, él se mostraba tan encantador como siempre. Sin embargo, yo era una especialista en ver bajo su superficie y estaba nervioso. Cuando Frederick hablaba, Jack se tensaba e intentaba llevar la conversación a un terreno en el que se sintiera más cómodo. Lo hacía con soltura, entre bromas y chascarrillos que lo convertían de nuevo en la estrella de la mesa, pero yo lo notaba. Y me cabreaba. Y me hacía preguntarme «¿por qué lo haces, Jack? ¿De qué tienes miedo?»; al menos hasta que Morgan le acariciaba el muslo debajo del mantel y pequeñas arañas me mordían los órganos internos. Estaba celosa e intuía que él también; aquello no tenía sentido. Él me había alejado de su vida y me había hecho daño. Yo lo odiaba y había decidido olvidarlo. Y, a pesar de todo, allí estábamos, esquivando miradas y temblando. Como siempre, Jack rompía todas las leyes naturales que conocía. Como siempre, Jack ponía mi mundo del revés y el caos llegaba para quedarse.

—No sé si debería matarte.

Estaba con Holly en la cocina. Me había ofrecido a ayudarla con el postre solo para poder respirar unos minutos oxígeno que no estuviera contaminado por Jack Ladson. Ella sacó las bandejas de pasteles de la nevera y se rio con ganas.

—¿Por qué? Sin duda, tu confusión pasará a la posteridad como lo mejor de la fiesta.

Bufé y saqué un par de botellas de champán.

—Podías haberme avisado de que ya no salía con ella.

—¿Cómo? Apenas me dejas hablar de Jack, ¿recuerdas? Además, su vida sentimental es de lo más ajetreada. Es como un *reality show*, entra y sale gente continuamente. Una ya no sabe qué esperar.

—Qué alentador.

—¿A ti qué más te da?

Con la sonrisilla sarcástica de Holly, regresamos al comedor. Mejor volver a enfrentarme a la realidad que tener que responder a su pregunta en voz alta.

Verdades incendiarias y chicas bombón

A medianoche la luna brillaba con fuerza. Holly había abierto las puertas del balcón para airear la casa y los fumadores se escapaban de vez en cuando para dar rienda suelta a su vicio. Ellos y los que no dejábamos de buscar escondites donde sentirnos a salvo.

—Así que el profesor y tú.

Jack se apoyó en la barandilla y aspiró la brisa nocturna. Su camisa me rozaba el codo. Alzó la copa y la chocó con la mía antes de dar un trago.

—Técnicamente, nunca fue mi profesor.

—Morgan sí que es mi alumna.

—¡Venga ya!

Se rio y chasqueé la lengua. Principalmente porque de pronto necesitaba saberlo todo. Ansiaba saber qué hacía Jack con su vida, dónde y cómo se habían conocido, y si ya compartían planes futuros, rutinas o sueños. Necesitaba llenar esos años vacíos para entender quién era este Jack y cómo me afectaba eso.

—Dejé los vicios y la oscuridad, volví a hacer deporte y ahora soy entrenador personal. ¿Qué te parece? Desde hace unos meses trabajo en una cadena de gimnasios.

—¿Barra libre de chicas sudorosas envueltas en licra?

—Y toallas gratis.

Pese al tono burlón de mis comentarios, su revelación significaba que había encauzado su vida de una forma positiva, y la Rain que un día había sido solo su amiga se alegraba por él. Sonreímos y fue tan normal que me asusté.

—¿Qué tal tu pierna?

—Nunca será la misma que fue, pero bien.

—Bueno, ninguno lo somos, Jack.

—Eso parece.

Noté sus ojos en mí; en mi rostro, en mi cuerpo, en mis pies. Me mordí el labio y suspiré.

—¿Qué tal está Caitlin?

Su carcajada fue inesperadamente bonita en aquella noche agridulce.

—Espero que bien. Me dejó ella, ¿sabes? Decía que no me comprometía.

—¡No! ¿Cómo se atreve? Menuda estupidez. Eso es que no te conocía. ¡Qué poca vergüenza!

—Frena, Rain, ya he captado la ironía. Además, me alegro de que sucediera. Morgan es más flexible.

—¿Como un brote de bambú?

Se rio de nuevo. Era agradable tener de vuelta al Jack más despreocupado y a la Rain más ácida, aunque aquello solo durase hasta que terminase la velada.

—Frederick parece... rígido.

—Es por la americana. Está obsesionado con almidonarlo todo.

—O porque se ha dado cuenta de que no he dejado de mirarte en toda la cena.

Cerré los ojos y sentí frío. Me abracé y quise quedarme allí para siempre, con él en un balcón de una casa victoriana que mi mejor amiga había convertido en hogar. Y supe que aquello no estaba bien. Que me hacía sentir a salvo, y bonita, y acunada por todas esas cosas invisibles que Jack siempre despertaba, pero que estaba mal si esa noche nos íbamos a dormir con otras personas. Nos enredábamos en lo que no se veía. Nos complicábamos.

—No lo hagas, Jack.

—¿A qué te refieres?

—No lo hagas más difícil.

Resopló y su mirada se perdió en la calle iluminada.

—No es lo que intento. Solo que... te he visto aquí sola y he salido sin pensar. No puedo evitar acercarme a ti, Rain.

—Hace tres años no opinabas lo mismo —susurré con resquemor.

—Lo hice mal, ya lo sé, pero es que... te echo de menos.

Los nudos se apretaron con tanta fuerza que me abracé el estómago. Yo también lo echaba de menos. No al Jack de las caricias y los besos, sino al otro; al que me entendía mejor que nadie, al confidente, al atento, al que jugaba con mi padre al ajedrez y me miraba como si fuera algo fascinante, y no una chica con tendencia a esconderse. Por eso, de repente, estaba enfadada. Muy enfadada.

—¿Cómo está Eliza? Voy a tener que abrir un Excel para memorizar a todas tus novias. Empieza a suponerme un esfuerzo mental considerable.

Ignoró mi pulla y me atravesó con esos ojos que brillaban como ningunos otros.

—¿Y cómo estás tú?

—No creo que te importe.

—¿Vas en serio con el profesor?

—No deberías llamarlo así.

—Bueno, pues con el tío que no ha dejado de demostrar lo listo que es desde que he entrado por la puerta.

Me tensé irremediablemente. Ahí estaba de nuevo el Jack

que lanzaba preguntas sin filtro y sin pudor. El mismo que cuando entraba en mi campo de visión barría con todo y dejaba destrozos.

—Yo siempre voy en serio, aunque no espero que tú entiendas el concepto.

Se rio y continuó. Porque eso hacía Jack. Tiraba de la cuerda hasta que nos zurcía entre los dedos. Siempre tenía la tentación de soltarla y que le reventara en la cara.

—¿Qué tal en Cambridge?

—Bien. Muy bien.

—¿Y tu padre?

—Como siempre. Al final se aficionó a la jardinería.

—¿Y *Copérnico*?

—Tuvo un desencuentro con un bote gigante de compota. Lo enterramos el año pasado.

—Joder, lo siento.

Me rozó el antebrazo con dos dedos y lo aparté, aunque no tan rápido como para no sentir la aspereza de sus yemas. Los recuerdos manaron como la mala hierba.

—Lo odiabas.

—Pero no le deseaba la muerte. No todo el tiempo, al menos. ¿Y tu madre?

Una punzada en el pecho... Cogí aire y le di la espalda. En esa postura veía a Morgan bebiendo champán mientras se miraba las uñas con excesiva concentración. Lo malo de no conocer a nadie en una fiesta es que tienes muchas posibilidades de quedarte sola, más aún si tu pareja tiene exnovias hasta debajo de las piedras.

—Vuelve con Morgan, Jack. No se siente muy cómoda. Está a un paso de sacarle conversación al cactus de fieltro de Holly o de tirarse por la ventana. Sería una pena que su cuerpo escultural se hiciera trozos sobre la acera.

—No me has contestado.

Cerré los ojos con fuerza y dejé que esa sensación cálida, cómplice y tierna que siempre me acompañaba cuando Jack me preguntaba por mi madre me envolviera, antes de colocarme de nuevo el escudo y despedirme. Porque tenía que hacerlo. No debía siquiera cuestionarme otras posibilidades.

—Las camelias brotaron las primeras Navidades. Le habrían encantado.

Compartimos una mirada cargada de tanto que noté una sacudida en el corazón. Al otro lado de la sala, Morgan se revisaba los labios pintados en el cristal de un mueble. Carraspeé y opté por escudarme en la superficialidad de su vida amorosa.

—Contéstame a algo, ¿por qué todas son tan condenadamente guapas? Es como si abrieras una caja de bombones y cada semana eligieras uno.

—Dímelo tú.

Me metió un vistazo rápido con su sonrisa más canalla y me reí con condescendencia.

—Vamos, Jack. Ambos sabemos que yo no encajo en el molde «Miranda Baker».

—¿Le pusiste un nombre?

—Sí, pero jamás me perdonaré haberlo dicho en alto. Es la tercera copa. Siempre me ha sentado fatal.

—Porque apenas has comido.

Parpadeé, aturdida porque se hubiera percatado de eso, y decidí ser sincera, aunque lo fuera entre comentarios punzantes.

—Porque me has cerrado el estómago. Ibas a venir. Y luego no. Y después apareces. Y lo haces con Miss Mundo. Entiende que mi sistema digestivo no se aclare.

—La próxima vez le enviaré un e-mail.

Sonrió divertido, pero yo no estaba por la labor.

—No habrá próxima vez. Lo acabo de decidir. Holly y

Mason tendrán que escoger entre uno de los dos, Jack. Pero no te preocupes, me sacrifico por el equipo y acepto ser yo. Puedo limitarme a quedar con Holly a solas.

—Jamás permitiría eso.

—¿Por qué? Soy yo la que prefiere tenerte lejos.

—Pero fui yo el que lo estropeó.

Su sonrisa había desaparecido. Ya solo quedaba su expresión más dulce. También era triste. Tan triste como me sentía yo.

Le apreté el brazo unos segundos con fuerza antes de marcharme.

—En eso estamos de acuerdo.

Jack y Morgan se marcharon los primeros. Ella madrugaba al día siguiente y él, como buen chico perfecto, iba a acompañarla a casa. Jack y yo no volvimos a dirigirnos la palabra y tampoco nos miramos. Después de nuestro encuentro clandestino en el balcón fingimos que no existíamos para el otro y eso fue todo.

Sin embargo, en cuanto desaparecieron, me dirigí al baño y Holly cerró la puerta con ambas dentro.

—¿Estás bien?

—Sí.

—No me mientas.

Le di la espalda y me miré en el espejo. Ella observaba mi reflejo con los labios fruncidos. Y lo dejé ir. Porque necesitaba soltar todo lo que me burbujeaba dentro para no ahogarme.

—¿Por qué me altera tanto, Holly? ¿Por qué cuando está todo se reduce a lo que casi fuimos o a lo que podríamos ser?

—Porque aún lo quieres.

—Pues menuda mierda.

Se rio y me giró para abrazarme. Cuando ya estaba a

punto de perder un ojo por las lentejuelas de su vestido, me soltó y volvimos al grupo.

Un poco más tarde, compartía taxi con Frederick. Aquella noche agradecí que cuando volvíamos a Londres cada uno se alojara en casa de sus padres. No quería que me tocara. No deseaba que lo hiciera nadie. Notaba la piel sensible y algo atravesado en la garganta. Palabras no dichas. Pretextos. Emociones que prefería ignorar para no verme empujada a meditar mis elecciones.

Ya nos acercábamos a mi calle cuando él dijo algo que no esperaba y que me desestabilizó por completo. Tanto como para ocultar esa parte de mi vida que solo nos pertenecía a Jack y a mí a la persona con la que de verdad la compartía.

—Jack me resulta familiar, pero no sé dónde he podido verlo antes.

Me tensé y aparté la vista a la ventanilla. Y recordé la ponencia. Lo que vivimos aquellos días y lo que pasó después. Recordé los momentos más bonitos de mi vida y deseé que nadie los conociera jamás, porque eran solo de Jack y míos y necesitaba protegerlos.

La excusa me salió con facilidad y crucé los dedos para que fuera suficiente.

—Jugaba al futbol de forma profesional.

—Oh, ¿está retirado? ¿Tan joven?

—Tuvo una lesión importante.

—Qué mala suerte.

Frederick apretó mis dedos sobre el asiento y yo lo dejé estar, porque me resultaba más fácil fingir que Jack no había sido importante para mí que admitir que lo había sido demasiado.

—Ahora que lo dices, sí tiene cierto halo de estrella —añadió con una sonrisa que me resultó prepotente.

—¿A qué te refieres?

Sacudió la cabeza y me tensé.

—Vamos, Rain... Los tipos como él siempre quieren recabar toda la atención.

—Es posible —dije, ni sé el motivo, porque lo que en verdad me apetecía era gritarle que no lo conocía y que no tenía derecho a juzgarlo, como una madre protegiendo a sus crías de forma instintiva.

Pero, como si aquello hubiera abierto una fisura más en mi vida, lo único que hice fue soltar su mano y alejarme.

Una vez en casa, salí al jardín y me senté en el suelo. Me quité los zapatos y hundí los pies en la hierba. Aún notaba el sabor del champán en la lengua y uno agridulce bajo la piel. Me sentía culpable, desilusionada, confundida y triste. Por todo eso, a quien yo necesitaba en aquel momento era a mi madre.

Alcé el rostro al cielo y hablé con la voz tomada.

—Una vez me dijiste que el amor no era inamovible, mamá. ¿Por qué, entonces, siento que lo mío con Jack es la única constante de mi vida? Todo lo demás está sujeto a cambios, pero con él siempre es lo mismo. No varía, pese a los errores y las decisiones. Solo se transforma en cosas nuevas según nosotros crecemos.

Hundí el rostro entre los brazos y jugueteé con una piedrita con los pies. La moví de un lado al otro y pensé en que eso era Jack para mí. Ese guijarro con el que tropiezas una y otra vez. Esa persona en la que piensas antes de dormir o la que deseas con cierta vergüenza que esté a tu lado mientras observas las nubes desde tu jardín.

Jack era mi piedra. Un canto molesto y afilado que se me clavaba cada cierto tiempo. Podía estar meses sin influir en mi vida y después pasarse semanas vagando por ella como un fantasma que no deja de fastidiar. Jack era ese defecto secreto que tienen todos los superhéroes y que puede llevarlos a la destrucción. Jack era... Era ÉL. Incluso cuando lo odiaba. Incluso cuando deseaba que fuera cualquier otro el que me provocara esos sentimientos y no el único chico que me había hecho daño.

Al fin y al cabo, por mucho que me esforzara en entenderlo, aún hoy no hay ninguna teoría científica que explique el mecanismo de un corazón cuando otro lo sacude. Y eso sentía que éramos Jack y yo, un teorema sin solución que me perseguiría toda la vida.

Un taxista observa una escena a través del espejo retrovisor

Era la una de la madrugada cuando los recogió en Chelsea. Eran jóvenes, atractivos y habían bebido, aunque no lo bastante como para no medir sus palabras. Podrían habérselo dado todo, pero llevaba veinte años de servicio como para distinguir el amor cuando lo veía. Esa noche no había habido suerte.

—¿Te lo has pasado bien?

—Digamos que ha sido interesante.

—No sé cómo tomarme eso.

—No tiene por qué ser algo malo, Jack.

Pues lo parece.

—Perdona, pero ¿he hecho algo que te haya molestado?

—No, lo siento, Morgan, yo...

—Entiendo. No te esfuerces. Ha sido muy obvio.

—No tiene nada que ver contigo.

—Es por ella, ¿verdad?

—No. Sí. No lo sé.

—No te preocupes, nos divertimos, pero tampoco me gustas tanto.

—Bien.

—¿Puedo darte un consejo? No salgas con otras buscando lo que solo puede darte una persona. No es justo. Y es una pérdida de tiempo.

La chica le dejó un beso en la mejilla y se fue. Él suspiró con alivio y su mirada se perdió con avidez en su teléfono móvil. Cuando terminó el trayecto y fue a pagarle, ambos hombres se observaron a través del espejo.

—¿Puedo darte yo un consejo?

—Claro. Ya veré luego lo que hago con él.

Sonrieron con cierta complicidad, pese a ser dos desconocidos.

—Quédate con la que mires marchar. Siempre es ella. Sin margen de error.

El chico bajó del coche. No volverían a verse, pero el taxista sabía que el otro estaba pensando en una chica en concreto y que algún día recordaría ese momento.

Volvió a mezclarse en el tráfico.

La noche era joven y el amor estaba en todas partes.

De agujeros negros que lo absorben todo

Es imposible detener el tiempo. Solo parece que se ralentiza cerca de un agujero negro, pero dentro de él transcurre igual. Jack era un jodido agujero negro. Cuando lo tenía cerca todo desaparecía, el tiempo se congelaba y solo existíamos él y yo. Sin embargo, dentro de la espiral en la que nos movíamos sin llegar a ser nada, la vida seguía y teníamos que lidiar con sus ritmos y con lo que cargábamos.

Por ese motivo respeté la decisión que había tomado en casa de Holly.

Tardé dos meses en volver a pisar Londres y dediqué esos días a disfrutar de la compañía de mi padre. Comí con Holly y nos perdimos en nuestras librerías favoritas como cuando éramos unas niñas. No hablé de él, no lo vi, no lo busqué. Solo acepté que compartíamos ciudad y amigos, pero que había espacio suficiente para los dos sin necesidad de cruzarnos.

Pensé mucho en Frederick. Analicé nuestra relación y le expuse mis miedos. Le fui sincera a medias. Le dije que tenía dudas de que tuviéramos futuro, pero él me propuso continuar mientras estuviéramos bien; cuando llegaran los problemas, ya los afrontaríamos. Y lo estábamos. Lo nuestro era estable, sano y sencillo. No era algo incompatible con mis secretos. Hablábamos mucho, salíamos, nos acostábamos y nos apoyábamos. No había fisuras entre nosotros. Aunque eso no evitaba que yo cargara con grietas invisibles que pertenecían a otro.

Pasaron los meses.

Me doctoré, celebré con los míos mis logros y recibí una oferta de trabajo muy interesante en el departamento del doctor Thompson, un antiguo alumno de mi padre que alternaba sus funciones docentes con un equipo de investigación. En verano, Frederick y yo viajamos a Praga, y después hice una escapada con Holly a una isla griega en la que mi piel descubrió nuevos tonos de rojo desconocidos hasta el momento por la raza humana. El otoño llegó y tiñó las calles de Londres de preciosos colores. Ocres. Amarillos. Marrones. Nuestro vecino, el señor Wright, murió de una pulmonía y papá y yo adoptamos a *Nana*, su perra, que limpiaba el barro de las hojas con sus mordiscos. Acepté el puesto en Cambridge y retomamos la rutina como quien regresa al colegio después de las vacaciones. El frío se fue colando poco a poco hasta que, una tarde, me encontré con Frederick paseando bajo la nieve y con las primeras luces de Navidad de los escaparates de fondo.

Un día tras otro. Un mes tras otro. Una estación tras otra.

Era imparable. Al igual que la distancia. Al igual también que el agujero que cada día se abría más dentro de mí.

Holly amaba la noche de fin de año. Para ella era innegociable quedarse en casa. No era una persona muy familiar y llevaba mucho tiempo viviendo a su aire como para cambiar a esas alturas, así que se había esforzado en buscar el plan perfecto con el que dar la bienvenida al siguiente año.

—Ya te he mandado tu invitación por e-mail. Te lo resumo: temática años veinte. Champán, brillos, música jazz en directo. Y yo, claro. ¿Qué más se puede pedir?

—Suena... luminoso.

—Es por mí. Me he comprado un corpiño dorado que Mason se va a caer de culo.

Noté su sonrisa y apreté el teléfono entre los dedos. Me tentaba. Sonaba divertido y nunca habíamos pasado esa noche juntas. Sin embargo..., cada vez que me lo planteaba, me imaginaba a Mason teniendo la misma conversación con Jack y su ristra de novias, y me bloqueaba.

—Holly, yo...

No hizo falta que continuara y su rápida respuesta me dijo que no me equivocaba al rechazar la invitación. Se había convertido en una rutina más para nosotras que ella aceptaba sin preguntas.

—Vale. No pasa nada. Lo entiendo. ¿Nos vemos al día siguiente con la resaca y te cuento todo lo que te has perdido?

—Me encantaría.

Jack estaría allí con ellos. Y yo no. Yo había tomado decisiones y no pasaba nada.

Tragué saliva y me alegré profundamente de tenerla en mi vida, porque Holly nunca me cuestionaba, aunque mis elecciones influyeran en nuestra relación. Y habían comenzado a hacerlo. Con ella. Con Frederick. Hasta medía las zonas por las que me movía cuando iba a Londres para reducir las posibilidades de un encuentro fortuito. Estaba haciendo una montaña de algo que quería que no fuera nada. Borrando a Jack de mi vida estaba dándole más poder que permitiéndole estar en ella.

No obstante, no podía parar. Prefería calibrar esos límites que mantenían lo nuestro bajo control que acercarme tanto a ellos como para perderlo.

Una vez, cuando era pequeña, les pregunté a mis padres qué sentido tenía la Navidad si no éramos religiosos. Mamá rompió a reír mientras lanzaba una mirada cómplice a mi padre. Pero yo se lo había cuestionado en serio. ¿Qué utilidad guardaba llenar la ciudad de luces y las casas de adornos? ¿Qué lógica tenía ponerse esos estúpidos jerséis y cantar villancicos por las calles?

—Los seres humanos necesitamos excusas, Rain. Para todo. Para beber y comer sin remordimientos, para demostrar a los demás que los queremos pasando tiempo con ellos...

—Para fomentar el consumismo... —añadió mi padre.

—Para robarle un beso a alguien bajo el muérdago...

Excusas. Jack y yo las habíamos buscado continuamente. Pero hasta que me vi soñando despierta mientras Frederick conducía hacia Londres para celebrar esos días con nuestras familias, no caí en la cuenta del peso de aquello.

—¿Estás preocupada?

—No, solo estoy cansada. Soy el Grinch, ya me conoces.

Frederick se rio. A él sí le gustaban esas fechas. Venía de una familia numerosa y ruidosa que colgaba un trineo en el tejado y contaba historias a los niños frente a la chimenea. A su lado, la estampa de papá y mía en los últimos años daba un poco de pena. Desde la pérdida de mamá, dedicábamos las fiestas a leer artículos científicos y a hacer limpieza general.

—¿Te apetece venir? Sé que no hemos hablado, pero estás más que invitada. Y tu padre también.

Le sonreí agradecida, aunque negué con la cabeza.

—Tranquilo, estaremos bien. Lo celebraremos a nuestro modo: cena, ajedrez y a las nueve a la cama. Los Hadaway sabemos cómo divertirnos.

—Aún puedes aceptar la invitación de Holly. Si yo pudiera escapar de los juegos de mesa en familia, te acompañaría.

—No me apetece —le mentí, aunque la verdadera respuesta era otra.

«No puedo ver a Jack.»

«Quiero hacerlo, pero no puedo permitírmelo.»

«Debería odiarlo, pero aún siento cosquillas cuando pienso en él.»

Tragué saliva al ser consciente de que fingía continuamente. Y mentirme a mí misma tenía un pase, pero ¿a él? ¿En qué clase de relación estaba convirtiendo lo nuestro?

Frederick aparcó frente a mi casa, nos dimos un beso rápido y me ayudó a bajar la maleta. Tuve una sensación extraña al notar sus labios cálidos sobre los míos. Como si ya lo echara de menos. Como si aquella fuera la última vez. Como si hubiera comenzado a despedirme de él.

Deberíamos hacer más caso a las sensaciones y menos a lo que nos dicta la razón.

El último día del año amaneció nublado. Hacía frío y dediqué la mañana a cocinar y la tarde a ordenar viejas fotografías junto a la estufa mientras papá leía. *Nana* dormía a sus pies; se habían convertido en inseparables. Encontré una instantánea de mamá dejando libros en los buzones de los vecinos con expresión traviesa.

—¿Te acuerdas de esto? —Se la tendí a papá y sonrió con nostalgia—. Se escapaba de casa de madrugada con tu viejo gorro azul y la bufanda hasta la nariz para que nadie la pillara.

—Todo el mundo sabía que eran suyos.

—Sí, pero fingían que no para que no dejase de hacerlo.

Nos reímos y papá me miró con dulzura. Creo que a ratos la reconocía en mí, aunque yo no llegaba a entenderlo.

—Se llevaría las manos a la cabeza si viera en lo que hemos convertido las fiestas.

—Al menos ya no tenemos que ponernos esos horribles jerséis.

—Me los pondría cada día con tal de que estuviera a mi lado.

Cogí aire y su mirada se perdió en la ventana; a través del cristal, se veían caer pequeños copos de nieve, tan minúsculos que no dejaban rastro al tocar el suelo. Pensé en todas esas cosas que existían pero que no llegábamos a ver, sino que se difuminaban entre nosotros hasta convertirse en moléculas invisibles. Siempre había querido entenderlas, darles una forma, un color, una explicación a la que agarrarme. Y sentía que comenzaba a comprender su encanto.

—Deberías cambiarte y marcharte.

Alcé la vista y me encontré con los ojos de papá clavados en mí. Su expresión ya no era triste, sino como si supiera algo que yo aún no alcanzaba a ver.

—¿Por qué?

—Porque mamá siempre decía que da buena suerte empezar el año con quien deseas terminarlo. Aunque nosotros no creamos en esas cosas, debemos respetarlas.

—Pues entonces me quedo contigo.

Sacudí la cabeza y acaricié a *Nana*. Su pelo blanco y suave me calmaba. Papá me sonrió agradecido, pero sus intenciones eran otras. Quizá, incluso, que yo abriera los ojos de una maldita vez y tomara decisiones.

—Yo siempre voy a estar aquí esperándote, Cordelia. Pero ahí fuera...

Dejó las palabras en el aire, aunque retumbaron en mi cabeza.

«Ahí fuera los demás se mueven, Cordelia.»

«Ahí fuera la vida sigue, Cordelia.»

«Ahí fuera las oportunidades no siempre te encuentran una, dos o tres veces, Cordelia.»

Me levanté y me asomé al jardín. Y asumí que papá llevaba razón. Pasara lo que pasara, él siempre estaría conmigo. Igual que mi madre seguía respirando entre esas paredes. Pero quizá otros no. Quizá otros un día se fueran tan lejos como para no saber regresar.

«¿Cuántas veces más serías capaz de volver a mí?»

Suspiré y miré a mi padre una última vez. Notaba un hormigueo en el estómago y calor en la piel. Él sonrió y supe que lo iba a hacer. Que no podía correr el riesgo de que aquello quedara en *stand-by* para siempre. Debía tomar decisiones por mi bien, por el de mi relación, por todo lo que quedaba pendiente por no atrevernos a llamar a las cosas por su nombre. Si quería avanzar, debía cerrar puertas o escoger otras llaves. Debía dejarme de excusas y plantar cara a lo que fuera que la vida pretendía decirnos cruzando nuestros caminos una y otra vez.

—¿Te vas entonces? Saluda a Frederick de mi parte.

Cerré los ojos para serenarme y corrí escaleras arriba. Porque yo no había pensado en Frederick, sino en Jack. Siempre en Jack.

La magia de lo que no se ve

Nunca había entendido la magia de fin de año. Las luces. Los brillos. La esperanza de que solo unos minutos después una vida se deje atrás y se comience otra, como si eso no pudiera suceder en cualquier momento; como si la medición del tiempo no fuese un invento humano.

Sin embargo, mientras oía mis pasos repiquetear sobre la acera, las cosquillas de mi estómago cada vez eran más fuertes. Se acompasaban con el sonido de mis tacones. Toc. Toc. Toc. Y con el de mis latidos nerviosos. Y con mis propias ganas de que, si la magia asociada al cambio de año existía, me rozara por unos instantes.

Le mostré al vigilante mi invitación con el móvil y atravesé la puerta giratoria del hotel. En cuanto llegué al otro lado, el calor me golpeó y me quité el abrigo. Con ese vestido me sentía expuesta, pero esa había sido la idea. En cuanto abrí el armario de mamá y lo vi colgado entre tantos otros, supe que era la mejor elección. Blanco perla. Con flecos que se deslizaban con suavidad sobre mi cuerpo en cada movimiento. Perfecto para la temática de la fiesta y lejos de la Rain que siempre vestía de negro. Una demostración de que de verdad estaba dispuesta a intentarlo; a abrirme por primera vez y pedir explicaciones.

Entré en el salón y los busqué entre la gente. La música estaba alta y las copas corrían como la pólvora. Predominaban los dorados, las plumas y los bombines. No tardé en verlos gracias al vestido de Holly, que parecía una bola de discoteca girando entre los brazos de Mason. Cuando me acerqué, me observaron de arriba abajo con una sonrisa radiante.

—Pero... ¿qué tenemos aquí?

—¿Quién eres tú y qué has hecho con la Rain aburrida? ¡Sexi Hadaway al ataque! —exclamó Mason, aullando con el rostro alzado hacia los focos.

—Yo también me alegro de verte, Mason —lo saludé con desdén.

Holly me abrazó y me dijo que estaba preciosa.

—¿Dónde está? —le pregunté al oído.

Se separó y arrugó la nariz.

—Ha venido acompañado. Es incapaz de pasar más de dos minutos sin una lengua en la boca.

—No me importa. Solo quiero hablar con él.

Porque no se trataba de eso, sino de dejar de fingir y de buscar excusas para cada paso que dábamos. Estaba cansada de que lo nuestro solo fuera un lastre, incluso para los que nos rodeaban. Así que aquella noche había seguido el consejo de mi padre y pensaba marcharme de allí con algo en claro, fuera para acercarnos más o alejarnos para siempre.

Siguiendo las indicaciones de Holly, me lo encontré al otro lado de la sala. Charlaba con un grupo y rodeaba la cintura de una chica preciosa. Me apoyé en la barra y pedí un vodka con limón. Y esperé. No tardó ni un minuto en verme. En ocasiones como esa me preguntaba si había algún tipo de conexión que nos hacía notarnos en el ambiente. Las malditas cosas invisibles avisándonos de lo que podíamos perdernos. Sonaba *There She Goes* de The La's de fondo cuando Jack se giró. Nos miramos unos segundos hasta que se disculpó con sus acompañantes y se dirigió a mi encuentro. Llevaba camisa gris, pantalón negro y el nudo de la corbata deshecho. Estaba muy guapo. Claro que era Jack, lo raro habría sido lo contrario. Se acercó con esos andares seguros y tranquilos, y se lamió los labios antes de sonreír.

Sentí que todo se ralentizaba menos mis pulsaciones.

—Solo faltabas tú con ese vestido para que la noche fuera perfecta.

Me guiñó un ojo y enseguida supe que Jack había bebido. Dio otro paso hacia mí y percibí el calor que desprendía. Su olor me envolvió, a limón, recuerdos de menta y abrazos sentidos. Sin poder evitarlo, eché un vistazo por encima de su hombro hacia la chica que nos observaba con recelo desde lejos.

—O lleva peluca o esa no es Morgan. ¿Es Caitlin, la de las uñas de fantasía? ¿Os habéis reconciliado?

—Intuyo que Holly es una fuente de información de lo más interesante.

—Ni te imaginas.

Compartimos una sonrisa cómplice y le di un trago a la copa. Jack me la quitó de las manos y bebió sin apartar los ojos de mí. Cuando se la terminó, la apoyó sobre la barra y los hielos tintinearon.

—Se llama Diane.

—Oh, ¡pobre Morgan! Parecía simpática. ¿Te importa si me apunto su nombre en la agenda? Para evitar situaciones embarazosas la próxima vez que nos veamos.

Jack apoyó una mano en la barra y me arrinconó entre su pecho y su brazo.

—Te lo pondré fácil. No creo que vuelvas a verla.

—¿Su cuenta atrás ha comenzado? ¿O eres tú el que se convierte en calabaza cuando dan las doce?

Su expresión traviesa me secó la boca.

Qué fácil era enredarnos. Perdernos. Olvidar lo que un día nos había separado.

—No es nada serio. Nos divertiremos unos días más y después no nos recordaremos.

—Qué romántico.

—Ya me conoces.

—Quizá hayas conseguido algún tipo de récord este año. ¿A cuántas has olvidado después de pasar un buen rato, Jack?

Chasqueó la lengua y me miró con detenimiento. Estábamos tan cerca que podía contarle las pestañas. Me contuve para no retirarle el mechón rebelde de la frente. Me apetecía tocarlo. Besarlo. Cogerle la mano y correr sin mirar atrás. Me apetecía pedirle que no volviera a marcharse.

¿Dónde me estaba metiendo? ¿Por qué había acudido en su busca si no era para preguntarle por qué lo hizo? ¿Y por qué no podía apartar los ojos de los suyos, de su nariz de aristócrata y de sus labios humedecidos?

—Haces que parezca lo que no es, Rain.

—Me remito a los hechos.

—Solo a los que te interesan. —Me dedicó un guiño y se cruzó de brazos—. ¿Cómo le va a Frederick?

Con aquella pregunta en apariencia inocente, Jack rompió la burbuja en la que nos habíamos escondido para tontear sin remordimientos. Me tensé y curvé los labios en una mueca.

—Estupendamente.

—¿Por qué no está aquí?

—No es asunto tuyo.

Aparté la mirada. Comenzaba a sentirme culpable. Y confundida. E incómoda con un Jack que flirteaba tanto como lanzaba balas. Que no paraba de avasallarme con preguntas que no sabía dónde nos llevaban, pero que intuía que no por buen camino.

—En realidad, me alegro de que hayas venido sola. ¿Ves como no soy tan perfecto?

—Nunca he creído que lo seas, ¿sabes?, pero te funciona muy bien como escudo.

—Contigo no hay escudos que valgan. Siempre das donde más duele.

—Ya tenemos una explicación a por qué acabamos haciéndonos daño.

—¿Lo quieres?

Lo miré sin pestañear. Ni siquiera comprendía cómo ni por qué habíamos acabado hablando de mi relación con Frederick.

—No.

Y, pese a lo que implicaba, la respuesta me salió sola, tan natural que comenzó a costarme respirar. Tan dañina y humillante que odié a Jack más de lo que nunca lo había hecho por llevarme por un sendero que no tenía nada que ver con mis intenciones de aquella noche. Por ganar a Frederick en una batalla que el otro no sabía ni que estaba librando.

Me llevé una mano al cuello y noté mis latidos furiosos.

—Entonces, ¿qué haces con él?

—¿Has querido a todas tus novias, Jack? ¿Me estás diciendo eso? ¿A Miranda? ¿A Eliza? ¿A Caitlin? ¿A Morgan? ¿A Diane?

Estaba gritando, pero no me importaba. Solo podía pensar en la sensación de estar cayendo. Había perdido el control y todo se desmoronaba.

—No, pero tampoco me he mudado con ninguna.

—Mucha gente lo hace para reducir gastos.

—No gente que se acuesta, cena en una mesa con velas y hace planes.

—Nunca hemos cenado con velas.

—Claro que no, Rain —murmuró con una sonrisa despectiva.

Resoplé y di un paso para alejarme. Aquello no estaba saliendo como pretendía. Aquello volvía a ser una espiral sin sentido en la que los comentarios sarcásticos ya no eran divertidos, sino dañinos. Aquella había sido la peor elección de todas las que yo había tomado.

—¿Sabes? Yo no debería estar aquí.

Me dirigí a la salida, dejando atrás a un Jack aturdido y enfadado que no tardó en seguirme. Ya en la calle, me puse el abrigo y caminamos en silencio. No le pregunté qué pasaba con Diane ni él pareció preocupado al respecto. No pensé en Holly, ni en Mason, ni siquiera en el bueno de Frederick. No pensé en nada que no fuéramos él y yo, y la sensación asfixiante de estar dentro de un agujero.

—¿A qué has venido, Rain?

—A desearte feliz año.

—Emperatriz...

Me rodeó la muñeca y me zafé de él. La calle estaba desierta a excepción de los coches que circulaban y cuyas luces parecían estrellas fugaces. Estaba enfadada. Y triste. Y me sentía sola. Y, a pesar de todo eso, me gustaba estar con él.

Cerré los ojos y noté una lágrima traviesa pidiendo paso.

—La Rain que ha salido de casa venía a verte, ¿vale? A decirte que aún piensa en ti. A confesarte que si fuésemos una ecuación la solución sería infinito, y que por eso ha tardado tanto tiempo en encontrarla. Venía a decirte que se le han acabado las excusas para no perdonarte y mantenerte lejos.

Su expresión se suavizó y tragó saliva con fuerza. Era obvio que Jack no se esperaba aquella confesión. Ni yo misma lo hacía, pero ya no me reconocía.

—Rain...

Sin embargo, por mucho que su forma de susurrar mi nombre me acariciara, percibía que algo en mi interior se había resquebrajado de nuevo. Las grietas latían más que nunca. Me recordaban, quizá, que Jack ya me había hecho daño una vez y después otra, y que mi elección aquella noche no había sido la más cuerda. Porque él no dejaba de correr en círculos y yo nunca lo alcanzaba.

—Pero esa Rain ha desaparecido en algún momento desde que te he visto allí dentro y ahora.

—Yo también pienso en ti.

Y, aun así, temblaba con sus palabras. Las quería para mí.

Cerré los ojos y dejé que me tocara. Me permití recordar entre silencios todo lo que habíamos hecho desde el día que nos conocimos. Llevaba mucho tiempo echándolo de menos y negando lo que había sido irrefutable desde mis diecisiete años: estaba enamorada de Jack, y ni la distancia, ni los errores, ni los años, ni conocer a otras personas habían terminado con esos sentimientos.

Me acerqué a él y suspiró contra mi mejilla. Percibí la forma de su cuerpo, el calor que desprendía, su aroma, tan inconfundible entre cualquier otro. Jack subió la mano por mi cuello y llegó a mi mandíbula. La dibujó con los dedos. Tanteó mi boca con las yemas y lo deseé tanto que el mundo desapareció. La lógica. Las excusas. Los compromisos. Abrí los ojos y me lo encontré tan cerca como para que la punta de mi nariz rozara la suya. Me lamí los labios y sentí que algo dentro de mí se aflojaba. En ese preciso instante, advertí que por fin me soltaba y me entregaba a alguien.

Y lo besé.

O lo intenté.

Porque antes de siquiera rozarlo, sus labios desaparecieron y el aire frío de la noche me golpeó.

—Me marcho a Manchester. En una semana. Por trabajo.

Suspiré, y todo lo que había desaparecido volvió a mí en forma de escombros. Lo observé aturdida y me pasé las manos por el rostro. Todavía notaba la respiración acelerada y el corazón agitado. Pero Jack no. Jack parecía cansado. Y, por primera vez, también distinguí en su expresión que estaba muerto de miedo.

—Entiendo.

—Rain, espera...

—Joder, ¡soy una estúpida!

Me giré y me tapé la cara con las manos antes de echar a andar con rapidez.

—Rain, no te estoy rechazando.

—No digas nada. ¡Esto ha sido una tontería! ¿Cómo he podido pensar que podríamos estar en el mismo punto? ¡He intentado besarte, por Dios!

Pese a sus palabras, sentía la humillación abriéndose paso en mí. La vergüenza. El despecho. La culpa.

Me agarró de la muñeca por segunda vez en esa noche y, aunque lo hizo con delicadeza, experimenté una presión desmedida.

—Sales con alguien.

—¡Ni que eso alguna vez hubiera sido un problema para ti! —exclamé furiosa. Era el menos indicado para reprenderme nada.

Además, yo no podía pensar más que en que Jack había decidido no besarme y que regresaba a Manchester. Otra excusa. Otra vuelta a empezar. Otra elección que descruzaba nuestros caminos. Otra huida lejos de mí.

—Frederick se merece respeto.

Me reí.

—Tenemos una relación abierta —le escupí con sarcasmo.

—¿En serio?

—¿Tanto te costaría creerlo?

—Pues entonces somos nosotros los que nos lo merecemos. Podríamos besarnos, pero ¿luego qué? ¿De verdad crees que así podría funcionar?

Exhalé con profundidad y me desinflé. De repente tenía frío y la noche había perdido su encanto. Ya no brillaba, solo era una noche más. Siempre había sabido que la magia no existe. Y ¡por supuesto que lo nuestro no funcionaría! Era imposible. Una paradoja que nos mantenía atrapados. Pero, por encima de todo, no lo haría porque Jack jamás se comprometería. Había tardado años en darme cuenta de que el problema era su incapacidad para dar aquel paso.

Cogí aire y frené en seco. Me di la vuelta y me encaré con él. Estaba confuso, afligido y nervioso. Pero, por encima de eso, estaba profundamente asustado.

—¿Y por qué lo haces, Jack? ¿Por qué me buscas cada vez que compartimos espacio? ¿Por qué me dices todas esas cosas bonitas y tan nuestras que es imposible escapar de lo que me provocan? ¿Por qué flirteas conmigo y me haces creer que soy especial?

—Porque lo eres. Eres especial, Rain —dijo con un nudo en la garganta.

Pero eso ya no me valía y negué con la cabeza.

—No, no lo soy si me tratas como a tus relaciones de cinco minutos, Jack.

—Nunca te he tratado así. Y lo sabes. Tú y yo...

Levanté la mano para que se callara.

—Sí lo haces. Lo haces cada vez que me muestras lo que podríamos ser para luego esconderte.

Jack se revolvió el pelo y bufó. Era el momento. No habíamos tenido jamás uno mejor para desnudarnos frente al otro y él no dejaba de mirar a su alrededor buscando formas de ocultarse. Era el momento y tal vez no tuviéramos otro, pero Jack solo pensaba en huir. Y eso era todo.

Me reí, aunque se me llenaron los ojos de lágrimas.

—Eres especial para mí, Rain. Tienes que creerme.

Le permití que me las secara con dulzura y luego medité mis opciones:

1. Confiar en él y en que algún día dejaría de esconderse.
2. Continuar vagando por aquel agujero negro que acabaría por engullirnos.
3. Decirle adiós en ese instante para siempre y evitarnos la posibilidad de volver a hacernos daño.

Suspiré y cogí fuerzas para llevar a cabo una de las decisiones más difíciles de mi vida.

—Ya no sé ni lo que creo cuando se trata de ti, Jack. Estoy cansada. Cansada de sentirme así cuando estás cerca. Por favor, hagámoslo fácil por una vez.

Se me rompió la voz al final y la suya se dulcificó. El Jack perdido siempre había sido uno de mis favoritos.

—¿Quieres que te lo diga? ¿Quieres que te diga que aún te quiero? ¿Eso es lo que me estás pidiendo?

—No, pero ¡¿qué es lo que te pasa?! No se trata de eso, yo...

—Entonces, ¿qué esperas de mí, Rain? —Su pregunta sonó tan atormentada que me arrepentí de haberlo buscado.

Sin duda, me había equivocado.

Me sequé las lágrimas y miré al cielo. Pequeñas gotas de agua caían sobre nosotros. Eran tan diminutas que apenas se veían, aunque sí mojaban. Giré el rostro hacia él y me rendí.

—Nada. De ti ya no espero absolutamente nada, Jack.

En cuanto me metí en un taxi, saqué el teléfono del bolso. Me temblaban las manos y aún notaba la respiración agitada por todo lo que Jack me había provocado.

—Señorita, ¿se encuentra bien?

Asentí al hombre que me observaba a través del retrovisor y le recité mi dirección como respuesta. Agradecía su preocupación, pero no me apetecía charlar con nadie. Aun así, había una persona que sí se merecía mis palabras y pensaba dárselas cuanto antes.

Pulsé su número y respondió al segundo tono.

—Hola, Rain. —Ante mi silencio, Frederick susurró una pregunta que partiría su mundo en dos—. ¿Qué te pasa?

Tragué el nudo que no me dejaba respirar, cerré los ojos y viajé atrás en el tiempo.

—¿Te acuerdas de mi primera ponencia? Fui a tu despacho a pedirte un pase de invitado. «Para un amigo», te dije. Lo cual no era mentira, aunque tampoco del todo verdad, porque él y yo siempre hemos sido otra cosa.

Frederick suspiró y se alejó del barullo de su familia. Me lo imaginé encerrándose en una habitación, frunciendo el ceño hasta que se le formaba una especie de V en la frente que yo siempre relajaba con los dedos, llevándose la mano a la boca y pellizcándose el labio por los nervios. Gestos familiares que añoraría, pero solo por la rutina que me aportaban, la tranquilidad, la calma. La culpa se me clavó más hondo. Porque no, yo no lo quería. No así. No como él esperaba. No como merecía.

—Rain, ¿de qué me estás hablando?

—El pase era para Jack.

Le dejé tiempo para que procesara lo que esas palabras significaban. Para que arrancara la venda que yo nos había colocado para mantener a Jack escondido y que entendiera el peso que tenía en mi vida y, por ende, en la suya. Permití que el silencio fuera una balsa en la que Frederick se meciera antes de romperlo y también destrozar lo nuestro.

—No es futbolista.

—Sí lo era, pero tú no recordarías a ninguno que no anunciara algo por la tele, Frederick. Si te resultaba familiar era por algo muy distinto.

Lo oí resoplar contra el teléfono. Me arrepentí de no haber ido a su casa a decirle aquello en persona, pero ya era tarde y mi decisión había sido otra más cobarde, aunque también más impulsiva cuando yo no solía serlo. Eso hacía Jack; sacaba a la Rain más escondida y la dejaba aventurarse sola por un mundo que le daba miedo.

Frederick chasqueó la lengua y supe que todas las piezas habían encajado en su cabeza.

—Ya me acuerdo. Estuvo sentado en la última fila de la sala de conferencias. Desentonaba totalmente en aquel ambiente. Parecía un adolescente aburrido, pero no te quitaba ojo. Esperó con paciencia hasta que terminó el seminario y luego... te abrazó.

Apoyé la frente en la ventanilla, porque el recuerdo de los brazos de Jack apresándome me golpeó con fuerza. La calidez de su pecho. Su respiración desordenando mi pelo. Su olor a menta y hogar.

—¿Tenéis una historia?

—La tuvimos.

Quise que me odiara. Deseé que se llevara un mal recuerdo de mí para que olvidarme fuese la mejor elección posible. Y, aunque lo tenía en mi mano, al mismo tiempo deseaba todo lo contrario. A nadie le gusta convertirse en cicatriz.

—¿Por qué me lo cuentas hoy?

—No quiero hacerte daño, Frederick.

—Ya es tarde, Rain.

Suspiré y lo solté sin más.

—Porque papá me ha animado a salir esta noche, igual que hiciste tú. Me ha recordado que siempre se debería empezar el año al lado de con quien deseas terminarlo.

—Y está claro que en mi casa no estás.

—No.

Tragué saliva. Me pregunté si Jack se habría sentido tan mal el día que rompió lo nuestro como me sentía yo en ese instante.

—Lo siento —murmuré abrumada por las emociones.

—Yo también.

Frederick colgó sin decirme adiós.

Cuando regresé al piso que compartíamos apenas dos días después, él ya se había ido.

Una semana más tarde, Jack se mudó a Manchester.

Holly me contó que Diane se había ido con él.

Aceptar que lo nuestro se había acabado no fue tan complicado como intentar olvidarlo.

LA VERSIÓN DE JACK

Supongo que tardé de más, pero al final lo entendí. Lo hice cuando me giré y la observé alejarse aquella noche, quizá para no volver. Porque aquel taxista llevaba razón. La única chica que importa es a la que miras marchar una y otra vez.

Cuarta parte

EL TEOREMA DE CRUZARME CONTIGO

HOY
Rain

Son las tres de la madrugada y no nos hemos movido del sofá. Las llamas ya se han apagado y hemos sustituido el vino por zumo de frutas. Estoy cansada, pero sé que no voy a poder dormir. No con él en algún punto de la casa. No con los recuerdos vagando como fantasmas.

Noto sus ojos sobre mí y lo miro con dureza.

—¿Y Diane?

Jack chasquea la lengua. Mi pregunta le resulta incómoda. No es para menos. No cuando, casualmente, sé por Holly que fue con la única chica con la que se esforzó.

—No vas a dejarlo estar, ¿verdad?

—No sé por qué debería hacerlo. Tú tampoco es que te cortes, precisamente.

Sacude la cabeza y su mirada se pierde en sus manos. Aún se muerde las uñas, pero ya no hasta ese punto en el que se hacía heridas. Cuando Jack parece encontrarse la voz, me mira y su sinceridad me escuece.

—No funcionó, pero lo intenté.

—¿Por qué con ella sí?

—Estás siendo mala.

Me sonríe de medio lado y curvo los labios en un amago

de sonrisa que no llega a ser. Tal vez porque si aún hoy estoy enfadada con él es porque aquella decisión me dolió más que cualquier otra.

—Solo quiero comprenderte, Jack.

—Soy lo que ves.

—Eres mucho más complejo de lo que crees. Por eso me gustabas.

Mi confesión no me avergüenza. A estas alturas, pocas cosas lo hacen. Además, necesito entenderlo. Necesito dejar de sentirme insuficiente porque lo intentara con esa chica después de rechazarme y de lo compartido. Necesito una razón de peso para ese sentimiento siempre anudado a mi pecho cuando se trata de él.

Lo observo con paciencia. Jack resopla y su flequillo desordenado se mueve. Aún recuerdo el tacto entre mis dedos. Aún me acuerdo de todo con una intensidad que no comprendo, cuando he olvidado tantas otras cosas que quizá sí eran importantes. Al final, me mira y sonríe con cierto pudor.

—Porque aquella noche me enfadé mucho contigo, Rain.

—¿Conmigo?

Alzo las cejas, sorprendida, porque si alguien tuvo motivos para ofenderse entonces fui yo. La que estuvo a punto de engañar a su pareja. La que se olvidó de las decepciones pasadas solo por un beso. La que fue rechazada.

—Supongo que aceptar que era un cobarde y que te había perdido al mismo tiempo me nubló el juicio. Decidí quitarte la razón. Por eso le pedí a Diane que se viniera conmigo.

Trago saliva. Digiero sus palabras. Las despedazo para que duelan menos. Las entiendo, aunque sean dañinas y nos hayan traído hasta este momento, con uno en cada punta del sofá y ambos llenos de resentimiento.

—Te comprometiste.

—Sí. «¡Jódete, Rain!», pensaba.

Se ríe y pongo los ojos en blanco. Aunque escuece. Quizá más aún al ser consciente de que muchas de mis primeras veces le pertenecen y Jack, en cambio, las ha ido regalando por ahí con la intención de no concedérmelas a mí.

—Qué halagador.

—Mi nivel de imbecilidad alcanzó su punto álgido en aquella época.

—¿Duró?

—Tres meses. Se marchó cuando comprendió que ella no estaba allí por mí, sino por mis mierdas.

Suspiro y fijo la vista en la chimenea. Apenas quedan los rescoldos de una hoguera ya apagada. Una metáfora acorde con lo que siento que somos nosotros. Si tocas las brasas, aún queman, pero el fuego ya forma parte del pasado.

—Relaciones líquidas —me dice con una sonrisa.

—¿Qué?

—Tú me lo dijiste hace tiempo, pero no lo entendí. Cuando se marchó Diane investigué sobre ello. Tenías razón, Rain. Nunca he creado lazos fuertes, siempre se acababan diluyendo y yo escapaba ante cualquier problema o excusa que encontrara.

Asiento y lo observo de un modo nuevo. Porque este Jack me parece otro. Uno que acepta sus errores y los mira de frente. Uno que, quizá, incluso ha aprendido a vivir con ellos.

—Tú también tenías razón —le digo en un impulso.

—¿Rain dándome la razón? ¿Puede ser este el mejor día de mi vida?

Sonreímos y me ruborizo. No sé qué es esto, pero se siente como si nos estuviéramos acercando.

—Dejé a Frederick cuando me subí al taxi. Aquella noche. Lo dejé mientras todavía lloraba por ti. Lo dejé aun sabiendo que tú y yo nos habíamos alejado de nuevo.

Jack me sonríe. Es una sonrisa agradecida, aunque triste. Estiro las piernas y rozan las suyas. No las aparto. Solo disfruto de este silencio, denso, cómodo, en el que es tan fácil perdernos que lo dejamos ser un poquito más.

—¿Has vuelto a enamorarte?

—No. ¿Y tú? —Jack se muerde el labio con expresión canalla; no puedo evitar reírme y él me acompaña—. ¡Qué cosas tengo! Jack Ladson se enamora cada treinta minutos.

Cuando nos relajamos, habla. Y lo hace con calma, con la voz suave y los dedos acercándose peligrosamente a mí por debajo de la manta.

—Claro que he creído hacerlo. Pero nunca así. No como siempre me he sentido al pensar en ti. Al recordarte. Es algo que nace aquí y se expande. —Se roza el pecho y tiemblo—. Que escuece. Que tira de mí y, a veces, incluso ahoga un poco. Pero luego calma. Y deja un regusto único. Amargo. Dulce. Ácido. Como tú. Uno que busco en todas y que nunca encuentro. Por eso jamás funciona.

Y Jack me toca. Su mano encuentra mi pie y lo acaricia. Me hace cosquillas en el empeine, unas cosquillas que despiertan a todas las demás que aún le pertenecen.

—¿Todavía hablas de amor?

—¿De qué iba a hablar si no? ¿Qué puede ser esto que tenemos?

Trago saliva y me concentro en lo malo que arrastramos, y no en la increíble sensación de sus dedos dibujando sobre mi piel.

—Creo que en algún momento le dimos la vuelta y lo convertimos en odio.

Medita mis palabras, pero enseguida niega con la cabeza.

—No, Rain. El odio no es adictivo. Del odio rehúyes, no vives con ganas de cruzártelo en cada esquina. El odio te hace peor persona. Y si algo tengo claro es que cuando te tengo cerca yo soy alguien mejor.

Cierro los ojos un instante. Ya no me toca, pero aún lo siento. Lo siento en todas partes. Eso hace Jack. Se esparce de forma invisible por el espacio hasta que lo tienes en cada parte de ti.

—Es fácil confundirlos. El amor y el odio están íntimamente relacionados porque producen las mismas sustancias químicas. De ahí esa expresión tan famosa de que del amor al odio hay un paso. Solo se necesita un pequeño detonante para pasar de uno al otro de forma radical. Nosotros ya dimos ese paso, Jack.

—No estoy tan seguro.

Se remueve incómodo y se junta más a mí. Noto calor, y sed, y las cosquillas de mi estómago resultan insoportables. Frente a nosotros, una chispa salta y enciende una pequeña llama entre las ascuas.

—Mira, para que lo entiendas mejor, esto va a encantarte —le digo, escudándome en todos los datos que sé para no pensar en todo eso que no se ve, pero que late entre nosotros cada vez con más fuerza—. Según un estudio, si se analizan los ciclos cardíacos de una persona, no se puede apreciar diferencia entre si acaba de matar a alguien o ha tenido un orgasmo.

Frunce el ceño y luego sonríe ampliamente. Como si acabara de darle la razón en su propia teoría del amor. Y, aunque debería tener miedo, solo siento ganas. Ganas de que hable y me dé otra razón para volver a sentir sus dedos bajo la manta. Ganas de él.

—Entonces no puede ser odio. ¿Y sabes por qué, Rain?

—Sorpréndeme.

Estira la mano y me retira un mechón con delicadeza.

—Porque cuando dices cosas como esa yo aún pienso en besarte.

Jack

Rain se ha levantado y está asomada a una de las cristaleras. Se ha llevado la manta encima como una capa y así, de espaldas, parece una pequeña hada esperando a salir al jardín a jugar.

—Nunca vas a dejar de insistir, ¿no?

Rompe el silencio con una pregunta que en otro momento me habría sonado desafiante, pero que ahora me la plantea una Rain de lo más tranquila. Me levanto y me quedo detrás de ella, porque me da miedo acercarme demasiado y que esta especie de tregua que nos hemos dado nos acabe explotando.

Y la observo. Su cuerpo. Su pelo. Sus pies descalzos. El reflejo del rostro que me devuelve el cristal. Lo que desprende. Y me digo que la quiero. Que no he dejado de hacerlo. Pero que el Jack del presente, por primera vez, lo hace sin miedo.

Doy un paso hacia ella y le susurro una verdad que por fin acepto con lo que conlleva.

—Es que tú y yo tenemos una historia de amor pendiente, Rain. Y eso no va a cambiar por mucho que nos alejemos.

Se peina la melena con los dedos y exhala profundamente. Luego me lanza una mirada por encima del hombro y, como siempre, me sorprende.

—De acuerdo, Jack. Vamos.

—¿Adónde?

—Ha parado de llover.

La sigo hasta la entrada y nos ponemos los zapatos. Cuando pienso que hay algo muy íntimo en calzarse con una persona sonrío como un idiota. No es por los zapatos, es por Rain. Porque con ella siempre hubo más.

Abre la puerta corredera y observamos la noche. Todo está encharcado y una rama se ha desprendido en el camino. No sé si los coches de los demás podrán atravesarlo cuando lleguen por el estado en el que la tormenta ha dejado todo, pero en este instante el silencio es ensordecedor. Ya no hay aire, el cielo comienza a abrirse y la temperatura es agradable. La calma sobrecoge.

Rain se acomoda en el banco de madera que hay bajo un sotechado y se hace un ovillo con la manta. Sus ojos me atraviesan y acepto la invitación silenciosa de que la acompañe. No sé qué estamos haciendo aquí fuera, pero he decidido aprovechar todo el tiempo posible antes de que amanezca y este paréntesis de realidad se nos acabe.

A fin de cuentas, sigo pensando que esto no puede ser una casualidad.

—Yo no soy el listo de los dos, pero ¿no crees que debería haber una explicación científica para esto?

Rain se vuelve y rompe a reír. Su risa me eriza la piel y me provoca ganas de tocarla. Es instintivo. Es complicado de entender, pero tiene el efecto de un subidón de cualquier mierda de las que no dejan dormir.

—¿Para nosotros? ¿Te refieres a eso?

Asiento y las carcajadas vuelven. Está muy guapa cuando no se controla.

—No te rías, ¡estoy hablando en serio! No es posible que cada vez que nos crucemos algo suceda, Rain.

—¿Me estás diciendo que la tormenta ha sido provocada para que tú y yo pasemos la noche a solas? Te hacía egocéntrico, Jack, pero no hasta ese punto.

Sacudo la cabeza con resignación, aunque lo hago sonriendo.

—No sé qué es, pero es imposible que no lo sientas. Cuando nos cruzamos nace algo, Rain. Electricidad. Una corriente de aire que antes no estaba. Energía. La atracción de los opuestos. ¡No tengo ni idea! Pero es que... me atraviesa. Me vuelve loco.

Su risa se desvanece y me observa con sus ojos negros de ese modo que tanto he echado de menos. La Rain desprotegida es la más bonita de todas las que conozco.

Alza el rostro al cielo y suspira antes de explicarme una de esas cosas que almacena en su privilegiado cerebro.

—Hay una teoría que dice que algunos cuerpos se sienten atraídos hacia otros por un antígeno leucocitario humano muy distinto al nuestro. Es cuestión de supervivencia. Si nos reproducimos con alguien que puede aportar lo que a nuestro sistema inmunológico le falta, tendremos hijos más fuertes.

—¿Me estás proponiendo tener un hijo?

Pone los ojos en blanco y me muerdo el labio. Hacerme el tonto sigue siendo mi mejor táctica para sacarla de quicio.

—Es una explicación a tu teoría de que los opuestos se atraen.

—Es la segunda vez esta noche que me das la razón. La próxima avísame y lo grabo en vídeo.

Le guiño un ojo y frunce el ceño.

—No seas idiota. Solo es mi modo de decirte que, aunque preferiría que no sucediera, yo también lo siento. Esto. Lo que sea que sucede cuando estamos juntos.

Rain ya no me mira, pero, por primera vez desde que la conozco, parece resignada ante lo que somos. Como si se hubiera cansado de pelear. Como si hubiese dejado de buscarle sentido y, simplemente, lo aceptara.

Suspira y me señala una estrella que comienza a atisbarse a través de las nubes. Luego sonríe y me demuestra que la chica de la que una vez me enamoré sigue siendo tan fascinante como la primera vez que me paré a observarla.

—Cuéntamelo, Jack. Háblame de tu vuelta a Manchester. ¿Qué se siente al recuperar un sueño que creías que ya no era para ti?

Me quedo mudo y me da un codazo para que reaccione. Y hablo. Hablo como si tuviera que relatarle mi vida a alguien que quisiera escribir un libro sobre ella. Le cuento todo al detalle. Me remonto a mucho antes para que entienda el proceso que vivió el Jack de entonces y quién soy ahora. Los primeros días tras el accidente; las horas de rehabilitación, el proceso de aceptación de mis limitaciones, el dolor, sordo, hueco, tan parte de mí como todo lo demás; el acercamiento con mis padres, lento y cauto, pero necesario y reconfortante. La primera vez que salí a correr; la forma en que tuve que volver a conocer mi cuerpo y reconciliarme con él; mi primer trabajo en el gimnasio. Comparto con ella las dudas que me embargaron cuando me ofrecieron volver al fútbol, en esta ocasión como entrenador. Mis miedos la primera vez que pisé un campo. Mis errores con Diane y con tantas otras que merecían más de lo que les di. Le hablo a Rain de las primeras satisfacciones cuando descubrí que aún podía disfrutar de lo que un día tanto había amado. Desgrano mis emociones y me desnudo como nunca, porque con ella siempre fue muy fácil. Con Rain nunca tuve que fingir y solo fui Jack, con lo bueno y también con lo malo, aunque lo último la hiriese por el camino.

Cuando acabo, es ella la que me narra lo que ha vivido estos años. Me confiesa lo difícil que ha sido cruzarse con Frederick de vez en cuando por motivos profesionales. También, su historia con un vecino que me resume en muchas horas de cama y poca conversación. Me cuenta que estos tres años han sido muy enriquecedores para su carrera, aunque está cansada y se ha planteado tomarse un tiempo para otras cosas, como aprender japonés o viajar. Me habla de su padre, de *Nana* y de lo cuidado que está el jardín.

Charlamos durante horas. Nos reímos. Nos burlamos del otro, porque si no lo hacemos no somos nosotros. Nos reconciliamos un poco con lo bonito que siempre fuimos y que en nuestros últimos encuentros habíamos acabado enterrando bajo el despecho y los sentimientos descontrolados.

Y, cuando sale el sol, nos quedamos en silencio y sonreímos.

Siento que respiro mejor que en mucho tiempo.

Ella tiene el pelo encrespado por la humedad, los ojos enrojecidos y expresión cansada, aunque sigue pareciéndome preciosa.

—El martes es mi cumpleaños.

Asiento y recuerdo la fiesta de mis dieciocho. Un regalo. Un baile. Un beso que dejamos a medias. Parece que haya pasado un siglo y, a la vez, que fuese anteayer.

—Nunca estuve a tu lado en ninguno.

—Quizá volvamos a cruzarnos en el futuro y cambiemos eso, ¿quién sabe? Al fin y al cabo, parece imposible librarse de ti —murmura con una sonrisa traviesa.

Choca mi hombro con el suyo y así nos quedamos, muy juntos, mientras el sol tiñe de naranja el cielo y me atraganto con unas palabras que necesito liberar antes de que todo acabe. Porque necesito que lo sepa. Porque necesito que entienda que mido la vida por las veces en las que nuestros caminos se encuentran.

—Hay algo especial en cruzarme contigo, Rain.

Ella suelta el aliento contenido y se muerde una sonrisa.

Tiene los ojos llorosos, pero está contenta.

Le cojo la mano y no se aparta. Sus dedos juegan a reconocer los míos.

Al otro lado del camino, el primer coche rompe la calma y nuestro momento se desvanece.

Rain

Diez minutos después, siento que la tormenta ha dado paso a un huracán con el nombre de nuestros amigos. La casa está llena de maletas. Mason y Jack se ponen al día mientras preparan el desayuno en la cocina, Alfie y Brittany colocan el equipaje en las habitaciones y yo soporto que Holly me besuquee y compruebe que, efectivamente, estoy bien y no he sufrido ningún tipo de tortura física por parte de Jack.

Me coge de las manos y me encierra con ella en el primer baño que encuentra.

—¡Joder, Rain! Lo siento. Por favor, no me odies. Odia a Mason. O al dios de la lluvia que nos ha estropeado el fin de semana. Pero a mí no. Te prometo que hicimos lo posible por avisaros, lo que pasa es que no dejamos de recibir señales de que esta boda no debería celebrarse. ¿Estás enfadada?

Suspiro y me lavo la cara. Estoy agotada. Solo de pensar que aún tengo que sobrevivir al fin de semana, me entran ganas de coger el coche y largarme. Pero debo recordarme que quiero demasiado a la loca que me hace pucheros mientras hace pis. Y, por otra parte, ya ha pasado lo peor. He sobrevivido a una noche a solas con Jack y no nos hemos matado ni decepcionado ni nada que pudiera acabar con alguno de los dos destrozado, así que solo tengo que sonreír con sinceridad y tranquilizarla.

—Dime algo, por favor. No vas a venir a la boda, ¿verdad? Sé que me lo merezco. Además, intuyo que antes de que se celebre nos colonizará una raza alienígena o un virus nos convertirá a todos en mutantes.

—Holly, tranquila. Todo está bien.

—¿En serio? Igual los alienígenas ya han pasado por aquí y te han dejado el cerebro como un colador. ¿Tú eres consciente de que ese de ahí fuera con el que nos has recibido era Jack Ladson?

Me río. Holly es única gestionando los dramas.

—Sí, me di cuenta cuando abrió la puerta ayer por la noche y mis planes se trastocaron.

—Perdón —susurra con la boquita pequeña.

—De verdad, no ha sido tan malo.

Sonrío y me seco el rostro con calma. Holly me observa como si fuera cierto que he sido abducida por habitantes de otro planeta.

—¿Qué te ha hecho?

—Nada.

Suspiro y niego con la cabeza a una Holly que no se va a conformar con una respuesta tan vaga.

—Supongo que lo hemos superado.

Me encojo de hombros y salgo. Ella me sigue. Mason y Jack están jugando al rugby con un melón y se ríen como mandriles. Alfie le da un masaje de pies a Brittany frente al fuego que acaban de encender. Todo es tan normal como lo fue en su día. Todo está bien.

Antes de disculparme para salir a por mi maleta al coche y darme una ducha, mi mirada se cruza con la de Jack y sonreímos.

Te puedes pasar la vida imaginándote situaciones y no acercarte ni por asomo a cómo suceden finalmente. Eso pienso mientras me esfuerzo por que Mason acierte el objeto que le estoy dibujando en una pizarra.

—Un perro. Un perro cocinando una pizza. ¡Un repartidor de pizza! —exclama justo cuando suena el pitido que indica que nuestro tiempo se ha terminado.

—¿En serio, Mason? ¿Dónde ves tú un perro? ¡Es un avión! Eres malísimo.

—Dibujas fatal, Hadaway.

Lo fulmino con la mirada y le lanzo el rotulador. Él se ríe como un psicópata cuando lo coge y se lo ofrece a Alfie. Obviamente, yo no he escogido las parejas. Holly ha decidido mezclarlas para que el juego estuviera equilibrado y, de forma sutil, no me tocara con Jack.

Me siento en el suelo y cojo un puñado de frutos secos. Vamos perdiendo y odio perder.

—Solo es un juego —me susurra Jack antes de mordisquear una patata frita.

—Soy la lista del grupo y Mason me está arrebatando eso.

Se ríe y me muerdo el labio para contener una sonrisa.

—No sabía que fueras competitiva.

—Me gusta hacer las cosas bien. Si juego es para ganar. ¿Qué sentido tiene si no hacerlo?

—¿Divertirse?

—Chorradas.

Jack me ofrece el cuenco de patatas y nos miramos con complicidad. Nuestros dedos se rozan manchados de aceite y sal. Suspiro y aparto la vista. Me centro en el dibujo que Alfie está haciendo y que Holly reconoce al segundo trazo. Son increíblemente buenos en el juego. Y pienso de nuevo en lo que no deja de dar vueltas en mi cabeza. Con Jack a mi lado y sus amigos, los mismos que en el instituto tanto rechazo me provocaban. Con su pierna rozando la mía y su risa colándose en mi oído. Tan fácil. Tan normal. Tan natural como siempre quise que fuera y nunca lo conseguimos.

Su aliento me devuelve a la realidad y me giro. Tiene los labios húmedos.

—¿En qué piensas?

Resoplo y me abrazo las rodillas.

—Llevaba semanas buscando excusas de peso para no venir. Pero, como se trata de Holly, ninguna me servía. Y aquí estoy, aunque nunca creí que estaría sentada a tu lado, contenta, divirtiéndome, tranquila. —Jack asiente. Me mira la boca. Me pregunto si las patatas sabrían igual si me diera un beso—. Las cosas pueden ser muy diferentes, Jack. No lo creía posible, pero estoy jugando de pareja con Mason y aún no lo he matado con el atizador de la chimenea.

Sonreímos. Y el juego sigue. Y no me refiero al de los dibujos.

Pasamos el día encerrados en la casa. Ya no llueve, pero hace frío y se está demasiado bien arropados por el calor de la lumbre. Holly está obsesionada con probar todos los juegos de mesa y Mason con adaptarlos para incluir el alcohol en la partida. Ninguno nos quejamos. A fin de cuentas, es más divertido así y, si pierdo, puedo culpar a los chupitos.

En cuanto mi copa está vacía, Jack me ofrece algo de comer con disimulo y sonrío. Como si fuera un gesto amable y no un detalle que solo yo entiendo. Holly a veces nos mira de reojo, pero no dice nada.

Cenamos a trompicones. Las anécdotas del pasado llenan las conversaciones y, aunque yo no formo parte de ninguna de ellas, me gusta escucharlas. Pese a que su relación siempre me pareció superficial, hoy los veo y admito que su amistad fue verdadera. Y el Jack adolescente tenía razón: Alfie y Brittany son encantadores.

—Son perfectos —le digo a Holly.

Estamos de pie sobre el sofá y balanceamos las caderas al ritmo de una canción de Lily Allen. Las copas me han desinhibido lo suficiente como para bailar sin preocupaciones, aunque hay unos ojos cuya intensidad siento en la piel de vez en cuando. Holly mira a Alfie y a Brittany y asiente. Se están haciendo arrumacos como dos cachorros adorables. Nuestras versiones más jóvenes admiten haberse equivocado.

—Como Harry y Meghan —me susurra ella con los ojos entrecerrados. Holly admira a Markle por encima de todas las cosas.

—Como David y Victoria.

—Como Bonnie y Clyde.

Me río y ella se encoge de hombros.

—¿En serio?

—Me he terminado el tequila. No se me ocurría nada más.

—Como Holly y Mason —añado.

Se le llenan los ojos de lágrimas y me abraza.

—¡Es lo más bonito que me han dicho jamás!

Me aprieta tan fuerte que nos caemos al suelo desternilladas.

Sí, supongo que oficialmente estamos borrachas.

En algún momento de la noche ocurre. Mason ha subido la música y se desliza por la sala con Holly amarrada a su cuello. De vez en cuando la estampa contra una pared y la besa sin pudor. Brittany y Alfie, en cambio, se mueven con delicadeza frente a la chimenea. Tienen las frentes pegadas y se susurran palabras de amor.

Solo quedamos nosotros.

Jack me mira y me acerco a la cristalera. En segundos lo tengo a mi lado.

—Creo que deberíamos bailar. Ya sabes. Para no desentonar.

Suelto una risa entre dientes. Jack tira de mí y de pronto estoy entre sus brazos. Apoyo las manos en su pecho y noto su corazón palpitando con rapidez.

—Los colibríes pueden aletear hasta doscientas veces por segundo —le digo.

Y, a pesar de que parezco una loca a la que se le acaba de cruzar un cable, Jack sonríe y bailamos. Aunque no creo que a eso se le pueda llamar bailar. Pero somos nosotros. Tampoco es que importe demasiado.

—Un día leí que las jirafas duermen solo siete minutos al día —susurra él.

Lo miro a los ojos y me echo a reír. Sus labios se curvan. No he conocido a nadie que sonría como Jack.

—¿A qué viene eso?

Se encoge de hombros.

—No lo sé. Pensé que estábamos flirteando al estilo Hadaway.

Escondo la cara en su cuello y me río bajito. Él aprieta más mi cuerpo contra el suyo. Y deseo que la canción no acabe. Ni la noche. Ni estos encuentros en los que Jack y yo solo somos Jack y yo.

Pero lo hace, como todo. Mason, con la bragueta desabrochada, les grita a Alfie y Brittany que esas intimidades las hagan en su dormitorio. Holly se ríe y juega a encestar cacahuetes en el ombligo de su prometido. La pareja perfecta nos da las buenas noches y se va de la mano.

—Seguro que tienen pijamas a juego.

Jack se ríe. Aún me abraza. Suspiro y me pierdo en sus ojos.

—Rain.

—¿Sí?

—¿Vuelves directa a Cambridge?

—No, trabajaré desde casa un par de semanas, ¿por?

—Voy a pasar unos días en Londres antes de marcharme.

Trago saliva y lo veo. Nos veo entre las calles que tantas veces recorrimos. Veo las posibilidades. La facilidad de Jack para encajar de nuevo en mi vida. La misma para dejar poso al marcharse.

—Dame una. Dame una sola excusa e iré a buscarte —me susurra.

Y quiero hacerlo. Podría hacerlo. Tengo mil en la punta de la lengua. Pero es tarde, hemos bebido y... esto solo es un baile. Si algo he aprendido este fin de semana es que no todas las ecuaciones tienen solución.

—Buena suerte, Jack.

Le dejo un beso en la mejilla y me voy a la cama.

Cuando me levanto, todos menos Mason duermen. Me lo encuentro preparando tortitas en la cocina. Se fija en la maleta que cargo conmigo y alza una ceja.

—No te hacía cobarde, Hadaway.

—Tengo cosas que hacer.

Sacude la cabeza y me dirijo a la puerta. Antes de abrirla, su voz me frena.

—Te quiere.

—¿Qué?

—Jack te quiere.

Aprieto el picaporte entre los dedos y me tenso.

—Mason, no sabes nada.

—Pero sí sé lo más importante. Jack te quiere. Y él no me lo ha dicho. Aunque no hace falta. Cualquiera que se fije en cómo te mira lo sabría.

Cuando salgo, me cruzo con Holly volviendo del coche con su neceser en las manos. Lleva la camiseta del revés y la cara repleta de las pegatinas esas que ponen en las frutas.

—Te vas.

—Holly, yo...

Niega con las manos y simplemente me abraza.

—Gracias por venir. Sé que no era fácil para ti.

—Gracias por entender que ahora me vaya.

Asiente y sonreímos al oír a Mason tararear una canción infantil.

—No puedo creerme que vayas a casarte con *EncefalogramaplanoPeck.*

—Tal vez deberíamos dejar de llamarlo así. Al menos en público.

Nos reímos y pienso en la conversación que acabo de mantener con él.

—Posiblemente sea el efecto de la resaca en mi cerebro, pero empiezo a pensar que Mason no está tan mal.

—Dios mío, ¿a ti también te ha embrujado? ¡La humanidad está perdida!

Lleva las manos al cielo y entra en la casa.

Cuando arranco, me despido mentalmente de Jack. Me pregunto cuántas veces la vida puede cruzar a dos personas antes de convertir lo suyo en un teorema que merezca la pena estudiar.

Jack

Abro los ojos y tardo unos segundos en recordar dónde estoy. La cama es grande y muy cómoda, pero me lo parecería mucho más si su cuerpo ocupara el espacio vacío. Me paso la lengua por los labios resecos y sonrío. Tengo resaca y he dormido una mierda, pero ella está abajo y es todo en lo que puedo pensar.

Recuerdo lo sucedido el fin de semana y noto que la sangre me circula más rápido. Ha ido bien. Estamos bien. Mejor que nunca, quizá. ¿Y no debería significar algo? Todo. Lo significa todo, joder.

Me doy una ducha rápida y bajo las escaleras trotando. Huele a tortitas y a fruta, algún alma bondadosa lo ha recogido todo mientras otros descansábamos y Holly tararea mientras sirve zumo. Es una mañana perfecta.

Aunque no dura mucho. Porque en cuanto me planto frente a ellos, el ambiente cambia. Mason me mira muy serio, Alfie y Brittany lo hacen con pena y Holly frunce tanto el ceño que temo provocarle nuevas arrugas antes de los treinta. Un presentimiento me recorre de la cabeza a los pies y, aunque ya lo sé, la busco. Busco su rostro escondido detrás de algún mueble o agazapado tras la puerta de la nevera, pero ella no está.

—Jack Ladson, tenemos que hablar.

Mis amigos me rodean y me tenso.

—¿Qué cojones pasa? ¿A qué viene esto? ¿Y dónde está Rain?

Sin embargo, ellos me ignoran y me acorralan hasta que me dejo caer en el sofá. Me siento un animal a punto de ser enjaulado. No me gusta. Nunca me ha gustado que me empujen hacia las cosas.

—Bienvenido a tu intervención, principito.

Holly se cruza de brazos y me sonríe con maldad. Me echo hacia atrás y cierro los ojos.

—Necesito un analgésico y zumo en vena, por favor.

Britanny, la dulce y buena Brittany, es la que me trae lo que pido y, cuando todos comprueban que me he tragado la pastilla y la mitad del vaso, exponen la realidad sobre la mesa.

—¿Cuándo vas a hacer algo?

—No sé qué...

Brincamos los cuatro tras el golpe que Mason da a la pared y cierro la boca. Al fin y al cabo, si está sucediendo esto es porque hasta ellos están cansados de fingir que entre Rain y yo no hay nada. Están hartos de años de silencio, de miradas hacia otro lado cuando las nuestras se cruzan, de negativas a sus planes para evitar que ella se los pierda.

Hundo la cabeza entre los hombros y suelto un suspiro lastimero. Alfie me revuelve el pelo y es Mason el que habla por boca de todos.

—Mira, Jack. Da igual lo que te escondas. Da igual lo que ocultéis. Porque se ve. Se ve algo grande entre vosotros y es una pena que nunca lo dejéis ser.

—Ella no... —Chasqueo la lengua y me dejo de chorradas—. Se ha marchado. Le dije que me diera una sola razón para ir a buscarla y se ha ido.

Pese a la tristeza de mi voz, Holly sonríe como si se sintiera orgullosa. Soy un crío reprendido por sus padres. Tal vez lo sea. Quizá, de todos nosotros, soy el que más necesitaba que le quitaran la venda de los ojos.

—Pues entonces a lo mejor eres tú quien debe darle una a ella para que vuelva a ti.

Las palabras de Holly me acompañan el resto del día. Lo hacen cuando comemos entre anécdotas y risas. También cuando conduzco hasta Londres para visitar a mis padres. Y de nuevo cuando paseo entre las calles y me pregunto dónde estará Rain en este momento y si pensará en mí. Me llevan de la mano cuando paso por delante de una librería pequeña y recuerdo que mañana es su cumpleaños. Y cuando entro y me pierdo entre los pasillos de polvo y vidas encerradas buscando una razón. Una sola razón que yo pueda darle para que desee volver a mi lado después de tantas que le quité en el pasado.

Con un ejemplar entre las manos, me pregunto en qué mundo un libro de segunda mano podría ser suficiente para curar un corazón roto.

Itinerario de un libro olvidado (4)

Maurice Barnes llevaba años trabajando para SilverBooks. Era una pequeña librería de segunda mano cuyas ganancias se destinaban a labores sociales. No ganaba mucho, pero mientras le llegara para sus gastos prefería la satisfacción de un trabajo que le llenase el corazón antes que la cuenta corriente.

Aquel día, mientras estaba colocando unas cajas nuevas que Olivia, una clienta habitual, les había hecho llegar, se fijó en el chico que deambulaba entre los estantes. Joven. De aspecto atractivo. Mirada triste. Suspiro de enamorado.

Maurice chasqueó la lengua y se acercó a él.

—¿Buscas algo en particular?

—Sí, pero no sé el qué exactamente.

—Entiendo. ¿Alguien especial?

—Mucho.

—Eso se merece un esfuerzo. Tómate el tiempo que necesites.

Ambos asintieron y Maurice se retiró para dejarle espacio.

Minutos después, el joven se dirigió a la caja con un ejemplar entre las manos. Las tapas de color verde. Una esquina algo levantada. Un clásico juvenil para soñadores.

—Una elección interesante.

Asintieron y el chico le tendió un billete. Cuando salió de la tienda, Maurice deseó con todas sus fuerzas que la suerte estuviera de su lado.

Rain

El día de mi cumpleaños amanece nublado. Me levanto de un salto y bajo las escaleras descalza. En la cocina, papá me espera con un desayuno especial. Huevos revueltos, pastel de cereza y chocolate caliente. Una mezcla extraña que me recuerda a la infancia y que hemos convertido en tradición.

—Gracias, papá.

—¿Tienes planes?

—No, aunque debería buscar de una vez un vestido para la boda de Holly.

Me meto un trozo de pastel en la boca y gimo.

—¿Esperabas aquí algún paquete? —me dice él.

Niego y su mirada se desvía a la ventana.

—Me ha parecido que esta mañana un mensajero nos dejaba algo dentro.

Cuando termino, me pongo una chaqueta y el primer calzado que encuentro y salgo aún en pijama. Abro el buzón y veo una caja estrecha. Lleva mi nombre, aunque nada más. Ni sello ni dirección, lo que significa que, quizá, no se trataba de un mensajero. Me azota un presentimiento y comienzo a ponerme nerviosa. Me giro y observo lo que me rodea, antes de correr hacia la casa y salir al jardín.

Tiro de la cinta adhesiva y un libro se desliza por su abertura. Es antiguo. Un clásico de la literatura juvenil. Tiene las tapas verdes y una esquina doblada. Y no es la primera vez que lo veo. Leo el título y me llevo la mano a la boca. Se me acelera la respiración. Me tiemblan las manos. Noto los latidos en las sienes y una punzada en el corazón. Porque no tiene sentido. Porque no entiendo cómo ha sucedido.

Lo abro y una dedicatoria decora la primera página.

Aquí te regalo una última excusa.
Puedo leértelo. O puedo estar a tu lado cuando te sientas preparada para conocer el final de la historia. Puedo hacer lo que tú quieras, Rain, pero estoy cansado de correr.
Ahora solo quiero quererte.

Con amor, Jack.

Trago el nudo que me atraviesa e intento controlar mis emociones. Pero siento miedo. Y tristeza. E ilusión. Me esfuerzo por recordar cuándo fue la última vez que lo vi. Reviso su lomo, la marca en el borde que le hice cuando se me cayó del bolso una tarde cualquiera de las que iba al hospital, y compruebo que no estoy loca y que es el mismo ejemplar. No es posible. No guarda lógica alguna y, sin embargo, lo tengo entre las manos.

Ha vuelto a mí.

Paso las páginas y entonces sucede. Una pequeña flor amarilla se desliza entre las páginas y cae a mis pies.

Percibo el mundo explotando a mi alrededor.

Todo se desvanece.

En algún lugar del universo, un círculo se cierra y yo comienzo a leer.

La despedida más dulce

No le gustaban las despedidas, pero Margot sabía que eran necesarias. Sobre todo para personas como su hija, que necesitaban sentir que las cosas quedaban atadas. Por ese motivo le había prometido que se despediría cada día de ella por si era el último, pero según sentía que se acercaba el final le costaba más.

Al fin y al cabo, ¿qué podía decirle? No podía prometerle que estaría a su lado, porque no era verdad. Tampoco que sabría tomar las decisiones acertadas, porque Margot bien sabía que equivocarse forma parte de la condición humana. No podía decirle que sería feliz, que conseguiría todo lo que se propusiera ni que enamorarse sería una aventura increíble, porque todas esas cosas solo dependían de Rain y de sus propias elecciones.

Entonces, ¿qué le quedaba?

Miró a Vincent sentado a su lado. Estaba despeinado y llevaba la chaqueta arrugada.

—Y ahora acércame ese libro y un bolígrafo.

—¿Qué vas a hacer?

—Le prometí a Rain que me despediría cada día de ella.

Él obedeció y Margot lo hizo. Pero primero cerró los ojos unos segundos y se miró por dentro. Su corazón aún latía. Boom. Boom. La sangre bombeaba y estaba lleno. De instantes, de recuerdos, de personas, de momentos. Lo abrió con dedos temblorosos, como una flor que despliega sus pétalos para mostrar qué guarda en su interior. Y solo entonces lo volcó en forma de letras en la última página de aquel libro para su hija.

Recuerda, Rain: La única excusa válida
para no vivir es estar muerta.
Así que hazlo.
Ríe. Llora. Sueña. Baila. Grita. Salta. Ama.
Vive.
Siempre contigo, mamá.
P. D.: ¡Cuida del jardín!

Rain

Ya ha anochecido cuando llego a la última página. He sido capaz de terminar una historia que dejé inacabada hace nueve años. Y no solo eso. También de descubrir una despedida que pensé que jamás había tenido lugar. Las lágrimas se mezclan con mi risa cuando leo su advertencia y observo el jardín.

—¿Cómo lo has hecho? —le pregunto—. ¿Cómo has sido capaz de hacerlo volver a mí?

Sin embargo, no es su nombre el que aparece en mi mente. Sino otro.

Jack.

Porque si hoy tengo este libro entre las manos, es solo gracias a él. No conozco los detalles, tampoco los quiero. Por primera vez en mi vida, desconocer el camino me parece más especial que recorrerlo. Siempre he sido de las que se esfuerzan por descubrir los trucos de magia, pero hoy no. Hoy deseo que la magia de las pequeñas cosas me roce y parecerme un poco más a ella.

Trago saliva y me seco el rostro con la manga. Luego dejo el libro sobre la hierba y miro al cielo.

—No sé dónde habrá estado durante estos años, pero lo

único que me importa es que te despediste de mí. Y ahora debo hacerlo yo.

Sonrió y observo una nube gris. Parece un caballito de mar. Con su cola, su hocico, su cuerpo curvado y elegante. Contengo el aliento y me estremezco. Me tiembla la voz.

—Mamá..., creo que lo he conseguido.

Río y lloro a la vez. Las nubes cobran vida. Hay formas por todas partes. Animales. Espirales. Flores. Platillos volantes. Las cosas invisibles explotan a mi alrededor en mil colores. Intensos. Vivos. Únicos. Centelleantes. El mundo es otro. O quizá sea yo la que por fin ha abierto los ojos.

Me despido de mi madre y le prometo intentarlo.

Finalmente, me he quedado sin excusas.

Jack

—¡Vamos, Luke! ¿Quieres mover el jodido culo?

El aludido tensa la mandíbula y obedece. Está insultándome en silencio, pero no me importa. Si es necesario para que corra como lo está haciendo ahora, bien valen todos los insultos del mundo.

Me cruzo de brazos y observo la jugada. El pase de Luke a Quenton es perfecto. El segundo no tarda en desmarcarse y tirar a puerta. Cuando el portero roza con la punta de los dedos el balón, el silencio nos rodea unos segundos antes de romperse en una escandalera de gritos y aplausos. Si comenzamos la temporada como están jugando en los entrenamientos, auguro buenos resultados.

Apenas me inmuto. Solo sonrío y asiento hacia el chico que aún me desafía con la mirada. Aunque por dentro grito. De emoción. De satisfacción.

Llevo aquí ya dos años y todavía no me acostumbro a estar al otro lado. En ocasiones, lo echo de menos. A menudo, además, me veo en ellos y percibo una punzada fuerte que me recuerda lo que tuve al alcance y perdí. Sobre todo en chicos como Luke, que corre con una estrella sobre su cabeza que todos vemos y que puede llevarle al éxito, aunque también a un agujero si no tiene cuidado.

—Hay que cubrirse las espaldas, tío —le digo a menudo, pero no me escucha.

Sonrío y recuerdo al Jack más joven que creía que el planeta giraba a su alrededor. El mismo que se rompió en pedazos de la noche a la mañana y que tuvo que aprender a reconstruirse. Cuando eso ocurre, también pienso en ella. Es inevitable. Al fin y al cabo, fueron sus manos las que ayudaron a moldear el que soy hoy.

—¡¿Qué le pasa a Wyatt?! —exclama Jordan, el portero suplente, a mi lado.

Chasqueo la lengua y me digo que tendré con él una conversación cuando acabe el entrenamiento. Últimamente Wyatt pierde los nervios con facilidad.

—¡Carter! ¡No pierdas de vista el balón!

Cojo la planilla y añado algunas anotaciones para debatir más tarde. Estoy tan concentrado en no olvidar nada que no escucho los silbidos y los comentarios fuera de lugar de los chicos.

—Pero ¿qué diablos...?

Alzo el rostro ante el susurro de Jordan y entonces la veo.

Su pelo es inconfundible. Sus andares. Su determinación. Se me cae la planilla al suelo y noto las primeras miradas de comprensión sobre mí. Los cuchicheos dan paso a risas mientras atraviesa el campo con pasos firmes. Lleva un jersey negro y una falda de cuadros. No sé qué hace aquí y sé que este momento me perseguirá para los restos con los chavales, aunque no quiero que pare. Carraspeo y me peino con los dedos. Alguien me llama «idiota», pero no me importa. No, si es Rain la que se salta todas las leyes que definen lo nuestro y viene a buscarme.

Cuando llega a mi encuentro, pasa las manos por mi cuello y me besa. Así, sin más. Como si hacerlo cada día fuera una constante y no la excepción. Como si parar un entrenamiento para hacerlo fuese algo normal. Y menudo beso. Joder, no recuerdo uno más memorable.

Sus labios dulces se abren y su lengua me recibe. Me acaricia la nuca y sé que está contando mis lunares con los dedos. Uno. Dos. Tres. Sonrío contra su boca y la aprieto contra mí. Me pierdo en ella e ignoro las burlas, los comentarios groseros y las carcajadas de unos críos que aún no saben qué es el amor. El día que se lo crucen, no van a saber qué hacer con él.

Rain se separa de mí y se roza los labios. Sonrío como un imbécil y ella ladea el rostro con altivez.

—¿Acabas de parar un partido para besarme?

—Una vez paramos el tráfico por un abrazo.

Sonreímos con complicidad y tiro de su cintura para acercarla otra vez.

—Volvería a hacerlo —le susurro contra la sien.

—Lo sé. Gracias por el libro.

—¿Te ha gustado?

—No te imaginas cuánto.

—No sabía si sería un acierto o...

Sacude la cabeza y sus ojos brillan. Está contenta. Y feliz. Y tantas cosas que no sé cómo contenerme para no abrazarla con fuerza.

—Lo he leído. ¡Yo sola! He descubierto el final de la historia, Jack, y ha sido perfecto.

—Estoy muy orgulloso de ti.

Suspira y traga saliva. Tiene los ojos húmedos y coge aire para que no se le rompa la voz.

—Yo también. Yo también estoy muy orgullosa de mí.

Me deja un beso sentido en la nariz y se aleja. La observo mientras fulmino con la mirada a los chicos para que se callen.

—¡Rain!, ¿y esto es todo?

Ella se gira y se encoge de hombros.

—Dímelo tú. Yo ya he dado un paso. Ahora te toca a ti dejar de esconderte. ¡Te espero a mitad de camino, Ladson!

Me guiña un ojo, sonríe y, joder, este sí es mi mejor logro.

La última casualidad

Tres meses después se celebra una boda. Hay una carpa blanca en mitad del campo. Flores por los rincones. Mesas redondas con comida. Champán y vino en copas que los camareros ofrecen paseándose entre los invitados. Un grupo de música versiona éxitos del pop inglés. La novia está preciosa, con un vestido de tul y corpiño. El novio lleva pajarita verde y gemelos con brillantes. Bailan desenfadados sin dejar de sonreír.

Y eso que todo ha sido un desastre.

El pastor que los casaba se rompió un tobillo ayer. El equipo de cocina del catering se ha declarado en huelga por desavenencias con su jefe, por lo que los novios han acabado encargando quinientas hamburguesas a una cadena de comida rápida. La novia ha sufrido una reacción alérgica por una flor de su ramo y tiene los ojos como dos manzanas rojas. Cuatro invitados que llegaban desde Barcelona han sido detenidos por una sustancia sospechosa en su equipaje; alegan que es sal de frutas, pero siguen encerrados en las dependencias policiales del aeropuerto. Una de las palomas mensajeras con versos ha declarado enemigo a un tocado de plumas y lo ha atacado. A media tarde, se ha incendiado el mantel de la mesa de los postres por un cigarrillo mal apagado.

Y, sin embargo, los novios no pueden ser más felices.

—¡Lo hemos conseguido!

Holly alza los brazos en señal de victoria y abraza a Rain. Aún le lloran los ojos, aunque no deja de sonreír mientras se los seca con un pañuelo de seda.

—No te creía, pero parece que es cierto que teníais al universo en contra.

—Que se joda. ¡Yo por Mason me peleo con las leyes naturales y con quien haga falta! —Ambas se ríen y observan al novio; está bailando un tango con Jack y se carcajean como dos niños—. Y tú, ¿has dejado de luchar ya en contra de lo que el mundo os gritaba?

Rain suspira. Y las nota en el estómago, corriendo por sus venas, en el corazón. Las cosquillas que llevan su nombre.

—Sí, supongo que sí.

Unas horas más tarde, la fiesta está en su punto álgido y el cielo está plagado de estrellas. Jack las observa detrás de un seto donde ha buscado un poco de silencio y tranquilidad.

—¿Escondiéndote?

Alza el rostro y se encuentra con el de Rain. Tiene el maquillaje corrido y hace tiempo que ha perdido los zapatos. Le sonríe y la invita a sentarse a su lado. Y Jack piensa en los que fueron, en los que son, en los que esperan ser. En todas las posibilidades que descartaron y las que escogieron. En que corrió tras ella al terminar el entrenamiento que paró para besarlo y le prometió que no volvería a hacerlo en la dirección contraria. En las tardes de ajedrez con Vincent, las conversaciones trascendentales con Rain en el jardín y las noches entre sus brazos. En los planes para que su relación a distancia funcione mientras sueñan con lo que está por venir. Lleva haciéndolo durante todo el día, cada vez que veía a Mason y Holly y su felicidad, por la que han peleado incluso cuando el resto creía que lo suyo no sería más que algo pasajero.

—¿Dónde crees que estarán?

—¿Quiénes? —pregunta ella confusa.

—La Rain y el Jack que se besaron en el autobús y se ahorraron parte del camino.

Ella sonríe y sus rodillas se rozan.

—Yo también pienso a veces en ellos, ¿sabes?, en las posibilidades. En todo lo que vivieron que nosotros no nos permitimos.

—Tal vez por eso el universo conspira contra esta boda, porque no era la que se debería haber celebrado, sino otra.

La chica le lanza una mirada coqueta y Jack se muerde el labio.

—¿Me estás imaginando vestida de blanco?

Le guiña un ojo y sus manos se encuentran. Una canción de amor rellena los huecos. Rain apoya la cabeza en su hombro. Y piensan en esas versiones de sí mismos que fueron más valientes, que se atrevieron antes y que, tal vez, hoy estarían casados, compartirían casa, vida y planes futuros.

Sin embargo, no les importa demasiado, porque aún tienen el momento presente.

—¿Sabías que el diez por ciento de los seres humanos de todos los tiempos estamos vivos ahora mismo? Menuda casualidad la de habernos cruzado, ¿no te parece? —susurra Rain.

—Pensé que los Hadaway no creían en las casualidades.

Se encoge de hombros, se levanta y se sienta en su regazo.

—Tengo pruebas más que suficientes para afirmar que contigo todo es posible, Jack.

Rain le pasa la mano por el cuello y observa el cielo. Sonríe cuando distingue una nube con forma de ciervo. Ahora las ve por todas partes y juega a buscarlas. Jack la mira a ella. Porque lo ha sentido. Porque a su lado ya aprendió hace años a leer entre líneas. A entenderla. A escarbar y a esforzarse por ser mejor. A dejarse de excusas para no decir lo que siente.

—Yo también te quiero, Rain.

Sonríen y se besan.

Lo desconocen, pero un día ellos también celebrarán su amor con sus seres queridos. Será una pequeña fiesta, a comienzos de la primavera. Rain llevará un vestido blanco con pequeñas flores y zapatos de cordones. O igual no, porque es Rain, y quizá escoja ir de negro, de rojo o de un rosa intenso. Con Jack, en cambio, no hay margen de error y sonreirá sin parar, encantado de ser el centro de atención, pero lo hará aún más cuando se escape con ella tras el baile y acaben la noche solos en un jardín, contándole a una muerta que son marido y mujer.

No tienen ni idea, los Hadaway saben bien que aún es imposible viajar en el tiempo, pero un día Rain sentirá un dolor intenso y los dos se morirán de miedo para diez horas y treinta y siete minutos después hacerlo de amor. Una niña, con el pelo casi blanco y la nariz aristocrática de su padre, nacerá en un hospital de Londres. Su abuelo Vincent le cogerá la mano por primera vez y le dirá con la voz rota por la emoción:

—Margot Ladson Hadaway, bienvenida a este increíble, loco e incontrolable mundo.

Y crearán un hogar. Y reirán. Y crecerán. Y cumplirán sueños.

Ellos lo ignoran, pero un día, con la piel arrugada y los primeros achaques importantes de la edad, Rain se despertará y lo encontrará a su lado, aún dormido. Se acercará muy despacio, como siempre lo hace todo, y le besará los párpados, las mejillas, el surco sobre los labios. Jack se despertará y la abrazará. Y allí se quedarán un tiempo sin medida, callados, felices y rodeados del color de las cosas invisibles con el que durante años pintaron una vida perfecta.

O, tal vez, una sola variable cambie y todo sea diferente..., ¿quién puede saberlo?

De lo único que están seguros es de que hoy se quieren, se eligen y se besan.

De momento, solo se besan.

Agradecimientos

No voy a mentir diciendo que ha sido fácil, porque esta novela nació en unos meses complicados. A ratos pensaba que no lograría terminarla, pero aquí estoy una vez más, haciendo balance y con una sonrisa en la cara gracias a Rain, a Jack y a las cosas invisibles.

Pero no solo ha sido gracias a ellos, porque tengo la suerte de estar rodeada de personas maravillosas.

Gracias a H, a Julieta y a la pequeña Vera, que ha crecido de la mano de estos personajes y cuya historia he escrito prácticamente entera con ella en mis brazos.

Gracias a mi familia, por seguir creyendo que puedo volar aún más lejos.

Gracias a mis amigas, a Abril, Elsa, Saray, Alice y Dani, por cuidar cada proyecto como si fuera suyo para que llegue al público lo más bonito posible y por cuidarme a mí.

Gracias al equipo de Crossbooks, por confiar en mis letras.

Gracias a Pablo, por facilitarme el camino y responder siempre a mis llamadas de auxilio.

Y gracias a ti, por darme alas y hacer que esta aventura sea posible.